U0937746

帝者，生物之主，兴益之宗。

《国学经典文库》丛书编委会◎编著

国學經典

赵匡胤

宋太祖

中国出版集团 现代出版社

图书在版编目（CIP）数据

宋太祖赵匡胤 /《国学经典文库》丛书编委会编著
. -- 北京 : 现代出版社 , 2018.6
ISBN 978-7-5143-6797-3

Ⅰ. ①宋… Ⅱ. ①国… Ⅲ. ①赵匡胤（927-976）—传记 Ⅳ. ① K827=441

中国版本图书馆 CIP 数据核字（2018）第 135404 号

宋太祖赵匡胤

作　　者	《国学经典文库》丛书编委会
责任编辑	李　鹏
出版发行	现代出版社
通讯地址	北京市安定门外安华里 504 号
邮政编码	100011
电　　话	010-64267325　64245264（传真）
网　　址	www.1980xd.com
电子邮箱	xiandai@vip.sina.com
印　　刷	天津文林印务有限公司
开　　本	710mm × 1000mm　1/16
印　　张	20
版　　次	2018 年 8 月第 1 版　2018 年 8 月第 1 次印刷
书　　号	ISBN 978-7-5143-6797-3
定　　价	39.80 元

前言

Foreword

历史的车轮渐渐前行，中国历史已有五千多年。自公元前221年秦王嬴政称皇帝始，到1912年“末代皇帝”溥仪退位，这两千多年的封建社会，朝代更迭，沧海桑田，但封建帝制从未间断。在中国封建社会的历史长河中，总共有四百九十五位皇帝（包括驾崩后追封者），其一直是国家的最高统治者，是专制集权统治的象征和代表。

在中国漫长的历史长河中，有的皇帝就如这条河流的顺风船，趁势前行；有的皇帝就如逆流中的航船，逆势而上；有的皇帝如漫漫散沙，无稳固根基；有的皇帝如中流砥柱，坚固牢靠。历朝历代的皇帝，不管是雄才伟略的英明之君，还是草菅人命的暴君，抑或苟延残喘的傀儡，他们举手投足、指点江山，无不牵动着百姓的神经，无不以独特的方式推动着历史的发展进程。

唐太宗说：“以史为鉴，可以知兴替。”这里所谓的“史”，正是经历时间积淀的历史。翻开历史，我们会发现，每一位皇帝即是每个时期的缩影，作为今人，史海钩沉，传述他们的治国方略、逸闻趣事，于今借鉴、增知、休闲，不无裨益。

本系列丛书重点选取了历朝历代最具代表性的十位皇帝，分别是秦始皇嬴政、汉武帝刘彻、唐太宗李世民、昭仪皇后武则天、宋太祖赵匡胤、元太祖孛儿只斤·铁木真、明太祖朱元璋、康熙帝爱新觉罗·玄烨、雍正帝爱新觉罗·胤禛、乾隆帝爱新觉罗·弘历。每一位皇帝都在中国历史上留下了深深的烙印，成为历史传奇。

此刻，让我们以历史发展的先后为序，共同来一睹为快，先知梗概，然后明细节。

秦皇汉武，雄才伟略，文治武功。秦始皇是中国历史上的第一位皇帝，素有“千古一帝”之誉。六国征战，诸侯争霸，中原大地的战火熊熊燃烧。是秦始皇纵横捭阖、叱咤风云，最终在中原大地上建立起了中央集权统一的国家。他在位期间，政治、经济、文化、思想渐趋完善，却又浮华奢侈，阿房宫、骊山墓、万里长城，耗尽了无数人的血汗，一生功过是非，只留后人品评。汉武帝刘彻堪称前无古人、后无来者的一位皇帝。他开疆拓土，击溃匈奴帝国、东臣朝鲜、南服百越、西逾葱岭、征服大宛，奠定了中华疆域的版图。他的雄才伟略、文治武功使汉朝成为当时世界上最强大的国家。

盛世唐朝，唐太宗与武则天都是典型代表。唐太宗选贤任能，重用文臣武将，休养生息、励精图治，开创“贞观之治”，建设出我国乃至当时世界上最鼎盛的封建王朝。武则天是中国历史上唯一的女皇帝，她在通往权力的道路上，不仅洒满血泪，还有超凡的智慧、勇气和卓越耐力，曾经倾权一时，最后却步履维艰。对于她传奇的一生，只留无字碑，让人遐想。

宋太祖和元太祖分别作为宋朝和元朝的开创者，前者鉴于唐朝后期藩镇割据的局面，集中兵权，加强了中央统治，将宋朝治理成为安定公平的社会，文学、哲学、美术、科技、教育等也比较发达，经济和文化达到了我国历史上的又一个高峰。后者人称“成吉思汗”，在他的率领和指挥下，开展对外征服战争，一时间，蒙古骑兵横扫千军，征服地域远达中亚和东欧的黑海之滨，建立起了中国有史以来疆域最大的一个王朝。

明太祖是中国历史上身份最为特殊的一位皇帝，真正出身于贫穷布衣之家。他从小只是最底层的放牛娃、四处要饭的小和尚，经过自身的不懈奋斗，逐渐成长为元末农民起义的领袖，再到明朝开国皇帝，人生经历堪称传奇。朱元璋是一位杀戮无数的皇帝，也极为关心民间疾苦，实行休养生息政策，推动了明朝社会的发展。

清朝作为中国最后一个封建王朝，出现了康熙帝、雍正帝、乾隆帝三位最具代表的皇帝。康熙帝少年承运，力挽狂澜，智擒鳌拜、裁撤三藩、亲征噶尔丹、收复台湾，在一系列军事行动中或御驾亲征，或决胜千里。他兢兢业业，辛苦经营六十一年，奠定了清朝几百年基业。雍正帝敢于革除旧弊，办事雷厉风行，是康乾盛世的有力推进者，是促进清朝历史发展的政治家，是可以肯定的历史人物。乾隆帝统治下的清朝，没有大刀阔斧进行改革，但是他平衡政权、平叛安邦、锐意进取也不容忽视。当然，他重用奸臣和珅、包容腐败、大兴文字狱，也为他的一生留下了污点。

每一位帝王都是一部信息资源庞大的史书，供今人探究；每一位皇帝都是一面能发人深省的明镜，供今人领悟。我们秉承“读正史，学真知”的宗旨，编写了这一系列丛书。以通俗化的语言、纪实的手法，真实地再现了每一位皇帝的生平事迹。

总而言之，本系列丛书史实性和趣味性兼具，相信广大读者在阅读之后，会领略诸多知识，也会用新的价值观去评判历史人物的是非功过，并通过历史去感悟自己的人生。

由于时间和水平原因，本书仍存在不足或欠妥之处，望广大读者朋友批评、指正。

目录
CONTENTS

人物档案

宋太祖赵匡胤（927 年 3 月 21 日—976 年 11 月 14 日），字元朗，宋朝开国皇帝。后唐明宗天成年间（927 年 3 月 21 日）出生，祖籍涿郡（今河北省涿州市），父亲赵弘殷，母亲杜氏。由“陈桥兵变”而黄袍加身，最终建立宋朝。其在位期间致力于统一全国，并着力加强中央集权统一的国家。通过“杯酒释兵权”最终将权力集于一身。于 976 年 11 月 14 日逝世，享年四十九岁，在位十六年。

CHAPTER

第一章 出生乱世的不凡少年 1

宋太祖与“秦始皇”“汉武帝”“唐太宗”齐名，开创了宋代三百余年的基业。他的一生充满了传奇色彩，其出生时的帝王征兆；其少年时代的天赋异禀；其飘零江湖的奇特生涯。他也有着坎坷或平庸的经历，其姓氏的起始兴盛，其普通的家庭事迹，其漂泊的窘迫经历……

赵姓的起始与兴盛

相传宋太祖赵匡胤的赵氏始祖为造父，原是西周周穆王时期的驾车大夫，后因平定叛乱而立下大功，被赐封于赵城（今山西洪洞北），其后裔遂以封邑为氏，是为赵姓之始。春秋战国时期，晋国当政的赵氏家族联合韩氏、魏氏两大当政家族三分了晋国，后创立了赵国，建都晋阳（今山西太原）。后赵国迁都邯郸（今属河北），国力逐渐强盛，成为战国七雄之一。秦国灭赵统一天下后，赵国子孙依旧沿用赵姓，后发展成为中国十大姓氏之一。西汉时期，祖籍幽州涿郡的赵广汉，因执法不避权贵而成为一代名臣，是赵匡胤的远祖。

由于历代的赵姓望族主要居住在天水郡（约今甘肃省天水市及陇西以东地区），故"天水"即成为赵姓的郡望。至宋朝后，也以"天水"或"天水朝"来代指赵宋王朝。宋太祖立国后，本应在京城建宗庙祭祀其九世祖宗，但他却仅奉祀着自高祖以下四位祖先的牌位。因为宋太祖赵匡胤为求祭祀祖先的真实性，因此只祭拜有信实记载的高祖父及其子孙。

宋太祖赵匡胤

赵匡胤高祖父赵朓，为唐朝时期文官，做过永清、文安、幽都三县县令，娶崔氏生赵珽。其曾祖父赵珽，也为文官，在后唐时期，先做过河北藩镇一个名为从事的小官，后累官兼御史中丞，娶桑氏生赵敬。晚唐时期，由于王朝开始衰败，经济收入已然微薄。因此奖励有功之人时，只得设置大量的虚衔如兼官、检校官、遥领官等来给予功名，无实质职权。而当时藩镇也自设虚衔，可都有乱用之疑，因此赵珽虽官兼御史中丞，其实并无实权和名望。而晚唐时期的史料并未对赵珽做过任何记载，也是因为其官职和影响实在太小。

而到了赵匡胤的祖父赵敬时，《宋史》开始对其记载道，赵敬先后在割据河北北部藩镇的刘仁恭、其子刘守光手下为官，历任营、蓟、涿三州刺史。后《资治通鉴》记载道，在后梁乾化二年（912）四月，在晋王李存勖与后梁军的一战中，勇将李存审先攻破了与后梁结盟的刘守光据守的幽州城，后遣大将李嗣源进攻瀛州（今河北河间）城，其刺史赵敬也兵败而降。而赵敬出降之后的事，虽在五代及宋代的史书中皆无一字记载，但可推测其降晋后可能并未为晋王所用，而是归居了家乡，这才会吻合随后记载宋太祖父亲赵弘殷的一些事迹。

赵匡胤的高祖父赵朓、曾祖父赵珽、祖父赵敬死后，都葬于保州保塞县（今河北保定）东三十里的家族墓里。在宋太祖建国立宗庙后，赵朓被追封为文献皇帝，庙号僖祖；赵珽被追封为惠元皇帝，庙号顺祖；赵敬被追封为简恭皇帝，庙号翼祖。其坟墓也分别被尊号为钦陵、康陵和定陵。

赵匡胤父亲赵弘殷（899—956），涿郡（今河北涿县）人。赵敬之子，北宋开国君主宋太祖赵匡胤、与继位者宋太宗赵炅的父亲。少年时就以骁勇闻名，善于骑射，后在后梁（907—923）后期从军，担任过河北藩镇、赵王王镕的帐下亲吏。在后唐庄宗李存勖统军与后梁军交战于黄河地区，并向王镕求援时，赵弘殷被王镕任命并率领五百骁骑增援唐军。赵弘殷不负众望，破敌立功后，唐庄宗李存勖很是欣赏赵弘殷，便把他留在自己帐下做了飞捷指挥使的一个禁军小校官。而在后唐、后晋两朝（923—946）时期，就未见史书记载过赵弘殷的事迹。到了后汉乾祐（948—950）年间，史书才记载道，陕西割据势力王景崇与后蜀结盟，在凤翔（今属陕西）城起兵造反时，赵弘殷随后汉大军西去出征讨伐了他们。蜀兵北上增援后，两军激战于陈仓（今陕西宝鸡南）。蜀军开始时的气势和攻势很盛，而后汉军也渐乱阵脚。随后赵弘殷眼见局面对汉军不利，虽然身中流矢，却仍奋勇杀敌，并率领一队士兵直攻敌方将领，而后取其首级。其他汉军将士见后大喜，即重整旗鼓，开始奋勇杀敌。蜀军见势不妙，不久后就溃败南逃。此战结束后，赵弘殷就因此次的卓越战功而升迁为护圣都指挥使。

后来，赵弘殷得到后汉权臣郭威的赏识，其仕途官职也逐渐高升。广顺末年（953），赵弘殷升任为铁骑第一军都指挥使。后周建立不久，即显德元年（954）三月，先升任龙捷右厢都指挥使兼遥授团练使，后转龙捷左厢都指挥使兼领岳州防御使。次年，赵弘殷随周世宗柴荣南征淮南地区的南唐时，一次南周军队遭遇南唐军队的袭击，很快军队就慌了阵脚，致使军队很快溃退。而后唐军想乘势追击，活捉周世宗，幸亏赵弘殷率部出阵截击了唐军的追击之势，才使周世宗顺利逃脱。显德三年（956）初，后周军队进攻南唐的淮南重镇寿春（即寿州，今安徽寿县）时，周世宗亲督军队攻城，而此时的赵弘殷已升任为前军副都指挥使。

赵弘殷也被称赞为人善良忠厚。后周显德三年，赵弘殷被任命为监军，监督大将韩令坤领军进攻扬州（今属江苏）等地。而在后周军队攻占扬州城后，赵弘殷下令严禁士卒侵扰百姓，如有不从者军法处置，不久后其率军与周世宗柴荣在寿春会合。一次周世宗在寿春城大发脾气，要杀掉十多个卖饼商户以示军威，因为他们没有诚意，卖给士兵们的饼子又薄又小。赵弘殷听闻此事后，劝解周世宗以仁慈手段对待这些淮南百姓，才利于他们有归顺之心，而不是誓死抵抗后周政权。周世宗听后觉得很有道理，就没再追究这些商贩的责任。之后，后周军队多次攻占寿州城未果，至五月初，周世宗见天气逐渐炎热，不利于大部队作战，就留下部分士兵继续围困寿州，而自己便率大部分主力军回到了京城开封。

赵弘殷在攻占扬州后不久突然染病，先行北归，途中经过滁州（今属安徽）城下，与统领殿前司精兵的儿子赵匡胤相见，并在滁州城疗养了一些时日。后又随军北撤，在回开封的途中病情又突然恶化，不久便离世，时为七月二十六日。

后周世宗追赠赵弘殷为武清军节度使、太尉。宋太祖建国后，又追尊他为昭武皇帝，庙号宣祖，其墓地命为安陵。

赵弘殷虽然出身行伍，为人却忠厚善良，与当时大多数只知作战厮杀、收敛财物的将领截然不同。在其出征淮南、攻破州县时，只是搜求图书给嗜学的第三子赵匡义，还督促他严格学习。赵匡胤的成长也离不开其父的诸多帮助，后人也盛赞赵弘殷为宋朝的基业打下了很好的基础。

大宋天子降于帝都洛阳

北宋著名文人司马光曾说："若问古今兴废事，请君只看洛阳城。"发生在"九朝古都"洛阳里的历史，确实是中华民族发展的一个缩影。

洛阳作为帝都，是从公元前770年周平王为避外患由旧都镐京东迁洛阳（洛邑）开始的，后经历东汉、曹魏、西晋、北魏、隋、唐、后梁、后唐、后晋九朝的经营，使这个中原重镇有着近千年国都的显赫历史。洛阳因北依邙山、黄河，南望洛河、伊河，西据秦岭、潼关之险，东靠虎牢、黑石之固，雄据天下之中，因此自古为中原逐鹿之地。周公东征、楚汉争霸、吴楚平叛等著名战争都与为争夺这一战略要地相关，而历史上许多著名皇帝和将士，如周成王、周平王、项羽、刘邦、周亚夫、刘秀、曹操、刘渊、拓跋宏（孝文帝）、杨广、武则天、朱全忠等，都曾在这里大展宏图。在洛阳，先是许慎著出

潼关古城门西楼

了《说文解字》；王充作了《论衡》一书；班氏兄妹修订了《汉书》；蔡伦制造了纸张；张衡发明了浑天仪。而经学大师贾逢、马融、郑玄、何休也因洛阳著书立说，才促使了经学、古文经学的发展。随后西晋陈寿也在这里撰写了《三国志》，张华撰写了《博物志》，北魏杨衒之著《洛阳伽蓝记》，郦道元作《水经注》。作为帝都的洛阳也是著名商业都城。被天下商人奉为始祖的战国时期的白圭就是在洛阳发家的。唐代的洛阳城更是一番"飞观紫烟中，层台碧云上"和"嚣尘暗天起，箫管从风飏"的繁华景象。洛阳城近千年的文治武功，为它自身的历史书写了极为华美的一页。

后周时，在离皇宫不远的夹马营的赵府里，一名男婴降生在这个笼罩着帝王之气的都城。此人就是在以后中国政治舞台上充当了数十年主角，且被后世史家推崇为"英主"的未来皇帝赵匡胤。五代后唐的天成二年二月十六日（927年3月21日），赵匡胤诞生于洛阳城东北二十里的夹马营中，此时，其父赵弘殷身为禁军将领驻扎在城外的军营夹马营内。至宋真宗（998—1022）时，因此地为先帝赵匡胤诞生之地，故建造佛寺奉祀，赐名应天寺。

古代，帝王的出生都会被一定地神化，因此在宋人笔下，宋太祖的出生也充满了神奇甚至荒诞的色彩。有文就这样记载道，宋太祖其母杜氏先梦见太阳落入怀中而有身孕，后至赵匡胤出生之时，其营帐内更是赤光遍布，远处望去像是失火一般。其身体还有异香，经久不散，故后取其小名为香孩儿，而夹马营后被宋人称作香孩儿营。随后赵宅所在的街道也被称作火烧街，这类夸张的描写，在当时是会被人们接受的，因为古代封建社会传统会信奉上应天命之事。宋朝为证明宋太祖是上应天命的，如《孙公谈圃》就记载道，早在隋初开凿运河汴河时，其河道走势正冲看宋州（今河南商丘）城，直到城外拐了个大弯才绕开，而民间相传这个河湾就叫作"留赵湾"。而赵匡胤之前在这里任过宋州节度使，此河湾名称实为后来的登基吉兆。彭百川也因此记载了这样一件事，唐代贞元壬午年（802），当时有五色祥云飘浮在长安城上，当时精通预言的太史张破看到后，就预言说道："以日宿加以推算，其征兆当在宋州地分，其后一百六十年有圣人兴起其地。”后至宋太祖开国实为一百五十八年，正与那一百六十年的预言颇为相合。《清波杂志》也云：“宋太祖的祖上陵墓在保州保塞县郊外，而那里有一条小巷正叫“天下巷”，也算是预告赵氏子孙将出天子的好兆头。

宋初，民间还有一个广为流传的说法，称五代后期社会上传布一首奇怪的预言诗，其中三句话为“有一真人在冀州，闭口张弓左右边，子子孙孙万万年”。此处“真人”显然当作“皇帝”解释，冀州正在河北、“闭门张弓左右边”即“弘”字，最末一句自然是皇帝当传千秋万代之意。这首预言诗，有人说是南北朝后梁的异僧宝志和尚书写于铜牌上，也有人认为是唐代方士李淳风所作的著名预言著作《推背图》中的诗句。据说这《推背图》的预言最初是很灵验的，宋太祖之父赵弘殷的名字中恰好有“弘”字，且他的老家正在河北，北宋建国后，赵弘殷就被追封为先帝，此事也算得上与此预言有关。宋太祖之后担心有野心家根据这部《推背图》中的预言进行谋反之事，便让人更改了原版《推背图》的内容，并推出很多不同的版本，让其在民间广泛流传，后使得这本预言书真假难辨，百姓们便不再相信其预言内容了。在五代时期，相信《推背图》的帝王大有人在，如当时的南唐皇帝就为自己的儿子取名为弘冀，而吴越王在给其多个儿子的取名中，也都带了“弘”字，希望能与此书上的预言相符。

赵匡胤出生时，正是后唐明宗李嗣源登基的次年。而李嗣源是个很有野心的皇帝，被誉为五代时期功绩次于后周世宗柴荣的皇帝。他本是沙陀部人，是后唐庄宗李存勖之父李克用的养子。在他之前的后唐庄宗，由于只知狩猎游玩，不问国家大事，后终因矛盾激化，而起兵变，被部下所杀，而李嗣源也因此被推举为皇帝。李嗣源虽从军多年，但仍目不识丁，为人却颇有自知之明，登基时就说道：“某本胡人，本不应做中原之主，因世乱为众人所推。愿上天早降圣人，为生民之主！”而李嗣源说出此言之时，和宋太祖出生之日前后相接，因此后人也借此事来说明宋太祖是上应天命的。

少年时代的叛逆生涯

在古代记述帝王的正史里，史官们会神化很多帝王的故事。我们看到前文中，描写宋太祖出生的相关事实在太过夸张了，因此后人看到《宋史》中描写宋太祖少年时道："容貌雄伟，器度豁如，识者知其非常人"等时，我们都在怀疑是否可信。

我们可以从宋代的一本野史《孙公谈圃》中来看看，宋太祖到底度过了怎样的读书生涯。书中记载道，赵匡胤到了读书年纪后，正有一位姓陈的私塾老师，在夹马营前开学馆聚小孩儿授学，后赵匡胤的父亲便让他去了那里读书。此书后引用了史书记载的"幼时从学，不为嬉戏，但尤嫉恶，不容之过错，陈时时开谕"，但并未作出过多的详细解释。我们从日后赵匡胤对待陈学究的态度上可以推断出，在赵匡胤读书时期，他和这位老师的关系应该不好。聪慧过人而又受不得拘束的少年赵匡胤应该是不能接受陈学究的"时时开谕"（教训的委婉说法），所以才改从辛文悦为师，继续学习。虽然其未对传统的读书方式有多大兴趣，但这两人师生间的关系应该是很友好的。关于这一点，我们可从赵匡胤登基后，对两位老师的不同态度而得到推断。

后周末年，赵匡胤离开辛文悦多年，官拜殿前都点检之职后，仍感念其师恩，随后有一次见到老师甚是惊喜。赵匡胤登基后，即拜辛文悦为太子中允与判太府事之职。此后赵匡胤还派这位老师去房州（今湖北房县）教导和照顾还年幼的后周恭帝，后辛文悦又因此功官至员外郎。

但赵匡胤对待自己的第一位老师陈学究可就不是那么回事了。后周末，赵匡胤拜赵普为幕僚后不久，其母杜氏念陈学究之旧，便将他召到京城，与赵普俱为门客。但平日赵匡胤遇到难题需要交流时，独自与赵普商议，根本不会让陈学究参与其中。后陈学究深感无奈，便自请离开赵府，回了陈州村，开始重操旧业，开学馆授学。但其皇弟赵匡义升为开封尹后，又将陈学究私自召至府衙。不久，宋太祖听闻皇弟赵匡义积极采纳陈学究的各种建议后，大怒并开始追究此事，赵匡义只得赠予陈学究许多钱财，让其离去。后陈学究在还家时遭遇了强盗，其钱财尽被抢去。待回到陈州村后不久，其再次开设的学馆已收不到什么学生，而自己的日子也渐渐变得饥寒交加，窘迫不堪。至赵匡义继承皇位后，想再招陈学究做司谏一职，不久便派人召之来京城。陈学究所在的地方官员听说此事后，赶紧把他请到官府设宴款待一番，可此时陈学究却在此宴上醉饱而死，可谓不幸之至。

宋太宗赵炅

史书对赵匡胤的读书生涯未做详细描写，但对其平时的生活做了详细描写或夸张叙述。书中记载，赵匡胤年少时，就善骑马射箭、枪棍刀剑之类，一学就会，因此武艺远在常人之上。一天，一名少年故意牵来一匹未加鞍勒，并难以驾驭的恶马，想灭赵匡胤平时的威风。赵匡胤却不甘服输，即翻身上马，绝尘而去。不久，狂奔的恶马在跑过城墙门桅时，赵匡胤因只顾驾马，而没注意到这个障碍物，其额头猛然就与门桅撞到了一起，自己也立即砰然坠地，并昏迷了一阵儿。当时所见之人，都觉得其头部一定受了重伤，可不久后，赵匡胤慢慢地爬起身来，像没事一样，再次追马后腾身而上，并最终驾驭了这匹恶马。

还有一次，赵匡胤同伙伴们在一间极其破旧的土屋里偷偷赌钱，之后忽闻屋外有奇怪的鸟雀之声，于是众人纷纷跑到室外一探究竟。待众人跑到屋外后不久，只见那残破土屋顷刻坍塌了下来，众人见状都深感自己的幸运。而史书里评论道，那些鸟雀是上天派来解救赵匡胤的，故其因此躲过了一劫。

五代时期，人们普遍有着重武轻文的观念。因为那时中原很多地区都是一派常年战乱，政局动荡，民不聊生的景象，那时武力决定着一切，文人的种种理论根本没有任何实际用处。五代后汉大臣史弘肇就曾说道："安朝廷，定祸乱，直须长枪大剑，至如毛锥子（即毛笔，也代指文人），何足用哉！"这一段话真实反映了当时的严酷现实，至唐代后期以来，朝廷势力就日渐衰落，而藩镇势力逐渐强大起来。五代时，国家和地区势力的更替直接与武力挂钩，只要掌握了"长枪大剑"即可割据一方，挟制朝廷，乃至弑君篡位。

在这样的世道下，像赵匡胤这样出身军门的孩子不免都会厌文好武。而赵匡胤，在少年时，就不时表现出了一些领袖气质和强大气场。当时的赵匡胤是伙伴中的孩子王，每次他傍晚从学馆归家时，都会学着将帅的模样，先让其他小孩儿在前面喝道，自己则在路当中徐步而行，神色庄毅，做出一番将帅姿态。而平时他尤爱战争之类的游戏，在其中也表现出了一些有勇有谋的姿态，而且也结识了很多日后成为自己得力干将的将领，如韩令坤等。

后世流传着赵匡胤的许多故事，其中一则故事则讲到赵匡胤是一名全能的武士和兵器大师。如古代传统武术中的太祖长拳、太祖短棍和二节棍等，都说是由精于武术的宋太祖创立并流传下来的。如武林主要拳术之一的太祖长拳，传说是宋代少林寺僧根据宋太祖所创拳法加以整理流传下来的，后成为少林十八家拳术之一，特点是招式变幻莫测，攻防兼备。太祖短棍也称少林太祖短棍，其棍法特点是身法自然，动作快速灵活，实用性强。在一些地区也称其为"鞭杆"，因此宋代也有"太祖一根哨棒（短棍）打下四百江山"的说法。相传赵匡胤还改良了"盘龙棍"，那种一节较短，一节较长，专用来扫击敌军马脚，或破坏士兵装备的武器。他将这种二节棍改成了较短的棍身，其间用一段铁链或绳索连接，能发挥很好的机动性与变换性。

后唐时期，唐明宗李嗣源死后，其子李从厚与其养子李从珂为夺取帝位而发生了激励争斗，这时李嗣源的女婿石敬瑭便开始策划造反，想自己坐上皇位。至936年，石敬瑭在辽国的支持下，于晋阳起兵造反，这时已经年过半百的石敬瑭以尊奉辽太宗为父皇帝，并割让燕云十六州（今北京及河北、山西北部地区）大片土地与每年贡献银织三十万两匹的沉重代价，才换得了辽太宗的援兵，成功杀入洛阳城，推翻后唐王朝，建立了后晋王朝。两年后，后晋迁都开封，赵弘殷一家也随之迁至新都。

其妻妾与兄弟子女

五代后晋开运元年（944），赵匡胤来到开封六年后，已年满十八岁，成为一位性格沉稳、有勇有谋的青年。男大当婚，于是赵弘殷夫妇也开始为儿子张罗婚事。中国古代的婚姻传统是讲究门当户对的，因此赵家相中了同为军校的贺景思的长女贺氏。不久后，赵家便向贺家提亲，赵匡胤和贺氏便结为夫妻。

贺氏为开封人，少赵匡胤一岁，其性格温柔恭顺，知书达理，动遵礼法。完婚后，贺氏为赵生有二女（魏国、鲁国二公主）、一子（燕王赵德昭）。后周显德二年（955），赵匡胤官拜定国军节度使后，贺氏被封为会稽郡夫人，958年，贺氏因病去世，年仅三十岁。后赵匡胤建国后，追封贺氏为皇后，谥曰孝惠。

古 筝

在贺皇后病死的当年，已升拜殿前都点检的赵匡胤又娶了彰德军节度使王饶的第三女为继室。王氏为邠州新平（今陕西彬县）人，出嫁时年方十七岁，后被封为琅邪郡夫人，史称其“恭勤不懈，仁慈御下”，经常身穿布衣服侍赵用餐。她还通晓音乐，善弹筝鼓琴，晨起即诵佛经，颇得赵匡胤之母杜老夫人的欢心。赵匡胤即位后，王氏被册为皇后，而王皇后为赵匡胤生子女三人，皆夭折。其本人也死于乾德元年（963）二月，年仅二十二岁，谥曰孝明。此后皇后之位数年无人，至开宝元年（968）二月，宋太祖才纳宋氏为皇后。

宋氏，洛阳人，左卫上广将军宋偓的长女，其母亲为后汉永宁公主。乾德五年（967 年），十六岁的宋氏随其母亲一起从宋偓任节度使的华州（今陕西渭南华州区）入京来贺长存节（即宋太祖的生日），后颇得天子的爱怜，故在次年二月被纳入宫，册为皇后。至宋太祖死后，宋皇后被宋太宗封为开宝皇后。至道元年（995）四月，宋皇后去世，终年四十四岁，谥曰孝章。

宋太祖不好女色。天子是可以有三宫六院七十二房专宠的，但宋太祖对此颇不在意。《宋史》也记载宋太祖只有四子六女，十个子女，其中贺皇后生二女一子，王皇后生子女三人，而与其他妾室只生了四个子女。而宋太祖的长子，即燕王赵德昭之兄赵德秀，和幼子赵德芳等都是妾室所生。而古代妾室一般都不记载其姓氏，因此《宋史·宗室传》就未曾指明亲王赵德芳之母的姓名。相传，五代后蜀国主孟昶的宠妃花蕊夫人费氏，随孟昶离开成都来到开封觐见天子时，宋太祖便看上了她，后才有孟昶被毒死一事发生，而花蕊夫人也被宋太祖纳入宫中封为妃子。而民间还流传着一则关于赵匡胤的“不恋私情不畏强，独行千里送京娘”的传说。

传说中，年方十七，聪明美丽的京娘一天随人到河北曲阳去烧香还愿，后被强盗所抢掳，幸遇赵匡胤拔刀相救，才得以脱险。赵匡胤即又千里迢迢，独力护送京娘归家，而且一路上谨守礼制。京娘先是感恩不尽，拜赵匡胤为义兄，后又深感他为人正义，英武俊秀，欲以终身相托。但赵匡胤闻后婉拒道：“贤妹，非是俺拘泥礼制，本为义气千里相送，今日若就私情，与那个响马何异？况且施恩图报非君子所为。”后京娘失望说道：“恩兄高见，妾今生不能补报大德，死当衔结环草。”说完便投湖自尽以明此心。赵匡胤称帝后，深感其情义，便追封京娘为贞义夫人以为表彰。这一段赵匡胤千里送京娘的佳话，是出自明代冯梦龙的《警世通言》一书。

赵匡胤为赵弘殷与杜氏的次子，他父母的结识有这么一段佳话。相传赵弘殷从军之前，一天路过定州安喜（今河北定州）杜家庄时，因遇上大雪，就躲在杜庄门外避雪。后一庄丁看见他长得气度不凡，相貌端正，就让他进屋取暖，并给他饭吃。由于大雪连日不止，滞留在杜家庄的赵弘殷不好意思吃白食，就帮人家干些活儿。后因他勤勉谨慎，颇得主人杜太公的喜爱，至五代后梁贞明二年（916），便把长女十五岁的杜氏嫁给了他。

杜氏的父亲名杜爽，和母亲范氏生有五子三女。至后周，赵匡胤官拜节度使，杜氏被封为南阳郡太夫人。其称帝后，杜氏被尊称为皇太后，死后谥曰明宪，后来改谥曰昭宪，故史书称之为“昭宪杜太后”，其外祖父杜爽被追赠太师。

赵弘殷与杜氏共生有五子二女，即赵匡济、赵匡胤、赵匡义、赵匡美、赵匡赞和陈国、燕国二位长公主（古代称皇帝的姐妹为长公主）。宋初，按礼法需避天子的名讳，赵匡胤的兄弟即改他们名字中的“匡”字为“光”，后来赵光义登基（即宋太宗）后，“光”字又被改称“廷”。

史记，赵匡济、赵匡赞和陈国长公主的生辰日期不详，但皆死于赵匡胤称帝之前，故宋初赵匡济、赵匡赞分别被赠为邕王、夔王。燕国长公主为赵匡胤之妹，而陈国长公主与赵匡胤的大小关系不详。

关于帝王的传说和轶事自古就很多。相传，一年兵荒马乱，当时杜氏把赵匡胤、赵匡义兄弟俩放在两只大竹篮里，挑着逃难，后正好被世人相传的神仙陈抟遇见，陈抟便吟诗道：“莫道当今无天子，都将天子上担挑。”我们可以轻易推测这则故事其实是宋人为神化宋太祖、宋太宗两兄弟而编出来的。历史上的两兄弟相差十二岁，怎么会与弟弟一起被母亲挑上逃难呢?

赵匡美生于后晋天福十二年（947），比赵匡义小八岁。宋太祖死后，赵光义即位，后因帝位之争，想贬死其弟赵廷美，便对大臣们说了这么一段话：“廷美之母陈国大人耿氏，为朕之乳母，后来嫁赵氏，生下廷美。”如此说来，赵廷美应是宋太宗同父异母的兄弟，宋史官把这一说法载入了《宋史·赵廷美传》。但这与《宋史·后妃传》里已明确指出杜太后所生之子包括廷美的说法是自相矛盾的，而后《宋大诏令集》也记载，赵光义曾说："永唯骨肉之亲，绝而不殊。"我们从以上矛盾的史书记载可以看出，当时的宋太宗赵炅是为贬死亲弟弟，而故意不认赵廷美为同胞亲弟。后来元朝人陈世隆指出："盖宋太宗一时胡乱之言，以掩饰谋杀赵廷美之故"；清代学者钱大昕也说："此云乳母耿氏所生者，盖赵廷美得罪之后，造为此言"。

飘零江湖的奇特经历

在赵匡胤婚后两年，继承石敬瑭皇位的晋出帝石重贵登基后，由于耻于其父对辽朝的称臣态度，便停止了后晋对辽国的称臣关系。后辽太宗耶律德光以其为契机，多次率兵侵扰晋境。945 年，晋军先是大败辽军，次年，辽太宗又率大军南下，欲一举灭亡后晋。不久后，后晋统兵大将竟然率大军投降了辽国，致使束手无策的晋出帝只得出城投降。至 947 年春节，辽太宗在汴京开封称帝，欲成为中原之主。后中原军民纷纷聚兵反抗其统治，很快便把辽太宗赶出了开封，辽太宗病死于北归草原的途中。此时，太原的后晋河东节度使刘知远欲乘机称帝（即后汉高祖），他很快率兵南下，并占领了开封，建立了后汉政权。

汴京繁荣风光

在辽军入汴京前，开封城内曾遭受了一些后晋乱军的烧杀抢掠。后辽兵入城后又再次四处纵兵抢劫，使得城内无论贫民贵族，只好纷纷逃亡，于是就出现了开封城内十家九空的场景。待后汉建立后，赵家也经历了一系列变故，此时的赵匡胤已不能再追随没落的父亲，便将目光转向别处，欲投靠父亲在外地为官的朋友，以求得一官半职，再衣锦还乡。在此后赵匡胤一年多的江湖飘零的日子里，他总是处于四处投靠，四处碰壁，四海为家的状态里。

赵匡胤出京后不久，先沿着黄河西行，来到关西，欲投靠在凤翔府的父亲的朋友。后不料此人不念交情，只送他数千钱便将他打发走了。后赵匡胤来到了陕西西部、甘肃东部一带寻找机会，但还是未有任何结果。传说赵匡胤路过原州时，曾在一棵树下乘凉，但这时的树荫并没有随太阳的移动而移动，甚是奇怪，人们后把它解释为上天在照顾天子的征兆，后把这棵树称作“龙泉木”。后赵匡胤到沼州潘原县（今甘肃平凉东）时，看见路旁行人在赌钱，便有了一番其他打算。他从小在军中和伙伴们赌博，也练就了一些赌博本领，这次便以从凤翔府那里得来的数千钱为本钱，与当地人大赌了一场。在赵匡胤大赢之后，当地人见他势单力薄，突然反悔，不但将他毒打，还将他所有的钱财一并抢空。

一日，赵匡胤因多日受饿，在路边看见小寺庙有许多莴苣，便急忙偷偷将其剥去泥土，生吃下肚。此景被那寺庙里一位老和尚看见，老和尚见他衣衫褴褛，饥不择食，却仍有一副器宇不凡、能成大事之相。便请赵匡胤进寺庙用斋，好生款待了几日，并鼓励他不要气馁，只要坚持定能创出一番事业。后来，赵匡胤得志后，感念其恩德，便在那里建立了一座气派的寺庙，赐名普安寺。

赵匡胤来到复州（今湖北天门）后，去投奔其父旧友防御使王彦超，希望能谋得一份安身的差事。王彦超瞧不起他，也只是拿出一些钱将其打发了。赵匡胤又到随州（今属湖北）投靠父亲好友刺史董宗本时，终于将他收留了下来。可当时的董宗本之子董遵诲对赵匡胤极不友好，常常横加羞辱。后赵匡胤在被再次羞辱后，终不堪忍受而离开了董家。

不久，赵匡胤来到了荆湖地区的重镇襄阳（今湖北襄阳）。一段时间里，他寄居于襄阳城中一家招待四方流浪人的僧寺里。后来一位善于看相算命的人对赵匡胤说："你相貌不凡，一定是位能成大事者。我送你一些盘缠，你往北边去可能会有好的机遇。"赵匡胤闻后，便试着应言去北边寻找机会了。

赵匡胤在流浪期间，与佛教的渊源甚广，在《邵氏闻见录》中曾记载这么一件事。赵匡胤一天在洛阳长寿寺大佛殿中柱子下午睡，后藏经阁住持僧看见有一条赤蛇在赵匡胤鼻孔中出入，也觉其不像凡夫俗子，便建议其去河北应征从军，并给予了一定的盘缠。后赵匡胤在北还路过宋州高辛庙时，看到高辛庙里的香案上放着杯珓（占卦工具），颇感时运不济的赵匡胤便拿起杯珓，来占问自己今后的功名官位。赵匡胤从小校开始问起，经军将、刺史、团练使到节度使，一次次地占问，都没有掷出圣珓来应验。赵匡胤大感困惑，发狠道："难道是做天子吗？"谁想这次掷出的杯珓正好是一正一反，是上上签。而且多次的占卜结果都是上上签，对此结果，赵匡胤也不知该喜还是该悲。

这些自然都是附会的奇妙传说。五代时期是一个战火不息、生灵涂炭的时期，人们纷纷希望通过皈依佛教来转移现实中不可改变的痛苦。那时佛寺遍布天下，所以落魄的赵匡胤也有可能获得来自僧寺方面的帮助，宋太祖主要是想借自己的亲身经历来重塑已被周世宗柴荣毁掉的中原佛教环境。而宋太祖大兴佛教后，一些身为佛教信徒的百姓也开始力捧宋太祖，以宣传佛教的形式为宋太祖说了不少好话，起到了很好的政治效果。

高辛庙中求得的圣珓，不知是否让流落江湖的赵匡胤有了一些慰藉和想法。但他此番前去河北应征之事，确实改变了他的一生。累月的闯荡，赵匡胤本是一无所获，却磨炼了他的心智，最后终于下定决心，去河北从军。后几经周折，赵匡胤终于投奔在后汉大将郭威门下，当上了一名普通士兵，结束了他的流浪生活，此时他二十三岁。有趣的是，他与父亲最终走到了一起，共同跟随着一个顶头上司，虽然赵匡胤还只是一名士兵，而父亲却是一名资深的禁军军官。但之后的局势变化，彻底改变了赵匡胤的从军生涯。

CHAPTER

第二章 2

上天眷顾与建功之路

从军不久，赵匡胤就得到了上天的极大眷顾。他先是得到了周世宗柴荣的赏识，并在其登基后得到了重用。在高平之战中，表现出将帅之才，成就了其“肇基皇业”之战。又被任命整顿禁军，且结交了诸多将领。后征战淮南时，又屡建奇功。北伐中周世宗突然病重，自己被任命为最高统帅。这一切好像都是上天的安排，入伍十年，赵匡胤就从一名普通小兵变成了最高统帅。

高平之战与整顿禁军

赵匡胤跟随的郭威，在后汉朝廷里可算得上是一个功勋卓著的人物，特别是在以枢密使身份统率大军平定李守贞叛乱后，得到校太师侍中的名号，其在后汉的影响力便更加广泛。之后朝廷任命他为邺都（今河北大名）留守，以抵御契丹入侵。而这时他还兼领宰相和河北博州一切军政事务。之后，郭威在镇守河朔、主政邺都上取得了不错的政绩，而他的助手，天雄军节度使、养子柴荣也在邺地实施了一些改革措施，取得了良好的声誉。

乾祐三年（950）十月，汉隐帝开始大杀功臣，以稳政权，后终于轮到了功勋卓著的郭威。先是远在汴京的全部家人被无情杀害，此事被郭威知道后，愤恨不已，也深觉后汉政权已是名存实亡。不久后，郭威统率大军，自檀州（今河南濮阳）、滑州（今河南滑县），一路过关斩将，并招降纳叛。不久后便直趋京师，最终代汉而立，建立了后周政权，成为后周王朝的开国之君。由于郭威已没有亲人，义子柴荣也就自然成为默认帝位继承人，后不久便被授任为镇宁节度使，又封太原郡侯，镇守澶州，独立把持着一方政权。在拥立郭威的过程中，原是无名之辈的赵匡胤也因此事而立下

后周太祖郭威

一些功劳，故后周建国后，被提升为东西班行首。

广顺三年十二月，只当了三年后周皇帝的郭威突然身患重病，他也自知将不久于人世，便把治国的重任交给了已升任开封府尹一年的柴荣。至次年元旦，郭威逝世，三十四岁的柴荣继任帝位。柴荣即位后，把原在开封府做事的赵匡胤提拔成了一名皇家近卫军中级军官，与他的父亲赵弘殷平起平坐。

显德元年二月，周世宗柴荣即位不久，潞州（今山西长治市）边关就传来敌情，北汉主刘崇趁后周国丧，领兵准备造反。刘崇是后汉高祖刘知远的弟弟，后周建立前，就一直坐镇河东，为太原留守。后郭威起兵攻灭后汉隐帝刘承祐后，曾一度假意立刘崇之子刘赟为帝，可后来又把他废为“湘阴公”，最后干脆斩杀了刘赟。郭威的所作所为，对刘崇来说可谓国恨家仇。后周建立后，刘崇公开反叛后周政权，与辽国联盟，长期与后周作对。郭威死前，他一直占据着河东一隅之地，并自立北汉称帝，宣布继承后汉国统，并一直为复仇做着准备。郭威一死，刘崇认为时机已到，便即刻禀报辽国让其作为支援，协助攻打后周。此时辽国即派杨衮率一万多骑兵相助，而刘崇亲点三万兵马，先命张元徽率先锋军与两军会合，准备大规模南下。

刘崇要攻打后周的消息传来后，周世宗柴荣即召群臣商讨对策，并表示自己也要统兵亲征。而此时大臣们都不建议周世宗亲征，并联名上奏道：“刘崇乃先帝手下败将，遁逃太原后，势蹙气沮，必不敢轻举妄动。陛下刚刚即位，先帝寝陵未安，人心易动，不宜随便亲征，派手下将领抵御即足以退敌。”柴荣却说道：“此次刘崇竟然敢乘先帝身殁，新国建立时来造反，分明是看不起我，我意已决，你们不要再劝我了！”

柴荣也是一名常年打仗的统帅，也有一套自己的打仗风格。他仔细分析形势后，很快就果断地做出了部署。他先命天雄军节度使符彦卿领兵袭击北汉军后路；再命河中节度使王彦超自晋州（今山西临汾）东下，以夹击刘崇大军；后命禁军都指挥使樊爱能、步军都指挥使何徽、宣徽使向训三路军队从正面往泽州（今山西晋城）迎战敌军。至三月十一日，柴荣也亲自率军从开封出发。

刘崇率军在太原起兵后不久，就先在邢州打败了昭义节度使李筠的部队，后迫其逃到潞州，婴城自守。后刘崇并未乘胜追击，而是先引兵绕道南下，直抵身为战略重地的高平（今山西晋城东北）。而不久前，柴荣也率军直奔此地，十八日后，后周大军也来到了离高平不远的泽州，并安营扎寨即宿于州城东北十五里外的村舍周围，而此时柴荣的三路军也都赶到了此地，两军都积极准备着次日的决战。

次日，两军前锋军在高平县南发生了一场遭遇战，后周军队率先取得了胜利。随后柴荣将万余周军分成三路：一路以侍卫马步军都虞候李重进、滑州节度使白重赞居阵之西翼为左军；一路以侍卫马禁军都指挥使樊爱能、步军都指挥使何徽居阵之东翼为右军；一路以宣徽使向训、郑州防御使史彦超率精锐骑兵部队居中路。中路军里也有柴荣坐镇的部队，而赵匡胤担负着保卫柴荣的重任。与此同时，刘崇也在高平县南巴公原拉开阵势。这边的军队以契丹杨衮部队居西翼为右军；先锋将张元徽居东翼为左军，刘崇亲率三万大军为中军。

战幕拉开后，由于后周河阳节度使刘词所率后路大军尚未到达，此时是后周的一万军队对阵着刘崇的四万多军队的局面，因此后周军队的一些将士也害怕起来。刘崇见后周军队人数如此之少，便叫契丹的杨衮部队不用出战，以免其抢去功劳。后交战不久，后周右军就率先被攻破，此时北汉的将领张元徽所率的先锋军也越战越勇。而此时后周的右军将领樊爱能和何徽两将看到北汉士兵如此之多，深感难有胜算，不久就慌了阵脚，焦急等待着刘词后军的增援。不久后，右军的阵线就被冲垮，后周的骑兵因此而大乱，而步军数千人见敌众我寡，开始纷纷向汉兵弃械投降，而此时樊爱能和何徽则率数骑逃离阵地。

右军溃败后，周世宗的中路部队便彻底暴露在了北汉大军面前，而此时援军未到，后周军队的不利形势已暴露无疑。千钧一发之际，二十八岁的禁军将领赵匡胤站了出来。他先是大声疾呼：“君危臣死，何能不拼死效忠！”后又向其长官张永德建议中路军可兵分两路，由他本人先率兵夺回右翼阵地，而张永德引兵占领高地，作为左翼，发挥神箭手的优势，造成两军合击之势。张永德立即采纳其建议，不久后，两人就各率两千勇猛禁军准备挽救危局。赵匡胤率先向失守的右路开始冲锋陷阵，其将士们也都奋不顾身，准备拼死一战，有着勇猛无敌之势。此时，占领阵地的北汉兵与这两支勇猛后周军交战后，深感其勇猛无敌，不久后便纷纷溃败逃去。不久后，先锋将张元徽的坐骑被弓箭射中摔倒在地，张元徽在落马后不久，便被周军乱刃杀死。北汉兵见先锋已阵亡，其士气顿时一落千丈，与右路后周军交战的北汉军已是全军溃败之势。而此时的契丹援军惊叹周军的勇猛，又见后周的援军已到，便不敢再去救援，只好引兵而返。

至刘词率领的后军赶到战场时，周军已挽回了兵少的劣势，开始了全面反攻。之后的赵匡胤还在奋勇杀敌，率军斩杀了后汉枢密副使王延嗣，又乘胜去攻打高平城，而直到左臂中箭，周世宗下令让其休息才肯罢休。

高平之战，不仅让后周打消了北汉的嚣张气焰，提高了周世宗的帝王威望；更让赵匡胤一战成名，让众人见识到了这位年轻人的忠勇无敌和卓越的军事指挥才能。他也被提升为殿前散员都虞候兼严州（今浙江建德县）刺史。而这场战争也被后世称为赵匡胤“肇基皇业”的开始之战。

高平之战后，周军开始乘胜进攻北汉首都太原。当时的形势本对周军十分有利，起初北汉的州县慑于周军的声威，纷纷投降，至五月，周世宗就亲率大军来到了太原城下。可之后由于粮饷不继，许多将士为解燃眉之急，竟然开始公开进行抢劫活动。正是周军此举使本来迎降的州县又纷纷改变态度，开始聚集抵抗周军，使得后军拿下太原城的计划成为泡影，不得不下令班师。正是这次出征，使周世宗意识到，军队纪律严明的重要性，他先就高平之战，对李重进、向训、张永德、史彦超、马仁璃、马全义诸将都予以重赏，赵匡胤也因功勋卓著，名列其间。其次惩罚了此次临阵逃脱、贪生怕死的樊爱能、何徽及其部下七十余人，悉数斩杀。这年九月，右屯卫将军薛训因纵容吏卒敲诈百姓，被免官放逐。十月，左羽林大将军孟汉卿带头烧杀抢掠，也被处以弃市之刑。

周世宗这时对禁军是深感失望，后来他想起了赵匡胤，便让其好好整治一下这支军队。当时的禁军有着严重的老幼充塞现象，这必定会严重影响战斗力。其次军队里还有很多骄兵悍将，经常会因为一言不合，就拔刀相向。改革从 954 年 10 月起，赵匡胤先是将禁军中老弱怯懦的士兵通通罢去，再重新挑选强健者为“上卒”，将其选入“殿前诸班”，直接负责皇帝的安全。其次又开始大肆在全国范围内招募新兵，加以选拔和训练，挑选优秀者，编成精锐。正是赵匡胤的大力改革，经过一段时间后，后周的军队实力已有了很大的改善和提升。

征战淮南，屡建奇功

高平一战后，拥有精兵强将的周世宗已不满足于偏居中原一隅了。显德二年（955）初，他便命臣僚们写《为君难为臣不易》和《平边策》各一篇文章，考验其政治能力，意在为后周提供治国方略和进取大计。之后，许多大臣也提到了攻占江淮以及江左南唐的打算，并说明了后周在这场战役里的一些优势。周世宗认真考虑后，开始和大臣们制订一系列的攻打计划。

由于高平之战暴露了后周军队的许多问题，周世宗为确保万无一失，想在攻打南唐前试试经过整顿的后周军队的整体实力。于是决定遣将率军去攻取一些南唐附近的城池，先取得了一些战略要地。而后蜀所占的秦（今甘肃秦安）、凤（今陕西凤县）、成（今甘肃成县）、阶（今甘肃武州）四州，则成为攻打南唐很好的中转要地。

秦、凤等四州自后晋以来，被独立于后蜀后，因蜀主孟昶为政苛刻，民怨沸腾，故其地区居民曾数次请求后晋朝廷收复该地。至 955 年四月，柴荣便以收复失地为讨伐口号，开始了收复后蜀四州的计划。五月，节度使王景开始率军由陕西大散关出发，直趋秦州。由于错估了后蜀军队的实力，加上全军的长途劳累和粮草供应不足等情况，使得周军在攻取秦州以东的黄牛寨时，便陷于停滞不前的状态。

之后，对于是进是退，来自军事统帅和宰相的意见都是退兵。而周世宗却不甘心就此劳师无功。不久后，他又想到了此前一战中有勇有谋的赵匡胤。赵匡胤此次的主要使命是评估前线的战局情况，以便朝廷早作进退决断。来到前线的赵匡胤凭着几年的打仗经验，仔细勘查后认为攻打秦、凤等四州是可行的。

不久后，周军就再次重整军队，开始了对秦州的再次讨伐，后荒于政事的后蜀主孟昶一看周军收复这四州势在必行后，便开始恳请周世宗高抬贵手，可周军又发起新的攻势孟昶顿时慌了手脚，他致信柴荣，欲以两人俱生于太原这点来叙乡里之谊，请柴荣高抬贵手。柴荣根本不予理睬，只是一直命令加紧进攻。在秦州之战中，后蜀先是派大将李廷珪、高彦俦前来救援，其均被周军击败。秦州节度使韩继勋眼见周军势盛，弃众逃归成都，其部下随即以城投降。成、阶二州守将见秦州已降，也相继举降。至十一月，周军最后攻克凤州，至此俘敌节度使王环，收复了原本的四州之地。

攻占后蜀四州后，周世宗开始按照原来确立的目标，准备消灭淮南的割据政权——南唐。

南唐后主李煜

当时的南唐帝王李璟，与其后著名的南唐后主李煜一样，是位热爱写词的皇帝，如后人熟知的《谒金门》：“风乍起，吹皱一池春水。闲引鸳鸯香径里，手挼红杏蕊。斗鸭阑干独倚，碧玉搔头斜坠。终日望君君不至，举头闻鹊喜。”正是出自于他的手笔。

起初，其父在世时，李璟还谨遵父命，时时注意着中原和周围局势的变化，并为对付中原的后晋政权，在德昌宫储存戎器金帛七百余万，预备着一旦中原有变，便大举北进，逐鹿群雄，最后统一全国。但其父死后不久，他便执意按照自己的思路，极力征讨南方诸国。他以扩张领土为乐，把南唐领土由原来的二十八州增加到三十五州，成为南方第一强国，是仅次于后晋的中原国家。

在南方，南唐可以恃强凌弱，但面对北方，总是犹豫不决，屡次丧失北伐战机。946 年，契丹军南下攻陷汴梁后，后晋政权即告覆灭。而后，后晋将领皇甫晖、王健等不甘奴事契丹，欲举众归附南唐；当时的淮北也组织着北伐契丹的活动。而这时的李璟却遣使向契丹国主道贺，并请求到长安修复唐朝十八帝陵墓（李璟自称为唐太宗后裔）。如此示弱，遭到契丹和其他中原政权的集体轻视。

至后汉隐帝刘承祐在位时，中原已渐衰弱，内乱不止，当时淮北的很多农民都组织了起义活动来反抗后汉暴政，认为这是一次良好的南唐推翻后汉政权的时机。可李璟此时却执意用兵湖湘，准备收复这两地，以致后来损耗惨重，再次错失称霸中原的良机。而当河中节度使李守贞联合关内两个节镇于 948 年发动叛乱时，南唐却错误判断形势，不顾河中道远，力量难及，盲目遣兵淮北。结果劳而无功，还差点在沂州中下埋伏，不得不向后汉请和。

由于南唐连年伐闽征楚，用于征战的财物积库已渐渐消耗殆尽。而在一些征服区域里又反叛蜂起，这使得李璟一直穷于应付，唐军也疲于内部造反的治理。无止尽战事的失算和失败渐渐让李璟也对征伐之事完全失去了兴越。他后来竟天真发誓要终身不言兵、不用兵，只图“保境息民”，好好过完这一辈子。至后周，当李璟知道周军想要讨伐南唐时，才明白自己一厢情愿的愿望终化为泡影。南唐已无统一中国之大志，可后周却不肯放过南唐。

显德二年十一月，柴荣任命李谷为淮南道前军行营都部署、以忠武节度使王彦超为副部署，率侍卫马军都指挥使韩令坤等十二将伐唐，首攻目标就是南唐的门户，即淮南军事重镇寿州（今安徽寿县）。寿州城位于淮河岸边，每年冬季的枯水季节，南唐都要增兵把守这道防线，以防不测。面对周军的进攻，南唐派出颇有谋略的神武统军刘彦贞和奉化节度使皇甫晖火速增援寿州。

李谷率大军一路进发，直扑淮河岸边，为了节省时间，想在援军未到之前对寿州城实施包围。周军命众将士快速架设一座浮桥，以保证部队顺利渡过淮水。待到完成对寿州城的包围后，刘彦贞的南唐援军也赶到了寿州西南，不久后，两军形成对峙之势。而两军的对峙之势持续了很久，至956年正月，周世宗决定亲自出征，试图打破这种僵持的局面。

后周军听说周世宗要来亲征后，试图再次攻打寿州。和此前的对峙局面一样，周军虽有马步兵优势，但南唐的势力也不弱。当时南唐的统帅刘彦贞扬长避短，一直试图破坏周军浮桥，并采取截断周军粮道和退路的策略，还时常使用引诱周军孤军深入后乘机围歼的计策。不久后，李谷深知现在的周军是吃亏的，为避免腹背受敌，只得决定退保浮桥，退守至寿县西南的正阳。

正赶赴前线的周世宗听到周军退守的消息后，即命令侍卫亲军都指挥使李重进星夜兼程，带兵绕到唐军后面以挽回不利之势。后两军在正阳附近展开遭遇战时，唐军不料被抄了后路，很快便败下阵来，其主帅刘彦贞也因此战死。至此，周军取得了出师以来的首次胜利，极大地鼓舞了士气。

此时，周军本应乘胜追击，可主帅李谷不知为何却向周世宗提出了退兵方案，建议周军宜厉兵秣马，待来年冬天掩住唐军后再图寿州。周世宗对此深为不悦，到达前线后，即以李重进取代李谷统领周兵，决心不惜代价攻下寿州。不久后，周军将自己的指挥部移至寿州城下，大有准备围攻寿州城之势。唐军见势不妙，也派万余水兵悄悄乘舟到了涂山（今蚌埠西），连同退守滁州的皇甫晖军，从北面和西面形成对周军的反包围。而这时的寿州城又久攻不下，一时间两军又陷入了对峙的状态。

周世宗意识到要打破僵局，首先要消除来自北面和西面的威胁，特别是扎营于涂山的唐军，他再次想到了年轻的赵匡胤。是年一月二十六日，周世宗即命令赵匡胤进攻涂山。涂山是易守难攻的，周军由于兵力不占优势，强攻难以得手，于是赵匡胤决定采取引蛇出洞的战术。他先派百余名骑兵对涂山的唐军军营实行佯攻，后成功引诱唐军来到了事先设好埋伏的涡口（今怀远县境内涡

滁州清流关

河入淮河处）。唐军发现上当时已晚，他们的大部队在进入周军伏击圈后，很快就败下阵来，其兵马都监何锡也在此战中被斩杀。涡口一役，消灭了唐军来自寿州北面的威胁，也解除了周军被包围的困势。接下来便要想办法再击破寿州东面的滁州守军，柴荣又把这项艰巨的任务交给了赵匡胤。

此时驻守在滁州西南清流关的唐军据称有十万之众，并由名将皇甫晖和姚凤统领，加上此地以天险为防线，想要正面攻占几乎是不可能的，因为此次赵匡胤只带了五千士兵。此战，赵匡胤决定采取声东击西的战术，一方面他摆开一副要与唐军决战的架势，制造种种临战气氛，造成正面交锋的声势；另一方面，将人马悄悄调集起来，越过皇甫晖的正面防线，绕到清流关背后，准备出其不意地袭击唐军。当时的唐军并不知周军有多少人，古代的战争都讲究正面的决战，所以皇甫晖也在滁州城下安营扎寨，准备随时与周军决一死战。在这期间，赵匡胤命探子去摸清唐军的人马，随后才知道唐军根本没有传说的十万人，当时驻扎在城外的后唐大军，也不过一万多人，可想滁州城里也不会有多少守军。一日，赵匡胤率军突然乘着夜色的掩护，对唐军发起了偷袭，南唐军顿时慌了手脚，被迫放弃苦心经营多日的正面防线，退入滁州城，断桥自守。

“宜将剩勇追穷寇”，久经沙场的赵匡胤自然明白这个道理，于是跃马奋起直追，直抵滁州城下。这时退守城中南后唐士兵士气低落，而皇甫晖更是恼羞成怒地在城头上对赵匡胤说道：“人各为其主，你可否愿意与我单独决一胜负？”赵匡胤深知皇甫晖已穷途末路才出此下策，后犹豫一会儿心生一计，便答应了他的挑战。皇甫晖自认为自己实力高于赵匡胤，并以此可以堂堂正正地灭一灭赵匡胤的威风，却不知“兵不厌诈”的军事常识。后皇甫晖整军出城，还立足未稳之际，赵匡胤突然跃马而起，对唐军大呼：“我不与他人为敌，只取皇甫晖的首级。”本来就畏惧的唐军一见周军主帅亲自冲杀过来，立即军心涣散，各为自家性命着想，根本无对战之心，只顾仓皇逃跑。赵匡胤即长驱直入，率领一小队人马朝皇甫晖奔去，不久后其即被掀落马下，周军趁势跟上，将其生擒。群龙无首的唐军这时只顾四处乱窜，最后在另一守将姚凤带领下，向周军投降，于是滁州失守。

姚凤投降之际，正值第二日中午，那时滁州城内各寺院钟声大作，欢庆不断，好像周军的胜利是民心所向。滁州大捷，使周军解除了寿州周围的威胁，切断了南唐都城金陵（今南京）与寿州之间的联系，使寿州变成了一座孤城。见寿州守军被断了后路，李璟大为震恐，便立即派人持函至周世宗处，示意愿向周朝称臣以求止战，并缴纳财货以助军资。面对南唐王朝的求和与称臣，周世宗根本不为所动，他此次举兵的目的在于尽收江北之地，区区小恩小惠，根本满足不了他的胃口。因此，周军在周世宗的督促下进攻江北地区。李璟见求和无望，也就硬着头皮进行抵抗。

周世宗在继续实施对寿州的包围时，又探知江北重镇扬州兵力空虚之后，即派韩令坤率军攻打该城。由于扬州的南唐军士气低落，不久后该城就被周军占领。韩令坤想挟取扬州之余威，乘胜扩大战果，便即刻攻克泰州等地。李璟见周军已直接威胁首都安全，便令齐王李景达为元帅，挑选精锐六万，迎战周军，收复失地。四月，南唐的右卫将军陆孟俊自常州率兵万余，收复泰州后，

扬州古景

又把锋芒指向扬州。周军守将韩令坤见唐军来势凶猛，敌强我弱，禀告周世宗先弃扬州而退，以保实力。周世宗闻后又把赵匡胤推上了前线，想让其扭转局势。

赵匡胤并未进入扬州城，而是屯兵六合（今扬州西北），起着后援与阻止扬州周军后退的意图。他知道军纪对于战争的重要性，想让扬州守军背水一战，发挥其最大的潜能，于是赵匡胤向扬州士兵下令道："扬州兵有过六合者，无论何人，一律斩断双腿。"后韩令坤见无路可退，只得派兵与唐军拼死一战。此战周军破釜沉舟，其士兵与唐军对战时，个个勇猛无敌，而唐军也只顾性命，消极应战，不久后唐军就被大败于扬州城外，周军也保住了扬州城。

赵匡胤在六合成功地阻止扬州溃军后，探子又报，李景达又率二万大军渡江而来，朝六合逼近。而赵匡胤此次所率只有两千士兵，两军兵力如此悬殊，周军再次陷入险境。

李景达率军来到六合附近后，并没有趁势攻打六合，而是在距六合二十里处驻营扎寨停止了前进。周军在南唐之战中，最大的优势就是很好地掩饰着其真正的兵力，故每次唐军不知周军的真正兵力时，不敢轻举妄动。赵匡胤深知敌军设营扎寨，停滞不前，是摸不清我军底细而产生畏惧，而我军不足二千，如主动出击，我军势必会暴露真正兵力，唐军势必会士气大振。不如等敌军主动来犯，我军可做好埋伏，见机行事。

果然，数日后，唐兵开始了主动进攻。唐军率大军摇旗呐喊蜂拥而至，准备一举拿下六合，赵匡胤早就做好了准备，他亲自督战，并命令道："如有士兵不积极应战者，以剑在其皮笠上刻下记号，待战事结束后，凡有记号者，一律斩杀。"赵匡胤此时所率两千禁军个个英勇善战，而此时唐军人数虽多，但大都是乌合之众，没有经过严苛的训练，没有严明的军纪。周军以车轮战的防御阵型迎战唐军，唐军每率一拨士兵进攻时，都被周军很好地防御下来。周军凭借精兵和破釜沉舟之势，最终取得以少胜多，杀敌五千多的惊人战果。唐军见周军如此善战和勇猛，个个都急忙渡江逃溃，后争舟而落水者也不计其数。周军以两千兵力，大败唐军两万部队，这种以少胜多的战绩，在后周军队的征伐史上可以说相当罕见，由此可见赵匡胤的非凡军事才能。

956年十月，赵匡胤因在滁州和六合屡建奇功，即被晋升为殿前都指挥使兼匡国军（后因避讳，称定国军，治同州，今陕西大荔）节度使。尽管周军屡胜唐军，但周军士兵长期屯于城外，不免疲惫。加上粮草不继和暑雨天气来临，周军难有再次进攻之势，后周世宗决定先命向训坐镇扬州，后命李重进继续围攻寿州，其余军队先做休整，再做打算。

这期间，李璟顺势倾全国之力，命李景达率兵全面反攻，也收复了不少失地。唐军攻打到扬州后，向训深知敌众我寡，难以坚守此地，便向周世宗建议撤退扬州，周军全力以赴攻打寿州。周世宗听其建议后，便让扬州周军撤兵，转而协助李景达一起攻打寿州城。可寿州守将依旧治军有方，率军全力拒守，周军也久攻不下。不久后，李景达所率援军也全速北进，并遣大将边镐、朱元、许文稹等领兵数万驰援寿州，援军后扎营于寿州城边的紫金山，与城内刘仁赡遥相呼应，并输粮支援城内军民。这时的唐军凭借兵精粮足的优势，多次打败了寿州周围的周军。这时的形势已对周军不利，不少大将也上书周世宗，请求退兵。

而这时的周世宗已再次休整好了军队，于显德四年（957）二月，再次亲征淮南。三月时，周世宗就披坚执锐，来到寿州前线，亲自指挥作战。在仔细研究战况之后，周世宗决定首先切断城外唐军给城内输粮的运输路线，以实现对寿州的铁壁合围。而这时的赵匡胤又一次领命出击，其目标是攻破紫金山上的南唐先锋营寨以及山北面的另一个营寨，以掐断敌军通道，使唐军首尾无法互相救援。赵匡胤又不辱使命，很快率军出击，斩杀唐军三千余人，攻占了紫金山的两寨，使寿州城又变成了一座孤城。

此时的唐军见粮道被切断，唐军内部发生了分裂，不久后，外围支援寿州的朱元竟率领万余士兵向周军投降，周军顿时士气大振，乘势向寿州的唐军发动全面进攻。不久后，寿州守将又率军出城应战周军，但很快就被周军击破，其主将边镐、许文稹也被俘。之后，前来支援的唐军见寿州失守后，沿淮河乘船溃逃时，又遭遇后周水军的突袭，周军水陆两路的夹击，使南唐援助寿州的外围部队遭到全歼。此战，后周取得了巨大的胜利，共消灭和俘虏四万余唐军，缴获战船、兵器不计其数。此时的寿州城已是难以为继，后因守将刘仁瞻大病，其部下便私自开城投降，淮南重镇寿州终于被周军占取。五月，赵匡胤又因功被加封检校太保，改领义成军节度使兼殿前都指挥使。

至十月，周军经过几个月的休整，周世宗第三次亲征南唐，这次的目标是夺取全部江淮地区。之前的寿州失陷和外围援军被歼，已使南唐仅有招架之功，而无还手之力，周军也因此一路势如破竹，连破江淮数城。至十一月四日，周世宗来到达镇，后渡过淮水到达濠州。六日，周世宗亲率部队攻打濠州东北的十八里滩，此时唐军在滩内设置栅栏，据以固守。周世宗后命士卒乘坐北方运来的骆驼涉水，又令赵匡胤率骑兵紧随其后。赵匡胤率军很快就策马渡过泗河，唐军水寨不久后被攻破。

濠州城外之敌被歼后，周军又开始水陆并进准备攻打泗州。至二十三日，周世宗又做监军，并命赵匡胤首攻城南。后赵匡胤率军焚其城门，又借敌舰为其所用，大破唐军水寨，最终迫使泗州守军投降。

至十二月六日，周世宗柴荣又亲率后周水军从淮水北岸挺进，准备迎击南唐的水兵精锐，同时命令赵匡胤领步骑兵沿淮河南岸推进，欲使三路军合围南唐水兵。两军交战时，赵匡胤又充当先锋，奋勇杀敌。不久后，南唐水兵根本不敌周军三面围攻之势，很快就溃败下来。此战，以周军大胜而终，缴获了南唐战舰三百余艘，俘虏唐军七千余人。此战也让南唐在淮河上的战船尽失，其水军也几乎全军覆灭。濠州守将见水军已败，深知守城无望，便私自举城投降。这时，淮河上的唐军据点，就仅剩楚州了。

不到一月，至显德五年（958）正月，楚州就被周军攻陷。此时南唐江淮地区除庐、舒、蕲、黄四州外，全部为后周所取。后周世宗率水陆大军攻打这四州时，四州守军都深知城池已成孤城，只好举城投降。至此，后周已尽取江北之地，此时与南唐的分界线，已由原来的淮河为界，变成了现在的以长江为界。至次年五月，赵匡胤改任忠武军（治许州）节度使。

兵取三关与世宗病逝

此次虽然周世宗在对南唐的作战中大获全胜，之后却未再按原定的先取南唐，再定岭南、巴蜀，待南方既平，再征北方的统一中原的计划进行。而是直接北征契丹，欲一举收复被后晋高祖石敬瑭割让给契丹人的燕云十六州。他突然改变先南后北的一统方案，实是基于以下方面的考虑：

契丹占领燕云十六州以后，使中原的北面无地方可守。如不及时收复，契丹骑兵可以仗着地理优势，随时南下骚扰或掳掠河北地区，使中原政权变得非常被动。如后晋出帝石重贵就因不服从契丹的统治，随后即被可直接从幽州南下中原的辽太宗耶律德光所灭。至后周建立后，朝廷所担心的主要战争威胁也是北方的契丹和北汉政权。南唐在遭受后周军队的沉重打击、江北土地尽被后周所夺时，如果不是派遣使臣北上联络契丹，与契丹联手迫使周世宗回兵自保，那么南唐早已被周世宗灭了。综上所看，后周如不收复幽州地区，关上中原北面的大门，那么后周根本是难以倾力南征的。

至五代晚期，十国的实力已大不如前，其中实力最强的是南方的南唐、后蜀两政权，在后周讨伐下都受到重创，而后蜀的关陇四州和南唐的江北十四州的夺取，更使这两国暴露出衰微不振之势，不得不畏服于后周。因此，后周虽未能平定南方，但南方诸政权已难以对后周产生实质性的威胁。此后，如后周一旦收复了北方的燕云十六州，解除了主要的顾虑，那么收复南方诸政权也是轻而易举之事，统一天下的大业也指日可待。

此时契丹国内的政局不稳，国力有了明显的下降，正是大举北伐的大好时机。

当初辽太宗耶律德光死于北归途中后，其侄子辽世宗继承了王位。可这时，契丹内部开始不断发生贵族和大臣的叛乱，至951年（辽天禄五年），辽世宗被贵族所杀。后辽太宗之子、寿安王述律（汉名耶律璟）即位，改元应历，即辽穆宗。至辽穆宗时，贵族和大臣的叛乱事件更是层出不穷。为巩固自己的权位，辽穆宗与其他皇帝通常所做的一样，极力排斥异己力量。原来和辽世宗关系亲近的贵族、大臣，或罢官，或不再重用。对于敢公开反对他，或进行谋叛的人，则毫不手软地进行残酷镇压。辽穆宗在一番大肆镇压后，觉得帝位已无可忧，便开始尽情玩乐，放纵无度，不问政事。因此，契丹国力大为削弱，而后许多大臣也开始人心浮动，以致后来不断出现南投后周或泄密的事件，如当时担任政事令的国舅萧眉古得和大臣李澣就有投敌行为。但此事在严密的监控下最终泄露，后萧眉古得被杀，李澣被处以杖刑。

至显德六年（959）三月中旬，经过近一年的精心准备，周世宗开始亲征契丹，以收复燕云失地。他先命义武节度使孙行友派兵马加强定州（今属河北）西山路的戒备，以阻止北汉出兵救援契丹；又命侍卫亲军都虞侯韩通等率领水陆军作为前锋先行出发；最后令各路兵马集结沧州（今属河北），随从皇帝亲征。至二十八日，周世宗一身戎装，自汴京出发北征。

四月初，韩通奏报周世宗，沧州进入契丹境内的水道已得到修治，沧州以北的乾宁军（即辽之宁州，今河北青县）也已准备受降，并且他们在城池南部已暗中构筑了栅壁，修补河道，并开挖排水用的游口三十六处，可使周军乘船直通燕云十六州中的瀛州和莫州（今河北任丘北）。周世宗闻后，率军急速北进，于四月十六日抵达沧州。为把握战机，趁其不备，后军顾不上休息，当日便率步骑数万直趋契丹边境。次日，周世宗率大军来到乾宁军，守城的辽宁州刺史王洪进即刻开门出降。周世宗以此为根据地，命韩通为陆路都部署，赵匡胤为水路都部署，水陆并进，准备攻打燕云十六州。

后周军在进入契丹境内时，战舰如云，旌旗蔽空，首尾相连，绵亘数十里。两天后，周世宗抵达独流口（今天津西南独流镇），再顺流而西下，直抵益津关（今河北霸州）。益津关与瓦桥关（今河北雄县旧南关）、淤口关（今河北霸州东信安镇）合称三关，是契丹在幽州正南防线上的三座重要关隘。此前，由于契丹国内统治不安定，没有花太多心思顾及南线防务，加上契丹骑兵在南巡时，并未发现中原军队主动北伐的迹象，根本没料到后周会有其他举动。当后周大军来到契丹的益津关时，守军根本无力抵挡，只得选择举城迎降保全性命。

霸州益津关

周军攻陷益津关后，因以西水道渐狭，大船无法行驶，周世宗遂舍舟登陆，策马西行，迅速接近瓦桥关附近。不久，赵匡胤即率兵直抵关下，辽瓦桥关守将姚内斌也深知无力抵抗大军，遂率众出降。后周世宗又率大军来到瓦桥关附近时，辽莫州刺史刘楚信和辽淤口关守将也畏惧后周大军，主动遣使来降。五月一日，后周的后续路上部队也纷纷赶到瓦桥关会合，此时后周所有军队集合完毕。后周大军来到瀛洲后，辽瀛州刺史高彦晖见向北退路已被切断，瀛洲已是孤城难守，也只得举城投降。至此，三关以南失地，全被后周所收复。

此时，据周世宗下诏亲征仅四十二天，出京师至此也仅三十二天，后周就一举收复三关（益津关、瓦桥关、淤口关）三州（宁州、莫州、瀛州），共得十七县，共一万八千余户百姓。当地百姓也原是中原居民，是不愿受契丹统治的，故周军进城后，他们都纷纷捧着酒食迎接大军。

周世宗在瓦桥关行宫中宴请随征诸将，商议北取幽州事项时，军中出现了一些分歧，有将领认为聚集于燕山一带的契丹军主力甚为凶猛，周军应该就此停止北进；也有人认为契丹主力军也不足为惧，周军可乘胜追击。周世宗当天即令先锋都指挥使刘重进等将领先发，后攻占了距离幽州仅一百二十里的固安（今属河北）。次日，周世宗亲自至固安北的安阳水（即今永定河）视察，命令架设桥梁，以备大军通行。而当晚再回瓦桥关休息时，周世宗突感身体不适，病倒了。

周世宗的病倒是有具体原因的。他自即位以来的四年多时间里，已五次统兵亲征，此次的北伐契丹也使得他甚为疲惫。他平时做事总是事必躬亲，连一些很琐碎之事也每每亲自过问，如《资治通鉴》等史书上都曾记载，周世宗第三次亲征淮南时，想派兵从水路进攻南唐，然而自淮河到长江之间有一段河道无法疏通，施工者称由于长江水位高于淮水，一旦掘通必将引起江水倒灌。周世宗得知后便亲自前去勘察，并于数日后传下手谕，竟然有具体施工方案，匠人依法施行，果然很快疏通了河道，后周水军战舰顺利进入了长江。如此事无巨细，一概事必躬亲的作风，难免极大地损害了周世宗的心力和健康。在此次亲征幽州之前，就有大臣鉴于天子健康状况不佳，而劝说道："待圣体稍安之后再行北伐，也不为晚。"但未被他接受。在此次北伐的关键时刻，周世宗终于病倒了。

这时，义武节度使孙行友已攻取了易州（今属河北），并擒获契丹刺史李在钦。次日，周世宗卧病下诏以瓦桥关为雄州，益津关为霸州，征发数千民夫修筑霸州城池。三日，他又命大将李重进统兵出土门（今河北获鹿西南）击北汉，以阻止北汉出兵增援契丹。但至四日，周世宗病情突然加重，已是卧床不起的状态，他在文武大臣的苦苦劝说之下，终于同意回京城养病。还师之前，周世宗还任命韩令坤为霸州都部署，陈思让为雄州都部署，各率所部将士镇守二州，以作为日后再次北进的基地。

对于周世宗北征契丹却因患急病而退兵，致使功败垂成，人们大都惋惜不已。有人认为，当时契丹国内上有昏主，而民不附，本是夺回燕云十六州的最佳时机。而日后北宋再次讨伐此地时，契丹国内统治已得稳定，国力渐强，已失去了收复燕云失地的绝佳机会。也有人认为，周世宗虽然兵不血刃地拿下了三关之地，但这并不意味着后周军就能轻松地夺取幽州，因为辽廷对三关之地并不重视，他们认为此地原本为汉人之地，现在被其夺回也不值得可惜。但重镇幽州对于辽国来说，就非同小可了。

返京之后，周世宗的病情并未好转。而六月二日，周世宗因爱女夭折而悲恸不已，使得其病情日益恶化。至十九日晚，一代明君周世宗柴荣病逝于宫中万岁殿，年仅三十九岁。八月，他被尊谥为“睿武孝文皇帝”，庙号世宗。十一月初，被葬于庆陵。

周世宗大志未酬，英年早逝，让世人惋惜不已，但其所开辟的统一大业也被后人赞颂。而在北宋建立之后，由宋太祖赵匡胤及其后继者，依靠后周时形成的强大的政治、经济和军事实力，最终结束了晚唐、五代时期诸侯割据的混乱局面。

CHAPTER

第三章 3

时势造就，建立北宋

“点检做天子”一事使赵匡胤阴差阳错地成为宋军最高主帅，这时他的野心也逐渐暴露出来；主帅整顿禁军一事，使他结识了很多日后共谋兵变的将领；招纳幕府谋士一事，使他不再是一名只会打仗，不懂政治的禁军将领。“陈桥兵变，黄袍加身”，造就了赵匡胤“创立北宋，统一中原”的不朽之业。可以说，“时势造英雄”这一千古名言，完美地体现在其身上。

点检天子的扑朔迷离

在赵匡胤称帝过程中，“点检做天子”的流言起到了很好的推进作用。周世宗柴荣亲率大军北征契丹途中，曾发生过一蹊跷事件，《宋史·太祖本纪》如此记载道：“世宗在道，阅四方文书，得韦囊（皮囊），中有本三尺余，题云‘点检做天子’，异之，时张永德为点检。世宗不豫，还京师，拜太祖（指赵匡胤）检校太傅、殿前都点检，以代永德。”而《旧五代史·周世宗纪六》所记与此不同，其记载道：“一日，忽于地中得一木，长二三尺”，上题“点检做”三字，“观者莫知何物也”。这两本书中记载的“三尺木”一事，确实影响了周世宗的判断，因此其因病自北伐前线班师还京师时，命赵匡胤替代张永德出任殿前都点检，执掌殿前司兵权。

对于这个事件，宋人后来多次强调，认为是“天意”。可仔细研究一些资料，就会发现有截然不同的两种说法。一说，是张永德的政敌李重进一派为陷害张永德而干的，如当代著名宋史学家邓广铭先生在《赵匡胤的得国及其与张永德李重进的关系》等文章中提出了此观点。另一说，认为这是由赵匡胤集团一手策划、炮制的代周篡权的重大政治阴谋，如张其凡《赵普评传·陈桥兵变的指挥者》和台湾学者蒋复《宋代一个国策的检讨》等文献即持此说。而后一说法在当今学界影响广泛，故这里对此说进行分析。

张永德原是赵匡胤的上司，两人关系也甚为密切。在显德二年，周世宗整顿禁军之后，张永德任殿前都指挥使，而赵匡胤升任殿前都虞候。此后赵匡胤又因战功升为殿前都指挥使，而张永德也迁升殿前都点检一职。当时的赵匡胤，其个人势力已不容小觑，但要摆脱张永德的控制，就必须让其上司张永德失去殿前都点检一职，让自己有可乘之机。而枢密使王朴之死，至显德六年春时，周世宗又患重病，此时野心逐渐膨胀的赵匡胤便萌发了夺权之想。利用这个含糊的谶言可使天子产生疑心，不仅可使自己有取而代之的可能，也可以为此后的篡权制造“天意”的舆论，可谓一箭双雕。而周世宗北征期间，赵匡胤一直率军在其左右，是很可能有大做手脚的机会的。

此说似乎颇有道理，但经仔细推敲，有很多破绽。一是赵匡胤虽位高权重，但在当时，论职位、资历、威望高于赵匡胤的将领大有人在，根本不能保证张永德被罢免殿前都点检之后，会由赵匡胤递补。二是据《旧五代史·周世宗纪》和《宋史·太祖本纪》等文献记载，写着“点检做天子”的木牌出现于周世宗正准备挥师直取幽州之时，没人知道周世宗之后会因病返京。三是周世宗非常精明，事必躬亲，赵匡胤要做如此手脚而不被察觉的可能性也颇小。而周世宗可能会猜测此事很可能是张永德的对头，即李重进所为。

周太祖在位时，殿前司旗下辖管左右两厢骑兵、左右两厢步兵，每厢各两军，共两万人。虽然战斗力颇强，但人数远少于侍卫亲军司。而当时的侍卫亲军司分统马、步兵。而马、步军也都分左右两厢，而兵员共达八万之多。当时的开国功臣王殷任侍卫亲军都指挥使，长时间位高权重。周太祖去世前，怕手握重兵的王殷趁势发动兵变，便设计处死了王殷，改任其亲信李重进为侍卫亲军都虞候，并升任张永德为殿前都指挥使，让其外甥、女婿分统侍卫司、殿前司，互为牵制，并以此辅佐新即位的周世宗。至高平之战，整顿禁军后，殿前司的兵力扩充至近三万，侍卫亲军司军却兵力混杂而被精简裁并至六万人上下。两人一直会暗地较劲，尤其是张永德经常会无端说些李重进的坏话，这也使得周世宗颇为头痛。

显德三年十月时，在李重进率军围攻寿州，张永德率军进攻下蔡之际，两人之间发生了一些不愉快的事。一次战后张永德宴请将吏时，竟乘醉说李重进有奸谋之心，此谣言很快在周军中传播开来，影响甚大。周世宗当然不会听信张永德的无端之说，他将此事告知李重进后，希望其顾全大局，处理好此事，以稳军心。李重进也不辱使命，主动单骑到张永德府上要求其澄清这个谣言。李重进对此颇为不满，自己本没错，却要照顾张永德的面子，谁又给自己面子呢？

至张永德升任殿前都点检后，更是肆无忌惮，他为扩充势力，竟主动拉拢李重进的部下，而那些部下眼见张永德位尊权重，也纷纷归附。后李重进终于忍无可忍，便制造了“点检做天子”这一谶语。周世宗一向心思缜密，在发现此“三尺木”时，应该会猜想到是李重进所为，只是当时想着以北伐为重，待战后再处理此事。但不久周世宗就罹患重病，情况随之发生了变化。

张永德平时的所作所为和野心，周世宗都看在眼里，这让他甚感忧虑。故周世宗自前线南返，至自己的发迹地澶渊（今河南濮阳南），驻足养病期间，有了借机探视张永德的想法。其间，他故意不接见文武百官，只许自己的亲戚张永德来看望他，想借此考验他。后张永德看望周世宗时，向其转达了官员们的建议，说道：“现今天下未定，根本空虚，四方诸侯，唯幸京师有变。今日澶渊、汴京相距其近，不速归京师以安抚人心，顾忌朝夕之劳累而逗留此地，如有不测之事，社稷宗庙怎么办呢？”周世宗闻后，想探知其心思，便说道：“你对此是如何看的？”张永德回答道：“大臣的意思也是臣下的意思。”后周世宗叹息道：“你怎么就不明白我的意思呢？你这等见识，怎能当此国家大任！”周世宗说完后就在当日起驾归京城了。周世宗此举是颇为精妙的，他想借机探视张永德是否有篡位的野心，但见他处事还是了无心机，头脑简单，毫无主见，故知其实难成大业，“点检做天下”的谶语根本不会应在他身上。平时的李重进虽然处处忍让，但他这次陷害张永德之举，也暴露出他阴险的野心，终究也是一位不值得信任的亲信。之后他便想到了平时表现卓越，又没有野心的赵匡胤，让其担任了最高的禁军统帅，即都点检一职。

周世宗回京后，察觉自己时日不多后，便对自己的身后之事做了精心而缜密的安排。首先，他册立新皇后。之前的符彦卿之女符皇后死于显德三年（956），为了再次取得符彦卿的全力支持，他便将同为妃子的符皇后之妹立为新皇后，可予其垂帘听政的权力。

后又确立幼子的皇嗣地位。周世宗本有七子，可最大的三子都在后汉末年内乱时被后汉隐帝所杀。而此时最大的儿子即柴宗训，年仅七岁。六月，他先封柴宗训为梁王，领左卫上将军，第五子柴宗让为燕公，领左骁卫上将军，后下诏柴宗训为皇位继承人。

在国家治理方面，他将重任托付给了重新确定的范质、王溥、魏仁浦这三位宰相。魏仁浦之前本为枢密使，后周世宗拜其为宰相时，有人认为魏仁浦未参加科举考试，不是进士出身，不合为相。但周世宗反驳道："自古用文武才略为君主辅佐者，尽出科举一途耶？"于是力排众议，并为加强文臣权职，就令范质、王溥参知枢密院事，魏仁浦为宰相兼枢密使，让三人共掌军政大权，辅佐幼主。

周世宗又任命吴廷祚为枢密使，并选择韩通、赵匡胤为托孤之臣，并免去张永德的殿前都点检之职，改成澶州节度使，即升赵匡胤为殿前都点检。又命李重进仍任侍卫亲军都指挥使，但让其统领所部兵马赴河东备御，并提升韩通充侍卫亲军副都指挥使。周世宗即解除张永德的军权，又让李重进出京领兵，而提升赵匡胤、韩通为殿前、侍卫二司禁军统帅，是考虑到赵、韩两人资望较浅，对后周帝位的威胁相对于张永德和李重进来说要小很多而定的。

不过，"点检做天子"这谶语终归让周世宗有所不安，而当时右拾遗杨徽之也上书向周世宗称赵匡胤已有了些声望和野心，不宜掌管禁军。故后来周世宗将军政裁决权交给了韩通，但未因此罢免赵匡胤。至此周世宗认为欲文依靠三相，欲武依仗韩通，并加上赵匡胤对韩通有所牵，后周的江山应该不会有问题了。

陈桥兵变　黄袍加身

显德六年六月十八日，这位年仅三十九岁的皇帝就匆匆走完了自己的人生路程，可周世宗终究还是低估了由自己一手提升为禁军统帅，出任殿前都点检的心腹爱将赵匡胤的野心。之后的“陈桥兵变”也证明了文之三相、武之韩通，皆忠厚有余，机变不足，没能很好地阻止兵变的发生。

兵变前夕的集权谋划

周世宗逝世后，出任殿前都点检的赵匡胤的野心逐渐暴露，他已不满足于目前的地位，他本是一介武夫，到底是怎样收买人心和策划这场巨大的阴谋的呢？其实主要是得利于其义社十兄弟与幕府诸谋士。

赵匡胤由于高平之战和征战淮南之功，地位迅速提升。后显德初年，他就开始掌管殿前司，后又因改革禁军与许多武将有了关联，在这些武将里，就有后来的“义社十兄弟”，正是他们的支持和参与，才使得赵匡胤能在“陈桥兵变”中顺利地稳定和掌握军权，借此推翻了后周政权。何时结成“义社兄弟”，最初以何人为首，均已不详。但其中赵匡胤、石守信、李继勋、王审琦、韩重赟、刘廷让六人，《宋史》及《东都事略》都有专门的纪、传，他们都是后汉时投入枢密使郭威部下，当时也都是低级军官，地位大体相当。杨光义、刘庆义、刘守忠、王政忠的情况也与上述六人相似，结成“义社兄弟”的时间可能就在此时。因为到后周世宗初年，各人发展情况已有很大差异，地位也已相当悬殊。此时“义社十兄弟”中地位最高的，不是赵匡胤，而是李继勋。赵匡胤主要是在世宗后期得到迅速提拔，成为殿前司的正长官。赵匡胤与其义社兄弟的关系，显然有着亲疏远近的差异，石守信、王审琦、韩重赟三人可能与赵匡胤的关系最为密切，他们参与兵变，成为开国功臣。而杨光义、刘庆义、刘守忠、王政忠，升迁最慢，与赵匡胤的关系也可能较为疏远。

为何赵匡胤能在短短数年间，从一名低级军官擢升为殿前都点检，不仅是由于其与周世宗的亲密关系和显赫战功，更重要的原因是因其背后有着一个强大的谋士班子，使其能随时看清各种形势，审时度势，收买人心。在赵匡胤的幕僚中，除著名的赵普外，还有楚昭辅、王仁瞻、李处耘等人。这些人才都是常年累积和相互介绍而来的，他们一直在赵匡胤建立和提升自己势力的过程中，运筹帷幄、出谋划策、居功厥伟。正是这些幕府谋士，在“陈桥兵变”中起到了绝对的出谋和决策作用。

赵 普

之前的“点检做天子”一事给予了赵匡胤天大的机会，才使得他登上后周最高统帅的地位，而这时年仅七岁的梁王在柴荣的灵柩前即位，太后符氏既不是梁王的亲生母亲，又是仓促册封的皇后，地位并不稳固。孤儿寡母充当后周国主，最高权力实际出现了真空。当时赵匡胤的谋士们更为他考虑到了各种情况的发生，由于他平时就注意与文武官员们搞好关系，兵变前更是积极拉拢各种关系。所以，后来兵变中发生的一系列事件得以顺利进行，没有遇到什么障碍，很快就顺势夺取了后周政权。

陈桥兵变，黄袍加身

显德七年（960）的正月初一，在君臣们庆贺新年的时候，朝廷却忽然接到镇州（今河北正定）和定州（河北境内）两地长官十万火急的探报，报告契丹与北汉准备联合入侵后周。后周符太后和朝中的大臣急忙商议，决定派赵匡胤统领三军北上御敌。

其实，来自河北前线敌军入侵的消息，实在是别有用心的作假。其目的是假借外族入侵的威胁，借机抬高自己的地位，骗取更大的权力，为后面的阴谋提供铺垫。因为赵匡胤在后周的统治集团里，在开封有着牢固的势力，为了防止兵变失败，他要为自己留一条后路。正月初二，赵匡胤就安排好了所有的部队。这些调兵遣将看似合理，其实另有深意。在出征的军队里，他已经暗地里控制了随他出征的殿前司精锐和侍卫司步兵，而另一个不受他控制的侍卫马军在他大部队的压力下难有作为。在留守的军队中，京城的韩通，虽仍掌握兵权，但大多军队已被分散在数处，所以留守京城的军队并不多。而留守京城的石守信、王审琦率领的殿前司精兵也已被赵匡胤控制。

就在这一天，京城里有了兵变即将发生和“将在出军之日，策立天子”的谣言。谣言很快地传播开来，不少百姓和宦官都已开始搬家并逃离京城。这谣言并不是赵匡胤自己策划的，而是有人泄了密，但幸好这只是虚惊一场。因为朝中的重臣考虑到了诸多原因，把这些消息隔绝了起来，并没有让符太后和小皇帝知道，也没有问罪于赵匡胤。

至正月初三，赵匡胤率数万大军自爱景门出京城开封，做出准备北山御敌的架势。当晚大军就驻宿在陈桥驿，而这里只离开封城四十里地。借着夜晚的掩护，赵匡胤的亲信连夜飞骑进京，约好京城内的石守信、王审琦，准备随时内部策应。夜里，赵匡胤的亲信用各种方法鼓动了大军的兵变，之后军中就上演了“黄袍加身”的一幕。

当夜，在驿站休息的赵匡胤一改平时带兵谨慎的态度，在主帅帐营里大饮特饮，装出一副醉酒的姿态。次日清晨，天色渐亮时，只听见兵营中的大鼓连绵不绝地响起，军中一大帮将领来到将帅营中，手持兵器，并跪下一齐说道：“诸将无主，愿策太尉做天子！”众将说完后，立即簇拥赵匡胤来到其公案前，并把一件象征天子的黄袍披到了他的身上，然后众人退下并跪地，一齐大呼“万岁”。

之后赵匡胤迅速集结了三军，准备返京夺权。为防止部下们滥杀劫掠，他和三军将士约法三章：不得惊扰皇室成员；不得凌辱文武百官；不得劫掠民众财物，听者厚赏，违者诛杀九族。

赵匡胤率大军入城时，留守京城的军队意识到大势已去，就放弃了抵抗，所以他们很顺利地进入了开封城内。由于之前的约法三章，军队入城后井然有序，没有发生扰民的现象。来到皇宫时，石守信已占领了皇宫，迎接着赵匡胤的到来。

兵变的众将来到崇元殿时，赵匡胤先是表现出一副被将士逼迫，才无奈接受了帝位的姿态，并安抚着朝中百官的情绪。而当有人表现出不服从的姿态时，他的部下便会刀剑相向。其中军校王彦升就杀掉了准备抵抗的马步军副指挥使韩通，又刀剑威逼百官接受赵匡胤称帝。当天下午，崇元殿上就聚集了文武百官，并举行了隆重的帝位禅让仪式，并改国号为宋。

CHAPTER

第四章 统一中原的收复之路 4

建国后，宋太祖一面实施各种改革和政策，以稳定国内局势；一面继续着周世宗未完成的统一中原的宏图伟业。时势又给了宋太祖很好的机遇，他先是平定了李筠和李重进的叛乱，打消了其他藩镇想独立或叛变的想法。后又审时度势，重新制定了“先南后北，先易后难”的统一方针。之后北宋用了近二十年的时间先后收复了荆湖、巴蜀、吴越等原来中原的大部分地区。

亲征平定二李叛乱

宋太祖深知以兵变的方式建立北宋，是不得人心的，因此他上演了一出“黄袍加身”的戏码。北宋建国时，各地节度使都处于观望状态，其中心怀异志者也肯定不少。如驻守真定府（今河北正定）的成德节度使郭崇听闻此事后竟然哭诉了起来；驻守陕州（今河南陕县）的保义节度使袁彦也在暗中日夜缮甲治兵；还传出了驻守河中府（今山西永济蒲州镇）的护国节度使杨承信欲谋反的传言。而手握重兵的昭义节度使李筠和淮南节度使李重进却是已下定起兵反宋的决心，各地节度使都观望着此事的发展状态。

李筠，并州（今山西太原）人，善于骑射，勇力过人，能拉开百斤硬弓。他于后唐时从军，后归周太祖座下，历任至昭义军节度使，驻军潞州（今山西长治），防御北汉南下。李筠为人狂妄，时以功臣自居，任节度使后更是擅自征税，公然招兵买马，周世宗也对此甚为不满。

宋太祖即位后，兵马甚壮的李筠，是不甘心向北宋跪拜称臣的。朝廷为笼络其心，便让其官兼中书令。在北宋使者向李筠宣布此事时，他就显出一副不领情的样子。后在招待使者的宴会中，把杯奏乐时，他竟拿出一幅周太祖郭威的画像悬挂在其附近的墙壁上，对之涕泣不已。此举的潜在含义是太过明显了，当时陪席的佐僚一见，急忙对使臣解释道：“令公酒醉失态，幸勿见怪。”宋太祖得知此事后，深感失望，也不便多作表态，但北汉的刘钧获悉此事后，深觉李筠心蓄异谋，便捎去密信，欲与李筠结盟举兵攻宋。李筠深知未到时机，便假意地把这份密信上交朝廷，以表忠心。宋太祖虽知道他并非出于真心，但还是特下手诏慰抚，并任命其长子李守节为皇城使。李守节也深知仅凭潞州之兵，难以与北宋对抗，故竭力劝谏其父亲不要谋反。但李筠充耳不闻，反让其就势探听朝廷的动向。宋太祖一直深知李筠决不肯俯首归附，在得悉李筠开始与李重进联络时，便决意趁他们还未及牢固结盟之时，各个击破，并开始有意激李筠造反。于是当李守节来拜见天子时，宋太祖笑道："太子，汝为何而来？"李守节闻后，即被宋太祖这样的称呼吓傻了，赶紧向天子解释道："陛下切勿相信传言，一定是有奸人在离间臣父与陛下。"宋太祖便说："我已闻你曾苦谏你父亲放弃造反，可你父不听。我今天若杀了你，还不如让你归去转告你父亲，让其好自为之！"随即就放李守节回城。此举果然奏效，李筠在听到李守节转告的宋太祖之语后，也就不再遮掩，索性公开进行谋反的准备活动，并派遣刘继冲等人去太原向北汉求援。

建隆元年（960）四月，李筠见时机成熟，便以忠心周室为名发表檄文，正式起兵反宋。不久后，李筠就命其子李守节守卫潞州，而自己则亲率大军三万南下，很快攻占了泽州（今山西晋城），并杀死泽州刺史张福。

李筠还曾遣使臣去后蜀联络求援，但在经过陕西时，被忠于北宋的守将所获而未能成功。一次，北汉刘钧闻讯率数千士兵来支援时，李筠先以臣礼迎接，然见刘钧支援兵马甚少，深感不悦。后刘钧封李筠为西平王，赐马三百匹时，李筠却说自己"身受周室大恩，不敢爱死而臣宋"。此话一出，刘钧也深感不悦，难道李筠不知北汉与周为世仇？正是这件事的发生，使得李筠与北汉的结盟貌神皆离。

得知李筠造反后，宋太祖即命令驻守河北的侍卫马步军副都指挥使石守信与殿前副都点检高怀德先率军讨伐。至五月初，宋太祖又令驻屯真定的殿前都点检慕容延钊与彰德军王全斌率兵西行，与石守信部会合；还命陕西、京西（今河南西部地区）诸道兵马进讨，以分李筠兵势。不久，石守信一军传来捷报，宋军在长平南击破李筠之军，并斩首三千余人，又攻下了大会寨。

随着李筠起兵消息的传开，为避免再有后周将领起兵造反之事的发生，宋太祖便决定效法周世宗称帝时的御驾亲征一事，以求得速战速决和振奋人心。宋太祖原打算留其弟及赵普守京城开封，后赵普也请命跟随，又任命枢密使吴廷祚为东京留守。后以殿前都虞候赵光义为大内都点检，再命侍卫马步军都指挥使韩令坤屯兵河阳以为后援，亲自统禁军主力出京城西征。

宋太祖率军抵达荥阳（今属河南）时，西京留守向供前来向其献计道：“陛下宜急渡黄河，越太行山，可乘李筠兵马未全聚集之时而攻诛之，若迟留旬日，则其势益张，难为力矣。”后宋太祖听从其计，急催兵马渡黄河北上。而此时李筠因错误地估计形势而准备不足，他原以为与他交战的宋军会向其倒戈。心理准备不足的李筠军在泽州城南与宋军激战，不久就大败。而之后北汉大将范守图及援兵数千人皆被擒杀。李筠率残余部队逃入泽州，但此时的泽州已被宋军重重围困。六月初，宋太祖便率军来到了泽州城下，他亲自指挥三军将士对泽州发起了猛攻。此时许多败逃至泽州的将士，听说宋太祖亲率大军围攻泽州，都纷纷出城降宋，使得李筠部下大为沮丧，士气低落。泽州城虽小，但城墙高峻，围攻十多天后也没能攻破。最后猛将马全义率死士数十人悄悄攀缘城墙而上，才攻破了泽州的大门。周军攻破泽州后，李筠即赴火自杀，其子李守节被擒后，宋太祖待其颇为宽宏大量，不仅没杀他，反而任用他为单州团练使。宋军又很快收复了潞州，李筠的叛乱也就此被镇压下来了。

宋军收复潞州、泽州后，减免这两地的当年租赋，后宋太祖调来李继勋任昭义军节度使，镇守这两地，防备北汉南侵，自己则回到了开封。

在李筠潞州起兵时，驻扎扬州的李重进也开始了起兵造反，他也派亲信去联络了北汉，试图与其结盟。

李重进，河北沧州人，出生于太原，为周太祖郭威的外甥。后周初，曾任殿前都指挥使、武信军节度使。显德初年，周太祖临死前，又特召他为顾命之臣。至周世宗时，他又先后历任侍卫亲军、马步军都虞候、都指挥使。周恭行即位，加检校太尉，改淮南道节度使，驻守扬州。后周时，其作为国戚和重臣，执掌侍卫司军权。宋太祖即位后，即以密友韩令坤代替李重进出任侍卫亲军都指挥使一职，而加封李重进为中书令，可这只是一个荣誉虚衔，没有实权。

至建隆元年九月中旬，李重进终于起兵反宋。宋太祖即刻任命侍卫马步军副都指挥使石守信为扬州行营都部署、兼知扬州行府事，殿前都指挥使王审琦为副都部署，宣徽北院使李处耘为都监，率禁兵讨伐李重进。宋太祖又向心腹大臣赵普询问对策，赵普认为李重进虽困守扬州孤城，士卒离心，外无救援，内乏资储，但还是要速战速决，以免其他节度使有机可乘。至十月，宋太祖又亲征扬州，再次以赵光义为大内都点检，吴廷祚做东京留守，亲率大军南征，顺汗河而下，直抵淮河北岸。此时宋前线统帅石守信得知天子亲征已抵达淮河后，便指挥宋军开始猛攻，很快就击溃了李重进的主力军，乘势包围了扬州城。十一月，石守信遣使臣急报天子说："扬州城破在旦夕，大驾亲临，一鼓可平。"宋太祖即催动三军将士迅速进抵扬州城下。由于李重进为人吝啬，在围城中，还不舍得将酒肉、钱物等赏赐给部下，因此众将士很快就怨声载道，失去斗志。在宋军围攻扬州三日后，城守即溃。其实，石守信完全可以不等宋太祖亲临，就直接攻入扬州城。但宋太祖已经公示了要亲征扬州，所以必须等到其率军到来。所以宋太祖刚到扬州城后，宋军就攻占了扬州城。城破后，李重进即率全家赴火自焚，以表其对后周的忠心。

宋太祖进入扬州城后，即下令将捕获的主要造反成员一并处死，后又下令赈济扬州城内的贫苦百姓，并赦免了无罪的李重进相关亲族和之前的投降部属，也对逃亡的士兵实行了自首免罪的政策。正是这些措施有效地安抚了受惊的扬州百姓，稳定了当地的动荡局势。至十二月，宋太祖任命李处耘后，便回到了京师开封。

"先南后北"的统一方针

宋初，中原受到外来民族的威胁主要来自北方，而北方各族里，要数辽国与中原最为矛盾。由于前朝的一些原因，其统治阶级会不时地给辽国一些利益恩惠，这也间接给了其一些机会，也为其后来侵略中原提供了诸多便利。先是前朝据守定州的王处直，为了对付其颇具威胁的对头李存勖，派儿子王郁联盟辽国，公然诱导其入侵中原；后又有后晋的石敬瑭，以割弃燕云十六州为条件，结盟辽国，让其出兵助其灭了后唐；正是这两个重要的事件，极大刺激了辽国进一步侵略中原的野心。十年之后，后晋的各种局势已混乱不堪，加上其君主石敬瑭的死去，使辽国再无顾虑，便开始了入侵中原的攻势。其入侵之路是顺利的，很快他们就攻占了后晋的首都开封城，俘虏了后晋皇帝石重贵，并建立了新的中原王朝，起名大辽。可好景不长，那时虽中原各势力内战不断，可他们在面临外族的侵略时，却有共同的抵抗决心。后来各势力纷纷起兵攻打开封，不久后辽国虽被打回了老家，其君主也在途中离世，但此时北方很多边境地区未能被收复。到后周柴荣统治时期，中原王朝只收复了三关和瀛、莫等州失土，但大部分沦陷地区依然被辽国控制。

宋太祖建国时，就决心统一中原，当然包括收复北方边境，而当时他有两个选择：一是趁着辽国衰败之势，继续周世宗柴荣的北征之路，先收复占有重要战略地位的幽、云两州，以割断北汉和辽国的结盟，并趁机消灭北汉。二是采取先南后北的策略，先对辽国采取防御姿态，避免与其发生正面的猛烈交战，为收复南方的割据势力提供足够的时间保障，再出兵收复北方。在经过与群臣的多方商议和权衡利弊之后，宋太祖选择了先南后北的策略，他们主要考虑了这些因素：

1. 辽国与北汉的矛盾。辽国在耶律述律的腐败统治下，使原有的统治阶级矛盾更加激烈，其国力也在不断衰败中。而北汉在刘钧统治下，看似积极维护着与辽国的同盟关系，其实两者之间的矛盾已显现出来。如果此时宋军趁机攻打北汉，辽国也会和以往一样，积极支援北汉。因为两国都意识到相互是唇亡齿寒，他们会极力避免另一方被北宋灭亡。

2. 国家内部的矛盾。建立北宋时，国内有很多悬而未决的矛盾，如北宋与后周旧势力之间的矛盾，王朝与割据势力的矛盾，皇帝与臣子之间的矛盾等。

建国不久后，表面上只有韩通、李筠、李重进这几个割据势力公开反对北宋的统治，其实宋太祖也了解到真定的郭崇、陕州的袁彦、蒲州的杨承信、定州的孙行友等这些割据势力也都背地里策划着起兵谋反。这些割据势力一直是北宋的最大对头，如果这时率主力去攻打北方的边境，肯定会让这些势力有可乘之机。

3. 北宋与辽国军事力量的差距。当时宋军的兵力不足二十万，多以步军为主。其境内所辖人口也只有一百来万，而国库也是空虚的，是不能支持宋军大规模北伐燕云地区的。而当时辽朝的兵力，他们自称有精兵三十万，其实考虑耶律述律是可以全民皆兵的，所以军队人数是不会少于宋军的。他们大多为骑兵，也彪悍轻捷，善于野战。如果宋军与辽兵在平原上遭遇，宋军是没有任何胜算的。虽然那时辽国国力已渐衰弱，国内的造反势力也因此谋反起来，但这些不利局势都很快就被稳定了下来。而境外的女真、回鹘等族还保持着对辽国的从属关系，也侧面说明其国力还是强大的。

4. 经济因素。从中唐以来，统治阶级的经济来源主要来自南方地区，宋太祖也深刻地意识到了这个问题。在与其弟赵光义探讨统一中原的方针时，他就说过："中原自五代以来，兵连祸结，帑藏空虚，必先取巴蜀，次及广南、江南，即国用富饶矣。"他意识到收复了南方，就可以恢复经济的繁荣，才有足够的财力去建立强大的军队。

正是基于这些因素，宋太祖才确立了"先南后北"的统一之路，在面对变幻莫测的各种局势时，才不至于失去应有的方向。

抓住时机后收复荆湖

宋朝的统一之路是漫长的，这需要一个很详细的统一方略，于是就有了"先易后难”和“先南后北”的具体计划。宋太祖密切地关注着南方各种时势的动向，本来他是准备先向后蜀动兵的，可湖南张文表的叛变和卢怀忠的出使荆南，给了他一次收复这两个地区的绝佳机会。

建隆三年（962）九月，割据湖南十四州的武平节度使周行逢病危，当时说了这么一番话，他说：“我死后张文表一定会叛变，你们一定要保卫好湖南，必要时宁愿归顺朝廷，也不要让张文表得逞。”一个月后周行逢去世，他十一岁的儿子周保权继任了武平节度使之位。果不其然，衡州刺史张文表趁着永州的京师与外郡军队轮换驻守的机会，在衡阳取得了一支驻守军队的掌管权。他乘机发动兵变，占领了潭州（今湖南长沙），并威胁周保权掌管的朗州。

不久，周保权一面命杨师璠攻打潭州，一面将求援文书送到了京城，而被派去荆南实则吊唁高保勖之死的使者卢怀忠也回到了京城，并借机了解荆南的一些情况。他向宋太祖说道：“荆南的兵马不过三万，那里的腐败现象严重，一些地区更是民不聊生。我们可以借着向荆南借路来攻打张文表的机会，顺势把荆南和湖南一并收复，这是一个一箭双雕的绝好机会。”

于是次年的正月，宋太祖命令镇守襄州（今湖北襄樊）的慕容延钊为主帅，枢密副使李处耘为都监，率领十个州兵力，以讨伐张文表的名义，从荆南借道进入湖南。宋军在向高继冲借道时，李处耘派使节向高继冲告知，说道：“天子命令荆南调出水军三千人来协助宋军一同南下潭州。”而大家都明白，这很可能是交出兵权的暗示。可高继冲向来昏庸和不问政事，他早已把决策权交给了他的僚属们。这时只有将领李景主张保卫兵权，而那些高继冲的僚属为保全自己的私利，纷纷劝说高继冲上交兵权。

不久后李处耘行军至荆门（今湖北），而高继冲的叔父高保寅等一行人也急忙赶到距江陵百余里之外的荆门。他们说是单纯地来看望宋军，其实是想探知宋军的真正意图。当高保寅来到宋军军营时，李处耘殷勤招待了高保寅等一行，并说道宋军此来仅为借道而已，如今张文表已被打败，我们就想借机去湖南巡视一下。高保寅等人听后大喜，急忙派人回去报喜，而他们则继续留下来，参加夜里宋军为他们准备的筵席。此时李处耘却借着夜色，率领数千轻骑奔到江陵。而高继冲忽闻此消息后，马上就惶恐地率队去城外迎接李处耘，不久后他就在城北十五里处遇见了李处耘的大部队。而李处耘与他略事寒暄后，便让他在原地等候慕容延钊大军的到来，自己则率骑兵从北门进入城内。由于高继冲的毫无防备，李处耘率军很迅速地抢占了城中的各个要点。而这时慕容延钊的大军也已到了城下。高继冲见宋军已完全控制了江陵城，只好请降，并交出了军印。

在占领江陵后，慕容延钊立刻调集荆南的万余兵马，与宋军一起向湖南境内出发。可此时，杨师璠已占领了潭州并杀掉了张文表，反叛已被平定了。于是周保权急忙召集重臣商议，大家其实都明白宋军意在占领湖南，现在高继冲已不战而降，仅依靠湖南兵力难以抵挡宋军。所以很多人建议周保权遵从父亲的遗愿，归顺朝廷。但张从富等将领誓死不从，他们即刻派兵严守了各个关隘，并破坏了湖南和湖北边界的各个路桥，并破坏船只来阻塞河道，试图阻止宋军进入湖南。这些措施暂时地阻止了宋军的先锋部队，于是宋太祖遣使臣传来口谕道："我们为了支援你，才派大军前来讨伐。现在张文表已被杀，你们竟然反抗王师，这是为何？你们可不要自讨苦吃，免得连累百姓！"这段看似强词夺理的言语，是在表示一种强势的态度，暗示着不投降只会招来灭亡。

宋军在慕容延钊的指挥下，开始以水陆并进的方式攻打湖南。二月底，宋军水师迅速地从江陵沿着长江，东下到岳州（今湖南岳阳），在三江口（今湖南岳阳北）大败湖南水师。在这次水战中，宋军歼敌四千余人并缴获七百艘战船，并顺势占领了岳州城。三月初，李处耘一军进抵澧州（今湖南澧县），和张从富等遭遇于澧州南部。可两军尚未交锋时，很多湖南士兵不听指挥，早已望风而逃去了敖山寨，可宋军紧追不舍，也追赶到了这个山寨下。守军看宋兵到来，也弃寨而逃，后来大多数守军也就投降被俘了。李处耘为恐吓敌人，竟然挑选数十个身体肥胖的俘虏，当众处死后还烹煮吃，并命令士兵们当着其他俘虏的面把人肉吃掉。他还故意在一部分年轻力壮的俘虏脸上刺字，并把他们放回了朗州。俘虏们死里逃生，把宋军吃人的恐怖消息传遍了朗州。于是很多怕被屠宰的士兵们公然造反，他们开始纵火焚城和驱赶百姓，并胁迫着百姓与自己逃往深山。之后，宋军顺利地占领了朗州，随即顺势追击，不久就在西山下擒杀了张从富，并在寺庙搜查到了周保权一家。湖南周氏政权就此灭亡，宋朝也收复了湖南十四州、十六县的管辖权。

由于当时还有很多溃逃的湖南士兵会不时地骚扰宋军，并制造了很多麻烦，宋太祖为稳定荆湖地区的统治，就借此大赦了荆南、朗州、潭州等地，免除或减免了当地的很多税收，而且鼓励当地叛逃的士兵做回农民，至此荆湖的局势已完全在宋朝的掌握之中。赵匡胤还对周保权既往不咎，把他授为了右千牛卫大将军。

收复荆湖的战役是宋太祖统一战争中的第一仗，这一战的告捷，极大地鼓舞了宋军士气。而荆湖地区东临南唐，西接后蜀，南靠南汉，是一个很重要的地区，它的占领就意味着割断了这三个未统一地区之间的联系，也就为此后入川和进兵南汉与南唐，创造了可以各个击破的有利条件。

伺机准备，平定巴蜀

宋太祖于乾德元年三月平定了荆南、湖南之后，立即部署攻灭后蜀的准备。至四月，他先任命华州团练使张晖为凤州团练使兼西面行营巡检壕寨使，并勘察川峡地形；同时，又在开封城南急造楼船，训练水军（号水虎捷）；命西南面转运使筹措军粮物资，并命诸州赶造山地轻车，以备攻战之用。

割据四川的后蜀政权虽在五代末遭到后周军队的沉重打击，被迫从关中西部地区南撤，但仍据有两川、汉中（今属陕西）的四十五州县，还具有着相当的实力。不过，后蜀国主孟昶却疏于国事，一味追求奢侈荒淫生活，致使后蜀政治颇为混乱，奸臣当道。得知宋军攻占了荆湖地区后，后蜀君臣惊恐了起来，知道这里可能成为宋军的下一个目标。其实后蜀一直对中原王朝有着防御态度，早在周世宗攻打后蜀四州时，他们就组织了抵抗军队，并积极联络南唐和北汉，想与之结盟，对抗后周。后周时，后蜀就凭借险要地势和严兵据守，没有给强大的周军可乘之机。当时进入四川的大路，主要有北线和东线两条。北线自关中平原南越秦岭进入汉中、川北地区，再经过剑门险关深入四川腹地，直逼成都。自古以来，中原政权兵取四川时，大都走此路，如三国时钟会和邓艾统军灭蜀汉；五代后唐军灭前蜀政权时都是从此路进攻。东线指由鄂西经三峡进入东川，因沿长江溯流而上，这条路是需要有着强大的水军基础的，而中原军队一向不善水战。故宋初，后蜀主要在北线设置重兵防御，而东线因隔着弱小的荆南割据政权，不与中原政权直接对抗，故防备较弱。但宋军占领荆南后，后蜀的东部地区也暴露在了北宋面前，故后蜀便遣军东屯三峡地区，并在涪州（今重庆涪陵）、泸州（今属四川）和戎州（今四川宜宾）一带训练水军，并沿长江层层设置防线。

按理说，蜀弱宋强，后蜀应当谨守边界，尽量与宋和睦相处，避免给一意想攻灭后蜀的宋廷落下开战的口实。当时掌握后蜀军政大权的王昭远是一个根本不懂形势和军事之人，一次一个献媚者对他说："您现在位居贵显，如能建立不世之功业，更能让人心服，不如遣使通好北汉，劝说其发兵南下，我军再北上出兵响应，必定能使宋人腹背受敌，则中原将被我们所取。"王昭远竟闻言大喜，于乾德二年（964）劝孟昶派遣使臣孙遇等人携带密信，化装潜入宋境，企图北上太原与北汉联络，相约南北同时发兵攻宋。后不料随从的后蜀军校赵彦韬叛蜀投宋，将此信交给了宋廷。

当时，宋太祖早有攻打后蜀的打算，故一直不断派遣间谍深入川中侦察，并根据所得情报绘制了详细的后蜀全境地图，并一直等待着合适的机会和借口。因此，当宋太祖看到截获的后蜀给北汉的密信后，开怀大笑道："我西讨有名矣。"后宋太祖对密使孙遇等人，以赦免其罪为交换条件，逼迫孙遇将后蜀境内山川地形、戍守处所和道路远近方位等一一注明在自己绘制的后蜀地图上，并以此制订了详细的进军路线和周密的作战计划。

是年十月二日，宋军一切准备就绪后，宋太祖以后蜀孟昶勾结北汉共谋犯宋为由，开始发兵近六万，分北、东两路共讨后蜀。北路以忠武节度使王全斌为行营凤州路都部署和侍卫步军都指挥使崔彦进为副都部署，以枢密副使王仁瞻为都监，统率步骑禁军二万、诸州兵万众人，自凤州（今陕西凤县东）沿嘉陵江南下。东路又以侍卫马军都指挥使刘光义为西川行营归州路副都部署，枢密承旨曹彬为都监，统率步骑二万，自归州溯长江西上。两路宋军分进合击，约期会攻成都，共亡后蜀。同时，宋太祖又命令在京城右掖门南临汴水的河畔为孟昶修建了一座住宅，大小房屋共有五百余间，以便孟昶投降来京城时居住。

次日，宋太祖特在崇德殿上为出征诸将设宴饯行，分别将四川地图等授予王全斌等人并说道："那些四川将士大多为五代后唐时期的北方人，可告诉他们如弃暗投明，肯为宋军做向导，提供粮草食物者，或率众来降者，定赏赐优厚。"并叮嘱东路主帅刘光义："蜀军在夔州（今重庆奉节东）设有锁江浮桥，守备严密。须先夺取浮桥，再水陆夹击，方能成功夺得此地。"同时他告诫三军将士不得烧杀抢掠，如有违反者，军法处置。最后，宋太祖又勉励诸将说："凡是攻克城寨，只须把军器和粮草登录在册，其余的官方钱帛财物全部赏赐战士，朝廷一分不取。"可不料这些将士贪婪无比，无视军法和皇令，公然抢劫和压榨百姓，致使最终激起民变，后花费了很大力气才得以平息叛乱。此后，宋太祖在攻灭其他割据政权如南唐时，便吸取教训，不再下达类似命令。

崇德殿

后蜀得知宋军大举来攻，立即调兵北上扼守剑门险道，以王昭远为北面行营都统，大将赵崇韬为都监，领兵三万自成都北上，扼守利州（今四川广元）、剑门（今四川剑阁东北）一线关隘。又以节度使韩保正为招讨使、李进为副招讨使，率数万兵赴兴元（今陕西汉中东），以加强北面防御。王昭远是个志大才疏、自视甚高之人，自认为读过几本兵书，就纸上谈兵，临行前就向宰相夸下海口说道："吾手下有此二三万雕面恶少儿（脸上刺字的精锐宋军），取中原如反掌耳。"

至十二月初，宋北路军进入后蜀境内后旗开得胜，至月中旬又连克兴州（今陕西略阳）外部各据点，后又攻破乾渠渡、万仞、燕子等兵寨。至十九日，宋军攻下兴州主城，败蜀军七千人，缴获军粮四余万斛。随即又乘胜进军，连克鱼关、白水军等二十余兵寨。此时的后蜀招讨使韩保正闻兴州失陷后，也放弃兴元城，退保西县（今陕西勉县西老城）。不久后，宋军先锋将史延德率兵尾迫而至，韩保正还是不敢迎击，命万余士兵于三泉（今陕西宁强西北阳平关）依山背城，结阵自固。史延德挥军勇猛攻击直进，许多蜀军又为保命而溃逃，后韩保正及后蜀招讨副使李进等被擒，并缴获粮食二十余万斛。宋军又追击蜀军溃兵至嘉川（今四川旺苍西南嘉川镇），杀敌甚多。这时的蜀军伤亡惨重，其余部退至广元南后，便烧毁栈道，以阻宋军的追击。

此时王昭远所率蜀军主力正驻扎于利州，并遣偏师至城北的大、小兵寨立寨扼守。利州城位于嘉陵江东岸，群山环立，形势险峻，自古为关中入蜀的咽喉要塞之地。由于这里用于行军的栈道已被毁，王全斌采纳部将康延泽的建议后，一面命士兵抢修栈道，并顺势攻取大小兵寨；一面亲率主力从嘉川东南之罗川小路迂回前进，夹攻利州。数日后，两军就会合于嘉陵江渡口，后突破嘉陵江的蜀军防线，将后蜀军逼退至大漫天寨（今四川广元东北漫天岭）。此时，王全斌兵分三路夹攻大漫天寨。蜀兵精锐又不敌宋军，很快便放弃利州城，仓皇逃过桔柏江，并烧毁桥梁，退至剑门。至十二月三十日，宋军占领利州城，并缴获军粮八十余万斛。至乾德三年（965）正月，蜀后主孟昶见蜀军节节败退，又命太子孟玄喆为元帅，统领万众兵马增援剑门。而临危授命的孟玄喆根本不知兵事，率军时只顾讲究派头和游山玩水，根本无心打仗。而此时的宋军已进占了益光（今四川广元南昭化镇），直向剑门挺进而来。

剑门天险形势险峻，易守难攻，有“一夫当关，万夫莫开”之称。王全斌遂与部将商议，决定命先锋将史延德率奇兵翻越峻岭，经来苏（今四川剑阁东）小路渡江迂回至剑门以南二十里的清强店，与主力南北夹击驻守剑门的蜀军。由于孟玄喆根本无心打仗，蜀兵也深觉无望，待宋军出现在剑门关南时，都已无心对战，纷纷弃寨而逃。剑门关的王昭远闻后也无心恋战，自己引兵退守汉源坡（今四川剑阁东）。之后，王全斌率精锐从正面猛攻剑门，而守关的蜀兵此时又受到后面宋军的袭击，眼看要被前后夹击，都纷纷弃械投降。宋军随即乘胜占领了剑州城（今四川剑阁），并歼蜀军万余人。而怕死的王昭远已率部逃到东川（今四川三台），没过多久，就被追击的宋军士兵所擒获。

统兵增援的太子孟玄喆此时才行军至绵州（今四川绵阳），听到剑门已失后，即仓皇逃回成都。此时的王全斌自剑门而下，一路通行无阻，很快就迫近了后蜀的都城——成都。此时东路的宋军也连克川东各州军，直指成都城而来。东路宋军在刘光义统领下，自归州溯江西上，连破三台（今重庆巫山东北）、巫山（今重庆巫山东）等蜀军营寨时，歼灭后蜀水、步军共一万余人，并缴获战船二百余艘，逼近川东重镇夔州。夔州是长江入蜀的门户，有“巴蜀之喉咽”之称。宋军到达夔州时，蜀军早已在此江面上设下严密的防御工事，一时间宋军很难找到突破口。宋军后实行水陆并进的方式，又采取绕道和夹击的方式来进攻夔州。此举又见奇效，一段时日后，宋军就突破了江面的防御工事，来到夔州城下。此时的夔州还保持着良好的防守姿态，一时间宋军难以攻占下来，也损失了不少兵力。蜀军的监军武守谦自认为带军有方，作战勇猛，便不顾反对独自领部千余人打开城门与宋军迎战，可不久即大败。当时的宋军前锋抓住机会，夺下了夔州城门，后刘光义率大军进入，由此夔州失陷。此后东路宋军更是势如破竹，连克万州（今属重庆）、开州（今重庆开县）、忠州（今重庆忠县）、遂州（今四川遂宁）等地，直逼成都而去。

此时的成都已开始有了被北路和东路宋军合围的迹象，后蜀孟昶也深知如今的后蜀已是一番政治不稳，帅战无方，军无斗志的末路之势。孟昶见大势已去，便让宰相李昊起草降表，于七日遣使臣向直逼成都的宋军主帅投降。而当年前蜀灭亡之时，降表也是由李昊起草的，后蜀收复后，有人便在丞相府门口写下了“世修降表李家”六个大字，讽刺其无能。

后蜀政权建立于五代后唐同光三年（925），至此灭亡，立国近四十年。很难想象宋军从出师至灭后蜀，只用了六十六天，就攻占巴蜀四十六州，新纳百姓五十三余万户。宋太祖为稳定人心，向还未收复的地区做表率，就善待后蜀国主孟昶和其家人与僚属，让其在宋军押送的情况下，顺江东下，经江陵、襄州直抵开封，住进了预先建好的府第。

一鼓作气，又收南汉

早在北宋收复荆湖地区后，宋军就威震全国，还顺势夺了南汉的郴州，当时的南汉、南唐、吴越等国都害怕宋军来攻打自己，表示愿意臣服于北宋，并每年朝贡纳粮。因为当时宋军还执行着先前统一全国的方针，所以把其主要精力放在了后蜀地区。至乾德三年北宋收复后蜀后，又第二次讨伐北汉无果后，才将其注意力转移到了威胁不大的南汉。

当时的南汉政权以广州为中心，已割据岭南两广地区六十年。其政权创建者为刘隐，其祖居河南上蔡，后徙居闽中，在南海从事商业活动，遂安家于泉州。因其父刘谦为广州牙将，不久为封州刺史，刘谦死后，刘隐子承父职，继为封州刺史。而之后刘隐在平息广州牙将的叛乱后，势力逐渐强大，被唐朝封为岭南节度使。至乾化元年（911）三月，刘隐病卒，其弟刘岩（后改名为刘龑）又继为节度使。至后梁，刘龑开始还向中原纳贡称臣，后看到梁朝时局动荡，便趁机于贞明二年八月，自行在番禺（今广东广州）即帝位，先改国号大越，次年，又改国号为汉。然而刘龑立国后，暴露了骄奢淫逸和极尽享乐的本性，他常常携爱妃幸臣四处游巡。而所到之处，地方官吏为讨好皇帝便争相铺张迎接其到来，并进奉各种珍奇异宝，以至其后来的寝宫里堆满了各种宝贝。而刘龑一入库内，即流连忘返，废寝忘食。之后，每当北方商人来南汉时，他往往要召至宫中，向其出示库中珍宝，以富有相矜夸。在治国上，他实施着严刑酷法，如灌鼻、割舌、肢解、刳剔、炮炙、烹蒸等残忍酷刑。在外交上，采取与近邻修好，与中原抗衡的政策。他对临近的越、蜀等国遣使通好，又将女儿嫁到闽国，自己则娶马殷之女为妻。而对待前来南汉的中原王朝使者时，则讥诮有加，还曾称后唐皇帝为洛州刺史，自称关中不凡之人，耻于久居蛮荒之地。但南汉政权也有可取之处，刘龑继承了刘隐善待文人的态度，他经常广招文人学士置于幕府，各地刺史也多由文人充当。与此同时，他又建立学校，恢复贡举制度，每年招纳进士、明经十余人。这些措施，对于促进当地文化的发展是有着巨大的推进作用的。

至941年，在位二十五年的刘龑一病不起，次年三月，其子刘玢继立。约一年后，刘玢被其弟刘晟篡权并杀害。郭威建立后周曾派使节出使南汉，后使者带回了刘晟所送的一株奇花。后郭威问使者“是何香草？”使者答道：“此花是南汉独有茉莉花，又叫‘小南强’”。宋太祖也对这事印象深刻，故在此事发生二十年后，自命“小南强”的南汉政权的最后一位皇帝，刘晟之子刘鋹被俘往开封后，宋太祖也让其识别中原特有的牡丹花。当然刘鋹也认不出是什么花草，后宋太祖回敬他道：“这是中原独有的牡丹花，又叫‘大北胜’”。借此嘲讽了刘鋹之父，即刘晟当年自大的行为。

乾和十六年，刘鋹即继承刘晟之位，年仅十六岁。可即位之后，对国政大事概不关心，终日沉迷女色。当时的李托有两个颇有姿色的女儿，分别被刘鋹纳为贵妃和才人。从此身为国丈的李托便权倾朝野，与宦官龚澄枢共掌南唐大权。后宦官龚澄枢势力逐渐扩大，开始独掌朝政。他为人变态，认为官员一旦有家室，就会起私心，不会尽忠报国，而只有宦者、宫人无牵无挂，愿意为国家效命。糊涂的刘鋹也同意了龚澄枢这一建议，这也致使后来的南国军政，都由宦官或宦人处理，而朝廷大臣只是一种摆设。之后，以龚澄枢为首的宦官集团为了稳固手中的权力，对文武将才大行杀戮，宰相钟见章等人相继被杀，而一些趋炎附势的文臣甚不惜毁身变成阉官，致使后来的南汉宫殿里上演了一幕幕宦官上朝的荒唐景象。

刘张还极度迷信，他极度崇拜一位女巫，凡事都征求和服从她的意见。他当时还相信自己宠幸的一名妃子是上天赏赐给他的，是不能怠慢和怀疑的，以致后来这位妃子可轻易问罪于任何人。

其实早在刘张即位的第三年，北宋刚建国时，当时的南汉内常侍邵廷琄就向刘张谏言道，北宋势力迟早要南下，对此应当早做准备。可一面向其朝贡，一面整修武备，准备抗击。而当时的刘张根本不以为然，至 964 年（乾德二年）九月，宋南面兵马都监丁德裕，潭州防御使潘美等率兵攻取郴州，杀其刺史及招讨使等南汉官员，刘张这才想起了邵廷琄的建议，慌忙任命他为招讨使，率军抗宋。这时的邵廷琄才领兵出屯洮口（今广西桂林境内），并开始招兵买马，训练士卒，准备抗宋。但次年夏天，宋军尚未到达，刘张又听信宦官奸臣的诬陷，认为邵廷琄长期统领着南汉军，已暗藏异心，有了谋反的打算，后即赐邵廷琄自尽。

至开宝二年（969）六月，宋太祖才命荆湖转运使王明调集物资，准备讨伐南汉。至开宝三年（970）九月，宋军已做好了率军攻取南汉的准备。南唐皇帝李煜先是致书刘张，劝其降宋，后刘张不从，并扣留了使者。宋太祖闻后即以潭州防御使潘美为贺州道行营兵马都部署，朗州团练使尹崇珂为副部署，道州刺史王继勋为行营马军都监，率十州兵马，开始进攻南汉。而此时南汉旧臣宿将多半被杀，领兵者多是宦官，而且自中宗刘晟以来，不修武备，百官们听到宋军南下的消息，举朝震恐。至九月二十九日，宋军先后轻易攻克了南汉多地，率军至韶州（今广西贺县东南）时，竟然遇到了奇异的“象军”，只见数千头大象整齐排列，每象载十余人，皆执兵杖，气势甚盛。宋军初见此状，不免慌张，后主将潘美即命众将士收集强弩，集中发射。不久后象阵迅速瓦解，象群随意乱窜，而象上的士兵坠地后，来不及躲闪的，都被惊慌失措的大象乱脚踩死，此景甚是惨烈。宋军待象群安稳后，乘势冲锋，南汉兵即败，宋军占领韶州。不久后，宋军又连克雄州、英州等地，直逼南汉都城。

此时的刘𬬮才深感汉军主将的无能，急急忙忙下令加固都城，并重选武将以抵御宋军。可此时朝中的武将个个都是宦官和贪生怕死之辈，之后竟然还是宫女梁氏向刘𬬮推荐了其养子郭崇岳。刘𬬮任命郭崇岳为招讨使，令其与大将植廷晓齐领共六万兵马，出兵马径，以抵宋军。可郭崇岳根本就是一个无勇无谋之人，每遇宋军时，都避而不战。宋军一路上竟然畅通无阻，轻易地来到马径，立营于双女山下，此地仅距广州城十里。此时的刘𬬮又命其弟刘宝兴去指挥那六万大军，而自己则慌忙地取船舶十余艘，装载妻女金帛准备从海上逃生，可不料宦官乐范和他的卫士抢先一步盗船逃去。此时逃命不成的刘𬬮，又遣左仆射萧漼向宋军乞降。而此时的六万南汉军队，根本不听任何人的指挥，只顾逃命，公然叛乱，其主将郭崇岳后被叛乱的乱军杀死，植廷晓也在之前的战役中身亡，刘宝兴也逃回了王府。当夜，在一片混乱中，绝望的刘𬬮下令烧毁了宫殿。次日，宫殿还在燃烧，待宋军兵临城下时，刘𬬮从大火出来，举行了受降仪式。

待机而动，再取南唐

开宝四年（971）二月，宋灭南汉之后，南唐的北、西、南三面已全为北宋的土地。南唐后主李煜甚感形势危急，为求自保，派其弟李从善去开封，主动向宋提出削去南唐国号，称江南国主，表示臣服。但同时又暗中募兵备战，将兵力部署在长江中下游南岸各要地，以防宋军进攻。南唐还遣使致书吴越王钱俶，晓以唇亡齿寒之义，望能连兵拒宋。但钱俶拒绝了此要求，还将此书呈报赵匡胤。

宋太祖志在统一江南，认为“卧榻之侧，岂容他人鼾睡”，决不允许南唐存在下去。为做好平定南唐的战争准备，赵匡胤先施离间计，使南唐后主李煜错杀大将林仁肇，使南唐损失了一名重要将领。

至开宝五年（972）十一月，宋太祖任命参知政事薛居正和吕余庆等人为淮南、湖南、岭南、荆南和剑南水陆转运使，做好大举用兵的物资运输准备。至开宝六年（973）四月，宋太祖以重修天下图经为由，派使索取了南唐十九州形势图。开宝七年（974）三月，宋遣使与辽修好，以免进攻南唐时腹背受敌，解除攻南唐后顾之忧。至六月，宋太祖派使者去荆湖，赶造巨舰战船数千艘，以备渡江时架设浮桥。八月，宋太祖还遣使与吴越王钱俶联系，要求钱俶训练甲兵，配合宋军南下，夹攻南唐。在一切准备就绪后，九月，宋太祖派遣使者，要李煜入朝，但李煜以生病为由拒绝。于是，宋太祖以李煜拒命来朝为牵强理由，开始发军数十万，战船数千只，联合吴越，向南唐进攻。宋太祖先任命宣徽南院使曹彬为升州西南面行营马步军战棹都部署、潘美为都监，率水步军主力十万，由江陵（今属湖北）沿江向东进攻。再命吴越王钱俶为升州东南面行营招抚制置使，统军数万由杭州北进，配合宋军攻取金陵，还派宋将丁德裕率禁军步骑千人为先锋，并监督俶军进攻南唐。又命黄州（今湖北黄冈）刺史王明为池州至岳州江路巡检战棹都部署，以牵制湖口（今属江西）东西地区的南唐军，保障主力顺利东进。

至十月十八日，曹彬率水军自荆南出发，沿长江北岸顺流东下，此时八作使郝守濬也率预作浮桥用的舰船更进。此时南岸的南唐军的各屯戍部队，不知为何，竟对宋军的该行动未做任何防范，使其得以顺利通过南唐屯兵十万的要地湖口。到十月二十四日时，宋军就渡过长江，袭占了峡口寨（今安徽贵池西）。而此时水陆军也在跟进，直取了池州（今安徽贵池）。并在安庆以西约九十千米石牌口的江面上开始搭建浮桥。浮桥搭建好后，曹彬挥军顺江继进，在铜陵（今安徽省铜陵市）大破南唐水军，缴获南唐战舰二百余艘，俘虏八百余人。宋军不久又连克芜湖（今安徽芜湖市）、当涂（今安徽当涂县）等沿江重镇。之后宋军又成功夺占要隘采石（今安徽采石），并击败南唐军二万余人。此时的宋太祖在汴京听到此消息后，借着南唐的地势图，命令大军从石牌口的浮桥东移，以便使集中在和州（今安徽和县）潘美的步骑兵得以渡江，尽快与曹彬会合。而李煜以为江寒水急，宋军不可能架桥成功，仅派镇海节度使、同平章事郑彦华，天德都虞候杜真，分率水步军各一万迎战宋军。没想到宋军在采石江面上仅用三天时间就将浮桥架好，使北宋大军得以全数通过。当南唐军面对此时的北宋大军时，由于兵少力单，士气低落，其两万军队很快先后被宋军击败。而此时的潘美也率步骑从江北由浮桥过江，与曹彬会合，开始合力进逼金陵。

宋军主力渡过长江后，立即向南唐发起猛烈总攻。十一月下旬时，宋军就连克金陵西南的新林寨、白鹭州和新林港口。开宝八年（975）正月初三时，宋军就进逼南唐都城金陵西南郊，不久后就攻克了与金陵成掎角之势的重镇溧水（今江苏南京溧水区），并全歼都统李雄部的万余南唐军。至正月十七日，宋军开始向金陵发起进攻。曹彬先遣李汉琼率部顺风纵火，攻克了唐军水寨，歼敌数千余名。而此时南唐还有十万水步军陈于城下，企图依托秦淮水背城一战，挽回危局。面对此形势，潘美又实行了浮桥战略，命熟悉水性的宋军先行部队在秦淮河里悄悄搭好人桥。一日夜里，北宋大军突然渡过秦淮河，打得南唐措手不及，歼敌万余人。在此期间，宋西路王明军及沿江各部也对金陵周围地区发起进攻。由于南唐军士气低落，宋军很快就占领了鄂州（今湖北鄂城）、武昌（今湖北武昌）、池州、宣州（今安徽宣城）和袁州（今江西宜春）。东吴越军的战事也在一直跟进，他们在四月先攻克了常州（今属江苏）；五

秦淮河夜景

月时，又攻克江阴（今属江苏），开始对润州（今江苏镇江）发起总攻；至九月，攻下润州。

李煜一向自视甚高，以为金陵地势险要，又坚壁固垒，加上大军驻守，宋军是不可能攻破的，不久后一定会知难而退。在此期间，李煜又因小事诛杀了神卫统军都指挥使皇甫继勋。之前的大将林仁肇就被糊涂的李煜害死，这两位大将的冤死使南唐军没了大将指挥战事，一时间南唐军都处在军心涣散的状态中。此时金陵城外的十万南唐主力军被神卫军都虞候朱令赟指挥着，他在率军至湖口支援金陵时，不敢贸然轻进，耽误了很好的战机。至十月二十日，朱令赟才进军至皖口（今安徽安庆西南），但又遭到宋军的阻击。此时朱令赟又胡乱指挥，先令火攻宋军，后不料风向改变，火焰反烧南唐军，南唐军大乱，不战自溃。宋军乘胜追杀，歼灭了南唐援军，使金陵陷入已无外围援军支援局面。此时的金陵已是孤城一座，南唐覆灭已成定局。至十一月二十七日，宋军开始向金陵发起总攻，此时的李煜也只能举城投降，至此南唐灭亡。之后，宋太祖下令减免了江南一些繁重赋敛，并命杨克让主持昇州（今金陵）政务。李煜被封为右千牛卫上将军，在开封度过了自己的余生。

吴越称臣，终归宋土

南唐平定后，南方的割据势力只剩下吴越钱氏和割据福建漳州和泉州一带的陈洪进势力，而这两个割据势力一直依附着中原王朝，历代以来都称臣纳贡。宋太祖深知收复这两地是迟早之事，也不需要动用宋军的大部队，此事主要取决于他们是否主动投降。

吴越国（907—978）是五代时期十国中的一个小国，由浙江临安人钱镠所创建，都城为钱塘（杭州）。建国时占地十三州八十六县，全盛时，其范围包

吴越王钱镠

括今天的浙江全境、上海全境、苏州全境和福建东北部。唐末五代时虽藩镇割据，战乱频仍，但钱镠主要采取着保境安民和休兵息民的和平政策，并重农桑、兴水利，还与古代日本和朝鲜等国积极交往，使其统治区域一直保持着较长时期的稳定发展。由于地狭兵少，实力不足，因此吴越一直以效忠于中原王朝为主要军略。钱镠后称臣于后梁时，后梁王朝赐予了其吴越国王和诸道兵马都元帅的头衔。待后唐灭梁后，钱镠又向后唐上表称臣，并得到了玉册金印。而一直以来，钱镠都注重周边割据势力可能对吴越国的各种侵扰。钱镠一面向中原称臣的同时，一面自立年号，共有天宝、宝大、宝正等三个年号，直到其子钱元瓘继位，才改用中原年号。而且他还在与新罗、渤海等国往来时，又给他们行制册、加封爵，俨然是一皇帝姿态。

钱镠建国以来，一直奉行礼贤下士，广罗人才的政策。他先是奖励垦荒，发展农桑和各种贸易；待经济繁荣后，又开始大兴土木，营建宫殿，修筑海塘，开拓海运。正是他修建钱塘江海堤和沿江的水闸，防止了海水回灌，方便船只往来，因此世人奉之为“海龙王”。由于他奉行着“人不犯我，我不犯人”的军事政策，所以其统治的两浙地区总是维持着一派社会稳定，经济繁荣，安居乐业的良好秩序。至后唐长兴三年（932），钱镠逝世，终年八十一岁，谥武肃，葬临安钱王陵。

其子钱元瓘（原名传瓘）继位后，勤政仍有其父之风。早在开平元年（907），他就升为衙内都指挥史，至天成三年（928）又升为镇海、镇东两军节度使。继承王位后，他继承了父王朝奉中原、保境安民的国策，又发展了与日本、朝鲜半岛古国的友好交流。钱元瓘爱好文学，喜赋诗，有诗数百首，编集为《锦楼集》。天福六年（941），钱元瓘逝世，享年五十五岁，谥文穆。后其六子钱弘佐继位时，年仅十四岁，被中原朝廷追封为镇海、镇东两军节度副使、检校太尉。之后他也在辅臣的帮助下，继续推行着保境安民的政策。至后晋开运三年（946），南唐进攻福州，闽国向吴越求援时，钱弘佐发兵三万相救，终保南部边境安宁。钱弘佐虽在位仅七年，但其年少有为，很好地治理了这个国家。在开运四年（947）因病去世时，国库还保存着富余的十年积蓄。

后吴越国王先后被钱元瓘第七子钱弘倧和钱元瓘第九子钱俶继位。钱俶继位期间，毕生崇信佛教，在境内广种福田，建造佛塔无数。至974年，宋太祖讨伐南唐，矛头直逼江南时，钱俶先是拒绝了南唐后主李煜的求援建议，后又出兵助宋灭了南唐。至开宝九年（976）二月时，钱俶北上入朝觐见宋太祖时，就已知北宋收复吴越的意图已决，后因宋太祖逝世而暂时被搁浅。至太平兴国三年（978）三月，钱俶又再次入京觐见了新帝宋太宗，希望其能让吴越国保持称臣原状，但一直没能得到宋太宗的正面回复。后见陈洪进主动请降后，迫于形势，也只好将吴越归入北宋。

三征北汉，讨伐不止

北汉的割据势力是薄弱的，土地是稀少的，这里的生活和产出自然比不上很多富饶的地区。但北汉的城池一般都很坚固，加上地势险要和民风的彪悍，再加上其臣服于辽，换得契丹铁骑的支持，才得以立国。宋太祖在立国前曾与北汉在高平有过一战，对其有着很深的印象，而且由于北汉的协助，潞州的李筠和四川的后蜀主孟昶等割据势力总会威胁宋朝河南、关中等腹心地区，这也是让宋太祖不能忍受的。宋太祖多次想把北汉这个眼中钉作为首要目标去攻打，一直在等待着时机的成熟。

建隆元年（960）七月，宋太祖想借着消灭李筠势力的气势，乘势攻打助其反宋的北汉。而宿将张永德认为由于诸多因素，直接攻打北汉对宋军是不利的，但可以用骑兵去破坏他们的农田和其他生产，还要积极离间北汉与契丹的关系，防备契丹的外来支援，才能打好这场仗。之后，宋太祖采纳了张永德的意见，并确立了先南后北、先易后难的统一方略，于是放弃了先攻北汉的打算。宋太祖决定在统一南方之前，只对北汉采取积极的防守态度，但也会不时派兵去骚扰和破坏其领土的生产活动，削弱其原本就薄弱的国力。

开宝元年七月，刘钧怀着担忧去世了，养子刘继恩继承了皇位。刘钧其实生前就知道刘继恩刚愎自用，庸懦无能，也不懂政治，他是很可能治理不好这个国家的。果然在他统治后，很快就和宰相郭无为有了矛盾，并杀死了其养弟刘继忠，一时间北汉国内的局势变得极不稳定。

面对北汉的混乱局面，宋太祖认为时机已到，他于是改变了“先南后北”的战略。在八月，即刘钧死后的第二个月，宋太祖任命大将李继勋和党进率军北征，而李继业和马峰率领北汉军队也在团柏谷准备着迎战。之后两军在洞涡河开战，不久汉军就大败了，宋军趁势夺取了汾河桥，也纵火烧了延厦门，有直逼北汉都城太原的气势，而这股气势搞得北汉上下人心惶惶。就在这年九月，北汉突起政变，郭无为导演了一场弑君的阴谋，他借他人之手杀死了刘继恩，后又灭了杀人者的性命，竟成了杀死弑君凶犯的功臣。郭无为之后拥立了刘继恩的亲弟弟刘继元为皇帝，而他也顺利地把持了国政。这时宋太祖开始软硬兼施，在宋军兵临太原城下时，又用官爵来引诱刘继元和郭无为出降。刘继元并没有接受官爵，因为在宋军刚攻打北汉时，他就上表契丹请求援助。虽然当时辽国和北汉矛盾颇深，却不会坐看宋朝灭掉北汉，所以在接到刘继元的求援请求后，即命将率军驰援。而郭无为则为安国节度使的官爵心动了，并认为北汉已无望，便从此有了归宋的念头。转眼已到十一月，太原城还是久攻不下，而这时传来了辽军的支援消息，李继勋担心腹背受敌也就撤军了。之后不久，北汉联合了辽军，入侵了中原的晋、绛二州，并进行了大肆的劫掠。

在开宝二年二月，他先遣了李继勋率军前往太原，这时自己也率大军而去。宋太祖见李继勋等出师无功，打算亲征北汉，便开始了积极的准备。鉴于上次没料到契丹援兵的到来，为保证此次出征的成功，宋太祖任命韩重赟部署军队，以防备契丹骑兵乘虚南下进攻河北，又任命何继筠在石岭关（今山西阳曲东北）部署军队，以阻击辽军自幽州方向西进增援太原。

当宋太祖率主力军进入潞州时，因在这里遭遇了连续十八天的大雨而停止进军。有一天宋太祖亲自提审了一名被宋军抓到的北汉间谍。那间谍为活命而说谎答道："城中民罹毒久矣，日夜望车驾，唯恐其迟来耳。"但宋太祖听后信以为真，一扫心中多日的烦恼。

三月，宋太祖率军来到了南关，就收到前方传来的太原城下的宋军捷报。而几天之后，宋太祖的亲征军也来到了太原城下。他登上了城外高坡，经仔细考察地形后，决定以四面围攻之势包围太原。于是他立即征召数万民夫来城下挖壕立栅，号长连城。并命李继勋一军驻守城东，赵赞一军驻守城西，曹彬一军驻守城北，党进一军驻守城南。北汉军队一再试图单面突围出去，但都没有成功；而宋军试图四面围攻，也是因为北汉军队防守牢固而未成功。两军就这样对峙良久。一日左神武统军陈承昭进言说："陛下自有百万雄兵在左右，为何不用？"宋太祖听后是疑惑的，而当陈承昭以马鞭指着远处的汾水时，宋太祖恍然大悟，他随即命令陈承昭率众挖掘汾水，准备引洪灌淹太原城。在这段时间里，宋太祖时常手持宝剑，赤露着手脚，坐在黄盖下，亲自监督着这个工程的进度。

四月，辽军果然分两路入侵中原，一路入侵河北定州时，遭遇到了韩重赟的军队；一路经石岭关西进增援太原，也遭到了宋军何继筠部的阻击；这两场遭遇战都以宋军的大捷结束。由于北汉的外援已被隔断，宋太祖见时机已到，便下令破堤放水，开始灌城。汹涌的汾水开始灌入太原城，不久之后，城内外就成了一片汪洋。宋军乘坐小舟，手持强弩，并想尽各种办法开始攻城。可处于绝境之中的北汉将士表现得极为顽强，他们仍然拼死地抵抗着宋军一波又一波的进攻。当时辽朝派来太原的使臣韩知璠也被困在孤城中，他深知太原城的陷落是会置自己于死地的，所以也一直在城头督战。

五月，洪水从延厦门流入了城内，汉军不得不沿着城墙修筑临时的堤障，可宋军的强弩却无法让他们修好堤障。后来他们又用了大量的草料，在暗中把一些入水口堵住了，才使水患暂时减轻。在这一个多月的攻防战中，宋军和汉军都是伤亡惨重的，宋军的王廷义和石汉卿两位大将在攻城中被乱箭射死。宋太祖也为此大怒，又组织了疯狂的围攻。

正当人心惶惶的时候，郭无为先是以自杀的方式劝刘继元投降无果，后在一次自请夜间出击的行动中，刘继元亲自挑了一千精兵给郭无为。在郭无为出征后，宦官卫贵德立即向刘继元揭发了郭无为串通宋军的诸多事实。郭无为本想借此精兵投靠宋军，可当晚天气突然变坏，很多士兵也因此返程了，而郭无为也知道没有军队是难以投诚的，所以无奈地带着身边的几十人回到了城内。当郭无为回到太原时，刘继元已看清了他的本来面目，所以下令将郭无为缢杀于太原南城城头，并向宋军示威。

战事已进行到了六月底，令人意外的是，太原这座孤城竟坚守快四个月了，而没有被攻破。而宋军的损失也是很严重的，再加上天气时而潮湿炎热，时而阴雨连绵，士兵们由于水土不服而多患腹泻，而这时宋军收到了辽军准备再次南下入侵中原的消息，这些都让宋太祖颇感进退两难。之后太常博士李光赞不失时机地上书请求宋太祖退兵，并说出了很多的客观理由，才使宋太祖稍感安慰。于是宋太祖在和宰相赵普商量后，决定采纳李光赞的建议，部署撤军。

而这时，宋太祖又根据薛化光等人的“薄邻”政策，将太原的万余家人民追赶至山东、河南居住。又将邻界契丹的人民迁徙到内地，防止契丹的内侵。而北汉的变弱，正是从这时开始的。宋军的北征是浩浩荡荡的，而撤军就颇有些狼狈和匆忙了。他们在沿途遗留下大概三十万斛的辎重粮食及大量的茶和绢。北汉因这些物品，暂时缓解了其物资缺乏的局面。但是经过这一场极其艰苦的战役，北汉的国力已大大减弱了。战后的北汉，其官员是腐朽无能的，君主也是残暴的，这就使人民的生活更加艰苦，阶级矛盾也更加恶化，使得其国力更加薄弱。

开宝九年八月，宋太祖统一江南后，便开始了第三次对北汉的讨伐。他亲自部署，准备分兵五路攻打北汉。在九月时，各路军的战场传来了不断的捷报，可刘继元又开始和契丹结盟。然而在十月时，宋太祖突然逝世，接替皇位的宋太宗考虑到诸多因素，而停止了此次对北汉的讨伐。

宋太祖三次北征太原，虽然未达到消灭北汉政权的初衷，但给予了北汉势力以沉重的打击，因为当时北汉所属的十一州中也仅剩下军兵三万，居民三万五千户。对于北宋来讲，已是“得之不足以辟土，舍之不足以为患”的存在，其灭亡之日不久矣。至太平兴国四年（979）初，宋太宗初步稳定了自己的统治，并灭亡了南方割据政权后，再次命潘美等大将分兵四路进攻北汉，把太原城围得水泄不通。这时宋太宗已提防好了辽军的支援，派猛将郭进驻守白马岭以防其军南下支援北汉。而后在与辽军的交战中，宋军大败辽军，辽军大将耶律敌烈也在这场战役中身亡，北汉此后也失去了任何支援。同年四月，宋太宗至太原城下督战，命宋军又筑起了长围，以彻底断绝太原城与外界的联系。一个月后，北汉军已无任何还手之力，其君主刘继元只得开城出降。至此，北宋收复了经历了五代十国的中原地区，也终止了中原长期以来时局动荡、军阀混战、民不聊生的局面。

CHAPTER

第五章 整顿法纪与集权中央之路 5

五代时期，由于战乱不断、军阀当政，致使各地出现了很多法制混乱、贪官横行、局势不稳的混乱现象。至宋初，宋太祖为解决前朝遗留下的诸多弊端，开始大力实行各种改革和改善政策。他开始改革中央与地方政权制度：为稳定局势，宋朝不遗余力地加强治安政策；在控制财权与改革司法上，也采取了大量强硬措施。

借鉴历史与改进国法

法制，即法律制度。中国古代法律的主体一直不受宗教影响，宋代也是如此。从历代来看，当朝的法制都会借鉴前朝的法制，故其法律的制定和发展都是有一定规律的。在一个朝代的和平、平稳时期，其法制主要强调遵循礼教和维护纲纪伦常。在一个朝代的动乱、战争时期，其主要为防止各种动乱因素而制定一些严苛规定。自汉代法律以来，儒家礼教作为一些朝代指导立法、司法的原则和理论依据。其要旨即是“三纲”：君为臣纲、父为子纲、夫为妻纲，以及由此衍生的各种的政治和伦理原则。在这种原则下，礼教的许多内容被直接定为法律，“七弃三不去”“八议”以及丧服制度等相继入律，并为后世法典所沿用。礼教力倡“无讼”“息讼”，也导致人们的权利意识非常淡漠。

古代法律的一大特点，就是以君主意志为转移，故有“法自君出”一说，指君主始终掌握着国家最高立法权。在历朝历代里，我们都能见到君主可以擅自法外用刑，也可以法外开恩。

古代法律以刑法为主法，在历朝历代都是如此，因为统治者都认为这是建国的根基。古代刑法没有详细的划分，故其各种法典统称刑律。社会生活各个领域各类违法犯罪行为，通通规定于此，统称犯罪，处以刑罚。一部律法，实体法与程序法也不区分，民事诉讼程序与刑事诉讼程序混一，做证与招供同等看待。另一方面，专制君主无视下民的主体权利，平民百姓也不具有这种意识，并以“对簿公堂”为耻、为累，一般民事纠纷也无关政权安危大局，商品经济又长期不发达，如是等等，致使中国古代民事立法偏枯，与刑法畸重形成强烈反差。

唐宣宗大中七年（853）颁布《大中刑律统类》，将《唐律疏议》的条文按性质拆分为一百二十一门，然后将“条件相类”的令、格、式及敕附于律文之后。这种将律、令、格、式、敕混为一体，分门编排的体例，改变了自秦、汉以来的法典编纂的传统，开辟了新的立法形式，后人简称该形式为《刑统》。《大中刑律统类》的立法模式为后世所效法，五代至宋，“刑统”取代“律”，成为主要的法典，如《同光刑律统类》《大周刑统》。

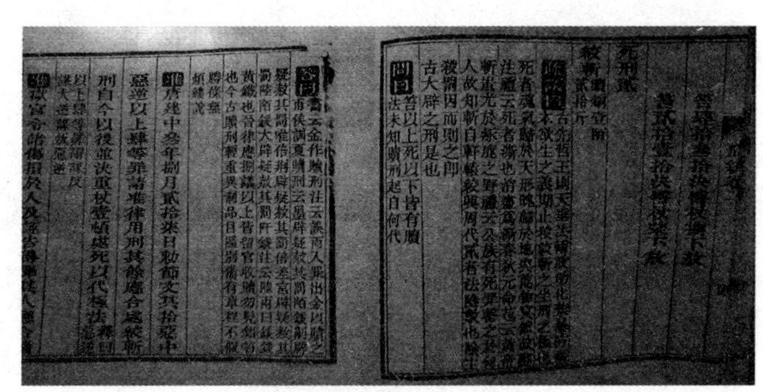

《大中刑律统类》

建隆四年初，宋太祖令时任工部尚书判大理寺窦仪主持立法，是年7月，窦仪制定完成了《宋建隆重详定刑统》，简称《宋刑统》，后由宋太祖诏令颁行全国。宋朝亦沿用《大中刑律统类》立法模式，颁布了《宋刑统》，并由大理寺刻板印刷发行全国，是中国历史上第一部刻板印行的法典。《宋刑统》和唐律一样也是十二篇，除了个别要避讳的字外，内容和唐律基本一致，可见唐律对于《宋刑统》的巨大影响。除了大量本朝的诏敕外，也收录了唐朝的一些法令和诏敕作为参考。五刑制度也沿用了唐律的规定，其他有关定罪量刑的规定如议、请、减、赎等也和唐律相同。但宋朝的刑罚也有了一些变化，如凌迟刑开始合法化就是在宋仁宗时期。

宋太祖是很注重法律的一位君主，但其并不一味严苛地按其执行，他也注重法律的一些容忍和不确定因素。建隆二年（961），在北宋的金州安康郡（今陕西安康）有个叫马从记的百姓，其妻子早死，留下他和儿子马汉惠。后来，马从记续弦娶了一寡妇，其也带有一儿子，后改名为马再从。由于马汉惠自幼缺少管教，以致后来品行不端，其成人后更是逞强为霸，横行乡里。一次，其继弟马再从因看不过马汉惠的所作所为而强加劝告他，马汉惠生气后竟将继弟马再从残害致死。父亲马从记知道此事后，决定大义灭亲，便与续妻共同杀死了其残暴的儿子马汉惠。

此事被传开后，大家都认为马从记的大义灭亲之举是忠良行为，是罪不至死的。可金州防御使仇超、判官左扶了解此事后，不顾人之常情，很快匆忙断案，竟将马从记夫妇以杀人罪名弃市。

马从记大义灭亲却因官员的乱判而冤死之事，很快在金州传播开来，后此事也传到朝中，被宋太祖知晓。宋太祖闻后，即对金州官府的判决勃然大怒，斥道："大义灭亲，罪岂至死！马汉惠横行乡里、残害继弟的行为已经构成对社会秩序和伦理道德的破坏，罪当诛杀。其父母将马汉惠杀死是大义灭亲，虽然从法律程序上讲不过去，但从情理上是行得通的。金州官府官员不问是非就匆忙断案，即将马从记夫妇处以弃市之刑，这些官员简直愚蠢至极，无能至极！"宋太祖即命有关部门严肃查处，金州官府的仇超和左扶等人都被杖流海岛。

宋太祖对金州一案的干预，其实表明了他对法制不合理的一些态度，后宋太祖为防止再度出现对于死刑的处决不公和不合情理这一问题，专门发布了一道诏令道："对犯大辟须判处死刑的犯人，应当送所属州、军鞫（勘验狱辞）处之，不得随意处断。"

这种案例，尤其在战乱年代里是很常见的，那时的一些无能官员只会"依法办事"或匆忙结案，根本不讲人之常情和摆正为官态度。在下诏不得随意对死刑做处断之后，一些地方的司法审判官员，在审理死刑案件时，变得十分谨慎起来，甚至还要上奏听从圣裁。对于这些地方官吏推卸责任的态度，宋太祖又道："依法断狱，毋得避事妄奏取裁，违者量罪停罚。"

五代时期以来，常年的战事使得君王和官员们无暇顾及法律的意义，也正是这样，五代才会发生不计其数的冤案、错案。鉴于此，宋太祖在收复中原后，很是注重法制的建设。一方面，他认为国家必须有严苛的法制规定，这样才能维护好社会秩序，保障人民应有的利益。另一方面，他又认为法律应该适当放宽一些政策，多注重常理和道德层面的各种因素。法律与道德看似是对立的，"理"

是用温和的方式教化人民，而“法”却是用暴力手段来解决问题。但对于一些能清楚认识法律和道德关系的官员来说，“法”和“理”是相通的。历史上的清官如包拯、海瑞等之所以能流芳千古，正是因为他们在执法时，能处理好法律和道德的关系。

五代时期，常会有无视法律的军人来审理和判决各种案件，法律是名存实亡的，经常出现州镇专杀的现象。北宋建立后，宋太祖为了避免五代时州镇专杀和司狱者轻视人命等各种弊端，开始将司法权集中到中央，并重新分设了各种司法机构，其改革大体仿效唐朝。唐朝时，大理寺主要负责详断各地奏报案件，并设狱关押犯人；刑部则负责复查全国死刑已判案件及官员叙复、昭雪等类事。而到了五代，唐朝所遗留下来的法制体系已被全面破坏，也就出现了军校治狱和武人司法的奇特现象，这标志着唐代的司法分工体系已名存实亡。

宋朝效仿唐朝的司法体系，重设了司法官，并对一些司法机构进行了改革。宋朝把大理寺改成慎刑机构，并不再设监狱，其刑部职能也大体保留唐朝的规格。又新设审刑院，专掌监察和执法。这时，中央的司法机构就由大理寺、刑部、审刑院三个部门组成，此时的大理寺负责详断奏报案件，刑部负责复查，审刑院负责执法，使得它们能相互协作，相互制约，很好地避免滥用职权和徇私舞弊现象的发生。

五代十国，也是战争年代，很多地区的统治者和官员无视人命，很多百姓都死于无辜。如后晋皇帝石重贵，其在位期间，很少有惠民之举，偶尔杀上两个贪官污吏，也是掩人耳目。身为一国之君，皇帝即国家，应有尽有，但他贪得无厌。为应付战争费用，为满足自己滥耗，他甚至在大蝗大旱之年，还派出恶吏，分道刮民。天福八年（943）六月，他遣“内外臣僚二十人分往诸道州府率借粟麦，时使臣希旨，立法甚峻，民间泥封之，隐其数者皆毙之”。而这一月，“诸州郡大蝗，所至草木皆尽”。开运元年四月，他“命文武官僚三十六人往诸道括率钱帛”。

后唐明宗时，其君主唐明宗李嗣源虽在治理国家上有些建树，却总是轻视法制。有一日，他听到巡检使奏报道："陛下，我见到有两人好像在家里用竹竿练习格斗技术，这触犯了不准私自习武的规定，该如何处置？"明宗闻后即派石敬瑭前去处理此事，待石敬瑭来到这里时，见到那两人还在用竹竿做着一些类似格斗的动作，不问其缘由，便立即拔剑将两人悉数斩杀，后逍遥而去。第二日，上朝时，枢密使安重诲在朝上状告石敬瑭滥杀无辜，称："昨日那两位男子，并非私自聚武，而只是玩儿时的打闹游戏。就算犯有私自习武之罪，也罪不至死。唐明宗闻后，却说道："区区两个平民何足挂齿，石敬瑭可是有功的大臣。这件事就算了，不许再提！"类似的事情屡见不鲜，根本没法制止，五代十国特有的这种现象一直以来也为后人所诟病。

宋朝宰相赵普建议宋太祖收回地方政权，他说道："从唐末直到五代，地方政权多以军人把持，他们不但拥有雄厚的兵力，而且总揽财政和民生一身。这样的地方政权不容易受中央政府的控制，所以总会发生叛乱。地方政权也容易发展成为封建割据，它会出现各种苛虐酷敛，这些地区的秩序容易混乱，社会矛盾容易出现。柴荣虽削弱过地方的权势，中央对地方也加强了，但地方政权的一些弊端已根深蒂固。在宋朝建立后，还有很多地区会自己封王或独政，积习未改。"

收回地方行政权，首先要摆脱军人的控制。在五代时期，地方政权一向被武人把持，靠征税来充当战费。而武人多没有治理地方的才能，他们老了也不任用文官或有治理能力的人，这也就导致很多地区缺乏真正的治理，地方的各种混乱现象层出不穷。宋太祖决定改用文官去协助管理地方政权，称其为"权知军州事"。这样，一方面可以借此收回行政大权，一方面还能刷新地方官僚机构，来巩固中央的集权统治。乾德元年，宋太祖昭告地方政权，说道："五代以来地方政权军阀总是残征暴敛，人民深受其害，今天我任用了百余名善于治理的文官，来治理各个地方政权，我相信即使他们都会贪污，也不及一个军阀那么凶残。"之后，宋朝开始陆续派遣文官外出，并代替军人掌握州郡行政。同年，宋朝又遣京官带家属去治理外县，为的是一方面纠正各种五代县政腐败的缺点；另一方面抑制权力过大而容易专政的节度使。当时节度使的权力是巨大的，他不单管辖了广阔的土地和大量的人口，还把持着重要的财政和军队。在合并荆湖后，宋朝开始将新收各州直属京师，并允许长吏直接奏事。后来的屯兵大县，也是直属京师。收回全部的地方政权历经了一个漫长的时期，到了赵恒统治时代，才得以全部收回，而后来的节度使也成了一个虚名，没有实权。

宋朝在州里设置了知州的制度，知州统领本州的军事、民生和财政。他的主要职责是宣布和执行中央法令、征收赋税、安集流散、劝课农桑、考核官吏、审判狱讼等。宋朝知州只能在同一地区任期三年，期限一到，便调遣到其他地区。宋朝在平定湖南后，又开始在诸州设置通判来分割知州的权力。通判在一州的地位权力是巨大的，他属中央直接管辖和负责，有权过问州的行政。由于通判权力过大，后来宋朝改变了一些政策，开始让州官和通判相互制约，很多事情他们需要共同负责，共同签署文件。

在县级行政机构里，宋朝也作了一番调整。五代时，多是武人为州节度使，他们会派自己的亲信去县级作为都虞候，也称镇将。都虞候和县令势均力敌，他属于州里管辖，限制着县令。为了矫正这种弊病，和州一级政府一样，宋朝开始派遣京官出任知县，后来又令吏部选派幕职官下放到县级里，使地方军人受制于吏部。之后宋朝改组了县级的行政权力，镇将权力只限于县城以内，不能下达乡村。而县令则总管县境内的所有民政、平决讼狱、催收租税、劝课农桑等。并设立了主簿和县尉，一文一武，成为县令的助手。主簿主管出纳和官物，县尉主管军队，防止人民暴动。

改革中央与回收地方政权

在中央政权里，宰相的职权最重，他统率着百官，对政务事无不总。因此，在改革中央官僚机构时，重点先是相权的削弱。宋朝以前的宰相见皇帝奏事时，有着他的座位，可见位高权重。可在宋朝建立后，宰相也没有了专有的座位，之后的面圣都以站立的形式。宋太祖实行了分割权力的办法，宋朝开始设立两位只“参知政事”的副相。副相开始时不用押班知印，不升政事堂，不参与奏事。后因宰相赵普专权太过，则令副相也开始升政事堂，和宰相共同议事。在嗣后押班、知印、奏事和祭祀行香的事项上，副相开始和宰相轮流充任，这使宰相的权力遭到削弱。

在其他的一些官僚机构，宋太祖也稀释着他们的权力。五代时期，枢密院统领着全国的军政，而枢密院的长官枢密使也相当于宰相，位高权重。而北宋建立后，枢密院的长官枢密使虽还掌握着军国机务、兵防、边备、戎马等政令，可他的权力已没之前那么大了，宰相也开始过问全国的军政。每逢上朝奏事，枢密使和宰相持文、武二柄，号称“二府”，他们不会同时面圣，所以他们所说的话，各不相知。宋太祖这时会听取异同，便于了解真实情况，防止一些诡计的发生。宋朝也沿袭了盐铁、度支、户部三使，总称三司使。宋朝时，他们也称为“计相”，开始分割宰相的

宋朝朝堂之上

财权，负责国家的财政大计，并平衡税收和支出。枢密使和三司使也都设立了相应的副使，也在于削减正使的权力。宋朝也提高了台谏官的地位，他们随时随事上奏朝廷，并弹劾执政，起到了很好的监督高官的作用。

在宋朝的官僚机构里，内外百官的地位和实权是不对应的，所以很好地防止了利用官位来实现一些野心抱负的发生。在中央政府的三省、六曹、二十四司等职，如果没有特别的命令，这些职位都不管本司的事务，都是一些其他官员来主判这些事务。如中书令、侍中、尚书令等大官僚，他们地位虽高，却无权参与朝政；侍郎和给事中，不领本省职事；司谏，不过问谏诤的事。在宋朝的一些行政机构里，一律是官无定员，员无专职。

因为当时的制度，有“官”“职”和“差遣”的区分。“官”只是一种官位的标识，没有实权，也不用办事。“职”是一般士大夫求之不得的，它特指翰林学士院和殿阁学士等职，指的是经常在皇帝身边，撰述各种诏令和备写各种出入文件的人员。而“差遣”才是官员的实职，如中书令、侍中都是官，他们必须带着“同中书门下平章事”或“参知政事”等差遣，才能实行宰相和副相的职务。这种制度正是利用“官职分离”和“名实不一”的手段，来达到稀释权力的目的。而“差遣”大多是临时的，这使得官员们难以长久掌握权力，于是宋朝的整个官僚机构的权力就有了很大的削弱，而中央集权也有了很大的提升。

稳定局势，加强治安政策

宋朝的政权是建立在封建地主阶级利益上的，而统治阶级不能制止剥削者对人民的迫害，必然引起广大人民的反抗。同时，宋太祖是以不光彩的形式夺取了后周政权，所以有很多后周的残余势力是不满宋朝统治的。因为这些因素，自宋朝建立以来，各地人民反对宋朝统治阶级的斗争一直都在不断爆发，而后周的残余势力也时常蠢蠢欲动。宋太祖为巩固江山，侧重防患于未然，致治于未乱，就开始对人民进行残酷的镇压，对异己分子进行残酷的铲除，同时他还借鉴过去统治者的方法，派遣了大量人员在各地执行巡缉与窥伺的任务。

在宋朝初期，各地的巡缉与窥伺都取得了很多重要的情报，宋太祖了解情况后积极应对，很多本想叛变的后周残余势力都被抑制下来。例如驻在真定（今河北正定）的郭崇、驻在陕州（今河南陕县）的袁彦、驻在蒲州（今山西永济）的杨承信和驻在晋州（今山西临汾）的杨庭璋，他们都在宋朝建立初期，被朝廷的人发觉可能有谋反的意向。而宋太祖知道后，都会立刻派监军前往该地视察，并给他们强大的压力，使得他们不敢轻举妄动。

当时的都城开封里也布满了密探，之后最著名的是一个名叫史硅的军校。史硅因破获了几起造反的案件而获得了升官，可他是建立在“宁错杀一百，也不放过一人”的基础上破案的，所以当时京城的百姓们都变得诚惶诚恐，苦不堪言。他以这样残暴的手段很快就累迁马军都军头，后又当上毅州刺史。之后他的部下也开始越来越为非作歹，更以莫须有的罪名屠杀了不少商人。这些行为最后引起了全城百姓的激烈抗议，京城里的所有商店开始了罢工，而宋太祖在知道这件事后，便取消了对于京城的严苛管制。不止京城，在全国也进行着类似的严查，很多百姓也因此无辜受冤。

宋太祖对于自己的高官们也是不放心的，除了派大量人员监视他们以外，他还经常亲自进行暗中查访。他会走访民间，但私访的对象主要是那些位高权重的大臣们。他总是想着前人的教训，他也担心这些大臣们会不满于自己和宋朝，会利用自己的有利地位来推翻他的统治。那时宋太祖对大臣们盯得很紧，这也使得赵普每当朝罢归家时，还要穿得齐齐整整，只怕宋太祖会随时来到府里。在一个飘着大雪的夜晚，赵普认为宋太祖是不会在这种天气出来暗访的。可他没料到，宋太祖在那晚竟来到了他的府上，这让他倍感压力。大臣们多次建议宋太祖不要私自外出，以免发生意外。可宋太祖认为他当皇帝是顺应天命，不会遭受危险，是应该多出来体恤百姓和大臣的。

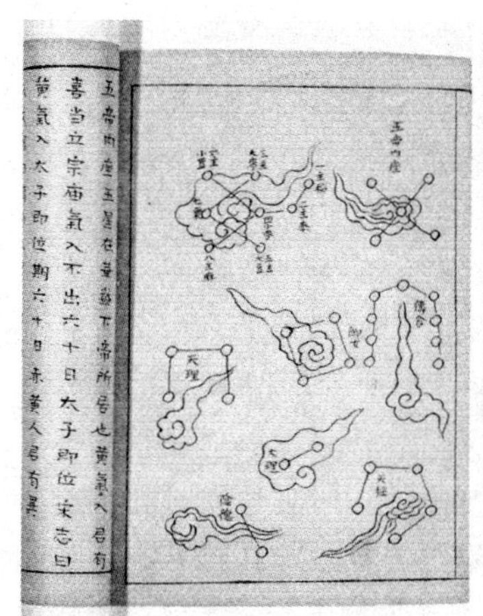
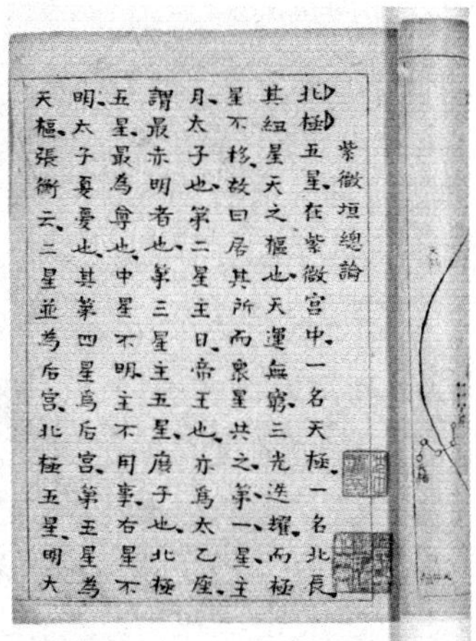

天象图谶

正是由于宋太祖对宋朝上上下下的严密侦察和监管，使他了解到很多官员的不良举动。如宋军刚灭后蜀之时，还没等人向朝廷报喜，宋太祖就传旨命令领军，要好好治理那些贪黩货财和破坏军纪的士兵。这样的例子还有很多，文武百官都害怕暴露了自己的各种行为，为此他们收敛了很多不良的动机和行为。

宋朝初期，国内局势混乱，一些人民生活痛苦。宋太祖为了防止人民的暴动和起义，就颁布了各种法令，来限制和防范人民的各种活动，以防任何反抗活动的发生。

宋太祖在夺取政权时，利用图谶（古代关于宣扬迷信的预言、预兆的书籍）一说来欺骗人民，说自己是顺应天命才当上皇帝的。为了防止其他人可能也以图谶一说来推翻自己的政权，他就开始禁止人民私藏各种迷信的文物，所以昭告全国道："禁元象器物、天文图谶、七曜历、太一、雷公、六壬、遁甲等，不得藏于私家，有者并送官。"另一方面他还禁止和尚、道士们私自学习天文地理，并告知全国，如果有人违反这两条禁令将会得到严惩。正因为这种强硬的禁令，使很多的百姓受到了无辜的迫害，这更加剧了统治者与人民之间的矛盾。

宋太祖还发布了禁止私藏武器的禁令，他认为私藏武器是一种造反的象征，威胁着宋朝统治，所以在开宝三年（970），他下令"禁京城民家不得蓄兵器"。次年，明河东有大批人民迁移内地，为防止他们的造反，他又下令"禁河东诸州民徙内郡者私蓄兵器”。之后，宋朝又在颁布的《刑统》里明文规定，凡弓、箭、刀、楯、短矛以外的，概称为禁兵器，禁兵器不得私有，犯者治罪。士兵也是不能私自拥有兵器的，其兵器都记录和保存在兵器库里。但宋朝会允许官僚们置备兵器，作防止人民造反之用。

宋太祖为防止人民利用集会起义和造反，还颁布了很多关于群众集会的禁令。

如乾德元年四月，禁湖南竞渡。乾德三年四月，令京城夜漏未及三鼓，不得禁止行人。乾德五年四月，禁民赛神为竞渡戏，及作祭青天白衣会，吏谨捕之。开宝四年十一月，禁军民男女结义社。开宝五年九月，禁西川民敛钱结社及竞渡。开宝六年四月，禁灌顶水陆道场。

集中财权与改革司法

宋太祖在后周从军时期，就已深知各地的腐败现象甚是严重。很多藩镇的财权都被地方牢牢控制，并经常擅自加重剥削，使得百姓生活不堪重负。前朝，朝廷会不时派官员去各地视察财政情况，而这些官员中也存在贪污腐败的现象。其中一些官员除了会检查当地财政的各种实施状况外，还会收受一些贿赂，为当地官员隐瞒真相，虚报当地情况。当地官员还会公然征收多余财物，来充作君主的供奉之物，并以此来讨好皇帝，以求奖赏。北宋建立初，各地官员入京朝拜时，依旧会向皇帝献上供奉之物，以表心意。宋太祖深知其实这是官员们一种收刮财物的特殊方式，美其名曰祝福皇帝，其实也就是顺便多捞一点儿财物。

如何收回地方财政一直是宋太祖的一块心病，终于在建隆二年时，让他等到了一个机会。当时符彦卿镇守着天雄，还像五代时一样，公然以供奉皇帝的名义来索取大量财物，这自然也搞得当地人民恨极了宋太祖，自己本有用不完的财物，为何还要剥削这些生活贫苦的平民百姓。此事闹得很大，很快就传到了宋太祖耳里，他以此为借口，勃然大怒道："我根本没有收到过什么值钱的供奉物品，以后也别供奉了，我倒要看看各地的官员们是怎样征税的。"后宋太祖立即设立新的常参官（五品以上及中书、门下两省供奉官、监察御史、员外郎、太常博士等，每日参见皇帝，称常参官），分管税务报告一事，并让其派遣中央人员去各个藩镇分领税务。至五代以来，各处征税现象混乱，其税收的场务被形容为："多是藩镇差牙校，不立程课法式，公肆诛剥，全无谁何，百姓不胜其弊。"北宋建国后，针对这一现象特设场务监官一职，即派遣京朝官出外监临，不久后便取得了"制度一新，利归公上"的良好效果。至乾德二年（964），宋太祖诏令各州："自今每岁受民租及管榷之课，除支度给用外，凡缗帛之类，悉辇送京师。官乏车牛者，僦于民以充用。"明年，又重申前令说："诸州度支经费外，凡金帛以助军实，悉送都下，无得占留。"这是要求各州县将赋税收入，除去必要开支外，其属于货币和布帛部分，全部输送京师，对于地方财政的控制，又加强了一步。此后宋太祖还设立左藏库，来贮蓄各地上缴的钱帛。

要藩镇管理者们轻易放弃财政大权，是不容易的。就像先前朝廷收回藩镇兵权一样，宋太祖会给予藩镇统治者一些特权，以平衡他们的心理。王巩这样记载说：

太祖即位，患方镇犹习故常，取于民无节，而意多跋扈。一日，召便殿赐饮款曲，因问诸方镇："尔在本镇，除奉公上之外，岁得自用，为钱几何？"方镇具陈之。上喻之曰："我以钱代租税之入，以助尔私，尔辈归朝，日与朕相宴乐何如？"方镇再拜。即诏给侯伯随使公使钱，虽在京亦听半给。州县租赋悉归公上，民无苛敛之患。至今侯伯尚给公使钱以此也。

宋太祖开辟的税收改革制度，后又有了很多改革。从乾德三年始，北宋开始设置转运使，叫他们分出各道，掌管各地财政。而在州的一级机构里，也专委通判来主管钱谷，这些都很好地防止了地方拥有自己势力的现象。如今无论节度、防御、团练、观察使和刺史，都不参与签书钱谷的事。以前藩镇凭借雄厚的财力，坐养重兵来对抗朝廷，这种机会，以后根本不可能再有了。自设置转运使后，各种条禁文簿的记录水平渐详细和精密起来。之后每逢州的通判上任，其必亲自检阅账籍，清点登记官物，以防吏员舞弊。州县的主管税收仓库的人员也是执行“三年一任，任满调职”的制度，也是为避免日久发生弊端。各地官员们的考核标准也开始和各种税收挂钩起来，朝廷会根据各种市征、地课、盐务等税的征收情况，来作为通判、兵马都监和县令的考核指标。他们都必须亲检税收事务，并按月造册报告三司，以作为复查依据和考核指标，作为升黜的根据。如复查发觉有诈冒欺隐现象，会立即依相关法律给予严厉惩处。

在具体收回司法权的事宜上，宋太祖也是做出了诸多考虑和相应的措施的。五代藩镇长官在当地的任何权力都是最大的，他们将马步院的牙校充马步军都虞候判官，变相夺取朝廷的司法大权。五代的一些藩镇里存在很严重的专横好杀现象，而执法者牙校经常会为私利而乱判违法犯罪之事，并刻意向朝廷隐瞒诸多案件，根本不把朝廷放在眼里。建宋后，宋太祖意识到再也不能放纵当地的执法者，不然对稳定民生极为不利。不久，他就下令全国开始实行新的司法制度，各藩镇开始设立司法参军这一新职，由中央委派，专管各藩镇的刑政和考察新制度的实施情况。

五代时期，无论是京师，还是各地的州府、藩镇的执法机构，在判决犯人死刑后，一般不复奏朝廷，所以刑狱里常有冤案发生。为了革除这种弊端，加强司法的公正性，宋太祖恢复死刑复奏的司法制度。建隆三年，他下令道：“五代诸侯跋扈，有枉法杀人的，朝廷不去过问。人命至重，姑悉藩镇，应这样吗？自今诸州决大辟，录案闻奏，付给刑部复视。”后开宝三年，又下令道：“诸道州府，应大辟罪决讫录其案，朱书格律、断辞、禁仪、日月、官典、姓名以闻，委刑部复视。”

建隆三年的司法改革，主要是让录事参军和司法人员共同断案，即分化司法人员权力过大的现象。这时，刑部主要负责“狱讼、奏谳、赦宥、叙复之事”；大理寺负责“掌断天下奏狱”；后又设审刑院，主管“详谳大理所断案牍而奏之”。

这时，中央的司法机构就由大理寺、刑部、审刑院三个部门组成，此时的大理寺负责详断奏报案件，刑部负责复查，审刑院负责执法，使得他们能相互协作，相互制约，很好地避免了滥用职权和徇私舞弊现象的发生。

宋朝科举图

开宝六年，为进一步集权中央司法权，彻底整改藩镇司法机构所存在的弊端，朝廷在州府曹官里，增设司寇参军，由科举选拔来的进士、九经及第人充任。此时，在藩镇里，司法开始专掌议法断刑，司寇开始专掌讼狱审讯。这种将断刑和审讯划分开来的制度，使执法人员开始相互制约，相互督查，很好地避免了执法官员在执法过程中徇私舞弊和断案不公正的现象。这时，朝廷对于那些滥用职权的司法官员的处罚力度更渐严厉。如曾做蕲州通判的杨士达，被举报严刑逼供犯人，而使其冤死，后经查明属实后被处以死刑；金州防御使仇超等人，被举报涉嫌长期乱用司法职权来牟取私利，经查明属实后，这些官员都被革职并流配海岛。这时北宋的司法制度已日渐完善，官员们滥用司法职权和违纪的现象相比五代时期少了很多。

CHAPTER

第六章 集中兵权与强化边防 6

宋初，中原战乱未止，因此军事方面对于朝廷也是重中之重。为了加强中央集权统治，宋太祖“杯酒释兵权”，解除了兵变的顾虑。接着，实行军事官职的改革政策；在治军上，严明军纪，培养精兵；在边防巩固上，遣派良将，改善军备；在外交上，积极联系，以求安稳。

“杯酒释兵权”的前因后果

自古以来，兵家都深知“兵骄则逐帅，帅强则叛上”的道理，这种现象在战乱年代更为严重。宋太祖从小在军营里长大，后长时间掌管禁军，最终自己也是靠兵权夺取的政权，所以，他会更加小心，避免别人以同样的方式夺取他的江山。那么，该如何确保全国统一，如何集中军事权力，抑制地方势力抬头呢？这些问题盘旋在他心里很久，让他有些寝食难安。

一天，他见赵普时，忍不住问他：“天下自唐朝以来，几十年的时间，坐拥天下人的姓氏不断更换，战斗永无休止，导致生灵涂炭，这是什么原因呢？”赵普只是静静听着，并没有回答。

宋太祖又接着问道：“我打算停止天下征战的干戈，为了国家的长治久安，该采取什么样的方法呢？”

赵普其实也对这些事考虑了很久，于是说道：“陛下所说的事情，是造福天地的事。其实，并非什么原因，不过是地方势力太过于强盛，君主势力微弱而已，如果现在想要改变这种局面，没有其他的方法可言，主要是把权力夺过来，把地方的钱粮牢牢掌握在自己手里，精兵强将也归自己所管，如此一来，天下就会太平。”宋太祖还没有等赵普把话说完，随即打断道：“爱卿不用多说了，朕已经知道了。”

赵普的话正好指出了问题的症结所在，同时，他也为赵匡胤指出了具体的办法。自此之后，这个策略就成为赵匡胤实施中央集权的一个重要行动纲领。

当对禁军动真格的时候，宋太祖却有些犹豫了。权力和多年的友谊孰轻孰重？让他有些举棋不定。禁军的高级将领都是自己过去的好友，他们为宋朝的创建立下了汗马功劳，而这些人也是和他一起出生入死，为他卖命的义社兄弟，自己现如今能坐拥天下，全靠这些人，这让他如何下手呢？但是，转念一想，如果不动真格的，长此以往下去，他们当中的一些人定会自恃功劳大，说不定会做出什么出格的事情，自己已见过太多此类事件的发生。这时，赵普又说道：“也不是害怕他们真的反叛，禁军士兵是不好管理的，如果这些将领不能很好地控制军队，或万一被人利用就糟了。一旦军队中有人生出异心举反叛之事，他们恐怕也会束手无策。还不如让他们放弃兵权，由陛下你来统一管理。”这一番话说到宋太祖的心里去了，于是宋太祖便开始策划“杯酒释兵权”一事。

至961年春天，宋太祖终于想到了一个好办法，一天他趁殿前都点检慕容延钊入朝，侍卫亲军都指挥使韩令坤返京之际，把所有曾经义社的兄弟都召集进宫。这些兄弟和宋太祖都是生死之交。在宋朝建立之后，有的掌管节镇大权，有的掌管禁军，每个人都手握实权，身份显赫。待所有人都到齐之后，宋太祖发给每人一弓、一剑、一匹御马、一坛好酒，并让所有的侍卫都撤离，独自率领众兄弟到城郊森林里准备开怀畅饮。这时大家没有君臣之分，都是结义的兄弟，在那里行令猜拳，好不痛快。饮酒正酣时，宋太祖突然起身，神情严肃地说：“在这里没有别人，你们当中有谁想当皇帝的，现在这个机会就方便得很，在这里就能把我干掉。”

这些武将一听，纷纷收起了醉态和欢笑，即跪倒在宋太祖面前，称自己不敢有这等非分的念头。宋太祖看了此时跪倒在地的众兄弟，语气变得缓和，继续追问道：“你们真的是要我当皇帝？”众兄弟一听赶紧拜呼：“陛下，万岁、万岁、万万岁。”宋太祖随即说道：“你们既然真的拥护我做天下之主，那么，从今往后，必须谨记自己臣子的本分，不得以下犯上。”

经过这次事件之后，赵匡胤逐渐开始了行动，相继罢免了数人的职位，从此之后，禁军势力完全掌握在皇帝自己手里。不过，万事开头难，赵匡胤这一招“试水深浅”的做法并没有引起多大的波澜，于是，他决定加快改革禁军的步伐，进行真正的“杯酒释兵权”。

“杯酒释兵权”表演

至七月的一天，宋太祖传旨，召石守信、王审琦、高怀德等人入宫赴宴。喝酒喝到高兴的时候，宋太祖遣走了侍奉在左右的侍从，后真诚地对这些功臣宿将、义社兄弟说：“我并非不知道你们的能力和忠心，可我不得不收回你们的兵权，你们的功劳我永记在心。”忽然，他语气一转，感慨道，“但是，皇帝也有自己的难处，还不如节度使过得快乐，我都没有睡过一个安稳觉。”石守信等人有些不解，于是问道：“这是什么原因呢？”“这不难理解，当皇帝，有谁不想呢？”赵匡胤刚一说完，宴会的气氛顿时紧张起来，石守信等人有些惶恐不安，赶紧离开座位，磕头表忠心：“陛下为什么会说这样的话，现如今天命已定，谁还敢有异心。”

“其实不然，你们虽然没有异心，但是你们的手下，都想追求富贵，一旦把黄袍穿在你们身上，虽然你们不愿意，但也没有办法。”宋太祖说得言真意切，石守信等人听得是战战兢兢，一个个祈求道：“我们肯定不会做这种事情的，还请陛下为我们指一条生路。”

宋太祖长叹一声，对众人安慰道：“人生如同白驹过隙，所谓的富贵者，不过是想多积攒一些金钱，让自己富足，让子孙后代不受贫穷。你们何不放下兵权，去地方任职，置买一些田宅，为自己的子孙后代留下些产业，可以多买一些歌女舞姬，终日饮酒享乐，以此安享天年，还有何求呢？而且，我会和你们结成姻亲，如此一来，君臣上下都相安无事，不是最好的结果吗？”众将帅突然恍然大悟，于是，连连称谢，起身告辞。

第二天，石守信等禁军将帅全部都称病告假，并请求皇上收回兵权。宋太祖达到了自己的目的，自然非常高兴，于是，当众宣布免去这些人的职务，然后给予闲职，至此，统帅们的军事实权全部都被免除了。

随后，赵匡胤又采用同样的方法收回其他将领的兵权。至 969 年冬天，宋太祖又约了王彦超、武行德、郭从义等人入朝，到后苑参加宴会。王彦超等人都是他的前辈，大多数人在晋汉两朝时期就立下了赫赫战功，所以根基很深。在宴会上，酒过三巡后，赵匡胤开口说："众卿都是国家的元老，掌管着重要的职务，非朕所以优贤之意也。"

王彦超是一个明白人，宋太祖在落魄的时候投奔他，他当时并没有收留。而宋太祖建立宋朝当上皇帝之后，不在意旧怨，仍然让他们留在原职。现如今，朝堂稳固，自己也将失去作用，于是知趣地对宋太祖说道："微臣原本并没有立下什么功劳，却能得到陛下长时间的荣宠，现如今，臣等已经年老，也该解甲归田，颐养天年了。"不过，武行德、郭从义等人并不赞成王彦超的说法，争相在宋太祖面前陈述自己的过往功劳。宋太祖听着有些不耐烦地说道："这些事情并不值得一说。"武行德等人自讨没趣，都悻悻地退下。第二天，宋太祖即下旨罢免了王彦超等人的职务，并且任命以闲散官职，留在京城居住。至此，宋太祖心中的这块大石头才算落地。

改革禁军与集中兵权

宋太祖深知自己的建国优势在于兵权的掌握，所以他必须赶快限制大将领们的军权，以防不测。所以他在改革前朝的各种制度时，第一步就选择了改革禁军。北宋称正规军为禁军或禁兵。从各地招募，或从厢军、乡兵中选拔，由中央政府直接掌握，分隶三衙。除防守京师外，并分番调戍各地，使将不得专其兵。每发一兵，均需枢密院颁发兵符。禁军士兵实行募兵制，且沿五代朱梁定制，文面刺字，社会地位低于一般人民，一旦入伍，终身服役，直至老疾退役。北宋也有厢军、乡兵和蕃兵，但厢军俸钱只有禁军的一半，故战力不高。

自古以来，在和平年代，政权大于兵权，且政权主导着兵权；而在战争年代，则兵权大于政权，而兵权左右着政权。宋初，虽继承了后周的统治区域，但大部分地区仍有很多不稳定因素，所以要统一中原、稳定统治区域形势和收复割据势力，还有一段很长的路要走。宋太祖曾任后周禁军的统兵将领，且领兵打仗多年，他渐渐明白到五代时期的频繁更替朝代现象，或因为政权人物的无能，或因为掌管政权的臣僚太强，但最主要的还是军权问题。五代时，后晋的成德节度使安重荣曾说道："天子，兵强马壮者为之，宁有种耶！"后宋代的范浚指出："五代之所以取天下者，皆以兵。兵权所在，则随之以兴，兵权所去，则随之以亡。"

五代时的国家军队称禁军，由藩镇军队蜕变而来。唐朝藩镇设立之前，中央政府在边地上设置有守捉、城、镇、军，总称为道。唐睿宗景云二年（711），贺拔延嗣被任命为凉州（今甘肃省武威市）都督，为防范吐蕃的入侵，河西藩镇成为唐朝第一个藩镇。唐玄宗时开始置有大量的藩镇。例如开元元年（713）始置幽州藩镇（今北京市）节度使与朔方藩镇（今宁夏灵武市）节度使。开元五年（717）置剑南藩镇（今四川省成都市）节度使。开元六年（718）开始设置安西四镇节度经略使。至唐玄宗天宝年间，已增至十个节度使：河西节度使、范阳节度使、陇右节度使、剑南节度使、安西节度使、朔方节度使、河东节度使、北庭节度使、平卢节度使、岭南节度使。伴随着边地藩镇的设立，府兵制逐

唐睿宗

渐被募兵制所取代，边地置有大量的精兵，共计四十九万士卒和八万匹战马屯驻边地。

唐朝经过安史之乱后，出现了中央集权逐渐削弱，藩镇军力逐渐强大的局面。藩镇的统领为节度使，他独揽一方军政财权，其职位由子弟或部将承袭，不受中央政令管辖。至9世纪初，全国藩镇达四十余个，他们互相攻伐，或联合对抗中央。唐代中央政府屡图削弱藩镇，收效甚微。天祐四年（904），名义上的中央朝廷也被藩镇之一的朱温政权夺去了，演变为五代十国，成为唐朝藩镇割据的延续。

唐末黄巢起义后，藩镇割据形势更甚，部分实力雄厚的藩镇先后被封为王，所建立的封国实际上已是高度自主的王国。唐朝灭亡后，各地藩镇纷纷自立，其中地处华北地区、军力强盛的政权控制中原形成五代，其中有些是沙陀族所建立的。这五个依次更替的中原政权虽然实力强大，但无力控制整个国家，只是藩镇型的朝廷。而其他割据一方的藩镇，有些自立为帝，有些奉五代为正朔（后梁时期的晋、岐、吴除外）而称王称藩，其中十个历时较长且称王或称帝的政权被《新五代史》及后世史学家统称为十国。

五代时期各朝的兴亡，禁军及其将领都起着决定性作用。如后唐禁军小校从马直指挥使郭从谦，射杀了后唐庄宗，拥护马步军总管李嗣源兵入洛阳称帝，自立为后唐明宗；后唐闵宗之败，也因侍卫亲军马军都指挥使安从进，与马步军都指挥使康义诚，立潞王李从珂为帝；后汉高祖刘知远，也因侍卫军主帅而得到帝位；后周太祖郭威代后汉称帝，参谋其事的王殷、郭崇、曹英都是禁军将领；五代的灭亡，也是宋太祖所带领的禁军发动了陈桥兵变，建立了北宋。

五代时的禁军有殿前司、侍卫亲军马军司、侍卫亲军步军司，他们分掌禁军，相互制约。每逢皇帝巡行或任命将士出征抗敌时，会临时设立一位殿前都点检为禁军统帅，即国家最高军事领导人。而宋太祖之所以能被拥为皇帝，正得益于他当时是殿前都点检。北宋成立后，宋太祖有意让这一职务空缺，也表明了他才是国家军队的最高统帅。

后周灭亡前，殿前都点检为宋太祖，副都点检为慕容延钊，殿前司都指挥使为石守信，都虞候为王审琦，侍卫司马步军都指挥使为李重进，副都指挥使为韩通，都虞候为韩令坤，马军都指挥使为高怀德，步军都指挥使为张令铎。北宋建立后，宋太祖提升高怀德为殿前副都点检，张令铎为马步军都虞候，而升慕容延钊为殿前都点检。后提升自己的两位亲信，即同为义社十兄弟的石守信升职为侍卫马步军副都指挥使，王审琦升职为殿前都指挥使。他又提任其弟赵光义为殿前都虞候。后又提升原虎捷右厢都虞候张光翰为马军都指挥使，原龙捷右厢都指挥使赵彦徽为步军都指挥使。这次对禁军领导人的调整，宋太祖只免去了马步军都指挥使李重进的职务，其余将领各有升迁。这种保留前朝武将，并使禁军中的将领依次升迁的策略，极大地稳定了所有禁军将士的军心，使其不会有谋反之心。

宋太祖改革禁军的步伐是循序渐进的。至半年之后，宋太祖让同是义社十兄弟的韩重赟任侍卫马军都指挥使，替下了张光翰。让开国有功的罗彦瑰任侍卫步军都指挥使，替下了赵彦徽。建隆二年（961）三月，宋太祖免去慕容延钊的殿前都点检职务，改任为山南东道节度使、西南兵马都部署。至此他宣布再无殿前都点检一职，也表明了自己才是真正的禁军统帅，实现了政权和军权的专政。

之后，宋太祖再次调整禁军的高级将领，有意让中低级将领来担任殿前都指挥使、都虞候、马军和步军都指挥使这些高级职务。擢升韩重赟出任殿前都指挥使，其原为铁骑右厢都指挥使，他一贯奉命行事，从不逾矩越规。原任殿前都虞候的赵光义调任开封府尹，而擢升张琼出任殿前都虞候。张琼原为一名勇猛和善射的后周战将，但在宋太祖随周世宗柴荣征战淮南时，不仅对宋太祖有救命之恩，其凭借酒力拔箭破骨而出的举动也让宋太祖深感钦佩。擢升义社十兄弟之一的刘光义为

开封府

侍卫马军都指挥使，原是龙捷右厢的中级军官，其平时处事小心谨慎，颇为听命。擢升控鹤右厢指挥使的中级军官崔彦进为侍卫步军都指挥使，他是一员优秀的战将，且作战英勇，足智多谋。其在多次战役中立下功劳，但好财，喜敛珍宝。

这时禁军中的五个最高军职已经不再设立，而剩下的殿前司、侍卫司也由两位新提拔的军官担任。宋太祖此时又将禁军重分为三衙，由三人分享统率权，并将原来的侍卫亲军司一分为二，分别是马军司和步军司，再加上殿前司，合称三司（也称三衙）。而三司统领者直接听命于宋太祖，所有军权也就落到了宋太祖一人手里。后来枢密院也实行了改革，只掌调兵权，主要负责“天下兵籍、武官选授及军师卒戍之政令”，专门负责调兵。

枢密院始于唐朝时期，是为适应连年战事而设立的朝廷决策机构，该院便宜从事（可斟酌行事，不拘规制条文，不须请示，自行处理）各种战争事务。其掌管者为枢密使，由宦官（中国古代京城专供皇帝、君主及其家族役使的官员）任职，开始掌管兵权，后开始参与朝政，并与宰相分权。不久后，宦官专政成为中、晚唐社会的一大痼疾。五代时期，借唐朝之鉴，枢密使改由士人（读书人）担任，并为天子心腹，可参与朝政。如其间的辅臣敬翔、郭崇韬、安重诲、桑维翰、王朴等都担任过枢密使，在朝中都有着举足轻重的地位。后又逐渐被武臣所掌握，利于其干涉政权。宋太祖借鉴了前朝之鉴，对枢密院实行了两项改革措施：

改革一：枢密院只管兵政，即掌管全国兵籍、武官选授、军队调发更戍及兵符颁降，没有兵力。而三司则具体负责所有士兵的训练、番卫戍守、迁补赏罚等军事事务，没有调兵的权力。

改革二：起用文臣担任枢密使。宋初，宋太祖即命文臣赵普为枢密直学士，后升为枢密副使，建隆四年十月，正式出任枢密使。从此，枢密使都由文人担任。

这次对枢密院的改革，避免了枢密使独自掌权的现象，也让枢密院与三司有了相互牵制的作用，有效避免了专政和造反的现象。

后宋太祖对禁军统领体制进行大刀阔斧的改革，也从根本上改变了以往的禁军体制。这一改革彻底结束了自唐末以来军人左右政权的弊端。宋太祖随后让五个最高领军职位空缺了下来，后使得禁军只剩下殿前司的殿前都指挥使、殿前都虞候、侍卫司的马军都指挥使、步军都指挥使这四个统领职位。而后这四个最高级职务都是由新人和善于听命者来充任，由于他们的名望和资历都比较浅，因此不会构成大患。这一人事调整，对巩固国家军权起到了重大作用。五代战乱时期，国家皇帝最担心的不是政权的掌握，而是军权的掌握，通过兵变上台的宋太祖深谙其理，五代时期的朝代更替就像是一个“你方唱罢我登场”的局面，而根本的原因就是军权主导着统治，决定着更替。

后人评价宋太祖对于改革兵权的贡献是很大的，如北宋范祖禹就评述道：“祖宗制兵之法，天下之兵，本于枢密，有发兵之权而无握兵之重；京师之兵，总于三帅，有握兵之重而无发兵之权。上下相维，此所以百三十余年无兵变也。”南宋的李纲也有类似评论道：“祖宗之时，枢密掌兵籍、虎符；三衙管诸军，率臣主兵柄，各有分守，所以维持军政，万世不易之法。”

严明军纪与培养精兵

宋太祖深知骄兵惰卒的巨大隐患，五代后唐庄宗亡国就是因此而造成的，所以他总结了一些经验教训后，制定了很多严明军纪的军令。

宋太祖曾向在后唐政权担任要职的飞龙使李承进问道：“唐庄宗的军队本是很英勇神武的，为何却这么快亡国呢？”李承进答道：“唐庄宗喜欢打猎，可总会纵容将士们的感受，因为他每次在郊外打猎时，总会碰到有士兵前来诉苦道，‘我的孩子饥寒交加，望皇上能给些救济。’而唐庄宗不在乎身份和请求的真假就立即给予士兵钱财。就是这样长此下去，使军队没有了制度，因此产生了兵乱。所谓军队应有一定的制度和威严，各种奖赏更是要有节制。”宋太祖听后大为感叹道：“唐庄宗辛苦地打了二十年的战，才取得天下。可之后他却不能用军法约束他的士兵，纵容士兵变得贪得无厌。如此地管教军队，简直是一场儿戏。我如今对待士兵，可以不吝惜奖赏，但倘若有人触犯我的法律，我也决不姑息，必将严惩。”唐末五代时期，一些不被约束的士兵养成了为追逐经济利益和升官发财，不择手段，甚至造反国家的行为。军人出身的宋太祖很明白这一点，为了鼓励三军将士，他在登基后也多次不惜钱财以各种方式犒劳了他们。但同时又以严格的军纪和法律来约束士兵，还建立了一套“阶级之法”。

“阶级之法”，即军队内部的尊卑等级关系。宋初军法中规定：“一阶一级，全归伏事之议。敢有违犯，上军当行处斩，下军徒（徒刑）三年，配（充军）五百里。”这一规定就表明了下一级必须绝对服从上一级的管制，如有违反，必当严惩。军法中还说道“寓威于阶级之间”，意思是将士们要懂得上级的威严所在，即士卒知有将校，将校知有统帅，统帅知有朝廷。宋太祖还制定了一系列日常的条规，要求将士遵守：如不得争功邀赏；不能与军外人攀比衣食，衣服不能过长，外出不许穿戴红紫之服饰；鱼肉、酒等不得进入兵营；不得赌博、并严令禁军士卒逃亡，满一天者斩；等等。

宋太祖对于将士们违反军令的行为是决不手软的。如建隆元年十月，晋州兵马钤辖荆罕儒率军袭击北汉汾州城，其所领的小队人马在一次与北汉军队的对战中，不慎陷入其包围圈，而其部下龙捷指挥使石进等军校却临阵退却，不敢前去救援，而致荆罕儒战死沙场。宋太祖在得知此事后，即命将石进等二十九名失职者一并斩首，以正军法。建隆三年，宋太宗又处死了云捷军内一个伪刻侍卫司官印的士兵，后为再次严明军纪，便下令大力抽查军中各类不守军法的现象，发现不守军法者全部充军沙门岛（今山东蓬莱长岛）。开宝四年，川班内殿直（收复后蜀后，从其军中选拔的精兵）士兵越级击鼓上诉，要求和御马直一样得到赏赐。宋太祖闻后大怒，将为首的四十余人全部斩首，其余的发配去许州为龙捷军，而川班内殿直也从此被撤销。

五代时期，一些军队军纪不严，致使其士兵在占领一个城池后，会在城中烧杀抢掠，以致其政权不得民心。宋太祖治军一向严明，在建宋后更是愈加严苛，他一再声明严禁士兵有任何烧杀抢掠的行为，如有不从者，一律处死。之后不久，宋太祖就亲自下令斩首了雄武军卒数百人，就因其抢掠百姓钱财一事。

想要培养出一支精锐能战的铁军，当然也要注重平时的校阅和基础训练。宋太祖在建国不久，就不时会突击检查，亲临兵营校阅。如建隆二年正月，幸造船务，观习水战；二月，幸飞山营，阅炮车；再幸迎春苑宴射。三年十月，再幸造船务，观习水战；幸岳台，命诸军习骑射。乾德元年正月，幸造船务，观造战船；四月，出内库钱招募诸军子弟挖凿习战水池；六月，命习水战于新水池。二年三月，幸教船池，赐水军将士衣有差，再幸玉津园宴射。

宋太祖也会不时观看士兵们的基础训练，会制定优胜劣汰的选兵要求。尤其在京师禁军选拔方面更是严格，所以史书又记载道："少则无冗兵，严则无骄兵，精则无弱兵，此京师之兵止十万，所以制诸方而有余也。"为保持一些没有出征任务驻屯军的战斗力，防止其骄惰，宋太祖特意令每月给诸军发放粮饷时，必须跨东西或南北城区去领取两石粮食，不许雇车和求人帮忙，去亲自背负回军营。

北宋还实行了新的兵役制度，即"出戍法"。北宋初年，宋太祖采纳宰相赵普的建议，以禁军分驻京师与外郡，内外轮换，定期回驻京师，故称"更戍法"。更戍军冠以驻泊、屯驻、就粮等名目。通常出戍京东、京西、河北、河东、陕西、江南、淮南、两浙、荆湖、川峡、广东等地戍军，以三年为期轮换。

宋朝募兵制度较其他朝代是特别的，北宋统一全国时，由于常年的战乱和天灾人祸，致使中原一些地方的百姓生活贫苦，吃不上饭。所以一些地区的募兵目的是为了给老百姓一口饭吃，好让他们不造反，而不是为了抵御外虏。如一些地区闹灾荒，朝廷就会派人去那里募兵，人们称其为"树起招兵旗，自有吃粮人"。因此，宋朝军队人数虽然庞大，但会不时存在着一些军队缺乏战斗力，或逃兵甚多的现象。在一些地区存在着长官克扣军饷的现象，致使士兵吃不饱饭，所以想着逃跑。而逃兵被抓回来后，脸上会被刺字，即"黥面"，这是古代对犯人和逃兵的一种刑法。所以后世鄙视军人的谚语，如"好铁不打钉，好男不当兵"，也特指两宋时期的一些士兵。

国内起义与暴动事件

宋初期，宋太祖忙于征战，所以很长时间内忽视了一个很重要的社会问题，即农民的土地问题，那时大量的劳动人民无地可种并生活艰苦。在宋朝的一些地区，官僚地主和农民的矛盾是很严重的，各地时发时止的农民起义，大都有这样的原因。宋朝为巩固其统治地位，对于农民的镇压是不遗余力的。而这些起义大都规模小、组织差，所以也很快就被镇压下来。

在一些较大规模的反宋行动中，武节度使孙行友的叛变行为令人印象深刻。后晋时期，定州的狼山上有一支农民起义军，他们最初只是为防止契丹侵袭而组织的，后又开始与封建地主阶级进行对抗。后来孙行友领导了这支起义军，可他禁不住后晋官爵诱惑而背叛了狼山的农民起义。在宋朝治理地方政权的时候，孙行友担心自己势力不保，便主动要求卸任。可宋太祖没有答应他的请求，之后孙行友便暗中开始搬走物资和召集壮丁，准备组织军队去狼山搞独立。可他的阴谋很快就被戳穿了，宋太祖就派阁门副使武怀节，会同赵州（今河北赵县）镇兵借机直入定州城，抓获了孙行友。而官军乘胜进入狼山，捣毁了他们的基地，农民原先的组织也就被迫解散了。

乾德三年，北宋军队收复后蜀，进入成都后，其将领王全斌、崔彦进、王仁赡等，开始日夜宴饮，不顾少量士兵违反军纪的行为。士兵见主将不加约束，其违纪士兵便逐渐增多，也更加肆无忌惮，以致后来四川地区出现大量士兵烧杀抢掠的现象。之后，后蜀的军民和百姓不堪忍受宋军的残暴行为，纷纷起来反抗。同年二月，原后蜀军校上官进组织原来的三千多名部下，加上几万农民，连夜进攻梓州城（今四川三台）。这次起义人数虽多，但很多人只手执木棒竹竿，与守城士兵的战争兵器相比，根本没有任何优势。结果未到天亮，起义就被镇压了下来，起义首领上官进也被俘遇害。

同年三月，王全斌克扣发赴京后蜀降兵的服装钱，成为蜀兵兵变的导火线。后蜀降兵后来在全师雄的带领下举行了起义，不久便占领彭州（今四川彭县），后不堪压迫的四川农民开始起义相应，邛、蜀等十六州和成都属县，相继加入反抗者阵营。后王全斌勃然大怒，尽杀成都城里二万七千后蜀降兵。宋太祖后命丁德裕率军支援王全斌镇压起义，并依靠刘光义、曹彬军队的帮助，才扭转了屡败的形势。直至乾德四年十二月（967 年 1 月），将近两年，北宋才将四川的各种起义镇压了下来。

与此同时，在汴京城的一场起义还未发动就被镇压了下来。当时以张龙儿为首，主要成员有杨密、王裕等人的一个宗教组织试图密谋起义。而这件事很快就被朝廷的眼线发觉，张龙儿等二十四人即被官府逮捕，并以“妖人”体惨遭杀害，后又将与主要成员有关的族人全部杀害，以绝后患。

开宝四年，北宋收复岭南地区，在之后两年中，这里也不时发生着一些反抗活动。在这里，从刘鋹统治时便结聚起义的农民，开始和南汉残余势力结盟，在沿海一带开始反抗北宋的统治。如南汉旧官僚乐范和土豪周思琼都组织过一些反抗活动，但不久后，都被北宋将官尹崇珂领兵击破。容州（今广西容县）、白州（今广西博白）、廉州（今广东合浦）等处农民，和融州（今广西融安南）的修河徭役也先后起义，也被监军赵令镕等镇压下来。反抗势力自然少不了士兵的参与，在崖州（今广东崖县）的原牙校陆昌图就率兵烧劫了州城和官署。静江（今广西桂林）的百余士兵也联合过城外的起义农民，后都被北宋特派而来的诸州都巡检使曹光实残酷地镇压了下来。而后北宋在岭南的统治地位才逐渐稳固了下来。

开宝六年，川东渠州（今渠县）爆发了以“妖贼”李仙为首的一场大型起义。当时他以宗教活动的形式，很快发展了一万名成员，之后果州（今南充北）、合州（今合川）、渝州（今重庆）、涪州（今涪陵）农民也纷纷响应。正月，李仙领导起义农民开始进攻广安时，权知军事朱昂设计俘虏了李仙。后朱昂采用分化政策，宣布果州等四州的起义农民，只要立即停止起义活动，朝廷一律不再追究其责任。由于群龙无首，加上朝廷的宽容政策，这四州农民相继放弃了起义活动，此次起义就此镇压下来。

在北宋统治的各地区中，诸如此类的大小军民暴动，在宋太祖执政的十几年间，从未间断过。到宋太祖晚年时，关中地区也还有造反的现象。当时一股武装平民势力扬言要攻破富平城（今陕西富平东北），杀尽当地的豪强富室。这些人闻后立即恐慌地向官府告发此事，希望出钱助官兵讨伐这股势力。后该地区的军长亲自带领军队，去富平城西讨伐了这股势力。而武装平民势力根本不是军队的对手，很快他们便被击败，并争相溃逃。这个军长根本不放过他们，命令士兵将这些平民全部杀光。一些撤至别州的农民，不久后也被官军俘虏并杀害。

我们可以看到北宋国内平民阶级与统治阶级的矛盾，一直是那个时代的难题。宋太祖在强化中央集权后，相比前朝，更能把各种起义或造反平定下来，让平民阶级慑服在北宋的武力下，不致造成过多的影响。

提高军备与遣派良将

在整顿军备方面，宋太祖也本着务实的思想，要求军器制作必须精良。在战争中，除了指挥得当和人数多寡外，最重要的要数兵器的质量了。中国近代以后受尽列强的欺凌，其直接原因就是武器落后，用陈旧的大刀长矛去对抗欧洲列强精良的大炮火枪，只有被动挨打的份，毫无还手之力。在这一点上，宋太祖算是比较有远见的君主。

为适应频繁的战争需要，宋太祖下令，在开封城内专门设置管理兵器制造的工署，包括南、北作坊和弓弩院，由禁军、厢军士兵和专门招募的工匠，负责兵器的制造和改良。每个作坊都规定了生产任务，并要求保证质量。为确保兵器的数量和质量，宋太祖还经常亲自到作坊指挥监督，史载：宋太祖每十天下南北作坊和弓弩院巡检一次，称为旬检。制造完毕的各种武器，都陈列在武器库中等待皇帝亲自过目检查。这样一来，制造武器的人没有敢不尽心尽力的，所以造出来的武器异常坚固锋利，且完成的数量也很多。正是由于宋太祖对武器的重视，宋代初期的兵器制造才出现了两大飞跃，即近距离兵器向远距离兵器的飞跃，以及冷兵器向热兵器的飞跃。

弓箭，是战争中普遍应用的远距离兵器。在宋太祖时期，弓箭的性能得到进一步加强，主要体现在床子弩的改进上。以前的床子弩射程只有五百步，经过宋代改进后的床子弩，其射程开始达到七百步，不久又达到三里之遥，而当时中世纪的欧洲所使用的弓，其射程最远仅仅为一百八十米。

随着火药的发明，宋代开始将其用于军事上。据载，宋太祖开宝三年（970），就有兵部令史冯继升等人进献制造火箭的方法，后经试验，造出了可以燃烧和爆炸的火箭，大大提高了军队的战斗力。冯继升也因此受到赏赐。

太祖时期制造的武器，在质量上是非常精良的，即使封存百十年后，仍保持着优良的性能。当初宋太祖讨伐李重进时，便将一批多余的弓弩各约千张，封存于扬州作为储备，并下令“非有缓急，不得辄开”。过了一百四十多年，方腊率众起义，宋军才打开军器库，取出这批封存的弓弩，发现这批弓弩不仅外表如同新制，而且性能要远远超过当时制造的弓弩。

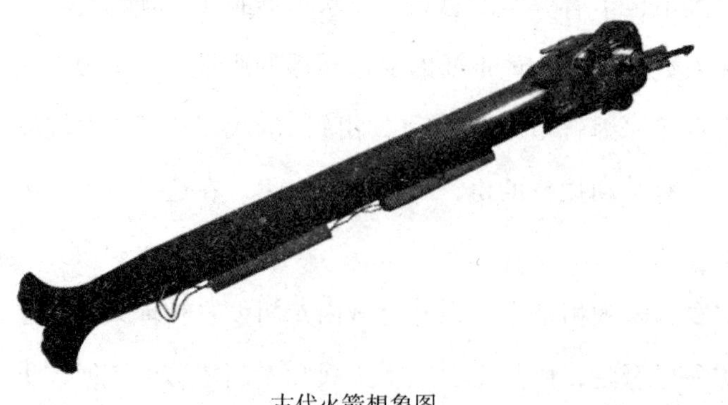

古代火箭想象图

在制定好了“先南后北”的基本战略后，宋太祖又着重实行了各种政策来强化边防的实力。尤其是宋太祖在选择驻守边防将领时，依靠其丰富的从战经验，选择了很多有良好经验，但实权不大的善战将领。从后代罗从彦的《遵尧录》中，我们可以看到宋太祖是怎样布置当时边防总形势的，之中有这样一段记述：

国初剑南交广，各僭大号，荆湖江表，止通贡奉，西夏北辽，皆未宾伏。宋太祖积极地调兵遣将，任命李汉超驻守关南，马仁瑀驻守瀛州（今河北河间），韩令坤驻守常山（今河北正定），贺唯忠驻守易州，何继筠驻守棣州（今山东惠民）来防御北边的敌人。

宋太祖又任命郭进镇守西山，武守琪镇守晋州，李谦溥镇守隰州（今山西隰县），李继勋镇守昭义（今山西长治），来防御太原的进攻。

在西边，宋太祖任命赵赞屯兵延州（今陕西延安），姚内斌屯兵庆州（今甘肃庆阳），董遵诲屯兵环州（今甘肃环县），王彦昇屯兵原州（今甘肃镇原），冯继业屯兵灵武，以备之后的出征。

光从这段文字中，我们看不出什么蹊跷，都不知他们为何人。但宋太祖都深知他们的底细，这些将士大都有着丰富的从战经验，虽然给予他们的官位不高，为的是防止其夺取兵权，但会给予他们特殊照顾和其他一些特权：

如将士家属在京城的，一般都会受到优待。边将可以自行牟利，郡中莞榷之利悉与之。恣其图回贸易，免所过征租。可以自行任用勇猛之士，为自己爪牙（今指帮凶，而古代指得力帮手，属于褒义）。军中可以斟酌行事，不拘规制条文，不需请示，自行处理。边防将领每来京时，宋太祖更会与其相对而坐，并赐御膳。回边境时，也会赏赐财物。

边防将士由于经济富足，所以他们总能高价求得很多死士，让其不惜生命危险，去其他国家做间谍，传递各种军情，宋军正因此获得了许多有利情报。宋军获悉情报后，会制定完善的应对和伏击方法，很多边防战事都是因此而获胜的。

由于这一系列边防措施的良好实行，使得边防将士甘心卖命和异常勇猛。宋朝在实行这个政策的前二十年里，宋兵的战斗热情和战斗力大大提升，有了后来所说的“无西北之忧，以至命将出师，吊民伐罪，平西蜀，复湖湘，下岭表，克江南，兵力雄盛，武功盖世”等描述边防将士勇猛的事迹。

北宋边境的安稳，极大地促进了全国统一军事形势的稳定。辽国在看到了中原军事实力的显著增强后，也开始示意愿意与宋朝积极交往。开宝七年，契丹涿州刺史耶律琮，致书给宋朝知雄州孙全兴，信里说："两朝初无纤隙，若交驰一介之使，显布二君之心，用息疲民，长为邻国。"宋太祖在看到此信后，也回信表示愿意和辽国建立安稳的关系，第二年正月，宋朝派遣使臣去辽国祝贺新年。而三月，辽朝也派辽使来开封拜见宋太祖。太祖当日就接见并在长春殿设宴款待了使臣，之后他又邀辽使观看其他活动。在辽使告辞时，宋太祖当面对宰相感叹道："自五代以来，北敌强盛，是因为中原衰弱，使得后晋出帝成为契丹俘虏，真是糟糕至极。现今其仰慕而来，乃是时运使然，非我有大德所能招致者。"

宋太祖的这段话意义是深刻的，他认为两国建立邦交，是建立在历史发展上的，这是符合历史发展规律的。而一个国家的统一集权和重建，是会带来经济、政治和军事力量的增强，这也很能提高国家的威望。而克妙骨慎思奉旨前来，表明了五代以来两国第一次有平等的外交关系。同年北宋遣郝崇信出使契丹，这是两国正式结交的开始。经过轮番的交涉，两国终于建立良好的关系。这一建交对于宋朝的整体稳定和促进西北地区劳动人民的生产、生活起到了至关重要的作用，这也是符合不同民族利益的。

北宋与契丹的外交局势

对于宋朝来说，能在军事上真正对其形成威胁的，只有占据着北方燕云地区的辽军。由于五代石敬瑭为得到辽国的支持，把燕云十六州无条件送给了辽国。这使得辽国获得了一个很重要的战略地区，并将他们的势力范围向南国界推进到雁门关和滹沱河一线。辽国对于燕云地区一直是很重视的，他们在燕州（今北京）设立南京析津府，也称燕京；又在云州（今山西大同）设立西京大同府。辽国先后在中原设有五京，其他三京为：上京临璜府，其地在今内蒙古昭乌达盟巴林左旗境内；东京辽阳府，其地在今辽宁辽阳；中京大定府，其地在今内蒙古昭乌达盟宁城西大明城。他们以这五京为基地，一直虎视眈眈地窥伺着中原的各种动静。

在河东方向，尚有雁门关这一得天独厚的关隘，使得这一地区容易防守。而在河北方向，本有燕山山脉作为中原阻挡外族入侵的天然屏障，可燕京地区被辽国控制后，华北平原便无险可守，中原的华北就完全在辽国的视野里。宋太祖在登基初期，是迫于当时双方实力悬殊太大，才采取了“先南后北”“先易后难”的战略方针，但从未忘记燕京这块重要之地。

宋太祖在统一了荆湖地区后，就开始在皇宫和武殿后的封装库里存入大量金钱财物，也会把国家财政收入的盈余部分存入封桩库，其实他是在为收复燕、蓟两州做钱财准备。他曾说过：“石敬瑭为一己私利，割让燕、云诸州以贿赂契丹，使一方百姓独陷境外，朕甚为悯惜。等到此库中满五百万缗，当向契丹赎燕、蓟（蓟州，今天津蓟县）。如其不答应，则散此钱财募集勇士，用武力攻取。”并且对左右侍臣说：“我以二十四绢购一契丹人首。其精兵不过十万人，止费二百万绢，则敌尽矣。”因为燕云十六州是石敬瑭割让给辽朝的，而非辽国夺取的，所以最好是通过赎买方式来收复对中原至关重要的燕云十六州。

当然，双方军力存在着巨大差距也是不敢轻易向辽朝开战的重要原因。当时宋军的兵力不足二十万，以步军为主。其境内所辖人口也只有一百来万，而国库也是空虚的，是不能支持宋军大规模北伐燕云地区的。而当时辽朝的兵力，他们自称有精兵三十万，其实考虑到契丹游牧民族是可以全民皆兵的，所以军队人数是不会少于宋军的。他们大多为骑兵，而且彪悍轻捷，善于野战。如果宋军与辽兵在平原上遭遇，宋军是没有任何胜算的。

建隆元年初，宋太祖发动兵变夺取后周政权后，宋军与辽军之间虽发生了多起小规模的战争，但都是影响不大和互有胜负的。这时，宋太祖的统一目标是先扫平南方割据政权，所以宋军驻守北边诸州时，只会在边境上安排适当的兵力和进行适当的反击。在讨伐南唐政权时，宋太祖积极派人与辽约和，使得双方使臣总是互相来往，并保持一段时期的和平相处。

在这十五年时间里，宋朝按照“先南后北”的统一方略先后消灭了南方诸国的割据政权，而辽朝也稳定了内部统治，扭转了逐渐衰微的国势。

辽国是以东北和北方地区的契丹族为主而建立的草原国家。在五代初期，其势力就已南侵至中原北缘。但在石敬瑭割让燕云十六州后，辽国势力就开始长驱直入中原腹地。在之后的一段时间里，辽太宗还曾灭掉过后晋，并建都开封，起国号大辽，想坐稳中原江山。可没过多久就被中原军民轰出了开封，并狼狈地逃窜，死于北逃的途中。在辽太宗死后，其国内时局变得动荡，而先后继位的辽世宗和辽穆宗都在各种政变和叛乱中被杀。至此，辽国的国力开始逐渐衰弱。

宋太宗却一直未忘太祖遗志，在太平兴国四年四月灭亡北汉后，也想乘着战胜北汉的气势，去攻打燕京地区。但宋军诸将认为战后应做一定休整，现在将士疲惫，且粮饷不继，是不可能打赢辽军的。可宋太宗不听劝告，执意要围攻燕京城。此次的围攻因缺少充分准备，而以惨败告终。宋军在其中的高粱河一战中，损失最为惨重，不仅轻易地被契丹人消灭掉了数万人，丧失了大量的军械，宋太宗也在此战中身中两箭，后来也因箭伤复发而死。数年后，宋太宗再次率军大规模北征，可依然是同样的结果，这也使得他再也不敢去收复北方了，而开始对辽国采取守势，并加强国内的统治。由于宋朝的前两位君主未能收复燕云地区，使得中原之北长期受到辽国的威胁。而此后的宋徽宗与女真族的金国结盟来夺取还在辽国之手的燕云十六州。可结果适得其反，北宋不久就被金兵所灭。

“宋挥玉斧”，建交外族

“宋挥玉斧”出现于著名的云南昆明大观楼长联中，它引用的是宋太祖在观看地图时，用玉斧（一种文房古玩）把大渡河画为了宋与大理国之间边界的故事。那么，这个典故是真的吗?

《宋史·宇文常传》有最早的记录，它讲到的是宇文常曾上奏说：“当年后蜀孟氏归降，艺祖（宋太祖）取后蜀地图观之，画大渡河为境，故历一百五十年无西南边患。今如若在大渡河以外地方建城立邑，如蕃夷一旦有贰心，边隙即开，非中国（此指宋朝）之福也。”这是北宋末年之事，但到南宋，这“宋挥玉斧”的故事就更为完整。据《滇载记》称：王全斌既灭后蜀，欲因兵威取滇（今云南），将地图进呈天子。宋太祖又鉴于唐朝之祸亡就始于征讨南诏（约与唐朝同时的云南地方政权）之教训，便以玉斧画大渡河，曰，“此外非吾有也。”由此云南三百年不通中国（宋朝），段氏大理国得以割据云南。从上述两则记载上看，这广为流传的“宋挥玉斧”的故事颇有加工制作的痕迹。

其实在宋初灭亡后蜀，占领四川之后，云南大理的政权曾主动与宋王朝联络。可宋太祖认为对于定都开封的宋朝来说，云南地区实在是有些太远而不好管辖，且当时宋太祖正忙于平定南方的战事，所以并没理会远在西南的云南大理国的请求。而“画大渡河为境”的说法，其实说的是后蜀与大理国以大渡河为边界的事，因此，宋朝占领后蜀之后自然也以大渡河作为与大理国之间的边界线。

宋朝虽没有直接治理过云南大理，但大理国与中原王朝的关系，并不是像一些史书中所说那样，是被“玉斧”一划而割断了联系。其实大理国在一段时间里曾不断向宋王朝称臣纳贡，并接受封赏。如太平兴国二年（977），宋朝封大理首领白万为“云南八国都王”；政和七年（1117），宋徽宗又册封大理国王段和誉为“大理王”。我们都可以看到这时的大理国与宋朝其实是臣属关系。

为何“宋挥玉斧”的传闻会与历史事实有这么大的出入呢？其实也是可以说得通的。我们可以猜想宋太祖为使自己集中力量来对付北方强敌，所以对遥远的云南地方政权采取了和平相处的政策，并主动划河为界。与此不同的是，宋朝对处于大海之东的高丽国（朝鲜半岛上的一个古国）的态度却很积极，它是想通过与高丽结盟而对辽国的侧后方形成一定的威胁。

高丽国于五代后梁贞明四年（918）建国，在此后它接连灭新罗、百济，并统一了朝鲜半岛，成为半岛强国。辽国初期，高丽与辽朝之间本是有使节来往的，可由于高丽国在唐清泰元年（934）时，接受已被辽国灭亡的渤海国世子大光显率众数万的投奔，并赐其姓王氏，所以辽与高丽绝交，开始相互敌视。宋朝建立后，宋太祖主动与高丽示好，高丽也积极响应，也希望通过结交来共同抵御强大的辽国。而高丽国只想通过结交宋朝来牵制辽国，并没有联合攻辽的实力和胆量。而宋朝与高丽的结盟，也使辽国不敢对中原轻举妄动，这样，宋军就少了很多后顾之忧，并开始专注于收复南方诸国。

宋太祖当时也主动与生活在辽国东北的女真族保持联系。女真族也很快和宋朝联盟，为的是牵制辽国。女真族也会经常派遣使者不远千里来开封朝贡，并带来一些名马，而当时中原是不产马匹的。

宋太祖以东联高丽和女真来抗衡辽朝的政策，对后来的宋代皇帝影响是很大的。如一心想收复燕京地区的宋神宗，主动恢复了与高丽国中断了数十年的同盟。如宋徽宗以向女真族买马的形式，再次与女真族建立了同盟。

壁画上的女真人形象

CHAPTER

第七章 改革旧制与发展生产 7

五代时期的各种不合理的赋税和徭役，给当时的百姓造成了极大的痛苦，农业和水利问题屡见不鲜。宋初，朝廷内忧外患，改革势在必行。为此，朝廷首先整顿了矛盾最严重的赋税不一的制度，徭役改革紧随其后。为恢复农业发展，朝廷推行了许多鼓励政策。水利方面，朝廷也是极其重视，大势修建。在商业方面，朝廷为提高财政收入，不遗余力地促进着各种商业的蓬勃发展。

整顿弊端甚多的税制

北宋建国前，由于五代以来的常年战事，加上不时的天灾人祸，百姓已苦不堪言。五代以来，各国为维持战争，税制也变得十分沉重。宋太祖也各处流浪和穷困潦倒过，深知百姓痛苦，也意识到各个地区的税制存在诸多弊端。为了大宋江山的长远发展，宋太祖意识到很多的改革势在必行，而现在急需解决的就是税制问题。

唐末五代时，因农民不满税制而发生了黄巢起义，这次起义摧毁了唐王朝的统治地位。后梁时期陈州母乙和董乙起义，后唐、后晋时期的摩尼教徒起义、后晋定州狼山起义等农民起义，都是税制不完善的产物。柴荣统治后周时，虽然对税制做了一定的改良，但后来连年的战事，使各地区的税负又加重了。到北宋初期，人民已不堪承受各种严苛或无度的税制。

宋太祖吸取了这些教训，他在自己的统治范围内，开始革除苛征暴敛，相对地减轻百姓的负担。每当收复了割据势力后，他会首先在该地区实行税制的改革。平定荆湖后，他免去湖南茶税及无名赋税，荆南地区的夏税也缩减了一半；平定西蜀后，免去茶的禁榷、米面、民户嫁妆的税收；平定南汉后，废除该地区大多不正规的税收制度；平定岭南诸州后，废除刘鋹所定的各种苛刻税制。

宋初时，朝廷统一和改进了很多税制的监督制度、征收方式、计量标准、征税时间。这也避免了很多私自谋取利益和欺骗朝廷的行为。每收复一个地区，朝廷都会派京官员去各地巡视征收税制的具体情况。如发现勒索舞弊，查明后一律严惩；数额巨大者，更会执行弃市之刑。

五代时，每个地区的税收总额都会有最低标准，对于农户的税收额度却不做要求。如果遇到农户无法交税或逃跑的现象，其他农户的税收额度将会加重。

北宋年号二年，朝廷便下命道：“如遇有农户无法交税，待查明后，则降低地区税收最低总额。”

计量标准的统一也是很重要的。在收复西川前，其各州以布帛充当税收来折价，由于战事带来了物资的紧缺和涨价，布帛的价格也上涨了很多。但官府在征税时，不按市价，还以固定的折价率来收取相应的布帛数量，这明显增加了百姓负担。开宝六年，朝廷统一各州布帛折税方式，都以市价标准执行。宋朝收复岭南后，发现当地计量粮食的工具有造假的行为。百姓们用这些工具交粮，看似一石，实纳一石八斗。之后，宋朝统一了计算粮食数量的工具，很好地防止了类似事情的再次发生。

在征收时间上，宋朝沿用后周制度，把两税的征收时间确定下来，根据地理条件的差异，田蚕成熟的早晚，做出如下具体规定：

开封府等七十州，夏税旧以五月十五日起纳，七月三十日毕。河北、河东诸州气候差晚，五月十五日起纳，八月五日毕。颍州等一十三州及淮南、江南、两浙、福建、广南、荆湖、川峡五月一日起纳，七月十五日毕。

秋税自九月一日起纳，十二月十五日毕。后又并加一月，或值闰月，其田蚕亦有早晚不同，有司临时奏裁。继而以河北、河东诸州，秋税多输边郡，常限外更加一月。江南、两浙、荆湖、广南、福建土多杭稻，需霜降成实，自十月一日始收租。

规定起征单位，可多次收缴。以往农户纳税额度往往不能一次交清，且数目小而杂。一些官员会借此加大额度，或中饱私囊，或借口侵扰。后朝廷下令规定道：“钱必成文，绢帛成尺，粟成升，丝绵成两，薪蒿成束，金银成钱。绸不满半匹，绢不满一匹，准依丈尺折算，计价输税。”

统一度量衡器，按地区情况，改善相应税收额度和方式。建隆元年（960），在统治地区逐渐启用统一的度量衡器。西川地区，以前每家每户的牛、驴等动物皮革是一律充公的。后改为私有，并按税额一定比例折合钱币的办法，改收牛皮税。西北地区，由于之前战乱较多，百姓难以纳税，因此地方政权减免了很多税收，并鼓励百姓积极生产。

由于北宋的田税是其主要的税收来源，故其各种细节就复杂了很多。朝廷规定，向土地所有者按亩征税，每年夏秋各征收一次（沿袭唐朝的两税法）。北方各地大致每亩中等土地可收获一石，须纳官税一斗。江南各地由于产量较高，每亩须纳税三斗。唐代的两税法是按资财多少征税的，而宋代则是按土地面积定额征税的。秋税，是在秋熟后按亩征收粮食；夏税，是以收钱为主，或者折纳绸、绢、绵、布。

按亩征税是征税的基本标准，但是在实际征收时，还有所谓“支移”“折变”的计算，从而提高了实际征税的税额。“支移”就是在征收秋税时，要求农民运至指定地点交纳，如果农民不愿受长途运输之劳，就要多交一笔“支移”，也就是“脚力钱”。“折变”就是在征收夏税时，钱物辗转折变，也提高了实际交税额。

官田招佃农耕种，由政府收取地租，称为“公田之赋”。但官田本身无人交纳秋夏二税，往往又把二税加到佃农头上，加重地租数量，即所谓“重复取税”。

北宋的身丁税规定，男子二十岁为丁，六十岁为老。凡是二十岁至六十岁的男丁，都要交纳身丁税，交钱或交绢，与两税同时交纳。

北宋承袭五代十国的苛捐杂税，以类合并，统称之为“杂变”。其中名目繁多，如农器税、牛革税、蚕盐税、鞋钱等，即所谓“随其所出，变而输之”。“杂变”也必须随同两税交。

和籴是官府强制收纳民间粮米；和买是官府强制收购民间布抽。在实行和籴与和买之初，是按土地多少，分别派定强制征购的数量，并付给一引起价款，到后来，则都是“官不给钱而白取之”。

减轻引起矛盾的徭役制

北宋初期，很多地区还沿袭着五代陋习，有着大量非法奴役人民的现象，更使一些百姓生活苦不堪言。宋太祖为了笼络人心，开始实行各种宽减徭役的政策。建隆二年，罢去各道州府征用平民充当急递铺递夫（驾马传递书信的人员）的劳役，从此改用军卒担任。次年，罢去平民搬运戍军衣物的劳役，也改用军卒替代。又令“文武官内诸司、台、省、监、诸使，不得占州县课役户；及诸州不得役道路居民为递夫”“各县令佐检察差役，如有负担不平，许人民自相检举”。乾德五年，又下令禁止各州职官实行户供课役。可见非法奴役的情况，这时候还是有的。明年又令：王者之道，使人以时，非唯不夺于农功，亦冀无烦于民力。自今应诸道州府军县上供钱帛，并官备车乘辇送。其四川诸州合般钱物，即于水路官自漕运，不得差扰所在民人。此外，朝廷又一再减少各县弓手（地方性治安武装）名额。至建隆二年，又解散镇州弓手一千四百人。

宋朝的徭役法是实行的大改。北宋的地方厢兵，开始负担起很大一部分的力役；而州县基层行政组织中的小吏，主要的职役，其职役的充当，也按职位高低分配。这时农民所充当的徭役角色大大减少，除了担任差弓手、壮丁一类的角色，剩下的主要角色就是从事修缮河流的工作。故宋太祖曾说道：“朕即位以来，平常没别的差徭，只有春初修河，那是为了人民防患。”新的徭役法颁布后，以前的徭役活动，陆续交给厢兵担任，如土木工程的修建。开宝四年，朝廷修建前代帝王陵墓时，其徭役人员已经变成了从外地调遣到京城的数千名厢兵。

北宋徭役虽比前代减轻了很多，但对于这个阶级矛盾和贫富差距都过大的国家而言，服役依然是百姓们的一个沉重担子。如遇到战争时期，徭役对百姓的负担也是额外繁重的。但由于五代时期，人民饱受了常年战事和残暴统治的绝望经历，对于现在虽有劳役，但不至于绝望。北宋的各种政策是逐步地实施到了各个地方上的，虽不会面面俱到，但已避免了很多因之前的繁重徭役所带来的阶级矛盾，也少了很多因此发生的百姓反抗活动。

宋初，统治者对于徭役的相关制度是有明文规定的。在北宋的《刑统》里面，规定凡以脱漏和增减户口来偷免课役的，除须治罪本人以外，连带处罚的还有管理不善，查明不严的相关官员。宋朝规定凡年满二十岁，不超过六十岁的非士兵男子都是需要按规定定期服课役的。但有些豪强富室家里的人员，恃着有钱有势，就勾结官府，将多余名额转嫁在贫苦农民身上，使之出现了赋役不均的现象。后朝廷发现这种情况后，开始允许农民自相纠察，在清查户口时，申明隐漏的禁令："逐州判官县令佐，仔细通检，不计主户、牛客、小客，尽底通抄，差遣之时，所冀共分力役，敢有隐漏，令佐除名，典吏决配。"正是这种措施的实施，使农民可以监视着地主阶级的服课役情况，维持着服课役制度的公平性。

大推政策，复兴农业发展

从唐末五代以来，由于长期战乱，使生产劳动力大大减少，各地出现了大量的荒地。另一方面，很多地区的百姓受到地方政权的重重压迫，致使失业或流离他乡。

自五代混乱时期以来，很多农民被迫放弃生产活动，而长期去当兵和服徭役，这就造成大量劳动力的长期流失。宋初时，会提高国家的总体生产率，每收复一个地区，除收编一部分精兵外，其余的军士一律实行遣散，让他们回到家乡恢复生产活动。宋太祖在收复了李重进盘踞的扬州后，遣散了所有被胁迫从军的农民，并发其衣鞋，组织他们回乡生产。收复高继冲割据的荆南地区后，鼓励当地士兵转业从事生产活动，并为他们提供房屋、食粮、种子、耕牛等，帮助其重建家业。收复湖南和岭南后，颁布了类似的诏令，遣散了很多被强制当兵的农民，让其回乡耕作。

在一些地区特定的徭役人员，如梓州的庄屯户、专脚户、鹰鹞户、田猎户等，南汉中隶属宫廷库务的课役户，岭南的媚川都（刘𬬮于海门镇置兵八千人，专以采集珍珠为事）。这些徭役人员大多从事着不正规的生产活动，朝廷废除了这些徭役后，他们也回归到了正常的生产活动中。

朝廷也鼓励各地开垦新的土地，加大生产力度。如有农民愿垦新荒，可暂不加税，并对垦荒成绩好的地方官员实行一定的奖励。后来《刑统》规定道："凡州县部内有田畴荒芜的，按照荒田面积百分比来科罚。"这更是极力推行垦荒政策的表现。

在一些地区，农民会因祭神祈福而销毁大量农具，用来铸成佛像和铁塔。为防止影响生产活动，后来朝廷也颁布法令，禁止随意销毁农具。一些地区有滥伐桑枣树来充作燃料的现象，朝廷发现后，也颁布了一些禁令。对于破坏桑树并影响生产活动的行为，朝廷是不能容忍的，故朝廷后又宣布："凡剥桑树三工以上，为首的人处死，从犯流三千里；不满三工数字的，为首减死配役，从犯徒三年。"

对于桑枣产业，宋朝也是极力推行的，会不时采用强制的一些办法，来限令农民种植桑枣。建隆二年时，朝廷颁布法令道："每县将民籍定为五等，第一等种杂树百棵，以下每等依次递减二十棵。如果种植桑枣，只要达到定额半数，就算作符合标准。"宋朝大力推行各种种桑政

宋代社会发展盛况

策，为的是维持丝绸的发展，而那时的丝绸业对北宋的商业影响是巨大的。

实行均括田租。宋初二年，朝廷开始派付常参官到各州均田。这次行动，朝廷表面上说成是检查人民的扩田情况的公平性，以及了解百姓的生活情况，但真正的意图还是想尽快收取到更多的赋税。这次均田的成绩怎样，历史上没有详细的记载，如《宋史》只评价了这个政策所带来的监管制度的完善，记载道："建隆以来，命官分诣诸道均田，苛暴失实者辄谴黜。"当时，这些括田使常在发现地方官员有括田不均，并由此做出一些违法乱纪之事时，严厉处罚这些官员。从这方面看来，至少朝廷对当地官员们起到了良好的监管和震慑作用。

别立形势户版簿。宋初，由于制定和监管的不完善，时常会发生一些偷税、漏税和转嫁税款到农民身上的事情。后朝廷认识到这个弊端后，不久定出了一系列的预防政策。如在乾德元年，令各县根据管内情况，每年编造一种特殊的文账，详载这些形势户的税额数目，按籍督促，限其前半月交清。如发觉有现任文武职官和州县"势要人户"故意隐漏租税的情况，所有干系官员人等，都要负连带责任。

宋初，实行均括田租和别立形势户版簿，一定程度上打击了当时的豪强富室和贪官污吏的嚣张气焰，减轻了农民一部分不合理的税务负担和生活压力，为更好地发展生产创造了积极条件。

北宋大兴兵役，一方面是为减轻百姓生活压力，另一方面也是防止其造反而制定的。过去的很多农民起义战争都是因此而起的，所以北宋对挣扎在饥饿线上的农民，采取了这种收容政策。不过在北宋初期，由于宋太祖避免扩大兵员名额，以致实行这种政策的后果，没有达到严重的地步。对于许多受天灾人祸侵袭的农民，官府采取一些救济办法，给予一点儿小恩小惠，以免他们流离失所，影响统治秩序。在这些办法里面，还有帮助流民回乡生产的，例如：

乾德元年闰十二月，朝廷下诏道："或言上将北征，大发民馈运。河南民相惊逃亡者四万家，上忧之。丙寅，命枢密直学士薛居正驰传招集，瑜旬乃复故。"

开宝六年正月，下诏道："诏诸州流民所在计程给以粮，遣各还本贯，至日更加赈给。"

同年三月道："诏诸州流民复业者，蠲今年蚕盐钱，复其租，免三年役。"

还推出了减免除赋役的各种政策，例如：

乾德五年七月诏："委诸道州府长吏预告人民，有灾伤处并放今年租赋。"

开宝元年六月诏："应诸道州县民田，有经霖雨及河水损败者，今年夏租及缘纳物，并予放免。"

开宝七年十一月诏："放蒲、晋、陕、绛、同、解六州所欠租税。关西诸州，特蠲其半，以灾伤故也。"

推出了各种赈济饥荒的政策，例如：

建隆三年正月诏："命淮南道官吏发仓廪，以赈饥民。"

同年十二月诏："蒲、晋、慈、隰、相、卫六州饥，诏所在发廪赈之。"

乾德三年三月诏："诏诸道发义仓赈饥民者勿待报。"

开宝元年五月诏："赐江南米十万斛，民饥故也。"

在北宋的《刑统》里也规定，官吏如违反这些政策，将会受到类似的处罚，如："诸部内有旱、涝、霜、雹、虫、蝗为害之处，主司应言而不言及妄言者，杖七十。覆检不以实者与同罪。若致枉有所征免，赃重者坐赃论。"

这项条文的规定，虽然统治者的着重点是在防止赋税损失，但也反映出当时全国各地灾害的程度是不会很小的。宋初，为了赈济饥荒，宋太祖还一度恢复义仓制度。可是施行了三年，发觉反而扰民，以后就宣布废止了。因为义仓里存储的粮食，是从农民两税额外征取的，规定是税粮一石，附加一斗，结果反而增加了农民的负担。以上措施，都是在于招诱流民复业，使农民有个生存的机会，不至于造反的同时，还能保证国家的各种税源。这些农业政策的实施，在客观上是符合当时国情的。所以在一定程度上起着促进生产的作用。

大兴水利，成果不断

宋初在实施的各种经济改良政策中，水利建设也被提到前列地位。除去一般的防洪、灌溉和运输交通以外，水利的开发更有着特殊意义。宋初主要水利工程建设，可以划分为治理黄河水患和漕运两大体系。

受五代时期战争和政治腐败的影响，入宋以来，黄河地区的水患情况依然严重。宋太祖深知对待这些灾害的最好办法，就是采取修治、植树和巡查等措施。在修治方面，乾德元年，朝廷下令处重凿砥柱、三门外，修治的主要任务是修筑堤岸和堵塞决口。例如在黄河改道的地方，发动人民修筑遥堤捍御。而每当河决以后，立即征集夫和州兵进行堵塞。乾德五年，朝廷又制定每年例修的制度，以年头正月到三月为期。人们防范水患的态度由消极的临时堵塞，转变为经常性的防治，这是一个很大的进步。在植树方面，朝廷意识到植树既可防洪，又可供应修河需用的木料。宋太祖对此曾一再申令，如建隆三年诏：沿黄、汴河州县长吏，每岁首令地分兵种榆柳，以壮堤防。

到后来又采取分级种植的办法，在开宝五年诏：自今沿黄、汴、清、御河州县人户，除准先敕种桑枣外，每户并须创柳及随处土地所宜之木。量户力高低，分五等，第一等种五十株，第二等四十株，第三等三十株，第四等二十株，第五等十株。如人户自欲广种者亦听；孤老、残患、女户无男丁力作者，不在此限。

在巡查方面，乾德五年，朝廷开始在开封、大名、郓、澶、滑等十七府州，实行用长官兼本州河堤使的方式，加紧对黄河的巡查。至开宝五年，改为各置河堤判官一员，用本州通判充任。宋初，宋太祖是渴望恢复东平大决以前的黄河故道的，但因工程浩大，而当时全国又未统一，不可能长时间集中庞大的人力物力举行修河，因此这个计划一直没有实现。但北宋在治理水患方面的努力是有目共睹的，在宋太祖统治的十七年中，只有七年有水患发生，虽发生了十多次的溃决，却始终没有造成较严重的影响。

北宋的京都开封能发展起来，就是因为四方漕运的影响。在五代时期，正是因为漕运的影响，使开封不仅成为国家的政治中心，更因其运输优势使之成为一个经济中心。京城的四方漕运，是在柴荣统治时代建立起来的，因其没有达到完善的效果，因此它的作用受到许多限制，没能充分发挥其优势。宋太祖认识到了这点之后，便继续加以整治，进一步扩大其运输的能力。其主要的修整工程就是治理主要的三条漕运河流。

修整汴河。汴河直接影响着京城的安全。因其上游连接黄河，每年洪灾来临之际，如河口改道，京城就会有决溢的隐患。为了解除这一隐患，建隆二年，朝廷命人在上游疏导了索水和须水两条河流，使其合流入汴河，避免了河口改道的危险。次年又在沿汴州县附近，种植了大量榆柳，以巩固沿岸的堤防。

修整蔡河（闵河，后改名惠民河）。这条河由于河身很浅，是不利于运输的，所以之前在这条河里，船只只得“植木横栈，栈为水之节，启闭以时”。北宋建国后，即建隆元年，朝廷也首先修整了这条河流。朝廷先令人疏浚蔡河水道，并建设闸门来调节水量，又引上游的闵水，到新郑（今河南省）和蔡河合流，直灌京师。次年又疏浚了下游，使它畅流南入颍川。这次大修跨越两个年度，到建隆二年才全部完成。当时的水利专家陈承昭，动员几万百姓，才完成了这一艰巨工作。至乾德二年，朝廷又进一步修改了这条河流，其开凿一条水渠，自长社（今河南许昌）将淠水引至开封，汇入蔡河水道，使它得到上流诸水的调节，航运更加便利。

宋朝汴河景象

修整五丈河（后改名广济河）。这条

河的河床淤塞，不便行船，宋初不得不加以整治。建隆二年，朝廷又集合几万百姓，一面清除淤泥，一面引京、索、蔡三河的河水，流入五丈河道。后充实水源后，有了一定的流量，便可以让船只通过。其间人们自荥阳（今河南省）黄堆山引水过中牟，共一百多里，直至都城西面东汇入五丈河。

经过宋初的整治，以汴京为中心的水道交通网的扩建，加强了中央政府和各地区之间的军事、政治和经济的联系，特别是南北之间的联系，正是运输的便利极大地帮助了宋朝实现了全国的统一。同时，北宋所建立军事集权制度，使集中庞大的军力，分布在统治基地的开封周围，正是漕运的开发极大地方便了粮食和其他军事给养的输送。而之后京城周围的水道交通网，就形成了如下局面：

凡水运，自江淮；南剑、两浙、荆湖南北路，运每岁租籴至真、扬、楚、泗州，置转般仓受纳，分调舟船，计纲泝流入汴至京师。发运使领之。诸州钱帛杂物军器上供亦如之。陕西诸州菽粟，自黄河三门沿流入汴，亦至京师。三门、白波发运使判官催纲领之。陈、颍、许、蔡、光、寿诸州之粟帛，自石塘惠民河沿泝而至，置催纲领之。京东诸州军粟帛，自广济河而至，亦置催纲领之。四河所运，国初未有定数。

军事上，船只通过汴、蔡两河，每年要运江淮稻米几十万石，来供应京师地区军粮。这样使得中央政权兵精粮足，保障了国家军队的庞大和持续性，震慑了各个地方的割据势力。

经济上，水利的兴修增加灌溉面积，也保证了城乡物资的便捷运输，这对于恢复和发展农业和手工业都有着很大的帮助。尤其是疏凿蔡河后，京城周围出现了“舟楫相继，商贾毕至，都下利之”的情景。在修整了五丈河后，京城周围出现了“京东自潍、密以西州郡，租赋悉输沿河诸仓以备上供。……始得舟楫通利，无所壅遏”的情景。而溟河在未曾整治时，其所在地区每逢春、夏霖雨，便有河水泛溢，淹没民田的现象。可自新渠凿成，这一带的水患绝迹。此时蔡河的水量也充足起来，漕运比以往更加畅通。而最重要的汴河水道，是当时南北交通的大动脉，与中原地区的经济生活关系最为密切。张洎曾说，唯汴水横亘中国，首承大河，漕引江湖，利尽南海。半天下之财赋，并山泽之百货，悉由此路而进。

在黄河流域地区，人工灌溉仍然是农业生产的一个重要条件。宋朝在整治了其中一些地区后，当地农业又有了恢复和发展。宋初，朝廷注重水利建设后，所带来的结果是明显的，水利的发展确实对于当时社会经济的稳定和恢复，做出了重要的贡献。

宋初工商业的繁荣发展

兴修水利所带来的运输业的发展，直接刺激着全国经济的发展。宋初，朝廷就开始在已经统一的地区实行了一些经济上的改良措施。之前的藩镇割据局面，一直是中原各地区商品往来和发展的重大障碍。北宋在集权中央后，开始扫除这些障碍，从而加强了国内各个地区间的联系，为全国的商品经济发展提供了良好基础。

宋初随着农业的逐渐恢复，加上蚕农业的急速发展，手工业也迅速地发展起来，其中纺织业的发展最为普遍。纺织业发展起来后，朝廷开始在京城开设绫锦院，后又在西京、真定、青、益、梓等州，开设了织造场院。而在不同地区也有着不同的丝绸出产。如江宁、润州有织罗务，梓州有绫绮务，潭州有绫绵务，湖州又有织绫务。这些不同的纺织业作坊，是为供应赵宋皇室、官僚机构和军队的消费而设的，而它们的所在地，都是当时纺织业的中心。在宋朝三百多年的统治里，先后出现了例如东、西二京的绢，虢州和滑州的方纹绫、花纱和绢，青州和潍州的仙纹绫、绢，魏、博州的绸、绢，镇州的瓜子罗、孔雀罗、春罗，定州的两窠纹绫、罗绮，益州的绫、罗、绝、绢，梓州的纹绫、水波绫，扬州的锦和白绫，杭州的白编绫，异州的纹绫，湖州的吴绫，越州的越绫。我们可以看到在宋朝的统治版图中，在河南、河北、两川、江南等地区，丝织业都逐渐发达起来。

北宋煮盐业的发展是远超过唐代的，而对煮盐业的重视，正是从宋太祖时代开始的。这时朝廷就设有盐铁使在内的三司，其地位也被提高到“计相”地位，可见当时的盐业在北宋的地位是多么重要。当时盐产的种类，主要有下列三种：

池盐。在解州，由于地理的优势，在新生纪第四代喜马拉雅山构造运动时期，由于山出海走，大量含盐类的矿物质汇集在这里，经过长期的沉淀蒸发，形成了天然的盐湖。运城盐湖以其四千年的产盐史闻名全国，面积约一百二十平方千米。盐湖南依苍翠高峻的中条山，北靠峨眉鸣条岗，东连涑水瑶台，西接黄河古渡。运城盐湖，位于山西省西南部运城以南，此地古代为解县和解州之地，故又名解池，也称“河东盐池”。而古代的一些朝代里，运城盐湖的盐税曾占全国财政收入的八分之一，为中华民族的生息繁衍做出过重大贡献。其次是灵、盐、宥等州。在盐池上生产的劳动人民叫畦夫。畦夫在每年二月垦地为畦，四月引池水灌入，叫作种盐。经过太阳的蒸发，水分逐渐干涸，便制成盐了。

末盐。出产在河南、河北、淮南、江南、岭南等沿海一带。在淮南的通、泰州和海陵监，都是著名的末盐产地。其次是楚州的盐城监和浙西的嘉兴、临平二监。在盐田里生产的劳动人民叫亭户。亭户用人和牛牵曳刺刀，先刮取碱土作卤，贮入卤槽，然后载运入灶屋，用火煎煮，便可成盐。

朱砂石

井盐。出产于两川。富国、陵井、富顺、大宁等监，都是著名的产地。制盐的井户，从井里汲水，加以煎煮，便可成盐。

宋初的矿业和冶铸产

业在很大程度上都控制在官府手里。当时最大的铁冶，要数兖州附近的莱芜监、徐州附近的利国监。那时的铜矿在东南比较集中，江南的宣、池、饶、信州和兴国军，都是产铜较多的地方。有的铜矿产区，同时也出产银，如上述的池、饶、信州，福建的汀州。西南一带像黔、夷、费、思等州，以产水银、朱砂闻名。铸造铁器，首推邢州和舒州（今安徽安庆）。而邢州打造的剪刀和火筋，技术精好，在当时全国闻名。而桂州（今广西桂林）的铜器，益州（今四川成都）的铜盆，扬州的铜镜，也是全国闻名的。北宋铸钱业虽然发达，但在初年所铸数量不多。宋太祖开始曾铸“宋通元宝”钱，到后来灭蜀，又在雅州（今四川雅安）置监，铸造铁钱。而后北宋较大规模的铸钱业，是在统一江南以后才发展起来的。

宋初的军器业和造船业也都具有较大的规模。军器业方面，当时制造军器的场所，主要分布在开封城的南、北两大作坊。这两个作坊在鼎盛时期时，南坊有工匠三千七百多名，北坊四千一百多名。他们制造着兵器、戎具、旗帜、油衣、藤漆杂器等一切军需应用器物。作坊内部共有五十一个部门，包括木工、竹工、漆工、棕工、铜工、银工、角工、画工、错磨工、糊粘工、旋工等。

造船业方面，也是由朝廷负责设场制造的。宋初，在开封城有造船务，相州（今河南安阳）和天雄军（今河北大名）也有造船务；陕西的阳平有造船务。此外，广西的海门镇，曾经造船和交州来往；湖南的朗州，曾为盖搭采石浮桥，打造很多黄黑龙船和大舰，说明都是当时造船业的中心。在制造海船业方面，沿海的明州、漳州和广州，都很发达。

当然在开封城内还有很多特殊的部门，如八作司，这个部门主要管理京城内外的土木建筑工程。而所谓“八作”，是指泥工、赤白工、桐油工、石工、砖工、瓦工、竹工、井工八个工种。

窑务，分东、西两务，主要制造砖、瓦等物，用作建筑器材。其中还有十种工种，即瓦工、砖工、装窑工、火色工、粘胶工、鸟兽工、青作工、积工、畚窖工、合药工。

水磨务，也分东、西两务，用三班内侍充工匠，共二百零五名。专管水硙磨麦，供给皇家内外的食用。

冰井务，建隆二年置，专管窖藏冰块供给宗庙祭祠以及其他用途。

铸钱监，专管制造铜、铁、鍮、石等器具。

内酒坊，专管酿酒，计有法糯、糯酒、常料三种。

宰杀务，专管宰杀牛羊。

染院，专管染丝枲币帛。

我们可以清楚地看到，宋朝手工业的发展，特别是官营手工业的规模，在宋太祖统治时期，已打下了良好基础。

宋太祖时期，北宋在统一中原的同时，也积极发展各种工商业，改进了以开封为中心的水道网，使开封城成为全国最大的商业中心。这时的京城人口开始急剧增加，于是开宝元年，京城不得不再次扩建。此外，在赵匡胤执行的政策中，和商业发展关系最密切的，还有改革币制和减轻商税两项。

从建国第二年开始，他在全国大肆颁发一项法令，即过去流入各州使用的各种钱币一律禁止在市面上流通，官府将统一铸造“宋通元宝”钱，作为新的流通货币。正是钱币的统一化，对北宋商业的发展起到了促进作用。至建隆三年和乾德五年，朝廷又重申这个法令，并让官府收回了很多民间私藏的钱币，并声明私铸钱币乃犯死刑之罪。在控制货币和汇兑方面，北宋仿效唐代飞钱办法，即商人外出经商带上大量铜钱有诸多不便，便先到官方开具一张凭证，上面记载着地方和钱币的数目，之后持凭证去异地提款购货，此凭证即飞钱。开宝三年，又在东、

宋通元宝

西两京，设置便换的专门机构，名叫便钱务。特令诸州长官，遇商人持券兑款，必须当日给付，不得稽迟，违者科罚。便钱的措施，对商人携带货款行商，给予了很大方便，为当时的京城乃至全国的商业发展创造了便利和公平环境。

五代时，在边境地区，一些割据势力对过往商品的征税额度和种类是繁重复杂的，这就使得商人们赚不了什么钱。然而这种现象在一些大城市里也时常发生，所以给中原地区商业的发展造成了严重的障碍。故建隆元年，朝廷就向所管辖的边境地区下令道："所在不得苛留行旅，赍装非有货币当算者，无得发箧搜索。"同时又颁布《商税则例》，命令各地税收机关，将各种商品的税目清单写成榜文，在衙门的墙壁上张贴起来，使商人缴纳商税易于知晓。税目清单是由中央政府单独制定和下发的，它是由中央政府人员根据各地区的不同情况制定出来的，如没有中央政府的批准，不准擅自改动，或者滥添新税。这个严苛的《商税则例》一直是宋朝商业领域的"家法"。正是这些政策的制定和实施，使一些贪污现象得到很好的整治，也极大促进了北宋商业的整体良好的发展。

北宋为了促进商业的发展，也对商人实行了一系列让步的减税政策。对于一些地区的贩夫贩妇，进行一些零碎交易的，如岭南的商人贩运生药，民间织造缣帛的非商品生产，都免去了其商业税。如过去在沧、德、棣、淄、齐、郓等州，长汀会在交通要路的渡口设卡收税，叫津渡钱。北宋建国后不久，便下令取消这些地方的三十九处津渡钱，并声明以后如遇水涨，乡民可以自由置渡，不再收税。次年，为刺激京城的发展，在蔡河、颍河、五丈河沿河等州县，朝廷对载有商品的民船，都实施了免收商税和减轻运费的政策。之后，正是这些政策的良好实施，极大刺激了京城附近的商业发展。

北宋初期，朝廷虽减免了部分有碍商业发展的苛税，制定了一些新的商业税收政策，但为了增加国家的财政收入，为庞大的政府机构和军队提供各种庞大的开支，这时的商人仍然负担着各种繁杂的商税。而宋初，统治阶级考虑到农民阶级的负担已不能加重，不然只会激起强大的阶级矛盾，不利于国家的稳定。由于朝廷对商业发展实施了一系列改革政策，不久后，商品经济日渐发展起来，统治阶级就开始把大的征税强度转移到商业领域。后南宋陈傅良写文道：

自建隆圣人，专务宽厚，不忍以加赋厉农而禄士饷军，堤防大河，固圉三边，与夫宾赐祭享，凡邦国大用不可已者，往往十有六七，仰给于征榷之吏。后又道："征榷之入，累数十百倍于古。"

征榷，即国家征收商品税与官府专卖。从宋初开始，朝廷就牢牢掌握着几种生活必需品，实行朝廷的专卖政策，这些垄断的商品，主要包括盐、茶、酒、香、矾等。这个专卖政策虽是继承前代的，宋朝却将它执行得更加严苛。宋初，为维持朝廷对商品的独占利益，国家下令严格制止私贩活动，如有发现，定当严惩。这时的官府专卖极大解决了国家部分财政开支，也就相对地减轻它对农民阶级的税收额度，起到了一定的缓和阶级矛盾的作用。不过，强大的手工业是存在一些弊端的，一些政府商业机构存在着严重压迫手工业劳动者的行为，这也就激起了相应的阶级矛盾，也就不免引起一些事端。如开宝五年，广南的海门监民工和盐户庞崇的起义等，都说明这时北宋开始有了新的阶级矛盾。

中原朝廷对于国外商品市场的重视和改革在宋初又有了一个全新的开端。乾德二年，朝廷在建安（今江苏扬州西南，即后来的真州）、汉阳（今湖北武汉）、蕲口（今湖北蕲春西）三地，成立榷署，目的在于垄断对江南的互市，即中央王朝与外国或异族之间贸易的通称。开宝四年统一南汉后，广州开设置市舶司，以管理海外的贸易。当时从这个海道前来，和我国发生朝贡关系的国家有占城、三佛齐、大食、高丽、女真等国。后北宋和辽国建交后，北方沿边的互市也放开了，不过由于建交的时间较短，后由于两国战争，没等北宋成立管理机构，两国就停止了贸易往来。而这时的回鹘和西南蕃国家，北宋与它们之间都通过相互朝贡方式，交换了许多有经济价值的物资，如马、驼、玉、琥珀、毛褐、白（叠毛）布、玉鞍辔、琉璃器等物，都开始大批输入北宋。宋初，这时的外贸商品无论是通过海路还是陆路交易，都尚处初级时期，官府虽牢牢地控制着这些贸易，可发展程度并未有很大提升。后宋太祖继位后，随着国内经济的进一步发展，对外贸易才逐渐兴盛起来。

CHAPTER

第八章 以文兴国，发展人才之路 8

宋太祖本是一介武夫，根本瞧不起文人。后在其集权的过程中，慢慢了解了文人对于政治的重要性。建国后，百废待兴，他更是认识到了武将治国存在诸多的弊端，此时更需要大量的文臣去各地实施改革政策。所以他实行了扬文抑武选拔人才的手段，并开始重视复兴文化对于统治的重要性。在选拔人才方面，宋太祖大兴科举，开创了善待文人的养士之风。

扬文抑武与慧眼识人

宋太祖跟随周世宗柴荣多年，也在周世宗身上学到了很多东西。他也深知想要治理好一个国家，仅凭自己的能力是不够的。更要积极任用他人的才能，共同努力，才能治理好国家。

宋太祖很清楚周世宗的一生，他知道周世宗的很多优点。周世宗是历代帝王中比较有思想的一位政治家。他在即位第二年，便下令朝中百官，每人写一篇《为君难为臣不易论》和《平边策》，希望能从中寻找到一些治理和统一国家的妙策。那时的周世宗，在国内不断推进并深化着周太祖未完成的改革，如修明内政，改革军队；他也很希望能统一中原，所以数次御驾亲征来鼓舞将士们的士气。

宋太祖也深知周世宗的诸多缺点。他事无巨细，很多事都亲力亲为，对于一些官员也有着过多的疑虑。就因为这样，由于长时间的操劳，他的身体最终被拖垮了。在他三十九岁那年，终因操劳过度而早逝，把江山交给了年仅七岁的柴宗训，而后周也开始了衰落。

宋太祖即位后，意识到自己不能再像周世宗那样，凡事都亲力亲为，自己必须拉拢人心，重用一批文臣武将，让他们帮助自己治理国家。而他对文人的态度，其实是从看不起到尊重，继而到重用的转变过程。

宋太祖还发现重用文臣更有抑制武将的作用。一次他问赵普，文臣中有没有精通军事和武略的。赵普回答说，左补阙辛仲甫就是这样的人。宋太祖二话没说，就任用辛仲甫为四川兵马都监。宋太祖也深感武将的弊端，一次对赵普说道："五代藩镇里的武将们非常残暴，人民深受其害。而起用文人就不会发生这种事，我现在任用了一百多名文臣中能干的人去治理各地的大藩镇，他们就是贪污残暴，也不及武臣的十分之一。”而武将们则不然，他们的思想单纯，目光短浅，只知道使用蛮力拼杀疆场，对治理地方缺乏经验和能力，而且一旦地位升高，便会产生异心，容易变乱，危害国家的安定。所以，宋太祖不仅将地方的行政权和财政权交给文臣，而且将地方的兵权也一并交由文臣负责。

宋太祖开创了其特有的“养士”之风。宋代优待文人的程度，在整个中国历史上都是不多见的。在选拔人才上，宋太祖尤其重文。他一方面诏令翰林学士、文班常参官及诸州县长官向朝廷举荐；另一方面加大科举力度，希望从科举中选拔出一批有用的人才。在人才选拔上，宋太祖有自己的眼光和方法。他识才别具慧眼，并不看谁和他走动亲近，也不看谁是哪个派系的，而常根据一些细节评判人。所以在三百多年的宋代里，出现了很多治国人才，例如范仲淹、欧阳修、韩琦、富弼等，他们以天下为己任，品学兼优。

曹彬和宋太祖在后周时，都曾在郭威帐下任职。不过，曹彬当时只是个管茶酒的小官，有一次，身居高位的赵匡胤家里办酒席，向曹彬要酒。曹彬先是拒绝道这是官酒，不能给你。但随后又自己出钱买酒送给赵匡胤。虽然这是小事一桩，赵匡胤却非常感动。即位后不久，他在一次公开场合说：“周世宗的旧臣中，不欺主的唯有曹彬一个。”宋太祖虽个性豪迈，不拘一格，却很喜欢曹彬这个清廉谨慎的人。至宋初，军权改革后，曹彬是为数不多的既不是宋太祖亲信，又能掌管军权，后终成一代名将的人。

对于很多的特殊人才，宋太祖更是经常打破成规，破格擢用。宋初，文坛上有一位大家柳开，他本博学多才，尤其在古文上有极高的造诣。可由于命运的捉弄，柳开参加科举考试屡试不中，仍然只是一个举人。一次有人向宋太祖推荐柳开，说其才华出众，但屡次落第，不用其为官，甚为可惜。太祖听后，立即召见柳开，在见识其广博学识后，极为赞叹，破例特赐柳开为及第。

而宋太祖开创了文臣担任边将的先例。宋初，灵武节度使冯继业残暴骄横，经常私自带兵侵犯辽人边境，掠取羌人羊马，影响恶劣。而且其对待部下寡恩薄义，使其部下多有怨言。后宋太祖闻后，念及旧谊，只是把他撤换了事。那时他已开始起用文臣，经过认真考虑，认为泗州知府段思恭虽一介儒生，但刚毅果断，曾在眉州任职时立下不少功劳。于是，便召段思恭入京觐见，后对其语重心长地说："冯继业曾言灵州非藩帅主之，戎人不服，虽卫青、霍去病名将，必见逐矣。意谓非我，他人不能治也。汝能治之乎？"段思恭回答说："谨奉诏。"宋太祖对他的魄力很是欣赏，于是鼓励他说："唐李靖、郭子仪皆出儒生，立大功，岂于我朝独无人耶？"结果，段思恭赴任后，矫正缺失，悉心安抚，查访民情，秉公断案，深受百姓爱戴。不久后，灵州就被段思恭治理得井井有条。

宋太祖是惜才之人，他也善于用其所长，避其所短，最大限度地发挥一个人的才能。在法制、君威等允许的范围内，如发现了他们的错误，也会视性质、情节加以回护。毕竟，因为一些小事而失去辛苦培养起来的人才，对统治是不利的。人无完人，用人者如果太计较细节，那么就没有一个是入眼的人才了。

宋太祖起于草莽，兴于行伍，故周围武人居多。加之五代时期，世风堕落，很少出有德、有才能、有学识的治世之才。建国后，其深感文臣治国的重要性，所以尤其注重崇文的人才。在平时，他多会注意从基层选拔优秀的人才。据司马光《涑水记闻》记载，宋太祖备有一个小记录本，用于对臣僚的考察与了解，无论是朝中官员还是地方官员，只要有一才一行可取者，不问资历和级别，都默默地记下来。等到某部门缺少官员需要补充时，就翻开笔记本，选其合适者任用。宋太祖也尤其注意那些职位高而无真实才能的官吏，发现后多会将其调任。而对于那些品位略差的官员，却不过多计较，只要其有真才实学，多会委以重要部门的政务。

建隆元年，宋军平定淮南军李重进，占领扬州后，宋太祖本是起用客省使王赞的，因其为人清正，揭发奸邪，无所畏忌。宋太祖深识其才，知道他可任大事，特派他去治理兵乱之后的扬州。王赞却在赴任途中不幸落水而死，宋太祖知道后十分悲痛，并说道："是我害了枢密使啊！"可见其惜才之情溢于言表。

宋太祖不仅爱才惜才，平时也是慧眼识人。他在选拔人才上是不会轻易听信他言的，都是对人才有了一定了解后，才把他放到适合的位置上。什么样的人适合做什么样的官，宋太祖心里是比较清楚的。他常说，贵家子弟只知道饮酒弹琵琶，哪里知道民间疾苦！于是规定：凡是贵家子弟为官的，都应先派其监当场务，体会民间疾苦后，再让其担任重要的亲民职务。

开宝八年，一位让宋太祖颇为欣赏的乐师，卫德仁因年老本该退休，可他援引后唐同光年间旧例要求领郡。宋太祖闻后，说道："唐庄宗时，他曾用伶人为刺史，这本是其失政所在，难道可以效法吗？"宋太祖没给卫德仁以实权，这其实也是对他的爱护。一个乐师求领一郡，多有不正当的希求，但本身又无统郡安民的才能。如果随意让他去了，他政绩败坏，为害一方，可能后果就不只是做不了大官的事了。

爱才护才有时要面临一个矛盾的选择：某些人犯了错误，是严格按照法制加以惩处，还是曲意回护。这是个复杂的问题，难以一概而论，须视性质、情节、环境而定。但有一点，统治术不是铁板一块，有时为了长远利益，可以对某些原则进行妥协。

对于有才能之人，宋太祖是极为赏识的，只要不是大错误，仍然重用和信任他们。有一次，西山巡检使郭进的一位部下因犯了军法，害怕受到处罚而逃到京城，并密告郭进与北汉暗中勾结，图谋不轨。宋太祖让人把他绑起来送给郭进处置。郭进很大度，对这个人说："如果你是个好汉，应该在战场上建功立业，而不应当在底下搞这些小动作。如果你能够攻取敌人一城一寨，我不但免你死罪，还奏请皇上赏给你一官半职，就看你有没有这个能耐了。"一年之后，这个人果然在战场上立功，攻下了北汉的一座城池。后郭进履行其诺言，将此人及一封请求封赏的书信一起送往开封。宋太祖看后，说道："这个人诬陷我的忠良，本当处死，虽立新功，但也只能赎罪。至于奖赏，就免谈了。"然后将此人打发了回去。后郭进再次请求说："言必行，行必果。我身为朝廷将领，失信于部下，还怎能希望部下听从我的指挥呢？"宋太祖一想也对，犹豫许久，最终还是放弃了自己的原则，赏给这人一个官职。

一次，宋太祖与时任中书令的赵普商议政事时，向其询问道："怎样才能得到像桑维翰那样的人来给我谋事呢？"后赵普答道："就是桑维翰在这里，陛下也不会用他，因为桑维翰爱钱。"宋太祖却说："如果要用其所长，就应当庇护其短。穷酸书生的眼界短小，赐给十万贯钱就足以塞破他的屋子了。"其实赵普就是一位类似"桑维翰"这样的文臣，他虽是宋初第一文臣，在草创国家方面也是宋太祖的臂膀，但他在金钱方面不够严谨，常有贪小财的行为。宋太祖是个不拘小节之人，所以对他的行为总是睁一只眼闭一只眼，认为他贪小财不碍大才大德。

陈桥兵变时，宋太祖因事出仓促，在举行禅位典礼之时，忘了让其幕僚们准备禅文。正当大家紧张着急之时，翰林学士承旨陶谷不慌不忙地从怀中掏出早已拟好的禅文呈上，一时间救了急，禅位大典得以顺利圆满地完成。常人看来，陶谷这次可谓立了大功，帮助太祖解除了窘境，应该得到重赏。但是，宋太祖通过此事了解到了陶谷是一个善于投机、极尽奉承之人，心想其应该早已预料到举行禅位礼必定需要禅文，也算计到在匆忙中不会有人准备禅文，但他并没有及时向太祖禀告此事。他觉得，如果这话说早了，不如说巧了。只有在大家都非常急的时候，他拿出禅文才更显得重要。而且，从禅文的内容来看，对宋太祖极尽吹捧，歌功颂德之词充斥字里行间，让人有一种肉麻的感觉。在禅位典礼上，群臣对陶谷的举动，既羡慕，又妒忌，觉得陶谷在关键的时候凸显出来，必定会受到皇上的重用，后悔自己怎么没有想到这点，让陶谷抢了头功。

唐寅画作《题陶谷赠词图》

而在太祖看来，陶谷虽然文才出众，又在重要时刻帮了大忙，他内心是非常感激陶谷的。但在如何使用上，太祖又陷入沉思。用人，应该用德才兼备之人，而不应用多才寡德之人。他认为陶谷此举，完全是私心太重，见风使舵，邀功请赏，不符合他的用人标准。宋太祖的判断果然准确，不久后，陶谷的本性也逐渐暴露出来。他在担任科举主审官期间，曾多次收受贿赂，后私自更改科举名次。在宋太祖实行科举殿试后，此事至此败露。

对于奉承投机之人，宋太祖也一向嗤之以鼻，不为所动。一次，一军校向太祖进献一根拐杖。宋太祖看后，觉得没有什么奇异之处，便十分纳闷地问此人："此拐有何异于常拐之处而献之？"后军校答道："陛下试着转动一下拐首，拐首即为剑柄，有兵刃藏于拐柄之中。平常可当作拐杖，危急时可以防不测。"太祖听后，淡淡一笑，将此拐杖掷于地下，说道："危急关头，此物果足依恃？"这个本想奉承讨好宋太祖的军校碰了一鼻子灰，可见太祖一向鄙视投机的小人。

北宋时，蹴鞠运动（足球运动前身）风靡全国。宋太祖也是一爱好蹴鞠之人，闲暇之时，经常与一帮臣子玩这种游戏健身。因此，朝中许多大臣为投皇上所好，都会踢两脚，有人还专门下大功夫苦练球技，以博太祖欢心。当时的护国节度使郭从义，虽带兵打仗的本领平平，但其蹴鞠本领堪称一绝。一次他来到朝中，宋太祖让他在酒宴之后表演一下。郭从义一听，非常高兴，心想表现自己的机会到了，这次一定要好好在皇上面前露一手，说不定皇上一高兴会重赏提拔自己。后只见他"脚头十万踢，解数百千般"，踢球花样百出，蹴鞠在他的头、肩、背、胸、膝、腿、脚等各个身体部位，跳来跳去，动作好不灵巧，令人连连称绝。宋太祖也看得非常高兴，在

玩蹴鞠

郭从义表演完毕后，即下令赐给他座位。这时郭从义也欣喜无比，以为宋太祖还会进一步奖赏他。可没想到，不久后，宋太祖语重心长地向其说道：“你的球技确实是精妙绝伦，但是这种事情，不是官员应该常常做的，希望你平时带兵也能像踢蹴鞠这么好，我就无比高兴了。”

宋太祖善于用人，他不但会识人、选人，而且对身边的人才关怀备至，对文臣武将都宽容以待。而对于小人和刻意奉承的人，他又避而远之。宋太祖开明的用人策略，为他招揽了很多有真才实学的人才，这些人才，成为宋太祖的左膀右臂，帮助宋太祖实现了治国大计。

复兴文化以安稳人心

宋太祖善于吸取前代的统治经验，他认识到统治了思想文化，也就巩固了自己的统治地位。在五代分裂的半个世纪以来，人们饱受战争之苦，也一直注重经济和政治上的争夺，所以忽略了思想文化的建立。宋太祖意识到中原现在已经逐渐统一，应该重新发扬民族的优秀思想文化，应该恢复儒家、佛教、道教的传统文化。

为恢复儒家文化，宋太祖建国后便开始扩建国子监的学社和祠宇，并极力推崇“先贤十哲”。他在国子监的东西两庑板壁上，令人绘好“先贤”“先儒”的肖像，自己还亲替孔子、颜子作像赞。在国子监开始讲学那天，宋太祖高兴地奖赏了学员们很多酒菜和水果，还对身边的大臣说道：“武将也是应该多读书的，这样才能学会统治人民的真正本领。”他又对皇子的老师说道：“帝王的儿子应当多读四书五经，才能明白怎样治理国家。他们不需要做好文章，那是不实用的。”宋太祖平时表现出很尊重儒学的姿态，这到底是为何呢？

宋太祖之所以提倡儒学，其实主要是为巩固自己的统治地位。他重修了五代一度衰弱的礼乐，是想维护封建秩序，并维持帝制的威严。在下面这些诏令中，我们看到他借儒家之手宣传了很多制约人民的手段。开宝元年，宋太祖诏令道：

人伦以孝慈为先，家道以敦睦为美，矧犬马而有养，岂父子之异居？伤败风化，莫此为甚。应百姓祖父母、父母在者，子孙无得别籍异财，长吏其申戒之。

二年又诏：

川峡诸州，察民有父母在而别籍异财者，论死。

三年又诏：

诸道州府，察民有孝悌彰闻、德行纯茂、擅乡曲之誉，为士庶推服者，以闻。

八年又诏：

郡国令佐，察民有孝悌力田，奇才异行，或文武可用者，遣，诣阙。

他接受臣下的建议，将儿媳对翁姑的丧服改为三年制。当他的母亲杜氏去世时，他的妻子首先提倡实行三年的服制。建立这样一套秩序，对巩固北宋统治秩序将是很有利的。

宋太祖也积极宣传佛教文化，因为佛教让人们看清和忍受现实的痛苦，放弃无谓的抵抗和挣扎，多祈祷祝福和好运。这些思想可以很好地麻痹人民，利于统治。他开始解除对佛教禁令，并积极提倡起来。至乾德四年（966），宋太祖又派僧行勤等一百五十七人，到西域访经。第二年开始，各道就奉令，不再将铜铸佛像送到开封销毁了。并且准许这些佛像，可以留着就地供奉，但不允许再铸新的。至开宝七年，有个外国僧人法天，从中天竺摩伽陀来至鄜州（今陕西富县），和河中梵学僧法进共译经义。后来入京献经，宋太祖亲自接见，面加慰劳，还让他参观了乾德以来西域所献梵经。对于诋毁佛教的人，朝廷也会给予处罚。如在乾德年间，有个河南进士，名唤李霭，他不肯相信佛教，曾经著书几千言，命名叫“灭邪集”，来反对佛教。后又将佛经撕毁，在被一个和尚控告后，开封府尹将其处以杖刑，并流配到沙门岛去。宋太祖也曾多次亲到京城的各种佛寺礼拜，如大相国、开宝、龙兴等寺庙。由于他的提倡，佛教逐渐又恢复了唐时的盛况。单拿僧尼的数量说，宋初全国共有六万七千多人，比较柴荣统治时期，已多出六千人，平均每年剃度一千人，数量之多令人震撼。

宋太祖也积极提倡道教文化。早在建隆初，宋太祖就特别派人前往真源（今河南鹿邑东，传说中老子的出生地）去祭祀老子。在京城的阊阖门外，原来有个太清观，宋太祖将它重新修建，改名建隆观，之后经常来到这里，斋戒求福。而五代以来，道士不守清规，在宫观娶妻生子；又有游惰无业的世俗人，偷着道士冠裳，假借道士名义，混入宫观居住，把一个道观弄得乌烟瘴气。为了恢复道教的文化，宋太祖实行“肃正道流”的措施。他从莱州（今山东莱州市）找来大道士，名唤刘若拙，任用他作“左街道录”，来负起这个责任。

开宝五年下诏，宋朝开始禁止道教里的不良习俗。如规定道：“自今如愿入道者，须本师与本观知事，同诣长吏陈牒，请给公验，方许披度。”就在这一年，集合开封全城道士，进行一次考试，凡是品德恶劣的，即使学有根底，也将他斥逐出教。当时有名的大道士，除却莱州刘若拙外，如华山陈抟、镇州苏澄隐等，都受到宋太祖的礼敬。陈抟隐居在云台观，赵匡胤想借着他的名气，来对人民进行精神奴役。但是陈抟不肯出山，使宋太祖大失所望。苏澄隐居住镇州隆兴观，后宋太祖经过州城时，也特地请来会见。宋太祖本想请他迁到京城建隆观，被他拒绝后，便送给他许多茶绢等礼物，以表示自己尊重这个宗教。刘若拙到京师后，更是生活在宋太祖的左右，对他很是尊敬。每逢遇到发生水旱，宋太祖都令他入宫作法。

无论政治上的专制也好，军事上的镇压也好，思想上的复兴也好，其目的只有一个，就是为了国家安稳和稳定人心，让人民服从统治者的支配。从这个角度来看，宋太祖实施的这些文化政策，之后都起到了很好的效果。

大兴科举以网罗人才

中国古代科举制度最早起源于隋朝。隋统一全国后，隋文帝为了适应经济和政治关系的发展变化，扩大统治阶级参与政权的要求，加强中央集权，于是把选拔官吏的权力收归中央，废除九品中正制，开始采用分科考试的方式选拔官员，他令“诸州岁贡三人”参加考试，合格者可以做官。隋炀帝大业三年设进士二科，并以“试策”取士，这标志着科举制正式诞生。

隋文帝杨坚

隋朝灭亡后，唐朝的帝王承袭了隋朝传下来的人才选拔制度，并做了进一步的完善。由此，科举制度逐渐完备起来。在唐朝，考试的科目分常科和制科两类。每年分期举行的称常科，由皇帝下诏临时举行的考试称制科。唐高宗以后进士科尤为时人所重。唐朝许多宰相大多是进士出身。武则天载初元年二月，女皇亲自“策问贡人于洛成殿”，这是中国科举制度中殿试的开始，但在唐代并没有形成制度。在唐代还产生了武举。武举开始于武则天，应武举的考生来源于乡贡，由兵部主考。考试科目有马射、步射、平射、马枪、负重摔跤等。“高第者授以官，其次以类升。”唐玄宗时，诗赋成为进士科主要的考试内容。他在位期间，曾在长安、洛阳宫殿八次亲自面试科举应试者，录取了很多很有才学的人。开元年间，任用高官主持考试，提高了科举考试的地位，以后成为定制。

北宋前期，宋初沿五代旧制，分进士科及诸科，科举考试也是“朝代更易”，不废科举，宋朝建立的次月，即建隆元年二月，举行首次科举考试，仍依五代旧制，每年举行一次，自开宝七年权停“贡举”后，间年举行一次“贡举”，渐成惯例。宋初取进士，亦无定数，通常为十余人，少则六七人，大体与后周时相当。乾德四年，除录取进士六人外，又录取“诸科”九人。此后，不定期地录取“诸科”，录取人数通常也多于同科进士人数，即所谓“国初，诸科取人亦多于进士，盖亦承五季之敝云”。

北宋的科举考试前，“台、阁近臣得（向主考官）荐所知进士（应举者）之负艺者，号曰公荐”，中举后的进士则“拜知举官子弟弟侄，及目（主考官）为师门、恩门，并自称门生”，建隆三年下诏禁止。但依五代旧制，录取进士之权仍完全掌握在主考官手中，皇帝并不进行干预，每年考取进士后，“知贡举（官）奏合格人姓名而已”，类同备案。开宝五年，主考官录取进士十一人、诸科十七人后，宋太祖“召对讲武殿，始下制放榜”，皇帝开始参与新进士的录取，被称为“新制”。次年三月，宋太祖在召对时，黜落“应对失次”的进士、诸科各一人，又因下第举子投诉主考官不公，宋太祖决定从下第举子三百人中选取一百九十人，以及已被录取的进士九人、诸科二十七人，亲自在讲武殿主持考试，取进士二十六人，诸科一百零一人，共一百二十七人。唐天授元年（690），武则天“策贡士洛城殿”，史称“贡士殿试自此始”，这只是代替主考官考功员外郎主持科举考试。而宋太祖主持的“殿试”，则是具有在主考官已考之后的复试补取性质，新录取者列于原已录取者（除已罢黜的二人外）之后，作为“一榜”“自兹殿试遂成常式”。开宝八年，除任命王祐为“权知贡举”任主考官外，又任命三人为“权同知贡举”任副主考官，以后成为制度。主考官进呈以王式为首的进士三十六人，殿试后改以王嗣宗为首，而以王式为第四，首次改变礼部主考官原先排列顺序。唐代进士第一名称“状元”，也称“状头”，为五代、宋代所沿称。

宋代的科举制度沿用五代旧制，设进士、九经、五经、开元礼（后改开宝礼）、三史、三礼、三传、学究、明经、明法等科，进士科以外的各科，常合称“诸科”。神宗时，废诸科，另设“新科明法”，元祐时废，绍圣复设延续至北宋末，南宋绍兴年间一度复设。此外，还有武举、童子举；而制科则分为贤良方正能直言极谏、经学优深可为师法、详闲吏理达于教化三科，仁宗时分设六科，神宗时罢，元祐复设，绍圣时再废，另设宏词科。元祐时曾设“经明行修科”，实同制科。南宋复设制科，设博学宏词科，南宋末改称词学科。宋代科举以进士科最为重要。

宋代继承并改良了唐朝的科举制度，确立了一套相当完备的体制，在中国科举史上占有重要的地位。首先，宋代科举在考试内容上作了较大的改革。宋初时基本沿袭了唐的制度，考帖经、墨义："凡进士，试诗、赋、论各一首，策五道，帖《论语》十帖，对《春秋》或《礼记》墨义十条。凡《九经》，帖书一百二十帖，对墨义六十条。凡《五经》，帖书八十帖，对墨义五十条。凡《三礼》，对墨义九十条。凡《三传》，一百一十条。凡《开元礼》，凡《三史》，各对三百条……"但与此同时，这也导致学子只强行记忆，大都学而无用。神宗时鉴于这种弊端，在王安石变法时，也对科举内容进行了改革，取消诗赋、帖经、墨义，让士子各选《易》《诗经》《尚书》《周礼》《礼记》中的一经研习，兼学《论语》《孟子》。考试的人必须通晓经典、有文采的才算合格，而不是像明经墨义那样仅简略解释章句即可。又设立新科明法，考试律令、《刑统》，大义、断案。但这些改革内容并没有就此确立，王安石变法失败后，改革内容大多被废止。有关科举内容的争辩也一直没有定论，时而考诗赋，时而考经义，有时兼而有之，变换不定。

其次，科举录取的人数大大增加。唐代录取，每次不过二三十人，少则几人、十几人而已。到了宋朝，太祖时朝廷取士比较严格，每次录取进士少则几人，多者二百多人，平均每次录取近四十八人。宋太宗时，因州县缺官，大规模录用士人，参加省试的举人往往多达一二万人，每次平均录取进士二百三十人。以后录取人数不

科举考场

断增加，至徽宗时期，每次平均多达六百八十多人。纵观整个宋朝，总共开科一百一十八次，取二万人数以上，人数之多，是历代所没有的。录取的人数不仅多，对屡次不中的也会进行照顾。“凡士贡于乡而屡绌于礼部，或廷试所不录者，积前后举数，参其年而差等之，遇亲策士则别籍其名以奏，径许附试，故曰特奏名。”真宗咸平三年时，赐河北进士、诸科三百五十人及第、同出身。落第后，自愿考试武艺及量才录用的，又有五百余人，全部赏赐辦装费抚慰并发遣他们，命礼部列为一次科举。“较艺之祥，推恩之广，近代所未有也。”扩大录取名额则是为了扩大统治基础，杜绝唐末落第人参加农民起义之弊。

再次，建立防止徇私舞弊的新制度。唐代的科举考试，因试卷前写有举人的姓名等，世家豪族可靠其特权在放榜前知其是否录取，考官也从中耍手段，拉拢亲信。北宋时沿袭了这种风气，同时考生“投卷”也很盛行。宋太宗淳化三年，将作监丞莆田陈靖上疏，建议在科举考试中使用糊名法，得到宋太宗的采纳。在实行弥封制不久，又发现考官指使举人在试卷上暗作记号，有时考官还可以辨认字画。后来，根据建议，将考生的试卷另行誊录，真宗大中祥符元年，糊名法在省试中开始实行。大中祥符八年开始，又设誊录院，“令封印官封试卷付之，集书吏录本，监以内侍二人”，以防止考生在考卷上以“点污”形式与考官通同作弊。此外，考官亲属历来另行考试，称为“别头试”，以防止考官偏袒其亲属。

另外，殿试制度是宋代科举的一大创置。殿试在唐代已有先例，但就其性质而言，犹如后来的省试，也未形成定制。宋太祖时，因有进士指控权知贡举李昉徇私用情，取舍不当。宋太祖于讲武殿复试新及第进士及诸科新选人，此后殿试遂为常式。殿试考试名义上由皇帝主考，一些关键的环节也由皇帝把持。实行殿试制度，将选士的大权直接控制在皇帝手中，变恩归有司为恩归主上，既有助于加强中央集权的统治，又可以防止考官与考生结党舞弊，防止势家垄断科举，堵塞寒俊仕进之途。“取士之制，与今不同。非务相反，事有所因也。祖宗收揽盛权，兼听天下，鉴唐之弊，亲程多士。四圣相继，以为定法，固非群臣所当辄议。”

宋初对科举制的改革，直接鼓励了世人读书的热望，读书遂成为当时的社会风气之一。社会上具有文化知识的人大量增加，它极大地调动了不同阶级不同阶层出身的知识分子的读书热情和应试勇气，从而也促进了当时教育的空前发展，促进了文化的繁荣，同时也带动了与此相关的印刷业的发展；科举制度的完善在一定程度上保证了科举考试的公平性。科举考试中的殿试制度，糊名法、誉录法、别头试、复试权贵子第等改革措施在形式上实现了最大限度上的公平竞争，限制了士家子弟的登进，在一定程度上避免了唐代科举请托权门、通关节的弊病，扩大了寒士及第仕进的机会；科举制度规模及数量的扩大统治基础，在一定程度上杜绝唐末落第人参加农民起义之弊。

与此同时，科举制度带来的弊端也不可忽视。由于宋代科举考试录取的人数之多，这也是导致宋代冗官冗费的重要原因。为了取得地主阶级的广泛支持，北宋统治者不断扩大科举取士，使地主阶级知识分子源源不断地补充到官僚体制中。录取人数之多，历朝历代中都非常少有。这一措施直接的后果便是官僚队伍的庞大，其结果必然是官吏的冗滥。而宋代由于官员的待遇非常优厚，这便又导致官员开支庞大，形成冗费的问题。这些严重的问题，加深了老百姓的负担，不断地激化阶级矛盾，造成了尖锐的社会政治、经济危机，威胁着宋朝的统治。

CHAPTER

第九章 文臣当政，辅主治国 9

武将当道的五代十国，其实在很多重大事件里，文臣们也发挥着决定性的作用，在谋略和制定政策上，他们有着无可比拟的优势。宋初，在辅助宋太祖治理国家，给出各种建议时，文臣发挥着绝对的主导作用，其中又以宰相的功劳最大。这之中就有我们所熟悉的“半部论语”治天下的赵普及宋初的著名三相，还有几位重要的后周旧臣。

宋初三相的卓著功勋

在建隆元年（960）至乾德二年（964）的四年中，宋太祖一直拜范质、王溥和魏仁浦三人共为宰相，这三位宋初宰相对宋朝的贡献是巨大的，他们在稳定宋朝的统治和政治生活中起着不可替代的作用。

范质（911—964），字文素，大名宗城（今河北清河南）人。范质生性聪明好学，悟性也极高，九岁能文，十三岁就已熟读《尚书》。之后，在唐长兴四年（933）举进士及第，为忠武军节度推官。范质在后晋时期，历任监察御史、主客员外郎、翰林学士等，以辞理优赡（著书丰富，学识渊博）称誉当世。在后汉初期，历任中书舍人、户部侍郎。后汉枢密使郭威在征讨河中府叛军时，看到使臣携带的几次“处分军国之事”的诏书后，惊叹撰写者的博学多才和皆合机宜，便问是何人撰写。使者说是范质，至此郭威就认为范质有宰相之才。之后郭威从邺地起兵攻向皇宫，京城纷乱，百官出逃。范质那时已藏匿民间，郭威派人找到后让他写些很重要的文书，之后就被任命为兵部侍郎、枢密副使。后周广顺初年，周太祖郭威建立后周，便拜范质为宰相，不久兼参知枢密院事。周世宗登基后，范质仍为宰相。范质上书天子，认为法律条文过于烦琐冗杂，轻重无据，漏洞百出，应做大幅修改。于是周世宗特命范质整理法律条文，编撰成《刑统》，作为断案的法律依据。

王溥（922—982），字齐物，并州祁县（今属山西）人。王溥于后汉乾祐年间（948—950）中举进士甲科，任秘书郎。郭威带兵讨伐河中的李守贞，京兆的赵思绾，凤翔的王景崇的反叛行动时，任命王溥为从事。河中平定后，得到叛贼的文书，里面有很多朝中大臣及藩镇互相勾结的证据。郭威本想借此治罪于那些大臣，可王溥却认为这很正常，现在重要的是安抚这些朝廷大臣们的心，才能为郭威以后的登基建立有利条件，所以这些证据烧掉为好。郭威为此深感王溥的深谋远虑。所以郭威建立后周时，即任命王溥为左谏议大夫、枢密直学士，广顺二年（952）升为中书舍人、翰林学士，次年加户部侍郎，改端明殿学士。显德二年（955），周太祖郭威病重，即拜王溥为宰相。周世宗即位之初，北汉联合契丹军南下，中原局势危急，王溥不顾老臣冯道等人的反对，一人支持周世宗亲征河东地区。之后周军取得高平大捷，周世宗也特此加赏王溥兼礼部尚书。后来周世宗派王溥举荐的将军向拱去收复被后蜀军队占领的秦、凤等四州，也取得了大捷。

魏仁浦（911—969），字道济，卫州汲县（今河南卫辉）人。后晋末年，魏仁浦在枢密院虽为小吏，却以善于撰写文书、会计物资而闻名。后汉时，成了枢密使郭威的从吏。一次偶然的机会，郭威见识到魏仁浦及其善于记忆的本领，即迁魏仁浦为枢密院兵房主事。后汉末年，后汉隐帝大杀功臣，那时郭威镇守邺都，一日秘密偶得诏书，得知自己被奸臣诬陷，而使后汉隐帝决定处死自己，便急召魏仁浦来商议对策。郭威当时本想一死表明清白，可魏仁浦认为后汉气数已尽，建议篡改诏书并起兵谋反直奔京城。于是郭威按计行事，引诸军杀入京城，最终代汉立周。后周建立后，周太祖郭威对魏仁浦尤其器重，先拜他为枢密副承旨，不久迁右羽林将军，充枢密承旨。临死前嘱咐周世宗一定要将魏仁浦留在身边，委以重任。所以周世宗即位以后，魏仁浦也担任着右监门卫大将军和枢密副使等重要职位。在高平之战中，一次魏仁浦的建议使得周军击败了北汉军队。故回京城后，周世宗拜魏仁浦为检校太保、枢密使，并特别赐以宰相象征的器币鞍马。

魏仁浦生性宽厚，经常以德报怨。魏仁浦在后汉为官时，后汉隐帝之宠臣贾延徽，欲吞并与其相邻的魏仁浦住宅，便向天子屡说魏仁浦的不是，朝中百官无人不知，以致其处境危殆。后郭威统军擒获贾延徽后，知此事的他把贾延徽交给了魏仁浦处置，可魏仁浦却说道："因兵戈以报怨，我不忍为也。"后来，魏仁浦还处处照顾贾延徽，其以德报怨的行为不禁让人钦佩。周世宗时，魏仁浦曾力劝天子赦免了数名无信抗旨的侍卫。在后周军队收复淮南后，还建议周世宗把南唐数千名士兵配隶诸军，避免了滥杀俘虏之事的发生。

正是魏仁浦这一系列卓越的表现，使得周世宗一直倍加器重和信任他。于是在显德六年（959），周世宗病危时，力排众议，任命枢密使魏仁浦为宰相，并命范质与王溥皆参知枢密院事，并让两人共同成为辅佐其幼子的顾命大臣。在周恭帝即位后，范质加官开府仪同三司，封萧国公，王溥加官尚书右仆射，魏仁浦加官刑部尚书，仍皆为宰相，执掌军国重事。虽然三人同时为宰相，但以范质为首，军国重事皆取范质决策，王溥、魏仁浦二人辅佐而已。

当时，已颇有野心的宋太祖十分注意搞好与这三位宰相的关系。史书记载，宋太祖之母杜氏曾经到魏仁浦家中拜访，看见魏仁浦的幼子魏咸信，服侍在其母亲的身旁，举止言行如同成人，杜氏很喜欢他，想结成儿女亲家。因魏咸信当时年岁尚小，故至宋朝开宝年间（968—976），才与宋太祖的侄女、赵光义的女儿成亲，被授予右卫将军、驸马都尉。范质虽忠于周帝室，但与宋太祖的关系也不坏。而王溥更是眼见政局发展有异，后积极和宋太祖发展关系。

陈桥兵变以后，范质、王溥和魏仁浦三位宰相迫于形势，皆表示拥戴宋太祖为天子。而宋太祖为使政局平稳过渡，并欲借助他们丰富的处理朝政的经验，也留用他们三人为宰相。建隆元年二月，范质加兼侍中，王溥加守司空，魏仁浦加尚书右仆射兼，仍任宰相，但范质、王溥二人的枢密院事一职被撤销，后宋太祖的心腹赵普以枢密直学士执掌枢密院职事。这时三人虽仍为宰相，魏仁浦也依然兼枢密使，但其职责主要在于国家基本行政事务的处置，已没有实质的军权。在宋初为稳定京城与各地局势、争取原后周官员和民心对新王朝支持，以及恢复、发展经济等方面，这三位宰相一直起着重要的促进作用。

宋初，范质为官时，对整个国家也是尽心尽职的，其做事态度依旧十分认真。每次他颁行下发各种朝廷制敕文书时，其撰写内容依旧一丝不苟；他在处理政务时，会先注重解决一些民生问题，如州县户口、农事等事务，他都会先督促处理。乾德元年，宋太祖准备举行祭祀天地的大典时，任命范质为大礼使。范质发觉了前代礼仪制度所存在的诸多缺陷，就同礼官张昭、刘温叟等一起讨论旧典，而后制定了新的《南郊行礼图》，这使得宋朝郊祀等大典的礼文得以完备。待祭祀典礼完成，范质被晋封为鲁国公。

宋初，作为宋太祖心腹的赵普虽然是枢密直学士与枢密副使，却实际成为天子的主要辅臣，执掌中央大权。建隆二年七月，范质便上疏奏请道：

做宰相者以举贤才为本职，以掩没善行为不忠。所以上佐一人，开物成务。端明殿学士吕馀庆、枢密副使赵普，富有时才，精通治道，经事霸府，历岁滋深。自陛下委以重难，不孤倚任，每因款接，备睹公忠。伏乞授以台司，俾申才用。今宰辅未备，久难其人，以二臣之器能，攀附之幸会，置之此任，孰谓不然！

他的这份奏折表明了自己愿辞任相位一职，并推举赵普出任宰相的想法。而宋太祖当时并没答应其请求，因为他一直在等一个时机成熟的机会，所以拒绝了他的辞呈。至乾德二年正月，三个宰相都有了数次请辞的请求，而赵普等心腹旧臣也能处理好各种政务时，宋太祖这才同意三位宰相的请求，并改任范质为太子太傅，王溥为太子太保，魏仁浦留任官尚书左仆射。这时北宋的宰相变为了赵普一人，李崇矩升为枢密使。

次年九月，范质因病逝世，终年五十四岁。范质生前一直深愧周王朝，以及周世宗的临终嘱托，所以在其临终前，他告诫儿子范旻不要向朝廷请求赐予谥号，也不要刻写墓碑铭文。宋太祖得知此事后，依旧按惯例赠官中书令，并赐给他家许多财物。范质生性卞急，故好当面指出人之短处，为此也与一些官员结下仇恨。但他为人廉洁刚介，做宰相多年，从未利用职权实施任何不良行为，而他也乐于救济亲朋中的孤寡贫困者。在他去世时，家中已没有了余财。他曾用“人能用鼻子吸三斗醋，即可为宰相矣”这句话，来告诫侄子为官不要想走捷径，要勤奋努力。这句话也被后世广为流传。

相比范质，罢相后的王溥、魏仁浦就活得较为轻松。王溥于乾德末年加官太子太傅，开宝二年（969）迁官太子太师。宋太祖对左右侍臣说道：“王溥十年做相，三迁一品之官，福祉之盛，近世未见其比。”宋太宗初年，王溥被封为祁国公，太平兴国七年（982）八月病死，终年六十一岁，赠官侍中，谥曰文献。王溥生性宽厚，风度翩翩，喜欢举荐后进，其所举荐而官至显位者甚多。他平日好学，手不释卷，撰有《唐会要》一百卷、《五代会要》三十卷等。

魏仁浦罢相后，天子仍让其做顾问。如开宝二年，天子开春宴招待老臣，在酒席上，宋太祖笑着对魏仁浦说："为何不劝我一杯酒？"魏仁浦就上前敬酒，宋太祖便悄悄地询问道："朕欲亲征太原，如何？"魏仁浦回答："欲速则不达，唯陛下慎之。"可宋太祖还是决定亲征北汉并让其跟随，不料魏仁浦中途生病，后死于返回京城的途中，终年五十九岁，后被赠官侍中，赐谥曰宣懿。

"半部《论语》"治天下的赵普

赵普虽读书少，但喜《论语》，有"半部《论语》治天下"之说。对后世很有影响，这句话成为以儒学治国的名言。

赵普（922—992），字则平，祖籍幽州蓟，其曾祖父曾在唐末任三河县令；其祖父赵全宝，在唐末任澶州司马；其父赵迥，在五代时任相州（今河南安阳）司马。后唐时期，幽州主将赵德钧连年征战，家国不宁，赵普之父赵回不堪战乱，族迁居常州（今河北省正定县）。至后晋天福七年（942），又迁至洛阳。赵普为人淳厚，沉默寡言，当地的豪门大户魏员外很欣赏他，将女儿许配给了赵普。

后周显德元年七月，赵普被永兴军节度使刘词辟为从事，与楚昭辅、王仁赡同僚。刘词死后，上遗表向朝廷推荐赵普。至显德三年，柴荣用兵淮上，赵匡胤攻下滁州时，宰相范质奏请任命赵普为军事判官。赵匡胤其父赵弘殷在滁州养病，赵普朝夕侍奉药饵，后一日赵匡胤曾经与他交谈，觉得他很不寻常。淮南平定后，调赵普补任渭州军事判官。赵匡胤领任同州节度时，征召他为推官；

后赵匡胤移驻宋州后，又上书朝廷任他为掌书记。

显德六年六月周世宗死，柴宗训即位，是年七月，赵匡胤改领归德军节度使，赵普升为节度掌书记。显德七年正月，赵普在赵匡胤发动陈桥兵变中起到了极大的作用。他当时建议赵匡胤发布契丹勾结北汉入寇的假消息，以致宰相范质仓促之间派赵匡胤率军北征，兵行开封东北四十里之要道陈桥驿时，赵普等人为赵匡胤谋策，托故不行，将赵匡胤灌醉，然后以杏黄龙袍加身，发动了陈桥兵变，后推翻后周，建立宋朝。

宋太祖即位，论功行赏，继续重用后周宰相范质、王溥以及魏仁浦为相，以维系旧官员之心。石守信、高怀德等得到晋升要职，赵普辅佐有功，任为谏议大夫，并充枢密直学士。

宋太祖赵匡胤代周以后面临的国内形势，依然是五代十国以来的武臣弄权局面。后周时义成军节度使李筠，不甘居下，拒绝新皇帝授予的兼中书令的高官，于建隆元年四月，勾结北汉刘钧起兵反宋。赵普看到形势可虑，力主太祖亲征并随同前往，宋太祖从其议，御驾亲征，命赵普留守京师，赵普请求随军出征。宋太祖笑着说："你能够胜任战事吗？"六月，石守信、高怀德攻陷保泽州（今山西晋城），李筠自焚死。

此时后周太祖郭威之甥、驻扬州之淮南道节度使李重进，已成为宋廷心腹之患。李派翟守殉联结北汉，中途被俘为宋太祖所用以后，宋廷采取赐李铁券（免死牌）以稳其心，并令其移镇青州（今山东济南一带）以便就近约束。李重进扣押宋使，遂于七月起兵反宋。宋太祖派石守信、王审琦征讨，迁延未克。赵普因以原后周之将士攻后周之贵戚为虑，劝太祖自行。十一月从征扬州，一举攻克，李重进全家自焚而死。

二李叛乱的平定，从献策亲征之意义上来说，赵普之功显著。遂迁以兵部侍郎、枢密副使之职。

乾德元年，宋太祖用赵普谋，罢王彦超等地方节度使和渐削数十异姓王之权，安排他职，另以文臣取代武职，于是武臣方镇失去弄权的基础，另一方面，收厢兵之骁勇和荒年募精壮之丁为禁军，于是天下精兵皆归枢密院指挥。地方虽无精兵，但地方厢兵合则仍可制约禁军。这就形成了强干弱枝而内外上下相互制约之制。地方则以文人任知州及副职通判为行政官员，重要文献须会签有效，通判为皇帝督察知州之耳目。宋初州设团练使副原为闲职，熙宁变法中有的成为负责义勇的主管。制其钱粮，是指限制节度使的财政粮饷权限的一种办法。规定地方钱粮大部输送中央，设转运使副主其事。熙宁变法中财税增多，地方府库也很充盈，此时，节度使问题业已解决。

建隆二年，宋太祖鉴于当时已控制局势，就着手陆续采取了一些措施，把殿前都点检镇宁军节度使慕容延钊罢为山南东道节度使，侍卫亲军都指挥使韩令坤罢为成德节度使。因为殿前都点检是宋太祖黄袍加身前担任过的职务，从此不再设置。由石守信接替韩令坤任侍卫马步军都指挥使。

起初宋太祖以石守信等人都是自己的故友，固并不介意，赵普就向他数次进言说："臣也不担心他们会背叛陛下，但是如果他们的部下贪图富贵，万一有作孽之人拥戴他们，他们能够自主吗？"这些话实际上是提醒宋太祖，要他记住陈桥兵变的事件，避免类似的事件重演。果然宋太祖采取措施解除禁军高级将领的兵权。

建隆二年七月初九日晚朝时，宋太祖留下石守信等将领叙叙兄弟情谊。有点醉意了，他向将领吐露做皇帝的苦处，夜不能安，防范变乱，不及你们做臣下的高枕无忧。当石守信等表示誓死效忠时又说，假如你们的部下谋富贵而起事怎么办呢？又说人生在世所重者不过多积金钱、田宅，为子孙立不可动之产业；多置歌妓美女饮酒作乐以终天年。我与你们结为亲家，大家相互都没有猜忌不是很好吗？这一番话的意思大家都听明白了。于是，第二天纷纷辞去军职，交出兵权，到地方做节度使去了。赵普献策之功自然是不能抹杀的。建隆三年，晋赵普为枢密使、检校太保。

"杯酒释兵权"只是解决兵权的第一步。中唐以来方镇弄权的隐患和新执掌禁军的弄权问题，仍是赵匡胤面临的当务之急。关键是把赵普的十二字方针策略精神渗透到朝廷与地方的职官建置中去，改变权力结构中的独立性，使之必须依附君权而运转。在赵普的参赞下，这套相互制约的职权体制终于制定出来了。这就是中央设副相、副枢密使与三司计相以分宰相之权，收相互牵掣之效。枢密使直属皇帝掌指挥权，而禁军的侍卫马、步军都指挥和殿前都指挥负责训练与护卫。

乾德二年，宋太祖部署中枢与地方政权既定，时机成熟，就尽罢留用后周的范质、王溥、魏仁浦三相，任命赵普为门下侍郎、平章事、集贤殿大学士。中书省没有宰相签署敕令，赵普以此为由上奏宋太祖，宋太祖说："卿只管呈进敕令，朕为卿签署可以吗？"赵普说："这是有关部门官吏的职责而已，不是帝王做的事。"宋太祖命令翰林学士讲求旧制，窦仪说："现在皇弟任开封尹、同平章事，正是宰相的职任。"宋太祖下令签署权赐给赵普。赵普任宰相后，皇上把他看作左右手，事情无论大小，都向他咨询以后决断。

当时，赵普兼任监修国史。太祖命令薛居正、吕余庆为参知政事以辅助赵普，不能宣布皇帝的诏谕，位次列在宰相之后，不掌印，不参与上奏议事，朝会时不领班，只是奉令制作敕令而已。原先，宰相副署敕令，都用内制，赵普任宰相后只有敕，不是原来的典章制度。

乾德五年春，赵普因功擢升为右仆射、昭文馆大学士。后其母亲去世时，赵普还忍着悲痛，继续到职办公。赵普先派遣使者到各个要道，征召壮丁户籍姓名送到京师，以作为守卫的预备。后在每个州府设置通判，令其负责钱粮事宜。这些政策的实施，使得朝廷自此后兵精粮足，府库充实。

开宝二年冬，赵普因公生病，宋太祖闻后乘车亲自到中书省看望。至第二年春，宋太祖再次到赵普的府邸安抚慰问，赏赐钱财，增加其俸禄。

宋太祖经常会不打招呼，突然造访赵普府第。一次宋太祖又来赵普府上，那时正好吴越王钱俶派人送信和礼物，单子上说是"海物十瓶"，放在堂屋的左廊下。后宋太祖看见好奇问道："此为何物？"赵普慌忙答道："只是吴越王送来的一些普通的海产物品，没有什么稀奇的。"宋太祖又道："钱俶送来的海物，一定很好。”随即就命人打开，结果发现瓶里装的全是珍珠类的宝物。赵普随即大惊，叩首谢罪道：“我还没有打开书信，实在不知道里面是什么，如果知道，一定会上奏皇上，拒绝掉这些东西。”后宋太祖却笑着说：“尽管收下，不要多虑。他此举说明是看得起你，也说明你在宋朝起着举足轻重的作用。我一直对你非常放心，你就收下吧！”赵普这才收下这些价值十万两银子的宝物，后用其修缮了自己的府邸。

赵普担任宰相后，逐渐变得专制和贪财，其他的朝臣也非常忌惮他，宋太祖也对此颇为无奈。一次，赵普派遣仆人到外地去购买大型木材，以修缮自己的府邸。而这仆人却趁机偷窃多运木材，私自在京城贩卖，而当时朝廷是禁止私人贩卖大木料的。这本是一件小事，而百官们知道后，因畏惧赵普都不敢向宋太祖禀报此事，后只有三司使赵玭廉才将此事禀告给宋太祖。宋太祖闻后非常生气，即下令其追查此事，想借机驱逐赵普，后幸王溥上奏求情才解决了这件事情。

宋太祖听说赵普的儿子赵承宗娶枢密使李崇矩的女儿为妻，深感忧虑，因为这时两个权力最大的官员结为了亲家。当时依照以往的旧制，宰相、枢密使每次在长春殿等候召问时，都是一起等候的。不久后，宋太祖即下令以后宰相、枢密使分开等候召见，其实是想提醒两位注意自己的亲家身份。赵普又用空闲地私自换取皇家菜地来扩建自己的住宅，又经营客店谋利。

宋太祖在位晚期时，与晋王颇为亲近的翰林学士卢多逊，曾多次攻击赵普的短处。一次卢多逊一连告发堂后官胡赞、李可度受贿枉法；刘伟伪造代理官职文书而得官；王洞曾经收受李可度的贿赂；赵孚除授西川官却称病不到任这几件事，并称这几件事都与赵普有关联。宋太祖平时素闻赵普不怎么检点，在朝中的名声也不好，这次终于大怒，下令御史府审查讯问这几件事。不久后，即下诏参知政事与赵普交替掌印、领班、奏事，来分夺赵普的权力。后又把赵普调出京师任河阳三城节度、检校太傅、同平章事。至此，赵普开始失权。

至开宝九年十月，宋太祖驾崩时，赵普才回到京城。

至太平兴国二年（977）三月，赵普才从河阳被调回京城，迁太子少保留京城奉朝请，后又任司徒兼侍中，封为梁国公。可宋太祖去世后，赵普又被时任宰相的卢多逊处处压制，郁郁不得志。

至太平兴国八年（983），赵普又被调任至武胜。后宋太宗作诗给他饯别，赵普捧诗而哭说："陛下赐臣诗，应当刻石，与臣朽骨一并葬在地下。"二日，宋太宗又对宰相宋琪感慨道："赵普对国家有功，朕先前与他同游，现在牙齿头发都衰落了，不能用枢务政事烦扰他，选择善地来安置他，因此作诗篇来表达我的本意。赵普感激得哭泣流涕，朕也为之泪下。"后宋琪接着说道："昨天赵普到中书省，又手拿御诗哭泣，对我说，'此生余年，无法报答皇上，希望来世能为陛下效犬马之力。'臣昨天听到赵普的话，今天又听到皇上的宣谕，君臣之间善始善终的情分，可以说是两全了啊！"

雍熙三年（986）春，宋太宗为报高梁河之辱而伐辽，亲征幽蓟，战事迁延，久未班师。赵普知后，感念其恩德，后写了一长篇谏言，其内容如下：

陛下今年春天出师征讨时，欲想一举收复关外，不久后便连连克敌，臣下深感佩服。但时至炎夏，宋军之前就连连征战，此时已疲劳不堪。如果继续强行征讨，实在无益于宋军。我认为陛下自从跟随太祖平定太原，后又使闽、浙归顺的十年里，为统一中原立下了不少功劳。你的英名已传遍天下，远方的人不归服，自古圣王置之度外，不足介意。此时一定是有奸邪谄媚，蒙蔽了皇上的聪明睿智，使您发动准备不足的战争，陷入进退两难的境地。

汉武帝刘彻

臣遍读典籍，深感汉武帝时主父偃、徐乐、严安的上书之事；及唐朝宰相姚崇上书唐明皇十件事，都是忠言至论，发人深省。希望陛下万忙之中读一读，或许能对您治理国家有所启发。臣以为此次的征讨之战，动用了太多的军队，加上战争之事变幻莫测，一向难以保证获胜。前人的书上有“兵久生变”的话，实在值得考虑和借鉴。如果迟缓征讨计划，待我军修整一阵，时至秋季，待北边转入秋凉时，我军一定能更有胜算。如今我军久困，再考虑到时机不太合适，我军很可能会出现一些错误的指挥谋划。臣虽刚蒙皇上宠爱驻守地方，哪里敢妄言阻止军队。但臣年岁已老，剩余的时间不多，甚是希望报答国家和皇帝的恩情。所以贸然建议陛下多多判断形势，迅速颁发诏令回师。

臣下还有一特殊之策，愿献给陛下。希望陛下现在注重防御边关，并提携那些边关贫民，使他们转为富庶。待将来边境百姓看到边烽无事，安居乐业，都会将天下的稳定都归于陛下的仁德。朝廷里的一些奸邪谄媚之徒，以为契丹皇帝年少而国事繁多，如果诉诸武力，就能取得胜利那就大错特错了。希望陛下审察虚实，追究妄谬，惩治奸臣误国之罪，停止伐燕的行动。

宋太宗见到此篇谏言后，深感欣慰，后回复道：“朕深感爱臣的细心和考虑，其实朕原来部署军队选择将领时，只令曹彬等人驻守雄、霸二地，并贮积粮食带着兵器来声张军威。希望等一两个月山后平定后，待潘美、田重进等人率军凯旋，再进行合兵进讨，直到燕州，然后控制险要之地，恢复原来的疆土。可无奈将领们不遵照原来的谋划算计，各持己见，率领十万军队出塞远征，想迅速攻取契丹的郡县。后至返师来领辎重，往复弊劳，才给辽人可乘之机，这个责任在于主将。况且朕继承先王的事业，而使天下稍稍太平，考虑人民苦于边患，将以救民于水火，并非想黩武穷兵，卿应当是知道的。疆场上的事，已经作好部署，卿不必为此忧虑。卿是国家的元勋大臣，忠言苦口，忠心实在可嘉。”

赵普见后，又回复道：“陛下所言甚是，臣下只是看到军队久驻塞外，没有能够恢复故土，慢慢又到了炎夏季节，事势危险急迫，就上书陈述妄见，等待皇上宣谕。陛下特别体察忠诚，亲笔书写翰章，秘密宣谕皇帝圣谋。我个人认为兴师伐罪，诚信为上策，将帅如果能遵守已有的谋算，一定可以平定。正因为将帅们没有按照皇上的意志行事，才致事败。现在既然边疆已有防备，可不急于讨伐之事。况且陛下登基十年，使基业兴隆，没有一件事失当，只见国家安宁。陛下应当端身拱手，保养精神，清静心志，自然可以使天下百姓敬佩。哪里需要穷兵黩武，与契丹一较胜负呢？臣历来缺乏壮志，况且人已衰老，虽然没有功劳可以夸耀，但愿意竭尽忠纯之心。”

至雍熙四年（987），赵普改任山南东道节度，改封为许国公后，还关心各种朝廷政事，积极上表进言。后宋太宗深感其中，又亲自去慰问赵普，言辞恳切地说道：“赵普本是开国元勋，又两朝为官，一直都为国家尽心竭力，朕和宋朝百姓都深感其忠心与仁德。如今天下太平，国家稳定，这时应要多多保重身体，不要再为国家操劳了。”赵普闻后，感激得呜咽泪下。

之后宋太宗又任命赵普为太保兼侍中，对赵普说道：“卿是国家的勋旧大臣，朕所依靠的人，古人常以其君不如尧、舜为耻，卿应当考虑啊！”

那时，枢密副使赵昌言与胡旦、陈象舆、董俨、梁颢等人非常相好。而胡旦、陈象舆、董俨、梁颢等都是小人，经常为谋私利，借赵昌言之势，借机毁谤和压制他人。赵普闻后即上奏要求宋太宗流放这些小人，并黜除赵昌言。后赵普又得知，一郑州团练使臣利用骄纵恣肆过度，不守法制。待其查明真相后，又将详情上奏宋太宗，后其因罪流放商州。

赵普也有识人不准的时候。李继迁侵扰夏台边境时，赵普闻后，又向宋太宗建议让赵保忠重新驻守夏台故地。宋太宗听其建议后任令赵保忠前去驻守该地。可赵保忠反而与李继迁同谋制造边患，这也使得赵普好不难堪。之后赵普再有谏言时，那些与他为敌的同僚们经常会借此事挖苦赵普。

端拱元年（988），宋太宗见赵普年事已高，即免除其朝见的礼节，只需每天到中书省办公，遇有重大政事也可不用出席。这年冬天，赵普病倒后，宋太宗又多次到他家看望他，慰问其情况。这时的赵普在朝中没有实权，于是他声称病重，第一次请求罢官，后宋太宗勉强依从，即任命赵普为西京留守、河南尹，仍旧兼任太保兼中书令。后宋太宗赐他手写诏书说：“开国旧勋，只有你一个人，与他人不能等同，不要再推让，等出发上路那天，我到你家来与你道别。”

赵普捧着手诏哭泣，于是请求带病与宋太宗面谈，宋太宗赐座与他面谈很久，多谈论国家大事，宋太宗赞许并采纳了他的意见。

至淳化元年（990），赵普第二次请求致仕，宋太宗还任其为西京留守、河南尹、太保、中书令。又至淳化三年（992），赵普第三次上表以年老多病，请求告老。后宋太宗即派出使者快速前来安抚慰问，并加太师衔、封魏国公，享受宰相待遇，让他在家中养病。俟损日赴阙，仍遣其弟宗正少卿安易赍诏书赐之。又特遣使赐普诏："恳求致政，朕以居守之重，虑烦耄耋，维师之命，用表尊贤。伫闻有瘳，与朕相见。今赐羊酒如别录，卿宜爱精神，近医药，强饮食，以副朕眷遇之意。"

是年七月十四日，赵普因病卒于洛阳，终年七十一岁。宋太宗闻后悲痛地说道："赵普侍奉辅佐先帝，和我也有旧交情，他果断能决断大事，之前和我有些不愉快，这是很多人知道的事情。我即位以来，常常待他优厚礼遇，赵普也倾尽全力效忠于我，对国尽忠，是真正的社稷之臣。我失去他非常痛惜。"不久，宋太宗后赠尚书令，追封真定郡王，谥忠献。次年二月，赵普终葬于洛阳邙山。至宋真宗咸平初时，又被追封为韩王，后又感念其对宋朝的巨大功绩，将其灵位放在了宋太祖的灵堂里，代为侍奉。

清廉之才王禹偁

王禹偁（954—1001）北宋白体诗人、散文家、政治家。字元之，济州钜野（今山东省巨野县）人。王禹偁出身贫寒，世为农家，"其家以磨面为生"。但其聪明好学，九岁能文。太平兴国八年（983），王禹偁中进士登进士第，被授予武县（今属山东）主簿，迁大理评事。次年改任长洲（今江苏苏州）知县。得到宋太祖的赏识后，先后升迁至右拾遗、左司谏、知制诰、翰林学士。由于其直言讽谏，在百官中结下不少仇恨，因此屡受贬谪。宋真宗在位时，召还其复知制诰，又因直言讽谏，贬至黄州，后世称王黄州。1001 年，迁至蕲州后病死。

王禹偁对仕途一直充满抱负，其曾在《吾志》诗中写道："吾生非不辰，吾志复不卑，致君望尧舜，学业根孔姬"。他为人刚直，誓言要"兼磨断佞剑，拟树直言旗"。

王禹偁是北宋诗词文学革新运动的先驱者，其词风受韩愈与柳宗元的影响，诗风受杜甫与白居易的影响。他的诗词以反映社会现实为主，风格平易简练。北宋时宋太祖大兴文学后，开始重用文人，加上其忙于战事，文人因此迎来了一个优渥、安逸的时代。当官员们没有被束缚，沉浸在享乐风气之时，王禹偁却严于律己，过着十分俭朴的生活。其著作《对雪》写道："月俸虽无余，晨炊且相继"，表达其易于满足的坦然性格。在简朴的家中，自己也不蓄妓纳妾，妻子不施金翠，其子不爱财货。

端拱元年，王禹偁被召试面见圣上。其文深得宋太祖的喜爱，被擢右拾遗并直史馆。之后，王禹偁旋即进谏，以《端拱箴》来批评一些皇宫贵族和官员的奢靡生活。后拜左司谏、知制诰。

淳化二年（991），庐州尼姑道安就一事诬告著名文字学家徐铉，随后徐铉被宋太宗治罪，判入狱中。时任大理评事的王禹偁，秉公执法，判执徐铉是被诬告，恳请宋太宗收回成命。后宋太宗因此大怒，将王禹偁贬为商州（今陕西商县）团练副使。

淳化四年（993），王禹偁移官解州（今属山西）。同年秋，即召回京城，又因秉公执法，刚正不阿，得罪人后又被外放。再次被召回后，任礼部员外郎，再知制诰。至道元年（995），任翰林学士，后因谤讪朝廷罪名，以工部郎中贬知滁州（今安徽滁州），次年改知扬州。

997 年，宋真宗即位后，再召入京，复知制诰。到任后，王禹偁即上书提出"谨边防""减冗兵，并冗吏"等事。与当朝宰相撰修《太祖实录》，因直书史事，引起多方不满。因此事遭谗谤后，咸平二年（999），王禹偁再次被贬出京城，至黄州（今湖北黄冈）。

咸平四年（1001）冬，朝廷又改知蕲州（今湖北蕲春）。王禹偁到任后，未满一月就病发去世，终年四十八岁。

后来的大文学家苏轼为王禹偁撰写了《王元之画像赞并序》，称其“以雄风直道独立当世”“耿然如秋霜夏日，不可狎玩”。欧阳修也多次撰文称赞王禹偁，在滁州时瞻仰其画像后，为其作《书王元之画像侧》以示纪念。

王禹偁在京城做官期间，三次反复任官，加起来有八年之久。然而，三次在京师的任职，王禹偁都靠租房过日子。咸平元年，他第三任制诰，感慨万千，写下《赁宅》道：“老病形容日日衰，十年赁宅在京师。阁栖凤鸟容三人，巢宿鷦鷯欠一枝。壁挂图书多不久，砌栽芦苇亦频移。人生荣贱须知分，会买茅庵映槿篱。”其实，王禹偁与其家人一直都过着清贫的生活。在其家里，只有瘦妻老马，四壁徒立，琴一张、砚一台、竹杖一根相伴而已。他也写道：“妻儿惯菜蔬，仆马任龙钟。一榻浑无物，孤琴对病容。风翻帘影乱，旱减并痕重。幽寂谁为伴，扶行赖瘦筇。”他能过这种生活一是京师中房屋地价高，买房或建房都十分不易。二是王禹偁从来都只是想过那种心安理得的安逸生活。

王禹偁的政治主张一直在其所著的《端拱箴》《三谏书序》《御戎十策》及《应诏言事疏》等著作中重复说到。他提出的一系列重农耕、节财用、任贤能、抑豪强、谨边防、减冗兵冗吏、淘汰僧尼等利国利民的变法主张，虽大多未被宋太宗与宋真宗采纳，但确为后世的变法奠定了基础。宋仁宗时期，范仲淹等人的“庆历变法”就是因此而来。

后周旧臣的为官百态

宋初，宋太祖通过缜密策划的陈桥兵变，仅一日时间，就从孤儿寡母手中夺得了后周天下。后周旧臣们，面对局势的突变和今日新天子，其反应不一，有不满而反抗的，有投机而献媚的，而更多的是暂时观望以抉择去留的。而其中公开起兵反抗的后周高官有韩通、李筠和李重进三人，正是宋太祖在篡夺后周政权时最为忧虑的三大危险势力。但他们的先后惨败，使得那些后周旧臣虽仍对新朝心怀不满，但再也不敢轻举妄动。而那些文臣更是只能把不满藏于心中，偶尔表态者，以王著为代表。而为得到个人私利而投机、献媚新朝者，以陶谷为代表。与前二类人数不同，暂时观望以抉择去留的官员占绝大多数。如宰相范质等人处于权力中心，其官员是在看到新朝的统治渐趋巩固以后，才逐渐接受新天子，此类官员以窦仪为代表。因为王著、陶谷和窦仪在宋初皆官至翰林学士，而就任翰林学士者皆文才出众，在某种程度可视为文士学者的代表，所以选此三人的各种行为与态度，也是颇能反映出当时士大夫对新朝的心态和合作程度。

宋初名王著者，据《宋史》所载有二人，一人为书法家，宋太宗时曾侍从天子，官至著作佐郎、翰林侍书。另一人即为本文要讲的翰林学士王著。

王著字成象，单州单父（今山东单县）人，生性豁达，胸无城府，善属文。王著于后汉乾祐年间举进士及第，后柴荣在镇守邺都时，因闻其名声，后特意被召置门下为幕僚。至后周，柴荣镇守澶州时，王著即为观察支使，后随柴荣入朝，迁殿中丞。周世宗柴荣即位后，王著拜度支员外郎，后拜翰林学士。王著为跟随柴荣后就因才干出众，忠待其主，又善于与人交往，故一直拥有好名声。柴荣也对他十分信任，称呼其为“学士”，还时常将他召入禁中谈话，并命皇子出拜王著。周世宗本想拜王著为相，但由于他豪放的性格，加上其嗜酒如命，举止散漫的品行，根本无法使周世宗放心。后来周世宗病危，召范质、赵匡胤等文武大臣付托后事，特地嘱咐范质说：“王著，是朕藩邸故人，朕若不起，当拜为相！”范质等人应允，然出宫后，范质却对另两位宰相说道：“王著终日游醉乡，乃一酒徒，岂堪为宰相！慎毋泄露此言。”故王著依然为翰林学士如故，但安葬周世宗之事，全仗王著尽心尽力，才得以圆满完成。

赵宋王朝建立以后，王著加官中书舍人。至第二年，即建隆二年（961）初，各地纷纷进献吉祥瑞物，以作为新朝顺应天意的象征，如亳州献紫芝、郓州获白兔、陇州贡黄鹦鹉等，王著为此特意撰写了颂文，但语含规谏之意，宋太祖倒颇有容人的雅量，对王著的颂文大加称扬，并特下诏书嘉奖。王著因无力反抗，虽已逐渐接受了现实，但心中块垒仍时不时借助酒气发泄出来。有一次，宋太祖在禁中广德殿设宴招待文武大臣，王著在酒席上乘醉喧哗，不听劝止。当侍从要扶他下殿时，王著拒绝人扶，反而靠近屏风，掩袂痛哭不已，弄得满堂不欢。次日，御史上奏章弹劾王著，说他逼宫门大恸的所作所为是思念前朝皇帝而不满新朝，请求予以严惩。宋太祖却说道："他喝醉了。在世宗时，我和他同朝为臣，熟悉他的脾气。他一个书生，哭哭故主，也不会出什么大问题，让他去吧。"

宋太祖对王著以德报怨，固然有其性格豪爽、不拘小节的因素，更主要的还是着眼于争取后周旧臣对自己的归附。因为周世宗虽为明君，但其用法太严，群臣职事小有不举，往往置之极刑，以致百官们都很畏惧他。而后周旧臣们见到宋太祖的仁德后，是不免对其产生好感与钦佩的。

酒醉犯上一事，全因宋太祖的宽宏大量而未造成恶果，但王著并未因此有所收敛，反而索性自暴自弃，时常违反禁令，醉宿倡家，可宋太祖知道后还是未加追究。到乾德元年（963）春，身为翰林学士的王著在禁中值夜班，又一次违禁大醉，头发倒垂下来披在脸上，又在德殿门前要求求见天子。但天子的忍耐是有限的，宋太祖在看到他几次的以德报怨，还不能收敛和平衡，终于忍无可忍，以他此前曾醉宿文昌家的罪名，罢免他翰林学士之职，黜为比部员外郎。至第二年，宋太祖在推行新政时，又让王著重新担任起草政府文书的知制诰之职，到开宝元年（968），再任命其为翰林学士，加官兵部郎中。至次年冬天，王著终因酗酒而暴卒，终年四十二岁。

同始终与新朝有着隔膜的王著不同，陶谷却是识时务之人，他总是借机讨新天子的欢心，以作为自己在仕途上的进身之阶。

陶谷字秀实，邠州新平（今陕西彬县）人，本姓唐，后晋建立后，为避后晋高祖石敬瑭之讳而改姓陶。他先后担任校书郎、单州军事判官。后又向宰相李崧上书自荐，得到李崧的赏识，被举荐为著作佐郎、集贤校理。

陶谷又先后历任监察御史、虞部员外郎、知制诰。至天福五年（940），晋高祖废除翰林学士之职，又命陶谷兼掌内外制书。

天福九年，陶谷升任仓部郎中，后与兖州节度使安审信发生矛盾，遭到安审信的弹劾。当时，朝廷正姑息武将，陶谷因此被贬为太常少卿。他见台司审案时既不及时裁决，也不认真调查，遂提出一系列革除弊政的建议，都被朝廷采纳，后拜中书舍人。

天福十二年，辽太宗灭亡后晋，并在北归时胁迫陶谷同行。陶谷躲进寺院，改穿褐衣，扮作行者，却被辽军识破，持刀威逼，只得随行。同年四月，辽太宗在栾城杀胡林病逝。陶谷趁机投奔已经在太原称帝的后汉高祖刘知远，被授为给事中。

广顺元年（951），周太祖郭威建立后周，陶谷担任右散骑常侍。显德元年（954），周世宗柴荣继位。陶谷改任户部侍郎，并随周世宗征讨北汉。当时，翰林学士鱼崇谅正在家乡侍奉老母，面对世宗的征召，迟迟不至。陶谷趁机道："鱼崇谅滞留不到，是存有犹豫观望之心。"而鱼崇谅又上表陈述母亲病情。周世宗便让鱼崇谅在家赡养老母，又任命陶谷为翰林学士。

显德二年，周世宗命近臣二十余人分别撰写《为君难为臣不易论》《平边策》。当时大多数策论都以"修文德，招远人"为主题，只有陶谷与窦仪、杨昭俭、王朴四人提出了攻取江淮的策略。周世宗自从击败北汉，便经常练兵讲武，意欲统一天下。他看到陶谷等人的策略后，欣然采纳，平定南方的想法越发坚决。

显德三年，陶谷改任兵部侍郎，加翰林学士承旨。当时，周世宗重视农业生产，曾让工匠用木头雕刻出耕夫、织妇、蚕女，放在宫中，以便使自己不忘劝课农桑。陶谷得知后，特意撰写赞辞，加以歌颂。显德六年（959），陶谷又改任吏部侍郎。

陶谷前面的三朝为官，都是顺风顺水，其实主要是因为其屡试不爽的献媚之策。至宋后，这种方法并未获得宋太祖的青睐，反而因此很是鄙薄他。故陶谷虽然依例升官，迁礼部尚书，却未得重用，依旧为翰林学士承旨。

此时同为翰林学士的窦仪却有真才实学，故甚得宋太祖的敬重，本有任相之意。此时陶谷不免心生嫉妒，后依附宰相赵普之势贬低窦仪，使其终不得拜相。宋初，宋太祖实行新政后，总会提拔官职、资历等皆低于陶谷的官员，这使陶谷颇不平衡。一次，他托人到天子那里为自己说好话，称陶谷在翰林效劳多年，宣力颇多，暗指当初在宋太祖即位之际，自己曾立下了不小的功劳。但宋太祖不为所动，反而对来人笑道："听闻翰林起草诏书，皆检寻前人旧本，改换词语，此乃民间谚语所称的'依样画葫芦'而已，何宣力之有？"陶谷得知此事后，便愤懑地写道："官职须由生处有，才能不管用时无。堪笑翰林陶学士，年年依样画葫芦。"

入宋以后，陶谷一次奉命出使吴越国时，吴越王因他是宋朝使臣，不敢怠慢，礼数颇为周到。后设宴款待时，吴越王取来珍贵的海鲜款待。后陶谷就此询问其同类时，吴越王便让人拿来自大大小小十余种同类让其观赏。不料陶谷笑道："真所谓一蟹不如一蟹。"这话其实是暗嘲吴越国君是一代不如一代。当时，吴越王也耳闻了陶谷的"依样画葫芦"，后就特意叫厨师烹制了一道葫芦羹送上来，说："这是先王喜爱的菜肴，厨师依样制作的。"也以此来嘲讽陶谷。

陶谷作为宋初闻名的文臣、翰林学士，其在对宋代文化礼仪制度的制定、完善方面还是起着重要作用的。因此宋太祖在他死后，还是赠官尚书右仆射。

"窦氏五龙"塑像

窦仪字可象，蓟州渔阳（今天津市蓟州区）人。窦仪十五岁即善文章，学问优博，风度峻整，后晋天福年间举进士及第。窦仪有四弟，名窦俨、窦侃、窦偁、窦僖，此后相继登科，宰相冯道曾赠诗给窦仪的父亲，有“灵椿一株老，丹桂五枝芳”之句，故当时号为“窦氏五龙”。

后晋开运年间，杨光远占据青州叛乱，当时契丹正南下侵犯，博州刺史周儒出城投降，杨光远及周儒派人引契丹轻骑在马家渡渡黄河。当时景延广掌管禁军，颜细主持政事，派遣窦仪入朝上奏。窦仪对执政大臣说：“昨天我与颜细讨论事势，有些考虑，所以乘驿车昼夜不停赶来。国家如果不派良将控制博州渡口，恐怕周儒一定会引契丹兵渡到东岸与光远会师，那样河南就危险了。”不久周儒果然引契丹兵渡过黄河，增置栅栏。

石重贵驻军黄河上游，派遣李守贞等人率领一万多人，水陆并进，固守汶阳，占据要害。契丹兵果然攻来，李守贞部把他们打败，契丹撤军。后汉初期，召窦仪入朝任右补阙、礼部员外郎。

后周广顺初年，改任仓部员外郎、知制诰。不久，授任翰林学士。郭威在南御庄宴射，席中赐给窦仪金紫朝服。历任驾部郎中、给事中，并充任别的职务。

刘温叟主持贡举，所录取的进士有人落选了，朝廷加任窦仪为礼部侍郎，暂代主持贡举。窦仪上言说：“希望依照后晋天福五年的旧制，废除明经、童子科。进士省卷，要交纳五篇作品以上，不得有神道碑志之类；帖、经、对、义，有三样通过为合格；再参加殿试。落第者分为五等：以词、理非常纰缪的为第五等，殿五举；其次为第四等，殿三举；依次稍微可以的为第三、第二、第一等，允许他们都到次年赴考。学究科，请合并《周易》《尚书》为一科，各回答三十道墨义题；《毛诗》依旧为一科，也回答六十道墨义题。录取后，一并减为七选集。各科举人，第一场考试得了十个否的，殿五举；第二、第三场得了十个否的，殿三举；三场内得有九个否的，殿一举。送考官予以治罪。进士请求任职，加试论策一篇，以五百字以上为准。”郭威采纳了这一意见。

不久因父亲有病，上表请求解除职务。世宗亲自抚慰他，亲手赏给金丹，让他转交他的父亲。他的父亲去世后，归葬洛阳。诏令赐给他三十万钱，米麦三百斛。守丧满期，召他入朝授任端明殿学士。

显德三年，窦仪跟从柴荣进攻南唐，任判行在三司，柴荣因为他饷馈不继，打算治他的罪，宰相范质解救他才得以免罪。淮南平定后，任判河南府兼知西京留守事。

显德六年，柴荣驾崩，柴宗训即帝位，迁窦仪任兵部侍郎，充任别职。不久出使南唐，到了南唐，即将宣示诏命，正好下雪，李璟请求在廊檐下拜受，窦仪说："我接受国家使命，不敢违背旧礼。如果以朝服受淋失容，请等到日后再拜。"李璟就在庭中拜受诏命。

建隆元年秋天，升任工部尚书，罢去学士职务，兼任判大理寺。奉诏重新修定《刑统》，成了三十卷。正好翰林学士王著因酒醉失态被贬官。赵匡胤对宰相说："深严之地，应当由宿旧儒臣居住。"范质等人回答说："窦仪清介重厚，但已经从翰林选任端明殿学士了。"赵匡胤说："非这个人不能居禁中，你当去表明我的心意，勉令他就职。"当天再次进入翰林任学士。

乾德二年，范质等三位宰相都被罢免。过了三天，才任命赵普为平章事。诏令既成，宋太祖问翰林学士说："范质等人已被罢免，赵普的任命敕令哪位官员当署名？"承旨陶谷当时任尚书，于是建议相位不可以久虚，现在尚书是南省六官之长，可以署敕。窦仪说："陶谷的陈请并非天下承平时的制度，皇弟开封尹、同平章事，这是宰相的职务。"宋太祖说："窦仪的话正确。"就命令赵光义署敕赐给赵普。不久加任窦仪为礼部尚书。

当时御史台建议，想以左右仆射合为表首，太常礼院以东宫三师为表首。窦仪援引典故，以仆射合为表首者有六次，而以三师为表首者没有根据。朝廷舆论赞同他的观点。

乾德四年秋天，主持贡举。这年冬天去世，终年五十三岁，追赠右仆射。窦仪去世后，宋太祖叹息着对身边的大臣说："上天为什么这样快就夺走我的窦仪啊！"因为很可惜尚未重用他。

CHAPTER

第十章 武将定国，安邦内外 10

北宋的建国正是依靠众武将的帮助才得以实现，所以宋太祖登基后不久，就赏赐了很多有功的武将。在统一中原时，北宋军队之所以能长时间驰骋中原并抵御外国的进犯，当然是与其拥有很多的卓越将领有关。在杯酒释兵权和改革禁军后，宋太祖重新起用的将领，多是自己的亲信和没有二心的勇猛将领。如著名的开国功臣石守信、“天子妹婿”高怀德、“宋代第一良将”曹彬，还有人们好奇的潘美与杨家将等。

“开国首功”——石守信

石守信（928—984），浚仪（今河南开封）人。后汉时，隶枢密使郭威帐下。951 年，升任禁军亲卫都虞候。954 年（显德元年），后周抗击北汉的高平之战，石守信以功升亲卫左第一军都指挥使；同年还师后，又升任殿前司铁骑左、右厢都指挥使。956 年，跟从柴荣征南唐，石守信任先锋，参与六合等地战役。958 年三月，南唐割淮南求和后，石守信以功升铁骑、控鹤四厢都指挥使，成为殿前司禁军主力的指挥。959 年三月，后周攻辽，以侍卫亲军马步军都虞候韩通为陆路都部署，已升任殿前都虞候的石守信任陆路副都部署，石守信成为后周的主要将领之一。同年六月，赵匡胤接替张永德任殿前都点检时，石守信接替赵匡胤任殿前都指挥使。

960 年正月初，赵匡胤指使人谎报军情，暗中与赵匡胤勾结的次相王溥，促使首相范质仓促派赵匡胤率军北上，石守信是殿前司留京的最高长官，是赵匡胤事前安排的内应。赵匡胤于当天晚上准备兵变时，派心腹小校郭延赟驰回京城向石守信报告，石守信立即部署“将士环列待旦”，等待策应赵匡胤兵变部队回京。由于有石守信等指挥的殿前司禁军策应，赵匡胤的兵变部队得以顺利进城。宋朝建立，石守信列在六位主要开国元勋（翊戴功臣）之首，升任马步军副侍卫都指挥使，并改兼归德军（宋州）节度使。

960 年四月，昭义军节度使李筠反宋，赵匡胤立即派石守信为主帅率前军进讨，并先后于长平（关名，今山西长子南）、泽州（今晋城南），击败李筠军，赵匡胤亲往督战，攻下泽州，李筠自焚死，泽、潞平，石守信以功加同平章事为使相。同年九月，淮南节度使、原后周侍卫马步军都指挥使李重进反，赵匡胤又派石守信为扬州行营都部署、兼知扬州行府事，为南征军主帅，赵匡胤随后也亲征督战。十一月，石守信率军攻占扬州，李重进自焚而死，淮南平。

961 年，石守信升任侍卫马步军都指挥使，但命其离京就镇。同年七月，赵匡胤解除宿将兵权，石守信改任天平军（郓州，今山东东平）节度使，虽保留侍卫马步军都指挥使，“其实兵权不在也”。962 年九月，已加同平章事为使相的石守信深知赵匡胤的心意，自己上表解除兵权，即请求免去侍卫马步军都指挥使的名义，专任天平军节度使。963 年（乾德元年）春，又随宋太宗征辽。至此石守信的使相衔升为侍中。

宋太宗即位，石守信使相衔升为中书令，石守信自出任天平军节度使总共十七年未曾调任，专事聚敛，积财巨万。

977 年，罢天平军节度使改以中书令衔任西京（洛阳）留守。石守信崇奉佛教，在西京建造崇德寺，招募民夫运输建筑材料，驱赶压迫工人十分厉害，却不给工钱，很多工人因此而受苦。

979 年，宋太宗亲征灭北汉，随即移军进攻辽南京幽都府，起用宿将石守信督前军，高粱河（今北京西直门外）之战，宋太宗亲自督战，宋军大败，宋太宗狼狈逃回。同年八月，宋太宗将战败的责任推给诸将，“守中书令、西京留守石守信从征范阳，督前军失律”“责授崇信军节度使兼中书令”，但不久又进封石守信为卫国公。

982 年，移为镇安军（陈州，今河南淮阳）节度使。984 年六月死，终年五十七岁，追封威武郡王，谥武烈。

“天子妹婿”——高怀德

高怀德（926—982），字藏用，真定常山（今河北正定）人。其父高行周先后历仕于后晋、后汉、后周，在五代时期为名臣。高怀德为人忠厚倜傥，少年时就以勇武见称。后晋开运初年，辽人南侵，高行周出任北面前军都部署，刚满二十岁的高怀德请求父亲让他随行。高怀德与其父亲带领的后晋军北行至戚城时，遭遇了辽军的偷袭，不久被围数重，而援兵也迟迟不来。眼见有全军覆没的危险，幸亏高怀德临危不乱，带领一队人马连珠放箭，纵横冲突，这才护卫着其父杀出了重围。其父高行周因此逃过一劫。高怀德后又英勇率军击退了辽国的南侵。

后周初，其父逝世后，朝廷让高怀德接替了其父职位，即东西班都指挥使，领吉州（今江西吉安市）刺史，后改铁骑都指挥使。周世宗亲征河东，与北汉军激战于高平时，令高怀德时任行营先锋都虞候。之后高怀德在此战中所表现出的英勇杀敌和优秀计谋，使其一战成名。高平之捷后，高怀德以战功升迁铁骑右厢都指挥使、领果州团练使。太原刘崇欲夺后周领土时，高怀德任先锋率军抵抗其进犯之举，其表现有勇有谋，后以功绩迁为铁骑右厢都指挥使，领果州（今四川南充市北）团练使。周世宗亲征淮南时，高怀德又任先锋，率军与南唐军战于庐州（今安徽合肥）城下时，以少克敌，并斩首敌军七百余人。周世宗知后甚为赏识，即刻擢任高怀德为龙捷左厢都指挥使、领岳州防御使，赐骏马七匹。显德六年，周世宗北征三关，仍命高怀德为先锋，与大将韩通先率军前行。北征成功后，因功被授任雄州兵马都部署。周恭帝即位后，高怀德又战事功绩擢任侍卫马军都指挥使、领宁江军节度使。

高怀德在后周时，可谓战功卓越，与当时统领后周的殿前司禁军宋太祖关系也不错，但其不属于“义社十兄弟”，所以难得宋太祖的赏识。北宋建国后，高怀德虽因战功卓越而被擢升为殿前副都点检，但并未因此获得宋太祖的特别信任，反而以关南副都部署之衔镇守河北前线，离开了京城。之后宋太祖也深感高怀德的大将之才，想要以特别的方式来拉拢他，后就想到了自己的妹妹燕国长公主。当时宋太祖之妹燕国长公主，即在陈桥兵变前夕用擀面杖把宋太祖赶出家门的那位彪悍女子，出嫁几年后就因丈夫米福德病逝而寡居在家。宋太祖也深知高怀德虽出身行伍，深知兵事，也与当时许多武将一样不喜读书，好射猎，性简率，不拘小节。但其善音律，能自作乐曲，旋律极为精妙，也不失为一名有文趣的武将。因此，在宋太祖的撮合下，燕国长公主嫁给了颇为多艺的大将，高怀德也因此被封为驸马都尉，赐第兴宁坊。

高怀德成为天子妹婿，让宋太祖原本多虑的心，安心起来，宋太祖借机把高怀德从边境调了回来，此后多次的讨伐战役也让其担任主将。李筠据潞州起兵反宋之时，宋太祖亲征前，先令高怀德率军与大将石守信合兵进军河东。收复李筠政权后，高怀德因率军和指挥有功而迁忠武军节度使、检校太尉。此后他又跟随天子亲征扬州李重进。建隆二年中，在“杯酒释兵权”之后，高怀德与其他统兵大将一起主动解除了禁军军职，改授归德军节度使，出镇地方。从此高怀德基本上赋闲在家，悠闲度日。开宝六年（973）秋，燕国长公主病重，宋太祖特意加授高怀德同平章事之官，拜为“使相”，以慰抚长公主之心。是年十月，燕国长公主病死，高怀德随即被削去了驸马都尉的称号。

宋太宗即位，高怀德加官兼侍中，又加官检校太师。太平兴国七年（982），改授武胜军节度使，七月卒，终年五十七岁。宋廷赠其官中书令，追封为渤海郡王，谥曰武穆。据古代谥法的规定，“克定戡乱”“折冲御侮”“威强敌德”称“武”，“布德执义、中情见貌”称“穆”，南宋初抗金大将岳飞的谥号也为武穆，可见朝廷对高怀德的一生有着颇高的评价。

“宋代第一良将”——曹彬

北宋建国不久后，宋太祖就制定了崇文抑武的国策，但也一直在以武力收复中原割据势力。宋代其实也是名将辈出的时代，像现今为大众所熟知的杨家将、狄青、岳飞、韩世忠等。但古人的看法大不相同，在严谨的《宋史》中，却把“宋代第一良将”的头衔授给了宋初大将曹彬。对此，后人颇有不解，我们

宋朝名将岳飞像

看到史书中记述了曹彬在宋太宗时统领大军北征契丹时，最终是惨败而归的，也错失了宋代里收复燕云十六州的最好一次时机，后又被斥为庸将。为何古人对曹彬的评价还如此之高，《宋史》里给了如下评论：

> 君子谓仁恕清慎，能保功名，守法度，唯（曹）彬为宋良将第一。

宋代的人们认为，优秀将领不仅要有冲锋陷阵、勇猛杀敌的猛将本色，还应有勇有谋，善于治军的大将风范。对于一个朝代而言，一名良将，是指那君王可把国家军权交给你，却不担心你会叛变或夺权，之前有如唐代的汾阳王郭子仪，现在有如北宋的曹彬。曹彬为何身为周太祖郭威的亲戚，却能逐渐获得生性多疑和善于识人的宋太祖的信任，后成为率领宋军灭南唐的统帅，以至后来的军队主帅？其过人之处还是要从他小时候讲起。

曹彬，字国华，真定灵寿（今属河北）人。其父曹芸，任成德军节度都知兵马使。曹彬周岁时，他父母按风俗让其抓周，将各色玩具放在他面前，看他所取之物，以定他将来长大之后的志向，只见曹彬左手拿起干戈，右手取来俎豆（古代用于祭祀的祭器），过一会儿又拿起一方官印，其他东西连看也不看，在场众人都感到很惊异。曹彬长大后，果然成了一名良将，后汉乾祐年间，曹彬为成德军牙将，后得到节度使武行德的称誉，称道：“此远大之器，非是庸常之辈也。”后周时，因周太祖郭威的贵妃张氏是曹彬的姨母，后在柴荣帐下任供奉官，随从柴荣镇守澶州。

曹彬与宋太祖正是相识于柴荣帐下。当时曹彬为柴荣执掌茶、酒之事务，因此，牙校宋太祖曾经私下里向曹彬要官酒喝，曹彬表示：“此是官酒，不敢相赠。”但为人谨慎的曹彬为弥补赵匡胤的失望，便自己掏钱买酒招待宋太祖，让其尽兴而归。曹彬这一举动让宋太祖大为赏识，后两人逐渐成为亲密的朋友，在宋太祖称帝后，曾感慨道：“不敢辜负周世宗者，独曹彬一人而已。”

显德三年后，曹彬先后历任河中都监、潼关监军、西上阁门使、晋州兵马都监等职，其间曹彬以处事谨慎，执礼恭敬，而得善誉。显德五年（958），曹彬出使吴越国。在吴越国时，曹彬一概不收吴越人赠送的礼物，后回国时，吴越王遣人乘轻舟追送礼物，曹彬再三退还不成，便说道：“吾始终拒绝，有好名之嫌也。”便接受而归，但全部上缴国库。周世宗柴荣得知后，硬把那些礼物还给曹彬，曹彬不敢违旨，拿回家也全部分送给亲旧故友。

后周末年，宋太祖管领禁兵，曹彬中立不偏不倚，没有公事从不登门，群居宴会，也很少参与。建隆二年，曹彬从平阳被召回朝，宋太祖对他说：“往日我常想亲近你，你为什么总是疏远我呢？”曹彬叩头谢罪说：“我是周室的近亲，又任宫内职务，端正做官，害怕有过失，哪里敢妄自交结呢？”

后曹彬任客省使，与王全斌、郭进率领骑兵攻打河东平阳县，战降敌将王超、侯霸荣等一千八百人，俘获敌人一千多人。不久贼将蔚进率领军队来增援，三次作战都打败敌人。于是把乐平建为平晋军。乾德初年（963），改任左神武将军。当时刚刚攻克辽州，河东引契丹六万骑兵来进攻平晋，曹彬与李继勋等将领在城下打败敌军，因此立下大功，后不久兼任枢密承旨。

曹彬为人是谨慎和厚重的，在下面的几则故事里，我们可以了解一二。乾德二年冬，北宋大军开始西进，准备彻底收复后蜀地区。这时，曹彬被任命为归州路行营前军都监，与行营前军兵马副都部署刘光义一起率军从东路进攻四川，连克川东诸城。当时诸将不遵宋太祖之意，在收复后蜀地区时，难改流氓军队本色，而主将王全斌也玩忽职守，没能很好地约束将士，致使军队在四川境内为所欲为，进行了大量烧杀劫掠的活动，造成了极坏的影响。而后还激起了川中的许多兵变和农民起义，使得朝廷花了很大的代价才平息四川境内为期两年多的各种混乱。宋太祖之后得知，在后蜀诸将不约束旗下士兵的大多肆意豪夺川民子女玉帛的行为时，只有曹彬还严格要求帐下的士兵，谨遵言行。于是宋太祖给予王全斌、王仁瞻等将校贬责处分的同时，称赞了曹彬的清介廉谨，并想授予他宣徽南院使之职，拜义成军节度使。后曹彬却执意拒绝赏赐，并说道："征西将士俱得罪，而臣独受赏赐，恐无以宣示天子赏功惩罪之意。"宋太祖说："卿有大功，又不自夸，假使有小过失，王仁瞻等人岂肯不言耶？赏惩为国之常典，卿不必辞让。"曹彬听后才稍有心安，便接受了宋太祖的赏赐。

一次宋太祖想就宋廷派往四川的官吏一事寻求曹彬建议。起初，曹彬只是谨慎地说了一句："军务之外，非臣所闻也。"后宋太祖执意要他推荐人选，他也只是说道："臣听闻随军转运使沈义伦，为官一向廉洁谨顺，想必能担当此任。"宋太祖听后，便开始重用这个不为人知的沈义伦。而沈伦（宋太宗时为避天子之名讳而改名为沈伦）后来官拜至宰相，可见曹彬识人的眼光不差。

宋太祖对参与此次收复后蜀的宋军主将甚感失望，他们的不良举动实在有损国家形象，有了另任主将的想法，他也自然想到了在此战中唯一没有犯错的将领——曹彬。所以在开宝七年发兵进攻南唐时，宋太祖任命了虽无显赫战功，但为人沉稳厚重的曹彬为宋军统帅，并赐下尚方宝剑，允许他斩杀任何副将以下不从军令的将士。曹彬果然不辱君命，严整带兵，很快平定了南方诸割据势力中实力最强的南唐政权。曹彬的军队每占领一座城池后，少有扰民和违反军纪之事的发生。在战争中，曹彬也尽量避免破坏南唐所在江南地区的完整性，后让其基本完好地收归宋朝统治。在对南唐作战中，宋太祖希望以尽量小的伤亡和破坏来收复江南的南唐政权，故曹彬在围攻孤城金陵时，并不急于发起总攻，而主要以劝降和逐个击破的方式来迫使南唐屈服。当宋军以少量的代价攻入了金陵城后，曹彬在船上接见了南唐国主李煜和其臣僚百余人。曹彬先是请李煜到帅船上饮茶，后见李煜欲上狭窄船板，却胆怯不前时，又令人扶持李煜上船以安其心。曹彬没让李煜喝几口茶，也只是寒暄了几句，就让其独自回宫中收拾行装，准备去京城拜见宋太祖。见到曹彬此举后，宋太祖忍不住对执行此次护送任务的曹彬说："李煜入宫后如有不测，怎么办？"曹彬笑道："太祖多虑了，李煜素来胆怯无断，既已出降，必不能自裁。”果然第二天清晨，李煜就如期前来会合，与曹彬同赴开封。

宋太宗即位后，打算再次进攻北汉时，私下特招曹彬询问说道：“周世宗及我朝太祖皆曾亲征，为何未能攻克？”曹彬不假思索答道：“周世宗时，史彦超败于石岭关，军心不安，故班师；我朝太祖在草地上扎营，正逢暑雨连绵，军士多疾，因此中止。”后宋太宗再问：“今日吾欲北征，卿以为何如？”曹彬说道：“以国家兵甲精锐，扫平太原之孤垒，如摧枯拉朽耳，有何不可！”太宗意遂决。

雍熙三年（986）初，宋太宗经过几年的精心准备，命三十万宋军兵分三路北伐：东路为主力，由曹彬等率领，从雄州（今河北雄县）出击燕京，采取缓慢行军的战略，虚张声势，想以牵制辽军主力支援北汉；中路由田重进率领，出飞狐（今河北涞源北）道北进；西路由潘美、杨业率领，出雁门（今山西代县北）。宋军最初进展迅速，西路接连攻占了寰州（今山西朔县东北）、朔州（今山西朔县）、应州（今山西应县）和云州（今山西大同）等四州；中路攻下飞狐、灵丘（今属山西）和蔚州（今河北蔚县）；东路也攻下了新城、固安（今皆属河北）等地。原定计划中本应持重缓进的东路宋军，宋太宗却因在中、西两路部队不断取得胜利的影响下，让曹彬违反既定策略，命其提速进军燕京之路。东路宋军此时进军的突然提速，使原本的计划粮饷未能及时供应上军队。所以东路军在迅速北进并占领了涿州不久后，就因缺粮只好退回雄州；宋东路军将士一直急于占领幽州以争功，所以很快再次进

要塞雁门关

曹彬

攻了涿州，并以此为根据地来进攻燕京。涿州退兵一事让辽军知道宋军缺乏粮草一事，所以辽军一面集中兵力坚守燕京，不与宋军发生主动交战；一面又派大量轻骑绕道骚扰宋军的后续补给部队，劫掠了宋军的粮草，使宋军没了粮草补给。

至五月，东路宋军还未攻下燕京，辽军援兵已陆续赶到。此时宋东路军已人困马乏，粮草也尽，只好放弃涿州，仓皇南撤。辽军闻讯后顺势追击，在涿州西南四十里的岐沟关大败了宋军。后曹彬率军仓皇南撤至拒马河时，由于夜色模糊，加上后有追兵，致使宋军原本的撤退秩序打乱，很多士兵也因此溺死在河中。东路军退到易州后，又在辽军的追击下，匆忙地渡过沙河，而此时发生了比之前更为惨重的一幕，大概有一半的士兵都在渡河时溺水身亡，沙河竟为之断流，可见损失的惨重。作为东路的主力军已经败退了下来，中、西两路宋军也只好急忙退军，而西路的勇将杨业也在掩护其军队撤离时，不慎被擒，后不屈而死。

对于此次惨败的原因，宋代史书中多归咎于曹彬的指挥失误，《宋史·曹彬传》就记载道：出征前，宋太宗就命令东路军持重缓进，以吸引辽军主力，待曹彬引军南还就粮时，宋太宗再次命令曹彬驻军白沟河，按计划行军。可东路军见中、西两路宋军取胜东进时，急于想北上会合，并攻取燕京。可曹彬没能阻止手下诸将急速北进的行为，后因粮草的问题而遭致惨败。可据宋代的另外一些文献记载道，我们可以推测这场北伐北汉的战争，其实自始至终都是由宋太宗指挥和决策的。当时的宋太宗在看到中、西两路兵马进展迅速后，命令曹彬率军快速北上接应，打算一举攻下燕京。此后宋太祖又不顾曹彬的反对，多次下达错误命令，才使得东路军因此大败而归。所以，后来回京后，曹彬等将领虽承认了“违诏失律”之罪，本应斩首示威的，可宋太宗只给予曹彬等东路将领不重的贬官处罚。而一年过后，曹彬又被起用为侍中、武宁军节度使。由此可想，曹彬其实是替宋太宗担下了这次的失败的罪责和骂名。他虽被贬斥，可宋太宗给其的待遇是不会差的。

到宋真宗即位时，曹彬又官复检校太师、同平章事，数月后，再召拜枢密使，再掌管军队大权。咸平二年六月曹彬逝世，享年六十九岁，后宋廷赠官中书令，追封济阳郡王，谥曰武惠，并授曹彬之妻高氏为韩国夫人，授予曹彬的亲族、门客、亲校十余人官爵。曹彬有子七人，其中曹璨、曹玮二人也为当时名将，而曹玥娶秦王赵廷美之女兴平郡主；曹彬的孙女为宋仁宗的皇后，即慈圣光献皇后，曹彬也因皇后之恩被追封为韩王。一门富贵不辍，也为宋代所少见。由此可见，被《宋史》视为“宋代第一良将”的曹彬，是有着深刻的政治背景的。

历史中的潘美与杨家将

北宋中期时，民间就广为流传着“文包武杨”的故事，“文包”指的就是包拯，而“武杨”就是有“一门忠烈”之称的杨家将。在之后的历史里，以杨家将为原型的小说、戏剧及民间故事广泛在民间流传开来。今天提到杨家将，我们还能想到潘仁美，他后被冠以大奸臣和汉奸的名号，他的原型其实是深得宋太祖重用的大将潘美。而杨业即杨老令公，在当时也是宋朝

潘美像

的抗辽名将。

潘美字仲询，大名（今属河北）人。后汉末年，年少的潘美只是一小官，后周时期，他投靠到柴荣的开封府里，待柴荣即位后，也升了官。高平之战使潘美成名，他也因此官升迁西上阁门副使，出任陕州军监，改为引进使。潘美与宋太祖因高平之战而结识，后来两人的关系逐渐密切。待宋太祖发动“陈桥兵变”时，也派潘美执行了重要任务。

宋太祖视潘美为亲信，而潘美也是战功卓越。一次潘美被任命为陕州监军，去监督当时的陕州节度使袁彦，以防止其兵变。潘美那时单骑赴任，规劝袁彦道：“天命已归，宜修臣职。”而后袁彦就打消了造反之心。之后宋太祖称赞潘美道：“潘美不杀袁彦，能令其来朝觐，成全我之素志矣。”而后，宋太祖南下亲征，讨伐在扬州造反的李重进，命石守信为招讨使，潘美为行营都监。扬州平定后，潘美留任巡检使，镇守扬州。在宋军取荆湖后，宋太祖又调任潘美为潭州防御使，镇压了部分湖南溃兵的作乱。

开宝三年，宋太祖任命潘美为贺州道行营兵马都部署，率军征岭南，连战告捷，进逼南汉都城广州。潘美宣谕皇上旨意：“彼能战则与之战，不能战则劝之守，不能守则谕之降，不能降则死，不能死则亡，非此五者不得接受。”南汉君主刘𬬮不降，后被潘美军大败，至此南汉灭亡。之后潘美被授任广州兼市舶使，拜山南东道节度使。开宝五年，潘美又兼岭南道转运使，讨平了岭南零星的反抗。开宝七年九月，潘美北调到升州为道行营都监，并做曹彬副将，率军进攻南唐。约一年后，宋军攻下金陵，南唐灭亡。潘美因战功拜宣徽北院使，在宋太宗即位后又改任为宣徽南院使。

宋太祖建宋不久，便通过“杯酒释兵权”之举，收回了石守信、王审琦、高怀德等功臣宿将的兵权，但潘美始终掌兵，官爵也不断迁升。一来潘美为宋太祖亲信；二来他为人不张狂，颇守法度，领兵在外，却一直将家属留在京城。

太平兴国四年，宋太宗亲征太原，潘美为北路都招讨，判太原行府事。北汉灭亡后，宋太宗又挥军北攻契丹，可在燕京城下被辽军击溃，只得班师回朝。

后为防北境，命潘美攻占三交口（今山西太原北），其地势险阻，为北方防辽的咽喉要害之地。不久，潘美便遣军偷袭并占领其地，北线边防因此安宁。后潘美在代州（今山西代县）誓众整军，大破辽军万余骑兵，以功封代国公。太平兴国八年，又改为忠武军节度使，晋封韩国公。

杨业祖籍虽在麟州（今陕西神木北），但大多时期定居于太原，故宋代史书称其为并州太原人。杨业之父杨信本是麟州土豪，在五代混战时期，趁机组建军队并占了麟州，自称刺史，后归附后汉、北汉、后周政权。在归附后汉时，杨业作为长子被派往太原，后成为河东节度使刘崇帐下的一员勇将。杨信的势力在后汉、北汉和后周都具有很大的独立性，为何要派长子杨信前往太原？后人大多猜测，当时杨业可能是“质子”身份（在古代，某一政治势力首领会以长子作为“质子”，派其去依附势力的都城，作为其归附的政治保证）。杨业入太原后得刘崇赏识，遂赐北汉国姓刘姓，改名刘继业。并与刘崇的孙辈刘继恩、刘继元、刘继文等同辈。杨业以刘继业之名一直留守太原，待降宋后，恢复本姓。在降宋前，杨业是对宋作战的北汉主将，也是宋军灭北汉的主要障碍。太平兴国四年五月，北汉都城太原早已四面被围，君主刘继元深知北汉气数已尽，便开一城门投降，而不知君主已投降的杨业依然在另一城门坚持战斗。宋太宗素知杨业骁勇善战，欲收降他，以为自己所用，便让刘继元派亲信前往转告刘继元已投降之事，杨业这才大哭解甲归降。杨业降宋后，深得宋太宗器重，任左领军卫大将军之职，后成为宋朝抗击辽国的著名将领。

杨业无论在北汉，还是在宋朝，都是抗击辽国的主将。雍熙三年，杨业与辽军苦战，失败被擒后，辽帅耶律斜轸对其说道：“汝与我国角胜三十余年，今日何面目相见！”此时距杨业归宋不过七年，这说明杨业在北汉时，就和辽国对抗了二十三年。北汉虽一直依附着辽国，但他们一直有着诸多的矛盾和算计。两朝联盟期间，辽军会不时地在北汉边境骚扰其百姓，掠夺其财物。北汉君主也多次向辽国君主间接地提及此事，可总是没能得到很好的解决。后来，北汉开始在宁化堡（今山西宁武县）和曲县设立守军，表面上说为防备后周，实质是防备辽国。开宝二年，宋太祖亲征北汉，失利而归之后，契丹援军才姗姗来迟，屯军太原城下，并捡取宋军留下的物资。这时杨业便向北汉主刘继元说道："契丹贪小利而弃大信，他日必然破灭吾国。今其救兵骄傲而无备，愿允许我袭取之，缴获马匹数万，而举河东之地归附宋朝，使河东之民免于涂炭，陛下长享富贵，不亦可乎？"但刘继元为了保全帝位，并未采纳杨业的意见。杨业在北汉就主要守卫北边，有丰富的边防经验，所以在他归宋后，宋太宗便拜他为郑州防御使、知代州兼三交口驻泊兵马部署，受三交口驻泊兵马都部署潘美的管辖。

太平兴国五年（980）三月，辽军以十万之众入寇北宋雁门关，潘美率主力军正面阻击，杨业则率领数百骑兵，绕险道去了雁门关西侧的西陉山，来到了辽军侧后方。杨业依据天险，与潘美成围攻之势，成功地夹击了辽国大军，后取得大胜。在这场战役里，杨业率数百士兵杀死了兼节度使和侍中的辽国驸马萧咄李，并生擒马步军都指挥使李重诲，还缴获很多兵甲战马，杨业因此一战成名，其威名广布北境，称其"杨无敌"。之后杨业即升迁云州观察使，仍镇守代州。之后不久，宋太宗收到了来自雁门关主将的匿名诽谤书，可其看后非但没有问罪于杨业，反而将这些诽谤书全都交给了他。杨业也很快明白了宋太宗的意图，他知道宋太宗是信任自己的，也暗示自己的言行举动都在其掌握之中，并借机向前线主将表示自己对杨业的信任和倚重，不要再无端生事。这位戍边的主将就是潘美，宋太宗此举是想让杨业与潘美互相牵制，而不敢生异心。

至雍熙三年，宋太宗命宋军兵分三路，大举北伐北汉时，其西路宋军就以潘美为主将，杨业为副将。出征不久后，杨业率军先后收复了应、寰、朔诸州，潘美也领西路军主力占领了云州。正当西路军想顺利扩大战果之际，作为宋军北伐主力的东路军却因粮草缺失而丧失了战斗力，被辽军大败后，正仓皇地南撤。宋太宗为避免更大损失，急命西路军也顺势撤退，并掩护云、应、寰和朔四州官民一起撤回雁门关南。当时，辽将耶律斜轸率十余万大军开始大举反击，已攻破了寰州。鉴于辽军的兵力优势，而宋军的任务只是护送四州民众南迁，故杨业向西路军主将潘美提议，可派一队兵马做出佯攻的姿态，以吸引住辽军主力，同时派精兵埋伏在退路的要道，以掩护军民顺利南撤。可此时的监军王侁却执意要杨业率兵直趋马邑（即寰州）正面阻击辽军，而另一监军刘文裕赞成王侁的荒唐说法。杨业闻后怒斥道：“如此必败！”而此时的王侁却嘲讽道：“君素号‘无敌’，今日见敌却逗挠不战，莫非有异志乎！”杨业此时看到一直在旁的主将潘美竟然还未表态，深感失望，于是悲愤地说道：“杨业本是太原一降将，蒙天子不杀而授予兵权，我非纵敌不击，而是欲图更好地报答国家。现在诸君责备我避敌，我当死敌以明素志。”杨业行前，与潘美约定，让潘美预先在陈家谷口（也称陈家峪，在今山西朔县南）埋伏步兵强弩接应，等他兵败退到这里，伏兵夹击，也许有转败为胜的希望。杨业出击后，王侁派人登上高台瞭望，迟迟不见辽军到来，便以为辽军已经败退，之后为了争功，他竟率领伏击部队离开陈家谷口准备私自支援杨业一军。不久后，王侁收到了杨业败退的消息，此时他已顾不上设伏便引军撤退了。而作为主将的潘美既不遵守与杨业的约定又不制止王侁的擅自行动，在得知杨业败退后，竟和王侁等人一走了之，根本不顾杨业一军将士的生死。待杨业率军转战到陈家谷口，却不见接应的人马时，他变得悲愤不已，只得再次率领部下决定与辽军决一死战。一场恶战之后，杨业已身受几十处伤，在矢尽援绝，仍手刃敌军数十百人。杨业终因力尽被擒，绝食三日而亡，杨业临死前曾愤慨地说道：“皇上待我很厚，本欲捍卫边防、消灭敌人以报答国家，却反为奸臣所忌妒，逼令赴死，致使全军覆没，我还有何面目活在番邦！”在此战中，杨业其部下的数百人都悉数殉难，包括其长子杨延玉，以及部将王贵、贺怀浦。云、应、朔等州守城宋军，听到杨业军全军战死后，就慌忙弃城南逃。宋中路军田重进也不得不急忙退兵而回，辽军很快就扭转了战局，收复了先前被宋军占领的城池。

对于杨业败死之因，由于历代戏剧的传播渲染，已广为人知，即为大奸臣潘仁美（潘美）所害。认为潘美当为杨业之战死负主责，也是宋人的普遍看法，如苏轼之弟苏辙在出使辽朝时，路过古北口杨无敌庙，即作诗道：

行祠寂寞寄关门，野草犹如碧血痕。

一败可怜非战罪，太刚嗟独畏人言。

驰驱本为中原用，常享能令异域尊。

我欲比君周子隐，诛彤聊足慰忠魂。

此诗第三、四两句暗示了杨业之死的真正原因，并表达了自己心中的愤慨和惋惜。第五、六两句赞扬了杨业的英勇与志节，敌方对其也敬佩不已。第七句以西晋将领周处之死的历史情景来比喻杨业之事。西晋时氐族首领齐万山曾率兵七万反抗晋朝，后大将军梁王彤与安西将军夏侯骏派建威将军周处领兵五千去进攻齐万山时，周处战前认为“军无后继必败，不徒亡身，且为国取耻”，但梁王彤与夏侯骏因嫉妒之心，执意要周处执行命令，结果周处率军苦战一日后，全军终因箭尽援绝，力战而死。这段历史与杨业之死事件颇有相似之处，故苏辙以此来为杨业抱不平。

根据地方志（记载地方情况的史志）记载，起初有人刻意掩盖了杨业之死的真相，后杨业之妻折氏向宋太宗上书揭露真相后，这时全国也知道了这件事的真相，宋太宗这才下诏厚恤杨业家属，追赠杨业太尉与大同军节度使，并谥忠武。在后人看来，杨业之枉死，作为其主将的潘美难辞其咎，后遭到后世百姓的唾骂也情有可原。抛开后世对此事的渲染成分，在宋代时，潘美确实并不是一个阴险无耻、一心陷害忠良和通敌的大奸臣。当时，宋太宗立即处罚了对此事负有责任的三位官员，潘美先是被宋太宗斥道：“道路非遥，军士亦众，不能申明斥候，谨设堤防，临此生民，失吾骁将。”后被削去官秩三级，责授检校太保，而王侁、刘文裕则都被罢官并发配边疆。此时的潘美只是被削去了检校太师之类的虚衔，其依然是驻河东的宋军主帅。待一年，此事影响一过，潘美即又官复至检校太师，后又相继改任知真定府、都部署、同平章事。其去世后，朝廷又赠官中书令，谥武惠。

在后世，民间不断将杨业之死的故事编成了各种民间传说、小说、戏曲。在我们如今所熟悉的这类故事里，潘仁美（潘美）已被夸张地描写成一个十恶不赦的大奸臣，而杨业一家被人们称为杨家将，其家庭中的英雄形象和崇高家风被夸大赞扬。

在《宋史·潘美传》，潘美本有五子，名惟德、惟固、惟正、惟清、惟熙，而不是在小说、戏文中所说的有三子，名潘龙、潘虎、潘豹；又惟熙娶秦王赵廷美之女，所生女儿嫁给宋太宗的第三子，即宋真宗，潘氏被册立为章怀皇后，潘美也因孙女为皇后而被追封为郑王。后小说和戏文中称潘美为国丈，大概是由此附会而来。

戏曲中的杨延昭形象

在后人流传的关于杨家将的故事中，有些是有史实依据的，而更多的是文学虚构。如今杨家将的故事，和历史上杨业一家是有着很大区别的。故事中的杨业之妻为佘太君，据史书记载，本应是“折太君”，因“折”“佘”二字同音，故后来故事里被改称为“佘太君”。史书里记载道：“折太君，府州（今陕西府谷）人，父亲折德扆在后周、宋初皆官永安军节度使。折氏一门，终北宋之世，世袭府州职位。”而所谓的佘太君“善于骑射，勇于作战，曾助杨业建立过战功，并训练婢仆习武，勇敢超过普通士兵”，则都是故事里的夸大描述。

历史上，为今人熟知的杨业之子杨延昭，其原名延朗，因避宋朝天子的所谓始祖赵玄朗之名讳，故改名延昭。《宋史·杨业传》载，杨业共有七子：延玉、延昭、延浦、延训、延环、延贵、延彬。除当时的杨延玉随其父杨业一起战死以外，后五子都在北宋担任过供奉官或殿职一职，而杨延昭则官任防御使一职。因杨延昭在杨业生前，每出征必定从行，故其父死后，他被升为崇仪副使。咸平二年冬，辽军大举南侵，当时宋军主将傅潜胆怯避战，并没有进行正面对抗，后致使辽军围攻了杨延昭驻守的遂城（今河北徐水西北）。当时遂城是个小城，根本经不起辽军的全力猛攻，而正好时逢寒潮，杨延昭灵机一动，命士兵将水浇在城墙上，不久便结成坚冰。那时的攻城方式一般以攀登为主，而遂城城墙结冰后，一时使得辽军根本无法攀登，辽军无奈，只得掳掠一番后退去。此后，杨延昭也驻守在抗辽的最前线并立下很多功劳，其先后升任莫州刺史、团练使、防御使、知保州兼缘边都巡检、高阳关副都部署等官职。至大中祥符七年（1014）正月，杨延昭死于高阳关任所，终年五十七岁。

而民间故事中的记述则为杨延昭之子为杨宗保，而杨宗保之子为杨文广，这与真实历史是有一定出入的。宋代史书中，记载杨延昭有三子，分别为传永、德政、文广，并无杨宗保这人。而杨文广本为杨延昭之子，并不是其孙。杨文广字仲容，曾官陕西秦凤路副都总管、河北定州路副都总管和步军都虞候等职，长年转战于西北前线，防御西夏进攻，屡立战功。

因此后来杨家将故事中的著名人物，如杨延昭之子杨宗保，及其武勇有谋的妻子穆桂英等人，都是虚构的。

最早的杨家将故事出现在南宋遗民所著的《烬余录》中，书中便将当时其他宋朝将领的战功都归附到杨家将身上，并杜撰了杨宗保和杨家将父子救援宋太宗的情节等。到元朝时，就衍生出了许多杨家将的剧目，如《昊天塔孟良盗骨殖》《八大王开诏救忠臣》等。至明朝，又出现了《杨家将演义》，后出现了以其为底本写成的《北宋志传》。为何杨家将故事会流传这么广？其实与人们的念国情结有关，人们愿意追思那些血战保国的将领，而“一门忠烈”的杨家将就是一个很好的代表。

生猛党进与勇猛郭进

在北宋禁军众将帅中，党进可算是一个异类。他战时虽勇敢善战，屡建功勋，但平时为人憨厚，且治军严明，后官至侍卫马军都指挥使，可见宋太祖对其的信赖。

党进（927—978），朔州马邑人。在五代后周广顺初年，党进补散指挥使，累迁至铁骑军都虞候。宋朝建立之初，改任铁骑军都指挥使，领钦州刺史，随即升迁马步军副都军头、领虔州团练使，再改任虎捷右厢都指挥使、领睦州防御使；建隆二年，改领阆州防御使，任军职如故。乾德初年，党进改任龙捷左厢都虞候、领利州观察使；乾德四年，权领侍卫步军司事，次年领彰信军节度使兼侍卫步军都指挥使。开宝六年，党进改任侍卫马军都指挥使、领镇安军节度使。

党进身材魁梧，平时好食，一顿能吃肉数斤，能饮酒过斗。平时对人态度颇为憨厚，爱耍小聪明，爱开玩笑，但一旦身披战甲，毛发皆竖，凛然不可侵犯。作战异常勇猛。开宝元年，宋太祖遣军征讨北汉时，便以党进为河东行营前军都部署。次年，宋太祖亲征北汉，围攻太原城，命党进负责城东防线。一次党进领军至城东扎寨时，夜里突遇北汉大将杨业领数百骑兵前来偷袭。党进发觉后来不及整军，便率领身边侍从数人勇猛迎击。杨业见党进勇猛，之后宋军援兵又相继赶到，招架不住后便引兵而退。这时党进依旧紧追不舍，迫使杨业急跳入护城河中躲避，最后依靠城头垂下的绳索攀缘入城才得以幸免。开宝九年中，宋太祖三征太原时，还令党进率军为先锋，之后在太原城北大败北汉军，有收复北汉之势。可不久后由于宋太祖突然逝世，宋太宗继位后为稳固局势，就放弃了收复北汉的计划，党进也因此被召回。

党进平时行事因为不识大字，也不懂很多趣味，且粗率随意的性格也闹出了不少笑话。

党进在统领禁军时，见禁军将官都把麾下人马器甲的相关数据写在木梃上，以备皇帝询问，便加以效仿。宋太祖果然询问党进，但党进因一字不识，木梃上虽有数据也无法回答，他只得将自己的木梃呈给太祖，道："皇上问的都在上面。"宋太祖大笑，认为他为人朴直。

后来，宋太祖命党进赴边关防秋，知道他不识字，便让他不用按照惯例入朝致辞。党进性情执拗，却不肯答应。掌管朝班仪节的官吏只得替他拟好呈辞，写在笏板上，并让他背熟。党进致辞时却将内容忘了，他抱着笏板跪在地上，半天不吭声，忽然抬头看着皇帝道："臣闻上古其风朴略，愿官家好将息。"

满朝大臣无不失笑。之后随从问道："太尉怎么会说这两句话。"党进道："我见那些穷措大（贫穷的读书人）都爱掉书袋，我也掉两句，让陛下知道我也读书了。"

党进除了带兵打仗外，平时也会负责京城治安事宜。一天，他经过市场，看见有人围栏唱戏，就勒马询问艺人道："汝口中在念诵什么？"那艺人回答："在说韩信。"党进一听便大怒说："汝对我说韩信，见韩信必当说我，好一个两面三刀之人！"即令手下将那艺人杖责了一顿，并把看演出的人赶走。此事传到宋太祖耳中，便笑他文盲一个，说道："唱戏说的是故事，人家在说一个汉朝大将的故事，与你何干啊？"

党进有一次在京城巡逻，见市井中有人用肉饲养鹰鹞（猎鹰）之类的禽鸟，即吩咐手下士兵强行打开鸟笼放生，并责骂养鸟人道："不能买肉供养父母，反而用来饲养畜生？"一天，党进又碰到此类情景，便愤怒地让其打开笼子，可那家人不肯，说道："这是晋王令我养的猎鹰，训练好后要给晋王表演的。如让我放生，我定当向晋王禀报此事！"党进听后，即刻转怒为笑，并掏出钱来给那人让其买肉喂养猎鹰，并说道："汝要好生饲养、照看。"此事在京城传开后，京中市民也将此作为笑谈来说。

党进也是一位十分讲义气之人。如他做杜重威仆人之时，曾得到过他的赏识和提拔，其高升后仍不忘旧恩。每当知道杜重威的子孙有生活困难之时，他都会从自己俸禄中抽出一部分予以救济，这点也是人们所知的。

一朝天子一朝臣，以憨厚而得宋太祖信任的党进，后不为继任的宋太宗所喜。在宋太宗即位第二年，即太平兴国二年时，党进就被免去军职，改任为忠武军节度使，从此离开了禁军的统治阶层。一年多后，即因病逝世，享年五十一岁，后赠官侍中。

在宋太祖时期得意，却在宋太宗时失意的著名将领，还有骁将郭进。

郭进（922—979），深州博野（今河北蠡县）人。少时贫贱，在钜鹿（今河北巨鹿）富户家做佣工。成年后，他身强体壮，倜傥任气，爱结交豪杰侠士，嗜好喝酒和赌博。后富家子弟认为他会成为豪杰夺取其钱财，便开始制定计谋杀其灭口。郭进平时为人不错，故后有人告诉其事，便逃到晋阳，投奔了驻守晋阳的河东节度使刘知远。刘知远很欣赏他的身手，便留在帐下当了侍卫。刘知远称帝，建立后汉时，郭进因平定河北诸郡有功，升任乾、坊二州刺史。郭威建立后周，改任郭进为淄州刺史。郭进由于在地方很有政绩，深受百姓爱戴，于是百姓曾多次请求朝廷为郭进立碑颂德。

建隆元年，宋太祖建立北宋后，在亲征潞州李筠后，郭进因功升迁洺州防御使，充西山巡检，以防备太原北汉军东出河北。开宝二年，宋太祖亲征太原，又派郭进为行营前军马军都指挥使，其率军指挥有方，深得宋太祖赏识。开宝九年，宋太祖三征北汉时，又令郭进为河东道忻、代等州行营马步军都监，进攻太原以北地区。在宋太祖逝世，宋太宗即位后，郭进改任云州观察使，仍兼西山巡检。

宋初，担任西山巡检镇守北部边关的郭进，是一个军令严明、铁面无私的猛将，素以军法严厉、不徇私情而著称。因此他的部下，对他的号令奉若神明，不敢有丝毫违抗，否则，轻者施以军杖，重者斩首示众。而且郭进这个人虽有些粗莽，但作战勇猛，对皇帝忠心不贰，且指挥有方，很少打败仗。在同北汉的屡次交锋中，经常能够以少胜多，将捷报送达京师，故深得宋太祖的欣赏。一次宋太祖选派三十多名禁军军官前往郭进营中效力，事先曾反复告诫这批军官说：“你们应当小心谨慎，遵纪守法。否则，即使我不追究你们的过错，郭进也会把你们杀掉。”这批军官到达后，正赶上同北汉军队作战。其中有些人从未真刀真枪地上过战场，一看到双方的血腥恶战，心中不免害怕，有的畏缩不敢前进，还有的临阵脱逃，极坏地扰乱了军心。战后，郭进为整肃军纪，将这些畏首畏尾和临阵脱逃者处以斩刑，一次就杀了十多个禁军军官。这样一来，京城中的侍卫亲兵们议论纷纷，大多指责郭进胆大妄为，连皇帝身边的亲信军官也敢擅自斩杀，一点儿也不顾及皇帝的面子。于是，太祖耳中，告郭进状的话语不断。

宋太祖也痛惜一下子失去这么多亲信将官，埋怨郭进处事太过急躁和简单。可是转念一想，这却与自己的初衷有共同之处，将亲信军官派往边关效力，磨炼他们的斗志，不就是希望他们增加实战经验，这样才能在自己危急关头挺身而出，不惜牺牲性命为自己护驾的吗？如果像他们那样在战场上贪生怕死，又怎能担当起护驾的重任呢？一想到这，宋太祖对郭进的做法无意中加以肯定，认为忠君之臣应当像他这样，不计个人得失，一心为皇帝尽心办事，完成好皇帝交派的任务，这样才能使皇帝安心地坐在龙椅之上，治理国家，抵御外敌。

为平息身边众侍卫的怒气和怨言，宋太祖假意谴责郭进的过激做法，做出一副盛怒的样子，安慰众人说："这些侍卫官都是千里挑一的难得人才，培养他们极为不易。如今他们小犯过错，就遭到郭进的横加杀戮。如果这样发展下去，即使人再多，也不够他杀的。我一定要给郭进一点儿颜色，让他尝尝苦滋味。"

另外，宋太祖又暗中派人赶赴西山，告诉郭进说："这些人自恃是我的宿卫亲近，平时就倨傲不驯，我早就想整顿一下。现在在你的部队中，竟敢不听从号令，且扰乱军心，你以军法处置他们，我觉得你这样做是正确的，杀掉这些人也是应该的。"这样一来，本来忐忑不安的郭进犹如吃了一颗定心丸，对宋太祖的不怪之恩感激涕零。郭进的部下一看，连皇帝身边的亲信违犯军法也照斩不误，深表唏嘘，从此再也没有人敢违抗军令，部队的战斗力迅速上升，成了远近闻名的一支威武之师。

郭进杀人主要是为了立威，而他也知道如何以权谋用人。一次，郭进一部下军校从西山逃到京城诬告郭进与北汉暗中勾结，宋太祖闻后，亲加审讯，后才知道他因为犯了过失，害怕被处死。所以欲通过诬告郭进以求自免而已。后宋太祖深知治军严明的重要性，便令人把那军校押去西山，以正视听。郭进收押这名军校时，正好敌人来攻，郭进便不计前嫌对其说道："你敢诬告我，倒是有胆气。今日我暂免你罪，如果你真能多杀几名敌军，我即向朝廷推荐升官；如战败，你也可自投太原，不必归来。"这军校听后，深感郭进深明大义，便领军出击，后勇猛克敌而归。战后，郭进即向朝廷请求升任那军校一官，宋太祖见强悍的郭进也知道不计前嫌，以谋略用人，大为高兴，便答应了他的请求。

一次，为安稳屡建功勋的骁将郭进，宋太祖下令在京城为郭进建造一座住宅，其规格与亲王、公主之府第相同。有官员闻后，认为不合礼制，就建议宋太祖收回命令，后宋太祖发怒道："郭进控扼西山十余年，使我无北顾之忧。我视郭进的重要性难道要少于我的子女吗？你们赶紧前往督役，不要妄言。"

到宋太宗时期，郭进也遭到了新帝的猜疑，宋太宗虽赐予郭进一座京城的住宅，可之后命其在石岭关驻守时，又派强横的田钦祚为都监，并想以此来牵制、监视郭进。田钦祚来到石岭关后，仗着天子权势，经常为非作歹，郭进闻后，便屡次劝导和批评田钦祚，让其好生注意自己的言行。后田钦祚怀恨在心，一次抓住郭进短处后，借天子之势来要挟他，郭进非常气愤，深感自己无处申冤后，便自杀而死，终年五十八岁。后田钦祚上报朝廷说郭进暴病而亡，宋太宗大为悼惜，赠郭进宫安国军节度使。后来宋太宗得知郭进之死的真相后，为平息军中愤怒，只把田钦祚贬为房州团练使，宋太宗对于此事的态度如同宋太祖处理杨业冤死一案一样，只是大事化小，做些表面文章而已，而杨业、郭进他们都是天子为掌握军权的牺牲品。

CHAPTER 第十一章 阅人无数与善于心计 11

宋太祖丰富和传奇的人生经历，使他的见识和态度有了极大的提升。在治理国家时，他会虚心接受别人的建议，在权衡各种利弊后，使用多种方法和手段来笼络人心。治理一个庞大的国家，当然需要各种各样的手段和技巧，才能很好地处理好各类事务。在钱财、治军、恩威、谋略、赏罚等方面，他都有自己独到的见解和处理方法。在对待降王时，他更是宽容有加，为自己赢得了颇多的赞誉。

不惜钱财，收买人心

宋太祖丰富的从军经历，让他意识到了财物对于军队的重要性，他丰富的知识和识人经验，更让他认识到了钱财对于治理国家的重要性，如收人心、换土地、稳权力、保平安等。皇帝其实是国家利益的总代表。他要保证满朝文武官员的各种利益，让他们有动力为国家效力。他要让自己国家的百姓生活平稳安康，有基本的生存保障，只有这样才不会有造反的现象发生。这一切活动的实施都需要大量的钱财，他意识到如果自己再滥用钱财，那么百姓们更会苦不堪言，这是不利于自己统治国家的。

成大事者，多不看中财物和奢华的生活。宋太祖坐上皇位后，本可享尽荣华富贵，可他自己一直保持着节约的习惯。一次家人对宋太祖说道："你当了这么久的天子，难道不能用珠宝装饰轿子，出入皇宫吗？"宋太祖答道："我要为天下守财，岂可妄用？古人称'以一人治天下，不以天下奉一人'，如果用天下的财富来奉养天子一个人，让天下之人仰赖谁呢？"吴越王钱俶曾向宋太祖献上一条宝犀带，宋太祖看了这条犀带，说道："朕有三条宝带，与此不同，汴河一条，惠民河一条，五丈河一条。"钱俶听后，大为愧服。他意识到，宋太祖作为一国之主，相比自己看中奇珍异宝，其更看重"漕运的三条运输河流"，是一种善于治国的表现。

宋太祖自己不看重财物，更多的是想以有限的财物来换取更多人的忠心，他善于运用以利换权的形式来安抚人心。在著名的"杯酒释兵权"事件中，宋太祖利用官员们的贪财心理，用给予其钱财上的诸多补偿的形式，使很多藩镇的节度使和开国有功的将领们交出了手中的兵权和政权。

曹彬一直深得宋太祖的信任，后人也称其为"宋代第一良将"，他平时很能揣摩宋太祖的心思。一次，宋太祖安排曹彬攻打南唐时，说道："等你给我活捉了李煜（南唐国主），我让你当宰相。"当时在旁边听到这话的，还有此次讨伐南唐的宋军副帅潘美。曹彬不负众望，很快就收复了南唐地区，之后潘美前来祝贺曹彬将任宰相，可曹彬说道："不然。这次攻打南唐，我的功劳甚小，哪里有资格担任宰相啊，待平定江南后再说吧，况且宰相是很不好当的，人生何必非做宰相，好官不过是多得钱罢了！"不久后曹彬也率军平定了江南，后宋太祖为他接风时说道："本来要授卿相位，可是北边的刘继恩还未消灭，你还能再等一等吗？"曹彬听后沉默了一会儿，不知该如何作答。而这时潘美向曹彬笑道："人生何必非做宰相，好官不过是多得钱罢了！"宋太祖听后也大笑起来，令赏钱五十万贯于曹彬。

宋太祖常年打仗的经验告诉他，边境的安宁对于国家是至关重要的。因为外面强敌林立，内部人心未稳，如果边境再乱了，大局就失控了。宋初，宋太祖亲选将士，并部署他们去各地镇守边关。为了让他们安心守边，他给予了这些边将不少特权，还允许他们在辖区内从事贸易，特免征税。边将每次来朝报告军情时，太祖都会给予赏赐，让其犒劳边关守军。一次太祖还命人为洛州防御史郭进修造住宅，而且铺设了只有皇室儿女才能享受的琉璃瓦。之后不久，有大臣上奏宋太祖称此事不合礼制，恳请收回成命，太祖闻后却说道："郭进控扼西山十多年，使我没有北顾之忧，我视郭进难道薄于儿女吗？赶快督役，不要妄说。"

宋太祖也是提倡"高薪养廉"的一位君主，他曾说过："官员不廉洁那么政局就会不稳，薪俸不足则饥寒交迫，现在时局动荡，各地财政收入参差不齐，有高有低，一些官员也不免会为一己私利而破坏一些为官准则。如果朝廷能保证他们衣食无忧，那么他们也更应廉洁奉公。"开宝四年，北宋在中原的地位已逐渐稳定，全民经济也逐渐复苏，这时宋太祖下令全国官员全部大幅度提高俸禄，以示国恩！

北宋宰相赵普不仅治理才能出众，其爱财也为世人所知。一次，赵普出使南唐，在其回国时，南唐国主李煜私底下送他五万两白银，可赵普深知此事不妥，便向宋太祖报告了此事，并让其定夺如何处置此事。宋太祖后说道："他既送来，也不可不受，你既向我汇报此事，我也不怀疑什么。"赵普听后，还是不敢收下，一再叩头辞让。宋太祖又说道："这并不只是你个人与南唐之间的事，宋朝作为大国，体面不能丢，你放心收下吧。"赵普这才敢收下这份重礼。后南唐国主派其弟李从善来宋觐见，宋太祖除了赏赐外，也密赠他五万两白银。这件事也让南唐知道了宋太祖的心机，他是借此事向南唐表示，自己对于臣下与你们的一举一动都洞若观火，而你南唐想在我们君臣之间搞什么花样，只不过是枉费心机。

宋太祖平时生活俭朴，是为天下守财的表现；同时他也经常出手慷慨，不惜重金收买人心。正是这种"不惜财"的态度，才使得他能集权力于一身，又能换得文武百官的忠心拥护和边境安宁。

治军有方，恩威并施

宋太祖除了在钱财方面会注重安抚人心外，他还善于利用其他恩威并施的方式来收服人心。他也认识到恩和威正如唱戏中的"双簧"，一个主唱红脸，一个主唱黑脸。作为君主，大多数情况下，用恩惠的方式更能够收取人心，使之乐为效命。但同时，君主的威严也是必需的，这样才会让国家百姓和臣民尊敬他、敬畏他，才不会有谋反叛变之心。

在儒家经典中，人们可以看出中国传统社会中的文人对"恩"的诠释和推崇是极大的。如传道授业解惑的老师，被尊称为"恩师"；如挽救人们生命之人，被称为"恩人"。而儒家创始人孔子，之所以被称为"圣人"，也是后世感念其影响而特此尊称的。孔子创立的儒家学说一直很大地影响着封建社会的统治思想，从汉朝的“罢黜百家，独尊儒术”至清朝的八股文，很长一段时期里，上自天子皇帝，下至渔民樵夫，都会依据儒家学说来规范和约束自己。

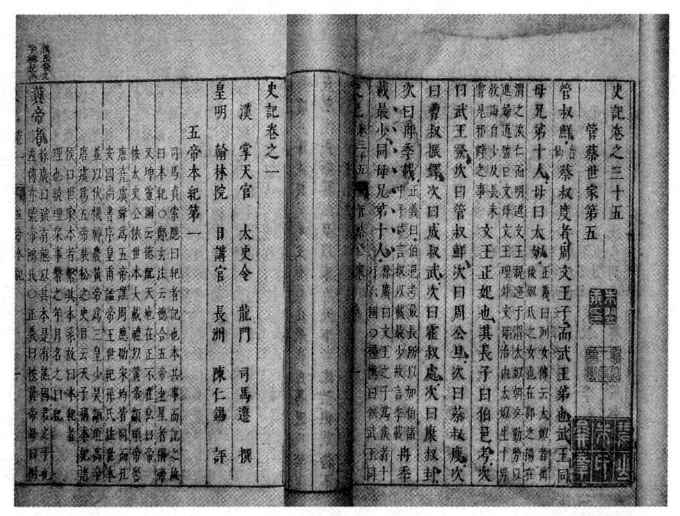

《史记》内文一览

在古代兵书经典中，不战而屈人之兵也是对于“恩威并施”的一种很好的诠释，战争不一定需要在战场上兵戎相见，不一定需要流血牺牲和耗费大量的人力、物力，才能解决各种矛盾。《史记》中一则“弦高犒师”的故事就很好地诠释了小恩也能影响大局的发展。

一次，秦国不知为何，正在蓄意大举派军，准备攻打郑国，而此时恰巧在秦国的郑国商人弦高无意中知道了秦军的这次行动。为避免自己的国家被强大的秦国灭亡，弦高急中生智，想出了一个绝妙的对策，只牺牲了自己的数百头牛羊，就使秦兵后退，保全了郑国的安危。

当时，弦高深知郑国对于秦国的此次密谋进攻是毫无准备的，现在通报郑国早已为时已晚，这时他便装成是郑王派来犒劳秦军的使者。之后，他以郑国使者的名义，一方面向秦军统帅说明，郑国军队早已知道秦军的动向，并且已做好了充分准备，以警告秦军不要轻举妄动。另一方面，他又将自己刚买下的数百头牛羊无偿地捐献给秦军，视为犒劳秦军将士的礼物，以表示郑国对秦国的友好，后秦军统帅也只好向秦王建议取消了这次军事行动。弦高的举动，可以说是兵家战史中的恩威并施、不战而屈人之兵的绝好范例。

五代时期，宋太祖深知仁义对于乱世的重要性，故他处理问题的原则总是以仁义为先。在对待建国功臣的问题上，他既不像西汉的刘邦，也不像后来明朝的朱元璋，为巩固政权，以防后患，以各种方式大肆杀害建国功臣。而他采用了一些极具智慧的手段，如历史上著名的“杯酒释兵权”和结亲事件。在“杯酒释兵权”之前，宋太祖就将自己寡居在家的妹妹燕国大长公主嫁给忠武军节度使高怀德。后经过“杯酒释兵权”一事后，太祖又亲自牵线搭桥，让皇弟赵光美娶了义弟张令铎的第三个女儿为妻；公元 970 年，宋太祖将其长女昭庆公主下嫁给王审琦的儿子王承衍；公元 972 年，太祖又将次女延庆公主下嫁给石守信的公子石保吉。

对待自己的爱将和普通士兵时，宋太祖也有着良好的收买或稳固人心之策。乾德二年，宋军开始兵分两路进攻后蜀。一天，京城开封下起了鹅毛大雪，宋太祖还在讲武殿处理政事。这时由于天气寒冷，故殿中置设毡帷，太祖也戴着紫貂裘帽，后其突然触景生情，并对左右侍者说：“我穿戴得这样厚实，身体还觉得寒冷，那么西征将帅士卒冲犯霜雪，处境一定更难。”说完，即解一裘帽，派人立即送到战争前线赐给统帅王全斌。后王全斌深感皇恩而泣，并承诺定率西征将士全力以赴，消灭后蜀以报答皇上的赏赐之恩。

在对待普通将士时，由于宋太祖是从普通将士成长起来的，也经历过一些苦难，所以他对待将士们是和蔼可亲的。在未做皇帝前，宋太祖在军中的人缘都是甚好的，他经常把受到的赏赐分给手下的士兵。如遇到士兵家里有困难时，他也不惜提供必要的帮助，因此，很受士兵的拥戴。做皇帝后，他仍然会经常参与和观摩军事训练，与士兵们一同交流。史书上曾载，宋太祖建国后不久，还经常去玉津园参观或指教禁军骑射，去讲武殿检阅或训练士卒。他也经常亲至水陆练兵场教练士卒，为各级军官做了一个很好的榜样。

宋太祖三征北汉时，士卫亲军们看太原城久攻不下，便自告奋勇要求充当攻城先锋。后东西班都指挥使李怀忠因为身中流矢，差点儿丢了性命。后当殿前都虞候赵廷翰率各班卫士再次叩头请战时，宋太祖说道：“你们都是天下兵中的精中之精，无不以一当百，我是非常珍惜的。我宁肯不得太原，也不愿让你们冒着生命危险，踏入必死之地。”说罢，即下令班师退兵。众将士听太祖如此一说后，深感皇恩而热泪盈眶。

宋太祖也深知威望对于军队的重要性。在加入郭威帐下后，宋太祖正是凭着自己出众的武艺和过人的胆识才得以出人头地。在高平之役中，在后周军队节节败退，阵脚大乱之际，正是宋太祖挺身而出，指挥着平时其训练严明的禁军侍卫，后勇猛向前，大挫敌军的锐气，终使周军反败为胜。这一仗使宋太祖一战成名，后得到了上至皇帝周世宗柴荣，下到一般卫队士兵的敬佩，使其威望在军中日渐提高。后随周世宗统一国家的过程中，宋太祖一直披坚执锐，身先士卒，才确立了他在禁军中无人比及的地位。

他深知治军应从严，这样的军队才有战斗力，打起仗来才能够无往而不胜。在战斗中，他更是决不手软，对违抗军令、不服从指挥的将士都严加处置。在六合战役中，宋太祖率两千人的部队驻守六合，而此时南唐部队有二万之众。为何南唐部队会众不敌寡，撤离而逃呢？宋太祖先设计迎来唐军的偷袭，后英勇率军击退了南唐军队的进攻，他深知南唐军中将士大多怕死，虽己方兵少，但追击甚多溃逃之敌，也是有把握的。后宋太祖看到士兵中有在追击过程中畏缩不前者，会亲自在其所戴的竹笠上用剑砍下记号，以作逃兵之证。战后，毅然将这些人全部斩首示众，以稳军心。这事很快在整个后周的军队传开，而后跟随宋太祖行军打仗的队伍中再也没有类似的事情发生。

宋初，大将王全斌因治军不严和触犯军纪而受到宋太祖的严惩。后周时，大将王全斌在随周世宗平定淮南，收复瓦桥关，后又追随宋太祖南征北战，平定李筠叛乱的这些战役中，都英勇善战，可以说为宋太祖统一天下立下了赫赫战功。但其在率军伐后蜀时，暴露了其贪暴不羁的性情，他违背了太祖事先立下的军法，即“不得焚荡庐舍，殴掠吏民，开挖丘垅，剪伐桑柘，滥杀无辜”。在攻占成都后，他便率将日夜宴饮，不理军务，还纵容部下随意掠夺女子和财物。后还擅自开启国库，敛民财物，肆意杀害了大量降兵，致使后蜀百姓官员都不满北宋的残暴统治，纷纷起义造反。正是王全斌的肆意妄为，才使后蜀地区发生了很多原本不会出现的混乱局面。后宋太祖为了严明法纪，稳固人心，还是将王全斌这样既战功显赫又是心腹之人，给予了严厉的惩罚，将其革职查办并永不再用。

在征讨江南时，太祖命曹彬为主将，潘美为副将，出发前，宋太祖赐宴于讲武殿。酒过三巡后，曹彬和潘美等人起身跪拜于榻前，请求皇上面授机宜。此时，曹彬表示自己能力有限，可能无法完成任务，而身为副帅的潘美，却极力表示自己对征江南的信心及意见。于是太祖正色对曹彬说："所谓大将者，在于能斩出位犯分之副将而已。"后太祖从怀中取出一封已折叠好的书信交给曹彬，说道："如何处置军务，尽在其间。从潘美以下有罪之人，只要打开文书，就可径自斩之，不须上奏禀告。"果然，后征讨江南的过程中，众将领严格遵守军纪军规，都积极听命于曹彬的命令，没有人敢做出违法乱纪之事。待大军收复江南凯旋后，太祖又在讲武殿设宴为他们接风。待又酒过三巡时，曹彬、潘美二人起身跪于榻前，禀告圣上说道："我们幸好没有违犯军法，没有袭掠百姓的事情发生，临行前您交给的文书，现在可以还给您了。"太祖接过文书后，即将其中的信纸拿给众人看，原来，这只是一张白纸，没有任何字迹。后史书曾就此事专门评论道，此事可印证宋太祖的英明妙算、机巧威权，实凡俗辈难料，其意图是为了警诫诸将士，申明法令，不使江南丧失民心，而且在将帅之中树立威权。

对于恃宠而骄的将领，宋太祖也是决不袒护的。建隆年间，宋太祖命张琼出任殿前都虞候。张琼虽英勇无畏，但性格暴躁，又以救过宋太祖一命而变得自以为是，士卒稍有得罪，便重加治罪。后禁军军校史硅、石汉卿奉宋太祖命负责反映将士动态，监视官兵言行。后查到张琼大有私养部曲、自作威福之举，其私自选用官马乘骑，收纳叛臣李筠仆从都属实，论罪当诛杀。但宋太祖念及他救过自己的命，就亲自对张琼审讯，怕冤枉了他。张琼先是面对指控，拒不认罪，后宋太祖心灰意懒，便把他交御史台调查核实罪状。张琼见宋太祖不再袒护自己，便羞愤自杀了。

宋太祖也是能大义灭亲的。乾德三年初十一月，宋太祖的内弟，即国舅王继勋指挥的禁军雄武军军纪松懈，竟在大街上掠人子女，京城里巷为之不安。宋太祖闻后将肇事者全部捕获，又将百余名参与者连同肇事者悉数斩杀，而小黄门闫承翰也因为见而不奏被决杖数十。此时的王继勋由于孝明皇后的关系，也因没直接参与此事而未被追究责任。至次年六月，王继勋终因恃恩骄恣而犯下了甚多违法之事，经查实后，宋太祖立即把他的军职革除。王继勋本应当诛，但因国舅身份才减刑处理。可不久后，其又生余波，终致杀生之祸。被免职后不久，王继勋在家中拿奴婢发泄怨气，竟将其身上之肉割下来以切碎为乐，在那段时间里，受害者甚多，但不为外人得知。一日天下大雨，王继勋家围墙突然倒塌，被他伤害的奴婢们才得以逃出，并逃奔到国门诉冤此事。宋太祖闻后大怒，即将他的所有官职免去，又将他软禁在私宅，不久后将其定罪流放登州，终于将其斩杀。

注重谋略，事半功倍

在战乱或动荡的时期，统一和稳定天下不仅要借助强大的武力，更需要善于各种权谋之计。宋太祖就是一位善于权谋的行家，他善于运用各种计谋，借他人之手去实现自己的目标，既省力，又可以达到预期效果，可谓一举两得。

在征讨南唐时，英勇善战且足智多谋的南唐名将林仁肇，一直是北宋收复亡南唐的一大障碍。后宋太祖巧施反间计，让南唐后主李煜杀掉了林仁肇这位南唐栋梁。宋军攻打南汉的时候，远在南唐的林仁肇就意识到了来自宋王朝的威胁。为此，一次他特意向李煜建议道："陛下，宋军现在在淮南的兵力已无多少，因其刚灭掉后蜀，现又急于攻打岭南，道远师疲。望陛下给我几万兵马，让我率军从寿春北渡至江北，定可收复淮南的江北失地。即使宋朝派兵增援，他们也无多少兵马了，我定能守住淮南。为了避免牵连南唐，引起不必要的争议，望陛下在我发兵之时，对外称我已叛变南唐，这样宋国就没有攻打南唐的借口。如果我成功了，那么南唐将会取得北汉这个具有重要战略地位的地区，如宋国之后攻打了南唐，我可借此趁势反击，牵制宋国，此谓一举两得啊！”然而，胆小怕事且胸无远见的李煜并没有采纳他的良苦建议，南唐也因此丧失了一个收复战略重地的绝好机会。

宋太祖先是用重金收买了林仁肇家中的一个侍从，让他偷来林仁肇的一幅画像，并将它悬挂在一大宅的正厅当中。古时候，除非重大联谊之事，主人的画像是从不会轻易外传的，更不要说馈赠他人。南唐使者来拜访北宋后，宋太祖故意派人将这个使者引入挂有林仁肇画像的大宅中，后做出想要收买这位使者之意，并对其说道：“林仁肇深知南唐日渐衰弱，国主并无治理国家之心，便特此以其画像为联盟之意，愿在我国攻打南唐时作为内应，帮助其收复南唐，并来我朝谋求一官半职，以求富贵。”使者果然上当，回国之后，马上将其所见所闻如实地向李煜回禀。李煜果然中计，他信以为真，根本不听林仁肇的辩解，由于长期不问朝政，加上想起了之前借兵之事，甚有蹊跷。便下令赐给他毒酒让其自尽，还以为真的除去了一名内部的奸细，为此还颇为得意。宋太祖知晓此事后，立即以此为借口，发动了大规模征讨南唐的战争。由于李煜错杀功臣，使南唐全军不满其昏庸，在对抗北宋军队时，大都消极应战，结果北宋军队很快收复了南唐地区。

宋初，关南巡检使李汉超一直镇守着北宋边关。他虽作战有勇有谋，在防卫辽国一事上可圈可点，以此确保北宋边关数年无事。但平时也有诸多毛病，如贪财好色等。一次，一关南农夫千里迢迢赶到京城，向皇上控告李汉超借贷钱财不还，并强抢其女儿为妾等不法之事。宋太祖闻后深知人无完人，良将难求，而李汉超所犯之事幸好不大，故自己还能想办法化解此事。后太祖想出了一个两全之策。他先将农夫召入便殿，并设宴好生款待，农夫也因此受宠若惊，一时难以言语。后宋太祖见农夫喝到高兴之处，便开始问道：“自从李汉超到关南后，辽军一共入侵了几次？”农夫感慨地回答道：“一次也没有，他确实是一名不可多得的将才。”太祖又接着说道：“我听闻大宋未建国，未向关南地区派遣军队前，这里每年都会发生很多辽军骚扰百姓、烧杀抢掠之事，因此也致无数家庭家破人亡。如果不是李汉超的到来，恐怕你的家庭也会遭受极大破坏吧？”后农夫若有所思地点了点头，太祖又问：“你家一共几个女儿，嫁的又都是什么人呢？”老农回答道：“我有三女，已有两个女儿嫁给了当地的农夫，还有一女，就被李汉超抢去了！”宋太祖听完后又说：“既然她们所嫁之人都是村野莽夫，李汉超却是一名良才，平时的作为虽有不妥，但不至于罪大恶极，我日后定当让他多加改正。以他的为人来看，想必日后是不会亏待你女儿的。我也愿意以此做媒，让你安心下来！”农夫一听太祖安排如此周到，便谢过圣上，欣然回家。

后宋太祖特意派使者前往关南传达其口谕，向李汉超说道：“你需要钱，为什么不告诉我，而非要向平民百姓告贷而又不还呢？别以为你远在边境就可以目无王法，为所欲为，今后你不要再做此类糊涂事了，我也为你，向你所抢民女的父亲提了亲，你定要好生照顾她。”后又赐给李汉超几百两银子，让他把借贷的钱如数还给百姓，并让其向边境的百姓道歉，并承诺不会再有此类之事发生。

后宋代大文学家曾巩曾评价宋太祖道：“隆之以恩，厚之以诚，富之以财，小其名而崇其势，略其细而求其大，久其官而责其成。”我们从以上几件事可以看到，印证宋太祖是善于了解他人心理和利用计谋的。宋太祖善用计谋，他的计谋不但用于行军打仗，而且用在驾将驭人上，这不但在军事上高效省力，而且在治国和用人上也刚柔相济，很具技巧。

宽严有度，方能用人

在建国时，宋太祖不计前嫌，宽容了很多后周的旧臣，遵循着唯才是用的用人原则。

在后周时期，宋太祖也曾一度穷困潦倒，一次他来到复州（今湖北天门），想去投奔父亲的同僚即复州防御使王彦超，希望其能看在父亲的面子上，收留并提携自己一把。可当时王彦超是看不起宋太祖的，他只拿出十贯钱便打发了宋太祖。

宋初时期，一次宋太祖在宫中设宴招待群臣，酒醉时无意间发现了正在坐席上的王彦超，他不由想起了当年之事，便向王彦超问道："昔日我落魄之时，到复州投奔于你，你为何将我拒之门外？"王彦超听后，吓得酒意全无，并惊慌答道："想必陛下那时已有了统一天下的志向，我深知是留不住您的。假如当时陛下就在复州当了武官，怎会能有以后的机遇，并收复中原呢？"宋太祖听后，于是拊掌大笑，并示意自己并没有放在心上。

宋太祖在流落随州（今湖北随州），得到过父亲的老友即随州刺史董宗本的收留。但董宗本之子董遵诲却看不起宋太祖，总是会借故羞辱他。宋太祖深知"人在屋檐下，不得不低头"，所以也只好忍气吞声，一直让着董家的这位少爷。一次，二人在讨论模拟带兵之法。而董遵诲那时不学无术，所以根本不是宋太祖的对手，他事后挖苦道："你原来这么足智多谋，会找不到用武之地？为何要寄人篱下？"宋太祖听后一怒之下便离开了董家，又开始了流落他乡的生活。

宋初时，董遵诲在朝中任骁武指挥使，一次有人上奏宋太祖，称董遵诲犯了十余条罪状，企图借宋太祖曾受董遵诲侮辱一事来置其于死地，很多人都以为董遵诲这次在劫难逃，连他自己也曾有过自杀的打算。可之后，宋太祖面见了董遵诲却说道："国家现在正在赦罪赏功，我也不会计较以前的不快之事，你的那些罪状都是小事，只要你尽忠职守，我仍然会重用你的。"董遵诲听完，无比感念宋太祖的宽大胸怀，并决定忠心报效国家。

后来，董遵诲受命镇守边地后，果然屡立战功。一次董遵诲在派人赴京向太祖进献良马时，太祖借机把自己珍贵的珍珠盘龙衣赏赐给他，以表彰他的卓越战功。之后，太祖得知董遵诲的母亲流落在辽国的幽州，致使母子多年未相见，他也想方设法使得母子二人得以团聚。

宋太祖在讨伐南唐时，一直找不到合适的出兵借口，后来他决定屯兵十万于南唐边境，逼其主李煜投降。那时南唐有徐铉和张洎这两位忠臣，他们都积极地保卫着南唐的政权，为宋太祖收复南唐制造了一些障碍。宋太祖在收复南唐后责问徐铉为什么不劝李煜归顺朝廷。徐铉正色答道："臣为江南大臣，而国灭亡，罪固当死，不当问其他。"宋太祖听后竟赦免了他，并说道："我们国家正需要这样的忠臣，朕希望你来我朝为官。"徐铉深感太祖的仁德，之后便忠心效力于宋朝。太祖深知张洎对于南唐的重要性，他找来了张洎曾经统兵的大量证据，本想置张洎于死地。可张洎见到这些证据时却面色凛然地答道："实臣所为，犬吠非其主，此其一尔，他尚多有，今得死，臣之分也。"太祖听后，改变了要杀他的念头，并称赞说："卿大有胆，朕不罪卿。今事我，无替昔之忠也。"此后，太祖授予张洎太子中允之职，后又改任刑部。而张洎的仕途也从此一帆风顺，至宋太宗朝时官任参知政事。

宋太祖也是治军严明的，对于任何胆敢违抗军令和不服从军纪的将士，决不纵容姑息，一律会按军法从事。即使面对很多建国的卓越功臣，也功过分明，决不手软，王全斌就是一个典型的例子。王全斌在宋朝建国时战功卓著，受到了宋太祖的很多嘉奖，还曾得到过雪夜千里送裘衣的殊荣。可他在伐蜀时擅自妄为，违背军令，造成极其严重的后果，宋太祖也毫不念情，罢去了他的官职和爵位，以致后来老死他乡。

宋太祖在朝政上，更是依律办事，决不姑息那些贪赃枉法之徒。《宋史·刑法志》就曾记载道："宋兴，承五季之乱，太祖、太宗颇用重典，以绳奸慝。"

宋初，在查明官员玩忽职守的严重性后，所有连带人员一律减俸或降职，甚至是免官。公元 961 年，大名府的陶县县民郭赞上书京城，状告其县官员括田不均。宋太祖知道后立即派人前往核查，待查明事实后，便将县令程迪施以杖刑并流放海岛，并把括田使常准连降两级。

宋太祖憎恨枉杀百姓或草菅人命的官员，查明后大多会处以极刑。公元 968 年，监察御史杨士达因"鞫狱滥杀人"就被处以弃市之刑（古代在类似市场这样的人较为集中的地方将犯人处死，并将尸体暴露在街头）。

宋朝对于贪赃受贿和以权谋私的官员的处罚是很严厉的。官员们会依据贪赂的数量而量刑，而死于此事的官员也相对较多。在开宝四年、五年这两年中，就有六位大臣犯此类罪行而被处以弃市或杖杀。他们分别是右千牛卫大将军桑进，因“监陈州仓受贿”而被弃市；监察御史闾丘舜，因“通判兴元府盗用官钱十万”而遭弃市；太子洗马王元吉，因“知英州受赃不法”而被弃市；殿中侍御史张穆，因“通判定州犯赃钱百万”而遭弃市；右拾遗、通判夔州张恂，因“受赃”而被弃市；内班董延谔，因“监车营务盗粟，累赃数十万”而遭杖杀。

宋太祖在俘虏了前朝或割据势力的统治者后，并没有以历来最有效的处置方式即处死来以除后患，而是以和平的方式来给予一定的名号。史书记载，他终其一生，没有下令杀死过任何大势力的统治者。在平定蜀国后，宋太祖就让蜀主孟昶的母亲李氏随同孟昶来到汴京，不久后接见，又安慰地说道：“老太太自己注意保重，不要悲悲戚戚怀念故乡，以后会送你回去的。”而李氏想了想，知道这是宋太祖的客气话，他是不会让旧主回到故国的，后说道：“我的祖籍是在太原，倘若能回到老家，那才真能让我如愿以偿。”李氏此言其实是把还在北汉手中的山西视为了宋朝国土。宋太祖听出其意便高兴说道：“等我平定了刘钧，收复了北汉，就让你如愿以偿，回到家乡。”

有的人对敌人、客人反倒能宽容，因为这样做可以收揽人心，博取令名，但对自己人反倒心狠手辣，不念旧情。宋太祖内外一致，对自己人也是同一条策略：宽待以收心。真正宽容的人，能记住别人对他的恩情，又能忘却别人对他的小冒犯。赵普显贵后，就曾把贫贱时的仇家一一开列出来，请宋太祖铲除。宋太祖不答应，他说：“如果人们能在芸芸众生中知道谁将成为天子宰相，那不早就贴上去了。”

宋太祖用他宽广的胸怀接纳了曾经得罪过自己的人和敌军中有才能的将领，他的宽容和仁厚为他的统治集聚了更多的人才，也为他博得了更多的民心和将士的忠心。

赏罚分明，更得人心

在宋太祖执政时期，他无论是率兵征伐，还是治国安民，都极力坚持赏罚分明的原则，且付诸行动。建国不久，宋太祖就诏令全国道：“国家慎重选贤用才，参加国家大事的管理。钱、财、物等权力集中的职位尤其重要。已经被选拔任用的官员，应各自竭力诚心，尽职尽责。每年年终时都要考核官员的政绩，赏罚的规定是一定要实行的。没有功劳或是不能胜任的就要罢免或辞退，有功劳的则要分别给予奖赏。”

在平定后蜀后，宋太祖马上对参与此战的将领进行处罚或奖赏。战争是让人容易产生欲望和杀戮的，是不易控制自己的。因为参与此战的大部分将领都是武夫出身，做事鲁莽，也不善管理军队纪律。所以在后蜀战役中，没有很好地遵从宋太祖事先强调的命令，劫掠和祸害了很多后蜀百姓，并留下了一系列的隐患，让宋太祖非常生气。所以他们并没有得到任何的奖励，还受到了很多责备。而曹彬统率的水路军队，严格执行了太祖的命令，对百姓们秋毫无犯，有着良好的声誉。因此，宋太祖就只对严明治军的曹彬大加奖赏，封他为宣徽南院使和义成节度使。曹彬看到众将都受罚而独他受赏，便辞谢说道：“征讨后蜀的将领都获罪，唯独我受奖赏，心中实在不安。我思来想去，不敢接受陛下的封赏。”宋太祖更坚持地说道：“你有功无过，又不骄傲自大，连王仁赡都说‘清廉畏谨，不负陛下任使者，唯曹彬一人耳’，如果你真的犯有一点儿过失，他难道会替你隐瞒吗？惩恶劝善，赏功罚罪，是国家必须执行的法令，你就不必推辞了。”

同时，宋太祖又着手处理王全斌等人违抗圣命、掠夺人口财货、杀戮降兵、私开府库等罪状。那时文武百官都决意让王全斌等人罪当大辟（古代死刑的称谓），但宋太祖知道他们在战中虽犯重罪，但也立有大功。所以本着将功抵过的原则，对他们进行了从宽处理。之后，王全斌被贬为崇义军节度观察留后（节度使遇有事故，往往以其子侄或亲信将吏代行职务，称节度留后或观察留后），崔彦进被贬为昭化军节度观察留后，王仁赡被贬为右卫大将军。

宋太祖还利用各种赏赐方式来鼓励百官上书直谏，公元972年，下诏道："凡官绅、儒士、贤才等一切平常熟知治河的有识之士，或懂得疏导之法的实干之才，可写奏折上书，经驿站送至京城。朕当亲自阅览，采用他们好的建议。凡上书建议被采纳的人，将分别给予不同的奖赏。"

在赏罚分明的原则上，宋太祖面对一些具体情况时，也会权衡刑罚的尺度，当严则严，当轻则轻。公元967年，有人向宋太祖揭发了禁军将领吕翰准备率众谋反一事，并建议将大多数参与谋反的禁军及其妻子、儿女一起处以极刑。宋太祖意识到此案受牵连的人数有一万多人，影响甚大，便召来检校太傅李崇矩商讨此事。经过一番详细的讨论，宋太祖权衡利弊后，说道："我认为这其中绝大多数人是被迫的，谋反并非他们的本意。最好的方式是下诏声明，如果谋反属实，只追究为首者的责任，不会追究普通将士们的谋反罪名。"宋太祖下令，向所有禁军的将士昭告了这个旨意之后，很多将士们都深感皇恩浩荡而放弃了谋反，吕翰也被轻易地俘虏并斩首示众。

宋朝建国之初，宋太祖大赦天下，以致一些官员贪赃枉法后，还得到了升迁。当宋太祖意识到一些官员贪赃枉法是不应该赦免时，就修订并颁布了新的法令道："天下虽已大赦，但十恶之罪、官吏受赃罪等不予赦免，应以警后人。"

宋太祖也处理过很多官员们有功又有过的事件，他也尽量客观地站在统治者的立场来赏其功，罚其过，尽量权衡利弊。建隆四年三月，宋太祖任命军校尹勋监督民夫疏浚五丈河。尹勋虽处事严厉，但缺少变通，以致对民夫督责过严，很多修建五丈河的民夫因不堪忍受，而趁着夜色逃跑了。之后，尹勋亲自率兵抓回了逃跑的所有民夫，为了以示严惩，他没有请示，擅自将带头逃跑的十名队长斩杀，并割掉了其他七十余名逃夫的耳朵。

尹勋的一系列不当举动引起了这些民夫的公愤，他们联名上书到京城，希望朝廷严办尹勋。兵部尚书李涛知道此事后，带病上奏宋太祖，希望处死尹勋以平民愤。宋太祖非常欣赏李涛带病上奏的态度，所以委任他为督疏浚河官，去改善监督方法并抚恤所有被害民夫的家属。宋太祖并没有严惩尹勋，他以尹勋忠事朝廷，并无私情为由，对他进行了轻罚，把他降职为许州团练使。

在宋初时，跟随宋太祖征战天下的军中将士中，有很多盗贼无赖和市井百姓，他们的素质和为人是普遍有问题的。为何宋太祖能约束他们，并把他们训练成一支严明的军队，很大程度是由于他适当的仁慈手段，加上严格的赏罚分明措施。

宋太祖赏罚分明的方式是多样化的，他对有功之臣不吝施恩，以金钱和仁慈获得官员和将士们的忠心。同时，他又严格执法，不宽恕所有明知故犯和违法乱纪的人员。宋太祖深知仁慈对于乱世之君的可贵，只有不遗余力地实行着各种恩威并施和笼络人心的手段，才能稳固好大宋的江山，才能避免宋朝重走五代十国以来的“短命王朝”的道路，并为统一中原打下了良好的民心基础。

善待降王，赢得赞誉

在古代以造反争夺皇位的历史中，新的统治者总对旧的统治者采取残忍的手段。得势者会将失势者连同大批宗室一并流放或杀害，防止其复辟。善于借鉴历史的宋太祖，这次却没有遵循这种规律，相反，他在收复各国时，对降王都实行了宽大的政策。当然这是时势所趋，在那个充满战争和杀戮的五代十国年代，人命虽然不值钱，但新君主给旧君主一定的优待，也是很能得到民心的。

宋太祖在取代后周建立北宋时，极力优待了这位七岁的柴宗训皇帝，赐予他们官爵不说，还特令道：“柴氏子孙，有罪不得加刑，纵犯谋逆，止于狱中赐尽，不得市曹刑戮，亦不得连坐支属。”宋太祖在收复割据势力后，对其旧统治者也表现出极大的宽容。他一般令他们来到京师，给予官爵优待，赐予豪宅，使其一辈子衣食无忧。当时像著名割据势力统治者如高继冲、周保权、孟昶、刘鋹和李煜等人，都先后得到了这种优待，从此也再没有反叛之举。

宋太祖明白，那些亡国君主离开了其势力范围来到京师时，已经是懦弱和投降的表现，根本不足为惧。而保留其性命，不仅可以赢得收复地区的民心，更可以给未被收复政权的统治者指出一条明路，吴越王钱俶就是一个很好的例子。当时吴越王钱俶来京面圣，宋臣们建议扣留他，以此一举收复杭州。可宋太祖说："他如果不肯归降，必然不会来的。放他回去，正好让他放心。"果然不久后，吴越王钱俶就率众投降了北宋。

宋太祖对于擅杀旧势力统治者的将士，也会给予严厉的惩罚，并借此做一些文章。宋将王彦昇擅自杀了准备造反的韩通，宋太祖特令终身不授于王彦昇节度使，之后韩通也被礼葬，并追赠中书令。

北宋平定后蜀后，在其剩下的割据势力中，属南汉统治者刘铱最为昏庸残暴，其奢侈残忍，令人发指，使国中臣民人人自危。南汉主刘铱在位时，庸懦无能，不会治国，把政事都委任给宦官龚澄枢、陈延寿以及女侍中卢琼仙等人，宫女也任命为参政官员，其余官员只是聊备一格而已。刘铱认为群臣都有家室，会为了顾及子孙不肯尽忠，因此只信任宦官，臣属必须自宫才会被进用，以至于一度宦官高达二万人之多。而且相当宠爱一名波斯女子，与其淫戏于后宫，叫她"媚猪"，而自称"萧闲大夫"，不理政事。后来将政事交给女巫樊胡子，连龚澄枢和卢琼仙都依附于她，政事紊乱。

宋太祖闻后，决定解救这方在水火之中的百姓，便开始伺机寻找征讨借口。正当宋军还在苦于无借口之时，南唐的刘铱自动送给宋太祖一个征讨的口实。当时在北宋与南汉的边境，发生了多起南汉军骚扰宋境的事件，其士兵竟然无视北宋威严，肆意烧杀抢劫，无恶不作。宋军待准备齐全之后，便开始了名正言顺的自卫反击战，很快就收复了南唐地区。

南汉主刘𬬮降宋后，竟然没有想到，作恶多端的自己还被封为恩赦侯。一天，宋太祖召见刘𬬮，并无意谈到了昏庸的纣王，后赐刘𬬮一大杯酒。这一举动宋太祖虽是无意，却把刘𬬮吓得魂飞魄散，以为性命休矣。原来，刘𬬮在南汉时经常用鸩酒（毒酒）毒害臣下，此时他以为赐给他的也是一杯鸩酒，所以泣不成声，跪地求饶说道："臣承袭祖父基业，公然违抗朝廷，有劳王师前来征讨，本来罪重当斩。如陛下既然赦臣之罪而不斩，但愿做一个普通百姓，有朝一日能有机会能看到大宋的太平盛世，实在不敢饮此酒。"宋太祖闻后抚须大笑，上前搀起刘𬬮，说道："我与你推赤心于腹中，哪里有想毒死你的意思？"于是自己取过刘𬬮的酒一饮而尽，又另赐给刘𬬮一杯酒。刘𬬮这才放下心来，喝掉此酒。

在平定江南时，宋太祖以南唐后主李煜托词有病而不到开封觐见之名，命大将曹彬率十万大军伐唐。后主李煜虽然在文学方面卓有建树，号称"词中之帝"，但对于治国和统军知之甚少。战前便自乱阵脚，多次在部下中散布悲观情绪："宋军强劲，谁能敌之！"而宋太祖为了一举灭掉南唐，战前做了充分的物资和心理准备，他一方面周密部署部队，一方面又告诫统帅曹彬："平定江南之事，全靠你了。切记要严明军纪，用恩信争取民众，不要滥杀无辜，不要抢掠民财；并应尽可能地迫使南唐投降，不要逞一时的匹夫之勇而攻城陷阵，避免无谓的伤亡。如果迫不得已而攻城，破城之后也不要加害李煜及其家属。"这一番话，虽然主要意图是巩固胜利成果，以便尽快恢复南唐的安定，但也不难看出，宋太祖对后主李煜及其家属，甚至南唐百姓还是比较仁义的。

对吴越政权的统治者钱俶，宋太祖更是以仁义待之。由于钱俶很早就归顺宋朝，加之宋伐南唐时钱俶又率兵五万助战，立有大功，所以宋太祖对钱俶非常宽容。有一次，宋太祖宣钱俶入开封朝见，并表示一定放他回去。在送别时，宋太祖赐给钱俶一个黄布包袱，并再三嘱咐他到途中方可打开。路上，钱俶打开包袱一看，吓得直冒冷汗。原来包袱中全部都是宋朝臣僚要求扣留钱俶的奏折，共有十几封。宋太祖之所以放走钱俶，而后又加以警示，其目的有二：一是表示自己信任钱俶；二是委婉地警告钱俶，不要玩手腕，要恭顺地服从宋太祖。这一招，令钱俶既感激宋太祖的仁慈，又恐惧他的权谋。

统一基本实现之后，对各地政权统治者的安抚工作又摆在宋太祖的面前。要想安定各地民心，稳定形势，除了要在各地废除苛捐杂税，取消以前的暴政外，对各地的统治者也要妥善安置。宋太祖在这一方面是毫不吝惜官位和金钱的，他隆恩广布。

后蜀主孟昶被封为检校太师兼中书令、秦国公，南汉主刘𬬮被封为检校太保、右千牛大将军、恩赦侯，南唐后主李煜被授予检校太傅、右千牛卫上将军、违命侯。其家属也都得到厚赏和封赐。这些本来担心受斩的降王，看到太祖如此厚待，非常感激太祖的仁厚。在讨伐北汉之前的一次宫廷宴会上，刘𬬮高兴地向宋太祖进言："现在皇上的恩泽遍布天下，天下的伪主今天都在此，只是缺少北汉的刘继元。刘继元迟早也会来的。等天下的伪主都聚齐的时候，请皇上按照先来后到的顺序，在降王中封我一个降头。"这话虽然是嬉笑之言，但也可以从中看出宋太祖仁政怀柔之下，降王们皆心悦诚服之态。

宋太祖对这些降王，可以说是仁至义尽，不要说把他们杀死或处罪，连责骂也很少听见。宋太祖之所以这样做，目的是让他们感受大宋王朝的皇恩浩荡，借以晓谕新征服地区的官员和百姓，使他们认为宋太祖是一个仁义的贤君圣主，以此使百姓和官员能够很好地遵守国家的法令，本本分分地做人，以维护赵宋王朝的基业。

宋太祖虽给这些小国的君主封公赐侯，但不难看出，在其所赏赐的封号中，有威权的意思。刘𬬮被封为恩赦侯，其意很明显，说明刘𬬮本来是罪犯之身，理应受到重罚，但考虑到安抚南汉民心，所以才封他为侯，其中的"恩赦"二字，便是宋太祖对他以往罪行的宽大。南唐后主李煜投降之后，被封为违命侯。这其中的意思更加明显，意即李煜胆敢违抗圣命，对抗天朝的统一大业，实乃违抗天命，应当重罚。虽然出于对待刘𬬮同样的目的，对李煜却是比较严厉，故封其为违命侯，使其时常牢记自己的违命之举。

《荆轲刺秦王》的表演

事实证明，采用仁政和恩义要远比采用暴力和滥杀更有益于国家的稳定。秦始皇统一六国时，对六国的君主杀的杀，贬的贬，造成国内怨声一片，各地的亡国之君迫于无奈，纷纷豢养死士，准备刺杀秦王。像荆轲刺秦，图穷匕现的故事，已从民间传说中搬上了戏剧舞台。恩惠与威慑一样，都是笼络人心的一种手段，只不过方法不同而已。一把无坚不摧的绝世利刃，虽可以削金断铁，无往而不胜，但它在绵绵流水面前，也无可奈何。它的锐利，挡不住涓涓细流。而一段木头，一堆泥土，却可以阻挡流水的速度，改变流水的方向。治理国家也是如此，一味用强硬手段，只能使人们在内心产生一种畏惧心理，并不能使人们心服口服。而重用恩典，再辅以威严，才可以使人们心口俱服。

CHAPTER

第十二章 12

治国大纲，谨记在心

国家的稳定和繁荣，当然需要能总领治国方向的治国大纲。历史为何对宋太祖称赞有加，因为他善于借鉴历史，善于听取别人建议，他为治国，建立了一套很好的治国纲领。他最为著名的治国纲领就是“太祖誓碑”一事，还有为人们称道的，如带领读书风气、推行仁德、改善风气、教化民众等纲领。这些治国纲领都为宋朝三百多年的发展，提供了很好的指导作用。

太祖誓碑，警示子孙

人们说到宋太祖的治国之道时，总会想到著名的宋太祖“誓碑”一事。据《避暑漫抄》记载：建隆三年，宋太祖诏令密镌一碑，立于太庙寝殿之夹室，谓之“誓碑”。誓碑秘不示人，只有当新天子即位后，在拜谒祖庙的典礼结束后，才由执事官奏请皇帝恭敬地去观读誓词。此时，只能由一个不识字的小太监跟随，其他人只能在庙外等候。皇帝独自到碑前，复行跪拜之礼后，瞻默诵记，熟记碑词后再行拜礼退出。群臣近侍，都不知道誓碑上刻写的内容。从此以后，赵宋帝王恪守家法，都仿效这种方式拜读誓碑，奉为祖传秘方，传家之宝。

直至北宋末年靖康之变时，金兵侵入开封，将宫城各门洞开后，才知晓了誓碑的秘密。誓词共有三条：

一、后周帝室子孙，有罪的不要施以刑罚，即使犯有谋反叛逆之罪者，亦只可于狱中赐其自尽，不得使其杀戮示众，更不得连坐其旁系亲属；

二、不得杀士大夫及上书言事者；

三、子孙有逾此誓言者，上天必殛（杀）之。

首先，宋太祖的为人应与此誓碑的内容真实性有很大关系。太祖虽出身行武，却酷爱读书。他随周世宗打淮南时，有人揭发他私载货物达数车之多，检查下来，主要是书籍数千卷，这应是他比较重视读书人及文官的原因之一。当然宋代重文抑武的主要目的是出于对武将防范的需要，他曾对赵普说：“五代方镇残虐，人民深受其害。我让选干练的儒臣百余人，分治大藩，即使都是贪浊，也抵不上一个武将。”因为文臣不会很大地危及政权，而对其宽大仁厚可收买人心，这实在是他能进一步巩固统治的英明之处。同时，太祖在平定南方各政权的过程中，坚持不杀降王，如平定后蜀，召其国君孟昶入京，有大臣密奏，请擒杀其君臣，以防生变。太祖批道：“汝好雀儿肚肠！”清赵翼《廿二史劄记》有“宋初降王子弟布满中外”。

廿二史劄记

记载此事颇详，这在历代开国皇帝中是少见的。宰相赵普好几次在太祖面前说起以前不善待自己的人，意欲加害。太祖却回答：“倘若在凡俗尘世都能认出日后的天子宰相，那人人都去寻找了。”其后，赵普再也不敢在太祖面前提起类似话题。据说，太祖即位之初，见一宫嫔抱一小儿，经问知是周世宗之子。太祖问左右大臣如何处置，赵普等主张处死，潘美在旁独不语。太祖说：“即人之位，杀人之子，朕不忍为。”潘美才说：“我与陛下曾同为周世宗之臣，劝陛下杀之，是负世宗；劝陛下不杀，陛下必定怀疑我。”太祖当即判给潘美为养子，后不再过问。宋太祖似乎可谓宽厚之君主，其豁达和自信，往往高人一筹。

其次，还应考察太祖誓碑的内容与宋代所执行国策之间的关系，从中也能透露出有关情况的可靠性。赵翼《廿二史劄记》有“宋待周后之厚”谈到，宋太祖登基，迁周恭帝母子于西京，易号郑王，造周六庙于西京，命周宗正以时祭享，并派官员祭拜周太祖、周世宗之陵。建隆三年，迁郑主至房州。开宝六年，郑王过世，此距禅位已十四年，而宋太祖仍素服发哀，辍朝十日，谥号恭帝，葬周世宗陵之侧旧顺陵。宋仁宗时，诏取柴氏谱系，于诸房中推最长者一人，岁时奉周祀。寻录周世宗从孙柴元亨为三班奉职，又诏每郊祀录周世宗子孙一人。至和四年（1057），遂封柴泳为崇义公，给田十顷，奉周室祀，子可袭封，并给西京周庙祭享器服。宋神宗时，又录周世宗从曾孙柴思恭等为三班奉职。宋徽宗时，诏柴氏后裔封崇义公，再官恭帝后为宣教郎，监周陵庙，世为三恪。南宋时，高宗、理宗诸朝也时有封柴氏袭崇义公之爵。可见，柴氏之受封赏几与宋朝相始终，宋廷如此优待亡国之后裔，这在其他朝代是少有可比的。

一般认为，宋太祖及其后继者，确实比较严格地遵守着不杀大臣和言官这条誓言，对臣下较为宽容，和各朝相比，诛杀很少。庆历三年（1043），范仲淹曾由衷地赞叹道："祖宗以来，未尝轻杀一臣下，此盛德之事。"（《范仲淹年谱》）由此可见，长期以来史学界对上述誓碑的记载深信不疑。对个别皇帝屠戮大臣之事，往往以违背"祖宗誓约"之语评论之。还有学者认为，北宋出现的冗官现象，也与誓碑规定的优待士大夫政策有关。

1986 年，学者杜文玉发表《太祖誓碑质疑》一文，经过详尽考证后认为，关于"誓碑"之事纯属子虚乌有，是根本不存在的。首先，叶梦得的有关记载证据不足。靖康之变时，他不在京城，誓碑的内容并非他亲眼所见。建炎元年（1127）七月，曹勋自金国返回南京，数月后叶梦得才调任京官，他应该是从曹勋处得到这个相关消息的，再加上社会传闻，遂撰成上述故事。其余诸书中，《挥麈后录》成书最早，其在记录誓碑内容后，进一步指出："太祖誓言得之曹勋，云从徽宗在燕山面喻云，曹勋南归奏知思陵（宋高宗）。"而《建炎以来系年要录》的记载应来自此书，《宋史》编纂时则参详《系年要录》。可以说，凡关于此事的记载，莫不在曹勋南归之后，此前竟无一点儿蛛丝马迹。如果说北宋百余年誓碑内容由于保密严格而没被泄需，那么靖康之变后太庙"门皆洞开，人得纵观"，此事的消息来源就不应只是单方面的。然而事实正相反，曹勋南归为此消息的唯一来源，而在《续资治通鉴长编》《宋史 · 太祖本纪》等重要史料及相关文人笔记中都毫无踪影。

再从史实方面看，誓碑规定优待柴氏子孙。太祖刚即位，就把周恭帝母子迁往西京洛阳，洛阳经五代战乱时已残破萧条。而在立碑那年更是将其母子由洛阳迁往房州，房州位于今湖北房县，地处大巴山区，不但远离东京开封，且偏僻荒凉人烟稀少。到开宝六年，周恭帝柴宗训正值二十岁的青春年华，就突然不明不白地死去了。

太祖要子孙“不杀大臣及言事官”，理应身体力行。然而查阅《宋史·太祖本纪》《续资治通鉴长编》等的记载，其在位十几年中并不少杀大臣，总计有八十八人之多。其中，谋反罪二十二人，坐赃罪二十五人，失职罪三十三人，其他八人，上自枢密直学士、殿前都虞候、州刺史，下至监察御史、县令等，皆有被杀者，太祖是北宋诸帝中杀臣子最多者。

另外，誓碑的收藏方式也过于奇特，这种能平抑舆论、安定人心而有利于稳固统治的誓约内容完全可以公开，以显示统治者的仁德宽厚，以达到收买人心的效果，让士大夫们感恩戴德，忠心维护赵氏的江山，这样的好事何必隐藏得如此神秘？宋徽宗北迁金国，备受蹂躏和屈辱之后，却还牢牢记得誓碑中不杀大臣和言事官的内容，千方百计地要人转告远在千里之外的高宗，这也实在有点儿违背常理。

高宗如真的通过曹勋了解此事，就应该遵守祖宗遗命，然而事实并非如此。建炎元年七月，腰斩右谏议大夫宋齐愈；八月，杀太学生陈东和上书人欧阳澈。建炎三年四月，斩中军统制吴湛；七月，杀御营军官范琼。绍兴年间，共诛杀大臣十人，最丧心病狂的，莫过于杀害岳飞父子之案。如此大开杀戒，哪里谈得上半点儿祖宗“誓约”的约束。那么，此事是如何作伪的呢？杜文玉推测，当时国家残破，人心浮动，为了改变这种离心离德的紊乱局面，获取士大夫们的拥戴，高宗出于笼络人心的政治需要，协同曹勋特别构思杜撰了这一故事。其冠以祖宗遗命的外衣，宣传赵氏的深恩厚泽，以进一步迷惑士大夫。最后，高宗确实通过这一手段，拉拢到主和派、主战派众大臣，获得大批士大夫的拥戴，初步稳定了局势。

也有学者反对将其全盘否定，认为誓碑的有无虽然没有更多的史料可以证明，但也没有完全否定的依据。宋廷礼遇后周宗室后裔应大致不差。北宋优待士大夫，不轻易诛杀大臣也是事实。太祖在位时主要因谋反和贪污受贿罪处死过一批官吏，这是开国初期整顿吏治所必需的，《宋史·太祖本纪》记载当时严加惩治贪官污吏，赞他："绳赃吏重法，以塞浊乱之源"。赵翼《廿二史劄记》中"宋初严惩赃吏"条也谓："宋以忠厚开国，凡罪罚悉从轻减，独于治赃吏最严。盖宋祖亲见五代时贪吏恣横，民不聊生，故御极以后，用重法治之，所以塞浊乱之源也。"

宋代重文抑武，以文臣驾驭武将的国策是毋庸置疑的，这就反映出其存在重用且优待文臣的一些祖宗家法，并被历朝皇帝所认真执行。上引范仲淹在庆历年间的言论，《续资治通鉴长编》记载："就应如何处置一大臣之事而起，范仲淹主张免死而宽有之，富弼不同意，所以范质问到自祖宗以来，未尝轻杀臣下，此盛德之事，奈何欲轻坏之？"侯延庆《退斋笔录》载，在神宗陕西率兵失利，准备斩一漕臣之时，宰相说："祖宗以来，未尝杀士人，臣等不欲自陛下始。"《宋史·吕大防传》也载，哲宗朝，宰相吕大防说："自三代以后，唯本朝百二十年中外无事，盖由祖宗所立家法最善，臣请举其略。……前代多深于用刑，大者诛戮，小者远窜。唯本朝用法最轻，臣下有罪，止于罢黜，此宽仁之法也。"此外，《长编》卷四九五，大臣曾布有类似言论；《宋史·章惇传》，宋哲宗也有类似说法。这一祖宗家法，一方面激发着文臣士大夫的爱国热忱；一方面也使一些掌权的文臣无所顾忌，有的甚至横行不法。当国家和君主利益受到威胁及损害时，统治者是可以将家法放在一边而开杀戒的，因为家法"不杀"不等于绝对不能杀，然而诛杀大臣确实不是北宋统治国策的主流。因此，即使没有太祖誓碑，与碑文类似的祖宗家法的有关誓约，看来还是存在的。

喜好读书，推行仁德

后人称赞宋太祖为仁义之君，主要是因为其一改五代十国尚武之风，兴文抑武，提倡读书，以儒家思想的仁德治天下。《宋史·太祖本纪》记载：太祖暮年，壮心不已。晚好读书，尝读二典（《尚书》中的《尧典》与《舜典》）。他此时所读之书，大多是有助于治国的儒学经典和史书。他曾说："我常常观读、研习过去的史书，非常仰慕以前的贤君明主。他们不让贤能的人不得志，从而任用的都是这些贤能的人。"他还表示，要效法先代明君，录用那些忠孝仁义、有德有才、文经武略的人才。

赵匡胤本是武人出身，受当时社会风气的影响，对于读书并没有多大兴趣。他除小时候上过一段时间的私塾外，此后再没有接受过系统的教育。从军之初，在其戎马生涯中，他心里主要想的是如何靠军功博取赏识，因而也无心读书。但是后来，仗越打越大，地位越升越高，赵匡胤这才感到分析形势、制定谋略、结交朝廷官员，原有的那点儿有限的墨水已满足不了需要，读书增长知识和才干的问题已引起了他的重视。

956 年十月，赵匡胤因从征淮南攻克滁州的战功，被周世宗晋升为国军节度使。由一名普通士兵成为统治一方的藩帅，赵匡胤在政治上获得了成功。节度使乃是朝廷重臣，军方大将，除在军事上运筹帷幄外，还需要具有参与和介入朝政的本事和能力。赵匡胤再次强烈地感到自己知识的不足。书到用时方恨少。自此赵匡胤治军之余，开始手不释卷，每闻人间有奇书，不吝千金购之。赵匡胤不是贪财之人，出征淮南时，南唐国主曾私送白银三千两以图收买，后赵匡胤悉数送交内库；攻克寿州，面对府军堆积如山的金银财货，赵匡胤不为心动。相反他细心收购了大批书籍，仔细包装整理用车子运回京城。为此，不明事理的人给周世宗打小报告，称"赵某下寿州，私所载凡数车，皆重货也"。周世宗于是派人搜查赵匡胤的全部行李，却发现车中所载，除书籍之外，别无他物。周世宗于是召见赵匡胤问道："卿与联作将帅，辟边疆，当务坚甲利兵，留意军事，何用书为？"赵匡胤答道："臣元奇谋上赞圣德，滥府寄任，常恐不逮，所以聚书，欲广闻见，增智虑也。"这里赵匡胤说的确实不假，不过他还掩盖了一个更加野心勃勃的意图，那就是读书以求政治上的发展。

赵匡胤与他同时代武将的区别就在这里。一般武将只留意于流血和杀戮，而宋太祖却懂得战争之外还有政治可图进取，因而需要比领兵打仗多得多的本事。可以说，随着宋太祖由无心读书到自觉读书的转变，他便完成了从一介武夫到一名政治家的角色转换。

赵匡胤取得帝位后，身份和地位发生了根本变化。由统兵打仗的将帅变成了君临天下的皇帝；由一名以作战为能事的职业军人变成了总揽军国行政大事的一国之主。他深感知识的作用越来越重要，他便以自己的亲身经历规劝武臣读书，让他们懂得“为治之道”。日理万机之余，宋太祖对自己读书抓得尤紧，据说他当了皇帝之后“常幸秘书省，召管军官，使观书”。事实上，保翰林学士卢多逊就是揣摩宋太祖喜好读书的心理，投其所好预先熟记其所读的内容而取得信任的。对于不喜读书的宰相赵普，宋太祖曾多次予以批评和规劝。一次，宋太祖对赵普说：“卿苦不读书，今学臣角立，隽轨高驾卿得无愧乎？”赵普闻后深感羞愧，自此也开始手不释卷，广读经史。

宋太祖由提倡读书、喜好读书发展到重用儒臣、大兴文教，将科场代替了战场，影响和带领宋代社会的风气。在他统治时期，尚文之风盛行，正如后来宋朝儿童读本《神童诗》中所写的那样，是“天于重英豪，文章教尔曹，万般皆下品，唯有读书高”。

宋太祖读书，也是带有明确的功利性的，他反对为读书而读书。他曾对赵光义的老师说：“帝王之严，当务读经书，知治乱之大体，不必学做文章，无所用也！”因此，宋太祖读书虽多，却没有像一些帝王那样留下洋洋洒洒的诗赋文章。他那首类似于打油诗性质的咏赋诗，还是他感到读书无用后的产物。当了皇帝，书读得多了，也比较自觉了，反倒没有写出什么东西。但宋太祖确实深知“知治乱之大体”，从历史经验中获取有益的教训。

966年五月，宋太祖在紫云楼下亲试制科举人，曾向饱学之士陶谷等人议论史事。他们谈到武则天时，宋太祖说道：“则天，女辈也，虽刑罚枉滥，而终不杀狄仁杰，所以能半国者，良由此也。”狄仁杰在武周时期曾两次出任宰相，是被武则天尊为“国老”级的人物。狄仁杰以荐贤著名，他曾先后向武则天推荐过植彦范、敬晖、张柬之等数十人，后来都成为一代名相，以至有“桃李满天下”的美誉。宋太祖感到武则天为政暴烈虽不可取，但她重用狄仁杰是对的。正是由于有狄仁杰这样一批官员，才相应地减弱了残暴统治给社会所带来的震荡。

狄仁杰画像

971年十一月，赵匡胤又询问曾在后唐宫廷生活过的内臣李承进说：“庄宗以英武定中原，郊享国不久，是什么原因？”李承进答道：“李以庄宗好猎，军法松弛，滥赏无度作答。”后宋太祖若有所思，深感一代英豪，驰骋疆场数十年，马上得天下，却不懂得用军法约束士卒，滥赏无度，最终自取灭亡。由此感到治军需严，固不吝惜爵赏，但如果违反军法，就当严厉处置。

973年五月，宋太祖任命殿中侍御史冯炳为判御史台事。他一向对御史台和大理寺的官员比较重视，认为他们的审理人命关天，不可不慎，所以在选择官员时总要反复考虑。冯炳上任后，宋太祖尤不放心，曾召见冯炳对他谈了自己读汉书的体会，并鼓励冯炳向张释之学习。张释之在西汉文帝时担任廷尉，主持狱政。他审判过一桩著名的案子，即有人在文帝祖庙前盗窃了一只玉环，张释之按照律条规定，将盗贼定刑为弃市，而汉文帝却认为太轻，主张判为灭族。张释之坚持认为只能惩处本人，而且这种惩罚已极严重，否则，若有人盗高祖陵上更贵重的其他东西，那就无法加重刑罚了。后汉文帝只好服从他的办法和原则。他还向其谈过其他著名的几个例子，其实都是意在要求冯炳能秉公执法，依法办案。宋太祖读书读到《尧典》时，又联想起历朝法律的严苛，因而试图减轻刑法，调整某些法律关系。

开宝七年十月，史官修撰史书时，提出要建立史官材料采集制度，以便供修当代国史之用。一向重视借鉴历史经验的宋太祖，感到确有必要恢复采集内廷材料信息的制度，以便为后人留下一些可供借鉴的经验，因而很痛快地批示同意，为了郑重其事，他还特意命自己器重的卢多逊主持这项工作。

同月，监修国史薛居正呈上新修《五代史》一百五十卷。当晚，宋太祖不是例行公事式地看了这本书，而是连夜就从开头的章节看起，直至自己睡着。次日，又对宰臣谈起自己的感受说道：“昨观新史，见梁太祖暴乱丑秽之迹，乃至如此，宜其旋被贼虐也。”

开宝八年正月，宋太祖从唐太宗纳谏联想到帝王以身作则的重要性。一日上朝，他对百官们说道：“为君之道，鲜能正身，以致无过之地。我常风夜畏惧，防非窒欲，庶几以德化人之义。如唐太宗受人谏疏，且抵其失，曾不愧耻，岂若不为之而使下无间言哉功臣者，或不终其名节，而陷于不义。盖忠信之薄，而获福亦鲜，斯可戒矣。”在宋太祖看来，唐太宗这样的英主也有不足不以效法之处。虚心纳谏固然不错，但如果他能一直注意防范于未然，克制自己，以德化人而不犯过失，使臣下无从慊议，岂不更好。因此，制定严于律己，杜绝过失的政策，要比那种有了过失再虚心纳谏更有意义。纵观宋太祖的一生，他同那些明君圣主在功成业就的情况下，不免陷于骄奢淫逸中相比，他的确是从历史中学到了许多有益的教训。

其实，宋太祖不仅注意向历史学习，还注重向现实学习，从“无字之书”中吸取教训。灭蜀后，后蜀宰相欧阳炯随孟朗入京，被授予翰林学士。欧阳炯性无所拘束，尤好吹奏长笛，宋太祖存心挖苦欧阳炯，便召他入宫，令其吹奏乐曲。此举遭到御史官的劝谏，对其说道：“联顷闻孟胡君臣溺于声乐，炯至宰相，尚习此技，故为我擒。所以炯，欲验言之者不诬耳。”开宝八年（975），教坊使卫德仁因年老而求任外官，而且援引后唐同光之例求领外郡，宋太祖断然拒绝：“用伶人为刺史，此庄宗失政，岂可效之耶？上佐乃士人所处，资望甚优，亦不可轻授，此辈但当于乐部迁转耳。”最后由于宋太祖的坚持，卫德仁到底只是在太常寺当了一个大乐署令。

南汉国主刘铱虽做皇帝不称职，但其手工技艺却不赖。被俘至京都后，曾用珍珠编成一副珠龙九五鞍，整个马鞍造型别致，工艺精美。后宋太祖曾用一百五十万钱买下此鞍，后对百官说道：“张好工巧，遂习以成性，党能移于治国，岂至灭亡哉？”对于南唐文人皇帝李煜，宋太祖也有类似的感慨，他说：“李煜若以作诗的功夫治理国家，岂为吾所俘也？”正因为有这样一些反面教训，所以宋太祖总是事必躬亲，为朝廷军国大事操劳费心，不敢有丝毫的怠懈。有次罢朝之后，宋太祖久坐便殿，闷闷不乐。内侍王继思请问其故，宋太祖说：“尔谓天子容易邪？早来吾乘快指挥一事而误，故不乐也。”他总为一件小事而反省自己半天，由此可见其事必躬亲的治国态度。

宋太祖在乱世中崛起，对于人治和法治都有清醒的认识。他认识到，要达到社会的大治，仅靠严刑峻法是不行的，法律只是治理社会的一个方面，是被动地去治人；而要使天下大治，在于教之以德，提高民众素质。宋太祖一方面看到，对于新建的王朝来说，法律必不可少，因为无刑罚，人们会为争利而犯法，破坏社会秩序，影响统治基础。所以必须制定法律予以限制。但同时又不能推行严刑峻法，久经战乱的百姓，最需要的是宽松的生活环境。国家的主要任务是维持社会安定和生产的发展，这样就需要与民休息，普施仁政。

“孔曰成仁，孟曰取义。”儒家学说统领中华民族风骚数千年，虽朝代更迭，

孟　子

思想家、文学家孔子

天子皇帝走马灯似的换来换去，但历朝历代用以统治百姓的最重要的思想武器仍旧是儒家思想。在所有帝王中，将仁义挂在嘴边的无以计数，而将仁义铸于胸中者却寥寥无几。仁，就是仁爱。历代统治者，常常标榜仁政，即使像夏桀、商纣这样的暴君，也常以仁政来欺骗百姓。作为儒家学说核心的“仁义”，是中华传统伦理道德的精髓，是历代名君圣主兴邦治国的思想基石。

《宋史·太祖本纪》记载：宋太祖的道德仁义之风淳厚，不在汉、唐名君贤主之下。著名理学家朱熹也认为，太祖“得天下以仁，而民从之，故天下一于宋”。如果说朱熹是为宋太祖歌功颂德，是因为他是宋代官宦，而《宋史·太祖本纪》却是后代所撰，其客观性当属真实。

宋太祖当上皇帝之后，急需考虑的是统一的问题。唐末以来，各地割据势力为争夺权力和领地，连年战争不断，造成大量土地荒芜，人口凋敝，经济几近崩溃。因此，统一是当务之急。然而，统一必须通过武力来解决，或者说以武力为后盾来解决。在大多数情况下，战争是统一的唯一方法，胜者为王败者为寇。战争意味着大规模的杀戮，不仅使敌人血流成河，自己也避免不了伤亡惨重的后果。宋太祖在统一过程中，为尽量减少敌我双方的伤亡，且能够达到一统天下的目的，他制订出比较周全的统一计划，采取先易后难，战抚并用的方针，逐步完成了理想。

作为带兵打仗的将领，能够披坚执锐，冲锋陷阵，百战百胜，当然属于勇猛的将才，但算不上最聪明的将才。因为他在取胜的同时，自己一方也遭受了不同程度的损失。真正聪明的将才应该是不战而屈人之兵，以最小的代价换取最大的胜利。在伐蜀一役中，宋太祖巧妙运用兵伐与怀柔之计，迅速完成了灭蜀的任务。

乾德二年，宋军伐蜀。太祖事先约束伐蜀将士：行营所到之处，不许焚烧房舍，不许殴打与劫掠吏民、开发坟丘、剪伐桑柘。违背者，以军法从事。与此同时，太祖还令掌管工匠制作的八作司在开封汴水沿岸为后蜀皇帝孟昶预建宫舍五百余间，室内床帐器物一应俱全，只待孟昶投降后便可久居于此。在这种情势下，宋军前锋刚一攻下后蜀门户剑门关后，孟昶便急忙派人请降。宋太祖为安定民心，以仁爱宽容厚待孟昶及其家人，封官加爵，打消了后蜀君臣的顾虑。为安定后蜀百姓，宋太祖进一步下令，减免原有的苛捐杂税，取消不合理的制度，并严令地方官吏不得擅自苛害百姓，违者严办。在征蜀时，宋军中也出现过违背太祖命令而残暴虐民的将领。有一个军官，每攻下一城，便在降民中割女人的乳房为乐，致使许多妇女受虐而亡。太祖闻知大怒，立即下令将此人处死。许多将领为此人求情，说他对太祖忠心耿耿，只是出于对敌之恨才干出此事，如果因为这样就杀了这个良将，岂不是一个损失？太祖说："兴师伐罪，妇人何罪？怎能残忍到如此地步！应当绳之以法，以此为受害者偿冤。"太祖虽然失去了一名善于打仗的良将，却赢得了后蜀百姓的拥戴，其利害得失显而易见。

宋军以微薄的兵力，仅用两个月便灭掉了广饶富庶的后蜀，其主要原因便是太祖制定的兵临城下、怀柔其后的战略。加之战后太祖对蜀地实行仁政，有效地减少了后蜀官吏百姓的对立情绪，很快完成了对后蜀的统一。

自古以来，皇帝被称为天子，代替上天来统治百姓。作为天子统治下的官员百姓，率土之滨，莫非王臣。在处理君与民的关系上，不同的帝王有不同的思想和措施，既有秦二世之类的暴政苦民的君主，也有唐太宗、宋太祖这样的仁政爱民的帝王，其结局自然是大相径庭。

宋初，经过唐末以来的连年战乱，河山一片苍凉，荒田万顷，流民遍野，社会处于急剧的动荡之中，这对封建统治者提出了严重的挑战。百废待兴，而且亟须待兴，这是太祖登基以来要解决的第一要务。为安定民心，太祖首先下令在统一过程中，注意保护百姓的财物，不得劫掠，使之安心生产。其次，严贪墨之罪，严惩贪污受贿的官员。最后，爱惜民力，尽量做到不劳民，休养生息。

在统一大业中，各地割据势力法令不一，百姓的捐税多如牛毛，苦不堪言。后太祖下令，每当征灭一个国家之时，首先要注意废除该国的苛政。合并荆湘后，下令免除荆南、潭州、朗州等地百姓拖欠官府的租税及其他杂税。平定后蜀后，免除了境内百姓拖欠的租税、无名科役及新增赋调，接着免除了百姓所欠官府和地主的公私债务，并废除了"牛驴死后，皮革完全归官"的规定。平定岭南和江南后，太祖又下令免除以前所有的繁苛重敛及拖欠的租税。

在爱惜民力方面，宋太祖与其他帝王相比，更显其仁政爱民。众所周知，秦始皇统一六国后，大兴土木，修长城，筑阿房宫，所耗民力巨大，其所创秦朝仅历二世而亡；隋炀帝频繁征调百姓，大修宫殿，广疏运河，远征高丽，逼得民不聊生，揭竿而起，最终国破人亡。就连创下开元盛世的唐玄宗，其晚年也不思进取，广建行宫，惹得天怒人怨，盛唐从此一蹶不振。这些滥用民力的历史教训，数不胜数。

宋太祖执政后期，境内基本趋于稳定，社会经济生产已逐步走上正轨。一天，宋太祖得梦，梦到先祖的陵墓非常破旧，觉得愧对祖先。醒来后，便计划大修祖陵，使地下的祖先过上舒适的生活。但想到帝室陵寝的维修是一项浩大的工程，肯定要动用巨大的人力和物力来完成，而且还有秦始皇大修陵墓的前车之鉴。但如果不修陵墓，又觉得对不起祖先。思来想去，太祖终于想到一个较为稳妥的折中方案，即“调厢军千人到京都修先代陵寝”，从而避免了大规模征调百姓，耽误农时的弊端。太祖还下令：“今后再有什么修建的工程，可以镇兵充其役。”

宋太祖以宽仁治天下，虽用法而务在宽简。在国家局势稳定之后，他见各项工作已转入正轨，就大力推行立法从宽、执法尚严的治国方针。自开宝以来，他对犯死刑而非情理谋害，又不是蓄意杀人者，多免除死罪。从公元 969 年至公元 975 年的七年间，宋太祖所免除死罪者多达四千人。

建国以后，为了保证国家的正常运行，宋太祖下令加强法制建设，制定和颁布了宋刑法。在封建社会中，没有法律只靠人治，固然不行，因为执政者的思想不一致，使得社会缺乏统一的规则，结果必然是无法可守，容易引发社会问题。但有了法律不见得就好。秦朝推行严刑酷法，结果适得其反，仅仅几十年的时间，就被农民起义推翻。在还没有现代法治的古代，如何做好这方面的工作，是执政者的主要任务之一。

在灭南汉之前，当地人民长期受到残酷统治。其国主在奸相的把持下，制定了严苛的刑律。当时窃盗很多，按有关法律，盗窃钱财，赃满五贯者就当处死，而按照宋朝的司法程序，对判处死刑的案件则必须上报奏裁。因此，宋朝派去的地方官就向宋太祖请奏说：“岭表遐远，覆按稽滞，请不候报决之。”因岭南离汴京确实太远，在当时的交通条件下，如果判处死刑上报刑部，得用很长时间。为了不让案件积滞太久，造成关押不便，所以请求宋太祖让他们不报刑部批准就可以对人犯判处死刑，在法律程序上做些变通。

宋太祖所想的却不一样，他首先想到的是窃盗律规定得过于严苛，其次又想到地理区域的不同，因而习俗不同，他不仅没有同意广东地方官对犯盗窃罪的人犯先斩后奏的请求，反而减轻刑律，他答复说：“海隅之俗，习性贪冒，穿窬攘窃，乃其常也。”因而下诏，盗窃赃满五贯者，只给予决杖、黥面配役，满十贯者才能弃市。

宋太祖除了在法律条文上予以放宽外，在具体的案例刑狱上也往往宽缓刑罚。他曾亲自调阅开封府审判案卷，仔细复查后，将数十人解除禁押。乾德五年四月，他鉴于司法条文中有持杖抢劫者一律处于死刑的条款，又特意下诏，对虽持杖抢劫但不伤人者，只以计赃论罪。

对于那些因为犯罪被羁押的人，宋太祖也从人道的角度予以考虑。开宝二年五月，暑日早到，天气大热，人皆寻荫摇扇以御暑。宋太祖见暑气方盛，不由寻思，自由民尚不耐暑，何况狱中系绳带枷之人？于是下诏给各州，命令长官督掌狱属员每五日一检视监狱，洒扫狱户，洗涤刑械。贫困不能自存者给饮食，病者给药，轻系小罪即时予以遣释，无得淹滞。从此之后，每年仲夏，都要重申此项命令，以申诫司法官员，后来就成为正式的制度。

据史书记载：“太祖任人而不任法，以处他事则可，以处刑狱则不可，此《刑法》之不可无也。史律令之明，条章之具，使罪应其法，法应其情，奸吏犹且为之轻重，况无法乎！本朝格式律令皆有常书，张官置吏，所以行其书耳。然有司所执之法，有人主所操之权，宽缘坐而严故人，命士人以典狱，责御史无冤民，此太祖用刑之权。”由此可见，宋太祖在推行法律的过程中，也贯穿了他的仁政思想。

孟子曰：“鱼，我所欲也；熊掌，亦我所欲也。二者不可得兼，舍鱼而取熊掌也。”进而又说：“生命是我所爱好的，仁义也是我所爱好的，如果二者不可得兼，舍生而取义者也。”这里所说的义，就是仁义。在孟子看来，仁义比生命还要可贵；在宋太祖看来，仁义是安邦治国必不可少的柱石，也是一切权术的最终出发点。

宋太祖以仁治天下，还表现在严禁官员责骂奴婢和下属。奴婢，自古以来身份低微，受凌辱责骂本是常事，惨遭主人杀害的，亦不在少数。太祖在位期间，奴婢被残害的事情，仍然存在，但经过太祖的努力，奴婢的境况较以往有了很大改观。太祖的心腹将领李继勋自从被解除兵权后，一直郁郁不乐。为了取乐，他经常从奴婢身上割肉，太祖得知此事，非常震怒。经核实后，太祖虽看在“义社十兄弟”的面子上不忍严办，但为了惩罚犯罪，还是把他流放到地处荒僻的海边。为杜绝此类情况再次发生，太祖于开宝二年下令：开封、河南府从今以后奴婢无故致死者，有关长吏必须立即下去检验。

为倡导仁政，太祖还严禁官员对下属过分责罚。当时掌管绫锦院的官员名叫周翰，颇有文采，极得太祖赏识。他虽然饱读诗书，对下人却非常苛刻，属下的锦工稍有过错，便下令施以杖责之罚，引起属下不满。太祖听说后，对周翰很是不满，斥责道：“你难道不知道别人的肌肤与你的是一样的吗？你怎能忍心对下属如此酷毒呢？”并准备让周翰也尝尝杖责的滋味，后因周翰认错态度比较诚恳，才放他一马。

帝王对国家的治理不能事必躬亲，只能依靠文武百官来代行天子之权。而百官也是良莠不齐。如何充分调动他们的积极性，发其长而隐其短，最大限度地实现天下大治，就需要君主的驭下之智和控制能力了，宋太祖用一个“仁”字，轻松解决了这个困扰古今帝王的大难题。

历代统治者对百官的控制各有手段。武则天重用酷吏，明成祖开设厂卫，用严密的特务组织监控官员的言行，使得百官人人自危。东汉后期的皇帝则对百官放任自流，不管不问，造成政出多门、群雄割据的乱世。如此看来，对百官的控制，严刑峻法不可取，放任自流也不足采，关键在于一个“度”，即对百官的合理控制。宋太祖便用“仁”把这个“度”拿捏得恰到好处。

中国传统的儒家认为，国家的治乱兴衰，社会秩序的好坏，取决于统治集团的智慧，尤其是最高统治者个人的贤德与才能。宋太祖以仁义为本，善待前朝遗臣，优恤各地降王，并能够给士兵和百姓以生路，实属不易。他的某些行为，虽是仁政，但细思起来不无收买人心之嫌。可是这样做，毕竟比什么都不做要好得多。

宋太祖的仁义措施避免了更多的杀戮和流血，使动荡的社会很快安定下来，大大加快了统一的进程，加速了统一后社会的安定与繁荣。

善待谏臣，明察秋毫

春秋初年齐桓公设大谏，为谏官设置之始。谏官，中国古代官职之一，他们的职责有二：一是向皇帝检举、揭发犯有错误的同僚百官，帮助皇帝更真实、更有效地知晓群臣为国尽职尽责的情况；二是对君主的过失直言规劝并使其改正。

由于宋太祖在宋初极力推行谏官制度，使得谏官制度一直在宋代盛行。宋代有很多我们熟知的著名谏官，如司马光、欧阳修、范仲淹、苏辙等。宋代的谏官也敢谏、善谏，谏疏有时多到令人吃惊的程度，如神宗时，张舜民做谏官才七日，就上了六十封奏疏；徽宗时任伯雨做谏官半年，上疏一百零八封。范仲淹曾有《灵乌赋》，“宁鸣而死，不默而生”，是其谏官生涯的真实写照。

齐桓公雕像。齐桓公，春秋五霸之首，公元前685—前643年在位，春秋时代齐国第十五位国君。

宋初，朝廷把“三省”中的门下省分出一个谏院与三省并行，以左右谏议大夫为长官，加上门下省的“给事中”，合称为“给谏”。改唐时“补阙”为“司谏”，改“拾遗”为“正言”，仍分右左而置。又设“司谏”，表示专司谏诤之职；设“正言”，直言规劝皇帝的过失行为。正所谓“正言之为官，以谏救遗失”。后宋代王安石的《上田正言书》就说道：“不矜宠利，不惮诛责，一为天下昌言，以寤主上；起民之病，治国之症，蹇蹇一心，如对策时。”

宋专置谏院，并置谏官六人，以“司谏”“正言”充任；另有许多以他官兼领者，谓之“知谏院”“同知谏院”，带有加官性质，但也是很重要的谏官。司马光在迁起居舍人时，就是同知谏院，并有《谏院题名记》一篇。宋代谏官职权很大，“朝夕耳目天子行事”，一切是非“无不可言者”，对各方面的问题都可以提出自己的看法。王安石说：“欲行其志，宜莫若此时。”

他官兼领谏官，是宋代谏官制度的一个很重要的特点，同时也带来了一些弊病，谏官的性质发生了一些变化。唐宋以前，言官与察官是分立的。谏官司言，御史司察；谏官掌规谏讽谕，献可替否，御史掌纠察官邪，肃正纲纪；谏官监督政府，纠察皇帝，御史监督官吏，纠弹大臣。唐代的御史不得言事，谏官也不得纠弹。宋代初期，御史和谏官也分别职司，并不兼领职务，后谏院独立，权力扩大，并且规定谏官由皇帝亲擢，不得用宰相所荐举，谏官虽然可以谏诤皇帝，但也有纠绳宰相之责。据宋史载：凡朝廷缺失，大臣至百官任非其人，三省至百司事有违失，谏官皆得谏正。宋神宗以后，谏职更加扩大，以两省给谏权，凡除中丞而官未至者，自正言而上，皆给右谏议大夫权。宋神宗初年，规定他官可以兼领其谏官职务，并以知杂侍的御史邓绾为中丞，除谏议大夫。唐代重谏官，轻御史，而宋代的御史多由谏官兼权，谏官又往往分行御史的职权，这样对皇帝的箴规阙失、规谏就削弱了。

宋太祖善于吸取前代经验，早已认识到谏官的重要性，所以有时他很能听取谏官的意见。一次宋太祖在宫中花园乘凉，后召礼部尚书窦仪来此领取起草诏。当窦仪奉旨来到花园，见宋太祖衣衫不整，便停步不前，在花园口候着。太祖见窦仪许久不来，便遣人打听，后知窦仪见皇帝衣衫不整，于礼不合，不敢来见。宋太祖听后也觉不妥，便整理好皇服，令宦官召窦仪入见。窦仪来后，马上下跪进谏道："陛下有了大宋江山，应注意以礼示天下。臣虽不才，不足以令陛下看重，但恐别人传皇上口实，说陛下不以礼待人，引来别人的嘲笑。"宋太祖听后，大为赞赏窦仪的直言规劝，后私见臣子时都正服相待。

一次宋太祖闻翰林学士欧阳炯多才多艺，擅吹长笛，为助雅兴，便召他到便殿演奏长笛。当时身兼谏官的御史中丞刘温叟听说此事后，即到便殿，并向太祖直言道："后蜀君主就因沉迷声色，尤喜欧阳炯的长笛，以致不思上进，才使得国家衰落，望陛下引以为戒！"宋太祖闻后并不生气道："朕只是想见识下欧阳炯的长笛技艺，并无他意，既然如此，我不听便罢！"此后宋太祖也引以为戒，不迷于各种声色。一晚，刘温叟见宋太祖在明德门登楼看景，但无仪仗形式，便令人遣派仪仗队开路，呼喝而过，以示登楼礼制。次日上朝时，刘温叟便出列奏明宋太祖道："陛下已贵为天子，按天子礼仪，登楼时都应举行仪仗仪式，以表皇恩。"宋太祖也以此为戒，此后每登门楼，便令仪仗开路。

宋代司马光在《涑水纪闻》记载了一则宋太祖"打鸟不成，打人牙齿"的故事。一日一大臣以报紧急公务项为由，终止了宋太祖打鸟的乐趣。后知此人所奏之事甚为平常，只是找借口来制止天子沉迷于玩乐。太祖听后，感到被处处约束，即刻愤怒地夺过侍卫手中的斧钺，朝此臣挥去，后打掉这人两颗牙齿。此臣挨打后，并无悔意，不慌不忙捡起牙齿，吹净后揣于怀中。太祖一看，又怒道："你把牙齿收在怀中，难道还想告我的状不成？"此臣道："我自然不能告皇上的状，但是自会有史官将此事记于史册。"太祖听后，深感自己鲁莽，便向此臣道了歉。

我们可以看到宋太祖对于谏臣的态度，深知忠言逆耳：对于自己的疏忽，积极改正，不因自己贵为皇帝而强词夺理。朝中之人，对宋太祖进言者，也不乏险恶用心和为求利益的，宋太祖对于此类诬陷他人之人，一般都会严惩。

宋初，杨承信曾任护国军节度使，在平定李筠叛乱中立有大功，其父杨光远在后晋时曾经占据青州反叛过朝廷。后有好事者便借题发挥，诬陷杨承信将以其生日为由，密谋造反。宋太祖闻后，并没有立即听信，而是先派魏丕借赐给杨承信生辰礼物之际，探究虚实和调查真相。魏丕仔细调查此事后，认为杨承信忠心为国，根本无反抗朝廷之心。宋太祖一向厌恶险恶用心之人，于是重罚那诬告之人，以正视听。

《续资治通鉴长编》中还记载了这样一件事：宋太祖即位初，为管制好京城内外的治安和防止叛乱发生，特派军校史硅巡视京城，严惩有闹事或造反之心者。后史硅也因办事踏实而受到太祖恩奖，升任马军都军头，领毅州刺史。可此后史硅便开始乱用职权，利用自身便利做了不少违法之事。

当时，德州刺史郭贵权知邢州与史硅交友甚好，而郭贵的族人和亲吏倚仗他在德州的权势，为非作歹，鱼肉乡里，后被国子监梁梦升全部绳之以法。郭贵因此对梁梦升怀恨在心，想借史硅之手除掉梁梦升。史硅收到消息后，用平时的阴险手段，为梁梦升编造了一些莫须有的罪证，后准备向宋太祖禀报此事。一天，宋太祖询问史硅道："近来中外所任官吏，皆得其人，你认为如何？"史硅连忙说："今之文臣，也未必都得其人。"一边说，一边将早已整理好的揭发梁梦升的材料呈给太祖，并添油加醋道："例如，梁梦升权知德州，欺蔑刺史郭贵，几至于死。"太祖对梁梦升的忠直素有了解，于是说："这一定是刺史所为不法所致，梁梦升是真正精明强干的官员。"后史硅递上了自己整理的一些梁梦升的罪证，宋太祖看完后，根本不以为然，还下令提升梁梦升为左赞善大夫，仍为德州知府。后宋太祖开始派人秘密调查史硅，发现其存在许多欺下瞒上和为非作歹行为后，给予了重罚。

乾德二年，吏部尚书张昭与翰林学士承旨陶谷共同掌管官吏铨选时，陶谷趁机公报私仇，诬陷左谏议大夫崔颂嘱托给事中李防将自己的亲信授为县令，并以张昭为证人。太祖一向痛恨买官卖官、培植私人的做法，听到此事后十分震怒，为了查明真相，急召张昭当面对质。宋太祖见张昭回答此事时，有着含糊和犹豫的行为，似乎有难言之隐，后让其抛开压力，说出事实真相。张昭闻后深感惭愧，说出了自己被陶谷抓住的把柄，故隐瞒了实情。宋太祖知晓后，赦免了张昭的过失，并将诬陷他人的陶谷予以严厉惩处。

泾州马步军教练使李玉是一性情凶狠和狡诈之人，后与彰义节度使白重赞有过节，便总想借机除掉白重赞。一天，李玉和部下策划了一个阴谋，制造了一份假的举报文书，其内容是揭发白重赞谋逆之事。后李玉将这些假证据交给其上司，并嘱托他上交朝廷。然而，其上司根本不相信白重赞会有谋反之心，一定是险恶用心之人想陷害白重赞，并将这份文书交给了白重赞，让其自证清白。白重赞知道此事后，便上奏朝廷请求明断，宋太祖闻后便秘密派人前往查证。调查人员秘密来到泾州后，查明了事情真相，并知道了李玉的诸多恶事。宋太祖闻后，立即令人前往泾州擒拿李玉等人，并将之弃市处死。

宋太祖是明朝秋毫之人，对于涉及生死的大事，一般都会仔细调查，不会妄下定论。隰州刺史李谦溥手下有一员武将刘进，勇力非凡，在与北汉的交锋中常常是奋勇杀敌，以少胜多。北汉统治者将刘进视为心腹大患，总是想除之而后快，后来决定用反间计来除掉他。一天，晋州节度使赵赞忽然接到一封密信，上面罗列了刘进与北汉君臣交好的事例。为了边境的安全，赵赞立刻将此事上报朝廷。宋太祖下令将刘进押送京城，严加审讯。李谦溥知道此事后，上疏宋太祖道："刘进为北汉人所恶，此乃反间计。"并表示相信刘进的忠诚与清白，愿意用全家四十余口人的生命作为担保。后经过调查，刘进确属冤枉，便急命释放刘进，官复原职，并赐给他一些补偿，以补枉屈。

教化民众，使其安心

不仅儒家在封建治国中占有主要地位，其他如佛教、道教等宗教性质的教派，也有着极大的作用。宗教虽然大多推行向善，但同时又有其迷惑性。作为人们精神上的一种寄托，宗教可以通过修炼和忏悔，使人们达到修身养性的目的。宗教有着一定的积极作用，它能巧妙地消除人们对于一些迷信的盲目信仰。所以，在封建社会，宗教成为统治者统治人民的思想武器，通过它的影响，让人民服从和遵守，以达到维护其统治的目的。

魏晋以后，佛教一直占据宗教界的统治地位。许多王朝的皇帝与佛教之间有或多或少的联系，有的皇帝是虔诚的佛教徒，有的皇帝只是借助或利用佛教来维护其统治。皇帝对于佛教的态度直接决定了佛教在国家内部的生存环境。假如皇帝笃信佛教，便会倡导佛教，并让百姓们也信佛、尊奉佛教，如南北朝时期的梁武帝萧衍、隋文帝杨坚等。如果皇帝觉得佛教的影响已经严重干扰了皇权，危害了其统治，便会利用行政手段加以干预，有时甚至不惜动用武力镇压佛教势力，如中国历史上的数次毁佛事件。

因此，在封建社会中，神权与皇权的关系，只能是从属关系，神权只能作为皇权的附属，无条件地服从皇权。

皇帝对于佛教的重视应从东晋时期算起。晋元帝是尊崇佛教的第一位皇帝，在他的影响下，东晋的皇帝们大多懂得利用佛教来加强自己的统治，因此，佛教得以迅速发展壮大，形成一股强大的社会力量。晋哀帝、孝武帝经常请佛教高僧进宫讲经，以致出现佛教徒窃权干政的现象，这些干政的僧人曾经“权倾一朝，威行内外”，成为中国历史上的一大怪事。

在南北朝时期，由于皇帝的笃信，佛教进入发展的高峰期，各地不断增修寺庙，佛教徒的人数也急剧上升，南齐时出家僧尼有三万多人，至南梁武帝时仅一次受戒者竟达四万八千多人。佛教虽然教导信徒们从善去恶，对社会教化有积极意义，但是广建寺庙，又是对人力、物力、财力的极大浪费。而且，出家的僧尼不从事生产，对社会经济的发展也产生消极影响。

道教是中国唯一土生土长的宗教，源于古代民间巫术和秦汉时期的神仙方术，同时还吸收了阴阳五行学说和老子、庄子的道家学说，具有浓厚的民间和原始色彩。道教被统治者推上政治舞台的时间要远比佛教晚，其兴盛时期出现在唐代。

佛教讲究修身度人，道教注重炼丹以求长生不老之术。做什么事情都要有个“度”，假如突破了这个“度”，好事也会变成坏事。历史上对宗教的狂热信仰而导致误国误民的帝王如过河之鲫。

梁武帝萧衍是中国历史上唯一一位做了皇帝又当和尚的人。他笃信佛教基本上达到了痴迷的程度。他在位期间，广修寺庙，大兴土木，用百姓的辛苦钱来铸佛像和布施僧尼，其中仅一次布施就达一千多万万钱。这还不算完，他为了表示对佛教的虔诚，前后三次剃度出家做和尚。不问国事，逼得百官没有办法，只好出巨资赎回他，两次的赎金竟高达二亿钱。如此一来，百姓的负担无形中加重了许多。

南朝梁武帝萧衍

隋文帝杨坚虽是一位有作为的皇帝，但在他执政期间对佛教的痴迷也相当厉害。他即位前，一位尼姑曾预言他晚年当得天下。于是，他得到天下后为了报恩，在称帝的当年就下令：听任百姓出家当和尚、尼姑；全国各地一律按人口征钱以营造佛寺、塑造佛像及缮写佛经。据史书记载，杨坚在位期间，所度僧尼总数达到二十三万人；这么多的人出家诵佛，严重危害了社会生产，对社会经济的破坏作用可想而知。

道教的负面影响也极为显著。唐武宗在位期间，醉心于道教的长生不老之术，封道士赵归真为左右街门教授先生，并拜其为师，日夜修炼神仙术，以致废寝忘食，将国家大事抛于脑后。而道教所谓的“金丹”，有百害而无一利，不但不能使人长生不老、返老还童，而且还会因其毒性发作而致人死亡。据史书所载，唐代许多皇帝，如太宗、宪宗、穆宗、敬宗、武宗、宣宗都是因为服食“金丹”而中毒身亡的。

那么，宋太祖对于佛、道又是什么态度呢？客观地讲，宋太祖虽然也把佛、道当作维护其统治的思想武器而加以利用，却不醉心于此，只是采取中庸之道，即虽敬重却不放纵。

宋太祖即位之初，曾延续周世宗对佛教的政策，废停寺院，毁天下铜佛像用于铸钱。但不久之后，他意识到这种过激的政策不利于维护社会的安定。于是，宋太祖下令停止废毁寺院，并剃度童僧八千人，将僧众的数量保持在一定的规模。此外，他还下令：已经铸成的佛像，不要再毁。同时下令雕刻《大藏经》，并资助去天竺求法的僧人每人三万钱。

为使佛教更好地服务于皇权，宋太祖对佛教表现出一定程度的敬意。据说，宋太祖即位后巡幸相国寺。按照寺规，佛像面前，众生平等，即使是天子皇帝也应跪拜。宋太祖开始不愿跪拜，便故意问僧人："当拜不当拜？"僧人见此情景，连忙迎合说："不拜。"太祖问其原因，僧人解释道："殿上佛像是过去之佛，而陛下是今世活佛，活佛不必拜死佛。"太祖听后哈哈大笑，然后出人意料地走到佛像前，恭敬地行了跪拜礼。

为防止佛教徒危害社会，太祖还亲自召见各寺院的住持和方丈，了解其品行及学问，并从中选出合适的僧官，以教化、引导僧众为善去恶。

为维护其统治，宋太祖对佛教还采取保护措施，不允许有诋毁、亵渎佛教的事情发生。河南有一进士李霭，不仅不信佛，而且还著书于言，名为《灭邪集》，用激烈的言辞批评、诋毁佛教。此外，他还将佛经用针线缝起来当作内衣。这些对佛教大不敬的做法，引起僧人的强烈不满，将李霭告到朝廷。宋太祖为了平息僧人怨气，也觉得李霭做得过分，便将他决杖流放到沙门岛。

对于道教，宋太祖也本着与对待佛教一视同仁的态度。据《续湘山野录》记载，宋太祖与道教略有渊源。宋太祖登基前曾与赵匡义、赵普二人一起到长安游玩，途中碰到一骑驴的道士陈抟。陈抟热情地邀三人入酒肆饮酒。赵普无意中坐到席左，陈抟十分生气地批评他说："紫微帝垣乃一小星，岂可居上座？"几年之后，宋太祖果然当了皇帝。正因为陈抟的预言应验，所以宋太祖对德高望重的道士非常礼遇。

宋初有一处士名王昭素，有志行，为人忠直达观，著有《易论》三十三篇，门生满天下。太祖听说此人后，便下诏在便殿召见他，此时王昭素已是年过七旬。太祖问：“何以不仕？以致相见之晚。”王昭素答曰：“不能。”继而为太祖讲解《易经》之“乾卦”。在讲解之中，王昭素旁征博引，其间还夹杂着规劝皇帝做利国利民之事的谏言，太祖非常叹服其知识的广博，当太祖问起治世养身之术时，王昭素说：“治世莫若爱民，养身莫若寡欲。”太祖十分喜欢这两句，当时便将其书写下来，作为警励自己的座右铭。

另外一个志行高洁、素为世人敬佩的道士苏澄隐也颇受太祖敬重。太祖曾亲至兴隆观拜访苏澄隐，询问养生之术。苏澄隐回答说：“臣养生，不过精思练气耳。帝王养生，则异于是。老子曰，‘我无为而民自化，我无欲而民自正。’无为无欲，凝神太和。昔黄帝、唐尧享国永年，用此道也。”太祖听后，获益匪浅，连连称是，并赐给他紫衣一袭、银五百两、帛五百匹。

在尊重佛、道的同时，宋太祖认识到其对社会产生的消极影响，便对其采取了一系列限制措施。宋太祖曾下令，禁止用铜铁铸造佛像。但时间一长，民间又出现销毁农具而铸造佛像的状况。为此，太祖再次下令，严禁此类事情发生，违者重罚。为限制寺院和僧人数量，他还下令：周世宗时期已被停废的寺院，不得复兴；各州每百名僧尼只许私度一人。

公元972年，太祖下令：出家修行的僧尼各不相统领，接收出家男女信徒各于本寺置坛受戒。同时禁止只穿道士服装而不信教念经的假冒道士，不允许私度道士。这些法令，对于严肃佛道门规，净化社会风气有一定的积极作用。

对假借佛道的掩护，做出不法之事或有伤风化的活动，宋太祖给予了严厉打击。平定李重进叛乱后，宋太祖率军返回京城，僧道与百姓、官员一起夹道相迎。而皇建院僧人辉文等人不顾礼法和戒律，携妇人在传舍中饮酒作乐，被人告发。经审讯核实后，太祖下令将首犯辉文杖杀于大庭广众之下，从犯录琼隐等十七人被决杖流配。

在中国古代社会中，天命迷信相当盛行，即使到了科技高度发达的现代，迷信也有很大的市场。《礼记·表记》篇记载，子曰：“夏代尊崇天命，畏敬鬼神但不亲近；殷代尊崇鬼神，并教人服侍鬼神；周代尊崇礼仪，敬鬼神而远之；

到了唐末五代，由于社会动荡，人们的生命得不到保障，只能寄希望于天命，迷信更是泛滥一时。”王朝的兴衰更替，个人的祸福荣辱，都被认为是上天的旨意，是神祈显灵的结果。一时迷信之风盛行，严重影响了正常的社会秩序，也给统治者维护其统治带来了不良后果。

宋太祖在夺取政权过程中，曾经两次利用迷信天命制造影响以达到目的。第一次是借桃木符把张永德赶下台，第二次是借“将以出军之日，策点检为天子”的传言为其登基制造舆论。但是，当他登上帝位之后，为杜绝他人利用迷信制造混乱，严禁他人从事或宣扬天命迷信，除非这种天命迷信有助于加强统治。

为消除天命迷信的不良影响，宋太祖并没有采取强硬禁绝的方法，而是以毒攻毒，“紊其次而杂书之”，使之真伪混杂并存，一旦失去效验，人们自然会弃之不信。

古代迷信流行，谶书即是一种。谶书是有人对将来的事做出的一种预测，大部分不着边际，小部分或因巧合，或因附会，或因真有人参透了历史规律，也有预测应验的。一些人利用它煽惑视听，制造思想混乱以从中起事。宋初一段时间内，唐季五代民间流传的谶书相当流行，为害颇深，宋太祖即设法消除其影响。如《推背图》，托唐朝天文学家李淳风所作，传了几百年，民间多有藏本。一天，赵普上奏说：“违反禁令传抄这本书的人太多了，杀都杀不过来。”宋太祖说：“不必多禁，应该混杂搅乱它。”于是，他让人找来旧本自己亲自看验，然后打乱它的次序胡乱写了一通，又造了约百十本，让这些假冒伪劣的盗版书混杂在原版中一起流行到民间。传抄

李淳风画像

的人也搞不懂到底先后次序是什么，不知哪些是真的，哪些是假的。偶尔再有存留这些谶书的，因为它不灵验，也都不保藏了，宋太祖从内容上紊乱谶书，使之真伪混杂并存，一旦失去效验，人们自然会弃之不藏。这种“以毒攻毒”的做法，别出心裁，比用强制禁止的方法要好得多。

巫术在宋初的一些地方也极为流行。许多人生病后，不就医诊治，反而求助于巫婆神汉，以致贻误时机而死亡。当时岭南一带巫术尤为盛行，“深广不知医药，唯知设鬼而坐致殂殒”。

为改变这种恶俗，引导人们相信医学，以医药去除疾病。公元966年，太祖下令：诸州长吏察民有父母亲属疾病不视医药者，深惩之。在他的倡导下，许多地方官员带头宣传科学，倡导百姓以医药治病。邕州知州范曼不但坚决推行太祖的禁令，而且自己出钱购买药物，亲自调和，解救了不少病人。他还将医书《方书》刻于石龛，置于厅壁，久而久之，“部内化之”。

公元972年，太祖下令：“禁玄象器物、天文、图谶、七曜历、太一、雷公、六壬、遁甲等不得藏于私家，有者并送官。”还规定释道不能私习天文、地理，以防这些人利用天命迷信煽动人们滋事生非，不利于维护其统治。一旦发现“私习”“私藏”者，立即予以严惩。通事舍人宋惟忠，便先因不法事被除籍为民，后来又因私习天文，妖言利害，蛊惑众听，而被弃市处死。

宋太祖对宗教有清醒的认识，一方面，他以佛、道来教化民众；另一方面，他清楚地认识到了宗教的消极作用。对待迷信和巫术，他从多方引导，并以巧妙的方法破除。

朴素节俭，带领风气

要想稳固自己的政权和统治，必要有令人信服的能力。上梁不正下梁歪，统治者的影响力是巨大的，足以影响整个社会，影响到民间的风俗习惯。每一个贤明的君主，都会尽可能地规范自己的言行，以作为垂范百姓的楷模。

平定南汉之后，太祖听说刘鋹的生活穷奢极靡。为了采集玳瑁、珠、翠等物装饰宫殿，刘鋹曾在某地招募善采珠的渔民两千人，按军队编制，专门为皇室采集珠贝，号称“媚川都”。这些士兵为了满足刘鋹的奢欲，脚上系着大石沉入几百尺深的水中采珠，非常危险，每年溺死者甚众。太祖对此痛心疾首，把此事讲述给朝中大臣听，希望他们以此戒除奢侈。并下令解散“媚川都”，废止采珠业。

宋太祖赵匡胤生于一个没落世家，早年历尽生活的坎坷，十分了解社会最底层人们的疾苦，他决心以自己的努力来改善这个社会。后来他壮志得酬，终于黄袍加身，成了大宋的开国皇帝。但他富贵后不忘本色，照样简朴律己，日常生活很朴素，衣服、饮食都很简单，如其衣服也只有登殿上朝时的赭服是用绫锦做的，其他大多只是绢布，有的和一般小官吏的布质是一样的，而且常洗了再穿，很少换新。这在历代帝王中十分难得。

我们都知道，要了解一个帝王是否奢靡，看看其内宫的人数便知道了。赵匡胤的内宫，是历朝历代最简朴的，宦官只有五十余名，宫女也只有二百多名。即使如此，赵匡胤还是认为人太多了，还遣散自愿出宫的五十余人。

赵匡胤称帝后，北汉政权尚未被统一进大宋的版图。于是赵匡胤在开宝元年、二年，及九年，先后三次攻打北汉。其中的一次，在征讨北汉途中，正逢七夕节，赵匡胤送给在汴京的母亲和妻子（太后和皇后）的节礼是：太后三贯钱，皇后一贯半。

对于母亲和妻子如此“抠门”，对女儿则更是有过之而无不及。有一次，赵匡胤的女儿永庆公主入宫晋见父亲，公主穿着一件新外衣，那上面用金线缝缀着一片片的孔雀羽毛，蓝的像湛蓝的湖水，绿的像碧绿的翡翠，在阳光的照耀下闪闪发光，十分华丽。谁知父亲一见她就说：“你把这件华服脱下来，以后别再穿了。”

听到父亲的话，公主很不理解，噘着嘴说：“宫里翠羽很多，我是公主，一件衣服只用一点点，有什么要紧？”宋太祖严厉地说：“正因为你是公主，所以不能享用。你想想，你身为公主，穿了这么华丽的衣服到处炫耀，别人就会效仿。过去，战国的齐桓公喜欢穿紫色衣服。结果全国上下都跟着学，搞得紫布都贵了好几倍。今天，你的这件衣服上面有金丝线、孔雀羽，价格都很高，你知道制作这样一件衣服要花多少钱吗？如果别人再效仿你，全国要浪费多少钱？按说你现在的地位和生活已经很优越了，你不要身在福中不知福。要十分珍惜才是。你怎么可以带头铺张浪费呢？”

听了父亲的批评，公主无话可说。只好默默地把外衣脱了下来，但心里仍然很不甘心。她想：你对我要求那么严格，我看你又对自己怎么要求？于是，她对宋太祖试探性地问：“父皇，您做皇帝已经好几年了，进进出出总离不开那顶旧轿子，它也应该用黄金装饰一下了吧！”

宋太祖却平心静气地对女儿说：“我是一国之主，掌握着全国的政治经济大权。如果我要把整个皇宫都用黄金装饰起来也能办得到，何况只是一顶轿子？可是黄金是国家的，我要为天下守财，决不可乱用。古人说得好，让一人治理天下，不能让天下人供奉一人。我应该这样做。倘若我自己带头奢侈浪费，必然会有很多人这样干。天下的老百姓就会怨恨我，反对我，国家的事情就难办了，你说我能带这个头吗？”

公主一边听着，一边琢磨着父亲的每一句话，再看看皇宫里的装饰也都很朴素，连窗帘都是用很便宜的青布制成的，觉得父亲的话确实很有道理。公主于是慌忙叩头谢罪，诚心诚意地承认自己的错误，并表示今后要向父亲学习，勤俭节约，不再奢侈。

据史载，有一次，宋太祖半夜起来，突然非常想吃羊肝，可是犹豫了半天仍不肯下令。左右问他：“皇上有什么事就尽管吩咐吧，我们一定照办！”太祖回答说：“我若说了，每日必有一只羊被杀！”结果他硬是忍住没吃。

宋太祖如此节省，也有其苦衷。五代十国的国君几乎个个挥霍成性，官吏也跟着奢华，使民间经济几乎破产。宋太祖当了皇帝后，决心改变社会风气，以解除民间疾苦。他的作为也的确产生了示范作用，北宋初期士大夫竞以节约自勉：州县官上任时，五代时挥霍的迎来送往都取消了；小官上任时，很多只穿草鞋、拄木杖，徒步而行。这种为天下守财的精神，的确使当时的宋王朝累积了不少财富。征服天下的战争，又取得了降国不少奇珍异宝。以后蜀来讲，其储存的金帛水陆同时运输也要十年才运得完。宋太祖全数收藏在国库里，只有国防军需、赈济天灾时才拿出来使用。北宋建国不久，便已有三十二个国库堆积满了金银锦绮。

然而，对自己和亲属极其节省的赵匡胤，在维护国家利益特别是维护安定方面，却出手大方。久经沙场的他看多了刀兵相见，看多了民不聊生的场景，登基后他力争避免流血，反对用武力解决问题。他认为军士及百姓的生命才是最宝贵的，钱财能解决的，他决不动用武力。在这方面，他又是史上最慷慨的皇帝之一。为了国内安定，他力行文治主义，抑制了武将势力的膨胀。面对边界强敌威胁，他并没有劳民伤财地不断去打仗，而是拼命累积国家财富，以钱买地盘，从而避免双方交兵，如他曾想用“备价取赎”的手段向契丹买回燕云十六州。

为了社稷的稳定，宋太祖也是很慷慨的，用大把的金钱来购买安定。如杯酒释兵权时，他便是以钱财交换军团将领兵权的。“多积金帛，厚自娱乐。使子孙无贫乏尔”“择便好田宅市之，为子孙立永久不可动之业”都是当时他开出的条件，这才使那些拥兵自重的将帅们解甲归田，安分守己地度过余生。这比其他朝代为求安邦而大肆杀戮开国功臣的做法，不知要高明多少倍。

安邦治国，自然是离不开能干的臣子。为了争取大臣的忠心以巩固皇权，宋太祖赏赐的钱财也相当惊人。如侍中（相当于宰相）范质生病时，宋太祖亲赐金器两百两、银器千两、绢两千匹、钱两百万；开国元勋赵普有病，赵匡胤又赐银器五千两、绢五千匹……这与太后以及皇后的礼金，其数量与价值简直是天壤之别，闻之令人动容。

唐末以来的五代十国，连续一百多年的军阀割据与民族大分裂，造成了社会的无比混乱，所有政治环境、经济条件几乎都是最恶劣的。但结束了五代十国分裂局面的大宋王朝，却在短短的十几年间建立了相当稳定的政权，这不能不归功于赵匡胤这位大宋王朝的开创者的大公无私及独特的治国方略。宋朝是中国历史上经济与文化教育最繁荣的时代之一，儒学复兴，社会上弥漫着尊师重教的风气，科技发展也突飞猛进，政治也较开明廉洁，终宋一代没有严重的宦官乱政和地方割据，兵变、民乱次数与规模在中国历史上也相对较少。著名史学家陈寅恪言："华夏民族之文化，历数千载之演进，造极于赵宋之世。"对平民百姓，宋太祖也多次下令发扬传统美德，勤俭持家度日，注意节约粮食，不要铺张浪费，婚丧嫁娶也应该一切从简。

正是由于宋太祖的表率作用，宋初成为宋代历史上少有的俭朴之世，也为后继者树立了榜样。宋人吕中对太祖的崇俭抑奢有如此评价："创业之君，后世所视以为规范也；宫闱之地，四方所视以为仪刑也。一人之奢俭者虽微，而关于千万世者为甚大；致谨于服色者虽小，而关于千万里者为甚远。"

在宋太祖的影响下，朝中出了一批清廉俭朴的大臣。宰相范质去世后，宋太祖评价："朕闻范质居第之外，不殖资产，真宰相也。"御史中丞刘温叟更是以俭朴清廉而闻名于世。按照规定，御史中丞每月可得公用茶钱一万文，如有不足，可用罚没赃物充抵。刘温叟嫌这种钱来路不正，分文不取。赵光义听说刘温叟的清廉之名后，故意派人试探，送给他五十万文钱。刘温叟虽不敢拒绝，却也不动用，将这笔钱封存于房中。第二年，赵光义又派人送去角黍、纨扇。差役看到去年送的钱仍贴着封条放在屋中，回来后便如实禀告了赵光义。赵光义这才相信刘温叟的清廉之名是真的，慨叹道："我送犹不受，况他人乎？"

在对待宫嫔后妃方面，为防止后宫迷惑君心，宋太祖下诏："朕恐掖庭幽闭者众，昨令编籍后宫，凡三百八十余人，因告谕愿归其家者，具以情言，得百五十余人，悉厚赐遣之矣。"仅此一点，太祖不贪恋美色之名，就令诸大臣折服。

榜样的力量是无穷的。对于一个国家来说，君主的表率作用尤为重要，上有所好，下必甚焉。儒家推崇的治世理念，将正心放在第一的位置，然后才是修身、齐家、治国、平天下。只有在自己修炼好了之后，才能推己及人，影响兄弟及他人。

宋太祖本着务实的精神戒奢华，把金钱用于国家大事上。他成立了针对辽国的基金，重视武器制造。宋太祖在位期间，勤谨务实，“夙夜畏惧，防非窒欲”，为求取国家统一，极力克制骄傲之心和欲望，量力而行，表现出脚踏实地，开拓进取的气概。

宋太祖务实的作风还体现在戒奢崇俭方面。按照礼制，祭祀礼是一项非常重要的礼仪制度，皇帝每年都要亲自祭祀天地、祖宗。因五代战乱，各种礼仪制度被破坏得残缺不全，宋太祖即位之初，便下令宰相范质等人组织人力迅速完善各种礼制。在进行祭祀礼时，宋太祖看到路上铺满黄褥子以供皇帝行走，觉得太过铺张，便下令将其撤掉，并说：“朕用洁净祭物与精诚之心祭天，不必非用黄褥子铺路。”在礼制上，规定皇帝在行走时应乘坐镶满黄金珠宝的金辂代步，宋太祖也认为过于奢侈，便询问群臣：“朕不愿乘金辂，希望乘辇以代步，这在历来之礼典上允许吗？”礼官回复：“无妨。”宋太祖于是舍弃了奢华的金辂，而乘坐简单的辇前往祭祀。

生活在现实社会中，人的思想也必须讲求实效，舍弃那些虚幻的想法和念头。虚名，只是自欺欺人，对国家、对个人只能产生麻痹作用，带不来一点儿益处。所以，务实才是唯一可靠的方法，做人如此，办事也是如此。否则，只能是自取灭亡。

宋太祖提倡朴素节俭和务实，以身作则。他不搞虚浮的铺张浪费，戒奢华，这对大宋的社会风气起到了良好的引导作用。

CHAPTER

第十三章 13

多发疑案的神秘晚年

宋太祖的晚年生涯，充满了神秘与疑案，如宋太祖的“迁都事件”“金匮之盟”“斧声烛影”，继位之人的相继死亡。这些历史事件，对于我们来说都是迷雾重重的，不仅因为史书对这段历史的隐晦和避而不谈；更是因为自古以来，在政权变动过大的时期里，都会有很多阴谋和谎言的发生。之后，人们会对这些历史产生众说纷纭的看法和猜测，我们如果多关注这些事件的前因后果，也许就能找到真正的答案。

迁都前后的政权变幻

宋太祖推翻后周政权后，沿袭后周的都城，入驻开封城（今属河南）。开封城始建于先秦时期，它和宋朝时期的开封城有所不同。春秋时期，郑庄公在今开封城的西北五十里处筑城，名封城。西汉时期，改名开封。今开封城原为卫国首都，后先后被战国的楚国和魏国占领。公元前364年，魏惠王迁都至此，改名大梁。魏国后来大规模营建城邑，扩建大梁城，使其成为与当时秦都咸阳、楚都郢城、齐都临淄和赵都邯郸齐名的“万家之都”。公元前225年，秦军围攻大梁城，后引黄河水淹城，大梁城就此被毁。宋代开封城是在唐代汴州城的基础上发展而来的。唐代建中二年（781），汴州节度使李勉重新修筑了汴州城池，使其成为唐朝后期在中原地区的一座重镇。新汴州城规模宏大，坚固宽广，成为后来北宋东京的里城，而城中富丽堂皇的衙署，便成为此后五代后晋、后汉、后周及北宋皇城的基础。

郑庄公石雕像

五代后周时，开封城人口开始迅速增长，房屋也急速扩建，以致后来出现了许多隐患。显德四年（957），周世宗下诏扩建都城，修筑了周长近五十里的罗城（外城），将部分居民迁入外城。后强制拆毁侵入官道的所有民宅建筑，并令城内的坟墓全部迁往城外，重新安葬。北宋东京开封城大体保持着后周时期外城、里城（州城）和皇城（宫城）的格局，未作重大更改。

北宋定都开封，更多是出于经济和交通的考虑。开封城地处华北平原南端，那时为中原的腹心之地，因为其四周有汴河、黄河、惠民河和广济河，这四河皆可作漕运。开封城正处于汴河的中枢位置，而汴河连接黄河与淮河，自隋唐以来就是中原地区最重要的水运交通干线之一。开封城西边，可通黄河、渭河而直达洛阳、长安，其东南边可经淮河、大运河抵达长江。连通长江后，就可以前往江淮、两浙、荆湖地区，也可到达远方的巴蜀、岭南地区。宋初，开封城已成为中原地区最繁荣的水陆城市。

由于开封城北并无山川之险，只有黄河和华北平原。而在辽国占领燕云十六州时，华北平原就大部分被其控制了，只要突破黄河天险，便可直接威胁开封城。宋朝定都开封城，其军事上的风险是巨大的，所以宋太祖收复南方诸割据后，就有了迁都洛阳的打算。那时开封也称作西京，而洛阳称作东京。洛阳北有洛河和邙山，南有江汉平原，西有潼关、崤山，东邻齐鲁、江淮，地理位置优越，所以才会有九个朝代在此建立都城。此地虽一度是中原政治、军事、文化的中心，可一直因缺少运输条件，而使得经济一直不够繁荣。可自唐朝后期到宋初，国家经济重心早已开始南移，所以经济发展已渐衰落。如今战事开始增多，若洛阳成为国都，则很难保证各种物资的储备和运输的正常。

宋太祖在迁都洛阳这件事上，没有表现出一贯的开明。那时他不管群臣反对，执意迁都洛阳。后李符上疏宋太祖奏道："洛阳城有八大缺陷：一、洛阳城市凋敝；二、洛阳城中宫阙残缺；三、洛阳郊庙未修；四、洛阳城中百官之官署未备；五、洛阳畿内民众困穷；六、洛阳城内外所贮备的军粮不充足；七、洛阳缺乏军营、壁垒等设施；八、如若迁都，千军万马盛夏难行。"可宋太祖依旧不为所动，开宝九年三月视察洛阳，完成祭祀活动后，依旧迟迟不返回开封。铁骑左右厢都指挥使李怀忠又进言道："东京有汴河漕运之利，能每岁运至江淮粮米数百万斛，都城内外兵卒数十万人，全都仰仗此供给焉。陛下居住此处，将如何处置此事？况且仓库重兵皆在开封，根本安固已久，不可动摇。

如若匆忙迁都，臣实未见便利也。”此时宋太祖已在洛阳考察了两月，早已颇感迁都的不便，李怀忠的话也道出了他的很多担忧。后其弟赵光义也叩头请求宋太祖收回迁都打算，宋太祖才道出他的心意，说道：“汴京地居四塞，无险可守。我欲西迁关中并无其他原因，只是凭据山河形势之胜以减去冗兵，依循汉、唐故事，以安定天下也。”赵光义又道：“都城能否长治久安，其根本在于德政，不在于地势险要。”宋太祖后默然良久，叹息道：“汝之说固然有理，但考虑到百年大计，迁都是必然的，开封是承受不了这么多居民和军队的，迁都一事先缓一缓。”

对于宋太祖为何急着迁都，后人有一种说法认为，此时晋王赵光义任开封尹多年，已培养了自己的一股强大势力，其自身的影响力也在逐渐扩大。宋太祖此时执意迁都，为的是重整京官，来削弱晋王赵光义的强大势力。

开封城在北宋时遭到破坏，但在金朝海陵王完颜亮时又得以修缮，但城市规模等无法追迹处于极盛时期的北宋东京城。金朝末年，开封城再次遭受兵燹破坏，此后其外城渐被废弃；至元朝末年，其里城也成了断壁残垣，虽然明代以后对开封城屡加修葺，但终难现当年风采。

“金匮之盟”的历史疑案

“金匮之盟”之谜与“烛影斧声”之谜一直是后人无法判定的，在宋代各种文献中，由于政治因素的干扰，关于这两件事的共同记录有着很大的不同。这两个事件确实对宋朝的发展有着深远影响，而宋太祖的母亲杜太后也在这两起事件中担当着重要角色。

杜太后即昭宪太后（902—961），杜氏，名失考，定州安喜人，太师杜爽长女，宋宣祖赵弘殷的妻子。有五子，且长子与幼子早逝，后还有次子宋太祖即赵匡胤，三子赵光义，四义子赵廷美。杜太后也很有见识，在宋太祖做皇帝后，曾忧虑地说道：“我听说皇帝难做，天子身在亿万百姓之上，如若治国有道，则此皇位十分尊贵，如若治理国家失败，即使想当个匹夫（普通百姓）也不可能，此即是我所担忧者。”杜太后经常提醒宋太祖要居安思危，而宋太祖在一些大事上也会征求其建议。

杜太后认为后周灭亡是因为周世宗将皇位传给了幼子，由于其年龄太小，故不能管理国家。所以杜太后建议宋太祖逝世之后传帝位于其弟赵光义，并将此约定记载于文书，藏于禁中金匮，后人称其“金匮之盟”。而“金匮之盟”订立于何时？主要有二说：

很多宋史都记载“金匮之盟”订立于建隆二年六月，即杜太后临死之际。如《宋史·后妃传》这样记载道：

杜太后临终前，让宋太祖把赵普召到病榻前同受遗命，然后当着赵普问宋太祖道，“汝知所以得天下之原因乎？”宋太祖悲泣地答道，“臣之所以能得天下者，皆祖上及太后之积德也。”后杜太后严肃说道，“胡说，如果那时后周朝是年长的继位者，你还能得到天下吗？你应该写下诏令，命你驾崩后传位于你弟赵光义，这会是大宋江山的福分！”杜太后见宋太祖答应后，又对赵普说，“你要记载好此事，不要违背我的遗言！”后赵普立刻在病榻前起草誓书（盟约）记载此事，并在文末写下“臣普记”三字以示慎重，然后藏在皇宫里的金匮之内，史称“金匮之盟”。

可在宋初名臣王禹偁所撰的《建隆遗事》，却这样记载“金匮之盟”：

此盟约订立于杜太后康健之时。一日，宋太祖率领皇室所有成员宴会于杜太后处，后宋太祖为杜太后祝酒时，对所有人说道，“我百年之后（偏正式成语，指人死之后，是对“死”的讳称）传位于晋王（即赵光义），令晋王百年之后传位于秦王（即赵廷美）。”杜太后闻言大喜道，“吾久有此意而不欲言，吾欲万世之下闻一妇人生三天子，不谓天生孝子成吾之志。”随即令赵光义、赵廷美起身拜谢宋太祖，后对赵光义、赵廷美说，“陛下以布衣侍奉周世宗，常以力战博取功名，万死而遇一生，方得官拜节度使。及受天命，无日不征，无日不战，历尽艰危，方成帝业。汝辈无功劳，安坐而承大统，岂不知其幸运乎！日后，各不得有负陛下。吾不知秦王百年后将付何人？”赵廷美即答道，“我百年之后传位于当今皇子赵德昭。”杜太后听后高兴道，“今日之约，望大家遵守，不得食言，如谁食言了必遭天谴！”她又对宋太祖道，“可与吾呼赵普进来，令以今日之约定内容写成誓书，给汝兄弟三人传阅而收藏之，并令择日祭告天地宗庙。”听后，宋太祖急召赵普入宫，命他起草誓书。可赵普却以自己不擅长文辞为由推举翰林学士陶谷来完成誓书。后宋太祖召来陶谷起草誓书，并令赵普他日以书祭告天地，并交给继位者赵光义收藏。宋太祖死后，赵光义即位，又将此誓书交给了赵廷美。而后，赵廷美被宋太宗逼死后，此书就被收归宫中，后不知下落。

《建隆遗事》与其他相关文献的不同记载，可引出相关联的三个问题：一、即这盟约的订立是秘密的还是公开的？二、盟约内容规定是仅传皇位给赵光义，还是要求传位给两位皇弟后再传回宋太祖之子？三、赵普对“金匮之盟”的态度，是支持抑或反对？

宋代文献，除《建隆遗事》外，一般都认为这誓书是由赵普所起草的，并在纸尾写上“臣普书”三字。但从此后的情况来分析，赵普实对“金匮之盟”持保留态度，而且还曾反对宋太祖遵循誓书的约定，将皇位传给赵光义，并由此而罢相。此外，赵普虽然不以文辞闻名，但绝非不会写文章之人，流传至今的赵普所撰的奏章文稿可以证明这一点。因此，《建隆遗事》中称赵普以平素不善为文作推辞借口，实与日后其对“金匮之盟”的态度相一致，是持保留态度。

《宋史·后妃传》等文献却肯定地说，此盟约是秘密订立的，甚至连赵光义本人都不知情。这说法恐怕并不符合史实，因为从宋初一些零散的记载上看，当时知道盟约内容的大臣应该不少，还为此产生了一些颇为严重的政治风波。

而第二个问题，实是“金匮之盟”的核心要害，其历史上有关记载就更为纷乱。在《建隆遗事》外，司马光的《涑水纪闻》等私家笔记也认定“金匮之盟”要求宋太宗死后传位于赵廷美，再传至赵德昭，而编撰于宋太宗初年的《太祖旧录》根本未提此事。在编撰于宋真宗时期的《太祖新录》和太祖时期《国史》而成书的李焘《续资治通鉴长编》《宋史·后妃传》等史书坚持说此誓约仅传赵光义一人。

《宋史》内文一览

其中李焘还专门对此做了解释，他称虽然《太祖新录》、太祖时期《国史》是出于某种政治原因“别加删修，遂失事实”。在《宋史》除《后妃传》外，在《宗室传》中也说杜太后让宋太祖传位给赵光义，但随即又说道：“或谓”即可能是要赵光义传之赵廷美，而赵廷美再传之赵德昭。虽然“或谓”采自《涑水纪闻》之类私家笔记，但这也说明编撰《宋史》者已发现当时许多相关记载都不支持独传赵光义之说，故将两说并列。

保留至今的宋代有关“金匮之盟”的文献大多说，赵普起草誓书后，便密藏于金匮之中，直至太平兴国六年，宋太祖之子赵德昭、赵德芳相继莫名死亡后，赵廷美又遇危险时，赵普才向天子报告说宫中秘藏有“金匮之盟”，当然其内容是杜太后吩咐宋太祖死后只把皇位传给赵光义。后人就因此判定那所谓的“金匮之盟”其实是由宋太宗和赵普共同伪造的，其目的就是配合宋太宗顺利除掉赵廷美。近代张荫麟的《宋太宗继统考实》一文，就指出“金匮之盟”的五大破绽，从而断定其为伪造。其五大破绽为：

一、杜太后死时，宋太祖年三十五岁，其子赵德昭已十一岁，杜太后怎能预计到宋太祖死后，赵德昭仍是幼童？如按赵光义、赵廷美、赵德昭的传位次序，而赵廷美仅比赵德昭大四岁，则“国有长君”之说是无从谈起的。

二、宋太祖将誓书秘藏不宣，故赵光义不知，赵普也不敢泄露。为何却在宋太宗逼死其侄，又将迫死其弟之时才公布于世，这是最大的可疑之处。

三、赵普既为誓书署名之人，为何在赵光义即位之初不宣布来邀功，非要等到五六年后？

四、据《续资治通鉴长编》记载，“金匮之盟”最初见载于宋真宗初年所撰修的《太祖新录》，杜太后临终遗言时，赵光义也在场。为何宋太宗即位时既不宣布，在编撰《太祖旧录》时也不记载，《太祖新录》的有关“金匮之盟”的记载，到底是从何而来？

五、因“金匮之盟”在早年秘藏不宣，除了赵普和宋太宗二人之外，已无人能揭破“金匮之盟”的真相。

五代时期，很多天子都猝死于壮年，在五代时期的十三位君主中，能够享国十年以上者决无仅有，而勉强为帝十年的后梁末帝却以亡身亡国告终，其中死于非命者多达七人。而周世宗柴荣的继承者，也由于年幼，导致其江山被人夺去。这些教训都是让人警醒的，如宋朝为避免成为继五代之后第六个短命王朝，想以立“长君”而安国，也是情有可原的。如后晋宰相冯道就从立长君之考虑，舍晋高祖石敬瑭的幼子而立其侄石重贵。因此，以年龄问题来推断“金匮之盟”是伪造的观点并不充分，值得商榷。

在宋代文献中，虽然有关“金匮之盟”的记载纷杂散乱，但还是能发现不少蛛丝马迹。

如杜太后死于建隆二年六月，但随后宰相范质等即上奏章要求宋太祖册封皇弟赵光义、赵廷美官爵，说道：“皇弟泰宁军节度使光义，自居戎职，特负将才，及领藩维，尤积时望；嘉州防御使廷美，雄俊老成，修身乐善，嘉誉日闻。乞并行封册，申锡命书。皇子皇女虽在襁褓中，亦乞下有司许行恩制，此臣之愿也。”此事甚有蹊跷，一般大臣上奏请赐天子亲族官爵，总是先皇子而后皇弟等，而范质这次却特意请示先封赐皇弟，再封赵廷美，最后封比赵廷美小四岁的赵德昭。而赵德昭非“襁褓”中人，却只是一笔带过，颇让人费思量。然而宋太祖并未因此不快，反而于七月拜赵光义为开封尹、同平章事，后拜赵廷美为山南西道节度使。在五代时，一般以京城之尹暗示储君之位，如后周世宗柴荣即自开封尹人登皇位之后，故开封尹一般被认为是储君见习国家政务之位。北宋的宋真宗、宋钦宗等皇帝在即位之前都曾以储君身份出任开封尹。因此，宋太祖在其母亲死后不久就任命其弟为象征储君身份的开封尹，其中原因是可能与“金匮之盟”相关的。

宋钦宗

至开宝六年九月，皇弟开封尹赵光义被宋太祖封为晋王，山南西道节度使赵廷美为永兴节度使兼侍中，皇子赵德昭为山南西道节度使、同平章事。数日后，又诏令晋王位居宰相之上。而在五代，开封尹班宰相之上，即是储君的地位，如周世宗在即位前正是官拜晋王、开封尹。因此，宋太祖不按自秦、汉以来皇位传子不传弟之通例，而有意将皇帝宝座传给其弟，或者是因为宋太祖尊顺母命传位于赵光义，是有史实依据的。而非如后人所言，是宋太宗为巩固自己皇位，而串通赵普一起伪造的。

至开宝九年十月，宋太宗即位后不久，便颁布诏书：以皇弟赵廷美为开封尹，封齐王；宋太祖之子赵德昭、赵德芳并称皇子，赵德昭为永兴节度使兼侍中，封武功郡王，赵德芳为山南西道节度使、同平章事。数日后，又命齐王赵廷美和武功郡王赵德昭位居宰相之上。其实此举是表明赵廷美、赵德昭也具有储君的身份。

太平兴国四年，在宋太宗灭北汉后，亲征辽国失利后，曾独自连夜南逃。那时众将因不知天子所在，便在军溃之际商议，想拥护赵德昭为帝。令人奇怪的是，后宋太宗知道此事后，并未处罚这些将领，但在古代专制社会中，臣下擅自拥戴他人为天子，其罪当诛。后赵德昭向宋太宗邀功时，宋太宗说道：“待汝自为之，尚未晚也。”由此可证，将校眼中，有继位资格的赵德昭是众所周知的。

史书曾记载，一次宋太宗又以“传国”之意向老臣赵普咨询，赵普说道：“太祖已误，陛下岂容再误耶！”此语大可玩味，其实赵普所说的宋太祖之“误”，显然是就传弟不传子之举。从历史上看，嫡长子的继位制度，是不容易引起异议的，而且不易引起政局动荡。从这个角度上看，宋太祖传弟不传子的做法，确实是一个严重失误。因此，赵普此话很可能是劝说宋太宗不要重蹈覆辙，不要再传弟不传子。赵普和宋太宗为何会有此番话语，我们可以推想，如果没有任何盟誓约束，皇位的继承权理应是嫡长子继位。为何宋太宗还要以“传国”之事咨询赵普建议。这也从侧面证实了“金匮之盟”确实存在。

所以宋太宗为了将皇位传到其子手中，才将赵德昭和赵德芳先后害死，后在其弟赵廷美将死之时，与赵普伪造一份假的“金匮之盟”，即宋朝皇位仅传赵光义一人。而真实存在的“金匮之盟”的传位顺序可能是由宋太祖传宋太宗，宋太宗传其弟赵廷美，赵廷美再传回宋太祖之子赵德昭。

赵普专政与太宗继位

由于赵普在后周时为宋太祖赵匡胤的幕僚，并给予了宋太祖很大的帮助，故赵普深得宋太祖一家，尤其是宋太祖其母杜太后的信任。史载，在平时，杜太后在世时，经常让其爱子赵光义与赵普多交往，一是多向富有才干的赵普学习治国之道，二是想拉拢赵普，并借以提高和巩固其在朝廷的地位。如在历史上的“金匮之盟”，赵普被杜太后嘱咐协助宋太祖传位于赵光义的重任，杜太后的这些举动都是说得通的。不过，深谙治国之道的赵普对“金匮之盟”持保留态度，不敢偏袒宋太祖与赵光义中的任何一方，因此后来推辞并让别人代写。

建隆二年杜太后死后的次月，赵光义即被授任开封尹、同平章事。这时的赵光义已有继位者的地位。赵普意识到王位传子其实是较好的皇位嗣承方式，宋太祖之子现在虽小，但不出意外，他应该能在宋太祖死前顺利长大。所以赵普当政时，对赵光义多加压制，他设法让宋太祖免去了赵光义殿前都虞候一职，并解除他的兵权。

宋太祖时期，赵光义虽然没有掌握兵权，但其在开封尹任上十多年间，也收罗了许多人才。《宋史》有关传记中记载道：

其中以武勇知名者有：河南洛阳人安忠，左清道率府率安延韬之子，形质魁岸，不知书，侍奉赵光义长达二十年；赵州人王超，身长七尺有余，被召置于开封府；开封雍丘人戴兴，少以勇力闻里中，及长，身长七尺余，美髭髯，眉目如画，自投开封府拜见赵光义，赵光义甚为称奇，留置帐下；徐州彭城人王汉忠豪荡有膂力，形魁岸，善骑射，因殴杀里中少年，遂逃亡至京师，投奔赵光义，赵光义很欣赏其才力，置于左右；沧州无棣人张凝少有武勇，倜傥自任，原在节度使张美帐下，赵光义闻其名，召置左右；孟州河阳人李重贵容貌雄伟，善骑射，年轻时奉事寿州节度使王审琦，颇见亲信，而赵光义知其勇敢，召隶帐下；冀州信都人耿全斌少丰伟，其父曾带其拜谒著名道士陈抟，陈抟称其有“藩侯相”，后游京师投奔赵光义，因善于骑射，隶于其帐下；定州人王荣少有膂力，原在瀛州刺史马仁瑀帐下，后被召置赵光义左右。

那时，赵光义对禁军将领田重进甚为欣赏，他虽不识字，但为人忠勇。一次赵光义让人送酒肉给田重进，田重进却拒绝手下，并让其转告自己对赵光义的道谢之情，因为自己“只知有天子”，而不能接受其馈赠。宋太祖得知此事，大赞田重进的忠诚，后始终让其管理禁军事务。

在担任开封府尹的日子里，赵光义的政治势力大为发展。此后，赵光义与赵普的关系也由好转坏，并渐趋恶化。

乾德三年初，宋太祖想重用枢密直学士、右谏议大夫冯瓒，一次还在宰相赵普面前称冯瓒：“当世罕有，真奇士也。”不知赵普是否是出于忌妒，正好此时宋军灭后蜀，赵普乘机派遣冯瓒出知川东重镇梓州。此后赵普又派遣亲信去做冯瓒的家奴，暗中伺察冯瓒的各种行为。约一年后，那冯瓒家奴从川中逃回京师，告发冯瓒和监军李美、通判李楙等人犯了贿赂和枉法之事。后宋太祖急召冯瓒等人回京，先亲自审问无果，后又命御史府加以审问。此时，赵普已派人去潼关截获冯瓒的行囊，查得其中有许多金带及其他珍玩之物，而封皮上写着刘赟之名。那时的刘赟是开封府判官，也是赵光义幕府中的主要人物。赵普建议治冯瓒等人死罪，而宋太祖只是下令将冯瓒永久流放到登州沙门岛，没有天子命令不能去任何地方，李美则充军通州海门岛，李楙、刘赟被免官。

史书对于以上事件的记述是模糊不清和有所避忌的，大多是因为此事牵涉到赵光义本人。我们可以推测，那些金带之类物品那么贵重，其实很可能是送给开封府的主人赵光义的，而开封判官刘赟只是一个替罪羊。在开宝末年赵普罢相后，流放海岛十年不得召的冯瓒被“遇赦放还”，而在赵光义即位后，冯瓒也立即被授任左赞善大夫，得到新天子的重用。我们可以猜测此次的冯瓒事件可能是赵普为打击赵光义而一手发起、操控的。

开宝初年，一次任开封府判官的姚恕前去拜谒宰相赵普，正遇赵普在大宴宾客，而门房不肯为姚恕通报，于是姚恕愤怒而去。后赵普听说后，派人追上姚恕向其道歉，可姚恕不予理睬，赵普为此颇有不悦。不久，宋太祖为母舅、知澶州杜审肇选择辅佐，赵普公报私仇，推荐姚恕担任。于是姚恕在澶州通判任上度过了将近两年。至开宝四年十一月，黄河在澶州附近无故决口，导致洪水淹没了山东大量农田，农民损失惨重。宋太祖闻后大怒，即遣赵普派人彻查此事。后澶州杜审肇只被免官，而姚恕却被诛杀，其尸体也被抛入黄河。赵普此举在当时被人广为议论，认为其行为是在报私怨。

开宝六年八月，独相将近十年的赵普忽然被罢免宰相一职，出任河阳三城节度使、检校太傅、同平章事。对于赵普罢相的原因，宋太祖在颁行的诏书中说是要“均劳逸”，故授赵普太傅，佩相印，出为节度使，以颐养天年。事实真是如此吗？其实赵普被罢相的主要原因，实是其专权太过，招致同僚的忌恨，更引起了天子的忌疑。

开宝元年，判大理寺雷德骧向宋太祖告发宰相赵普“强市人第宅，聚敛财贿”等种种不法之事，宋太祖的反应先是大声叱责雷德骧，用手斧柄把雷德骧两颗门牙撞落，命左右将他拖出，诏令宰相“处以极刑”；后待其怒气平息后，仅对雷德骧处以轻罚。宋太祖为何能容忍雷德骧以判大理寺的身份弹劾宰相大臣，其目的是养成后世臣僚敢言之风气，也可以制约大臣专权之祸。三年后，宋太祖对于类似举报赵普腐败行为的官员，又表现出了不一样的态度。开宝四年三月，前权三司使赵玭便告发赵普违反禁令，贩运木料。宋太祖闻后大怒，并向前宰相王溥等人说道：“赵普当得何罪？”王溥回答：“是赵玭诬陷大臣。”宋太祖听后怒气突然没了，反而命武士杖责赵玭一百大板。赵普闻后竟全力为营救并为其说情，后宋太祖便放过了赵玭，贬其为汝州牙校了事。

据《东原录》载：一次，宋太祖召见曾为自己幕府谋士的大臣王仁赡谈话，赵普得知后，上奏道，“王仁赡奸邪。陛下昨日召见他谈话，此人倾毁臣。”宋太祖在奏章下亲笔写道，“我留王仁赡说话，关你什么事？你别胡乱猜忌别人，免得惹我生气，让外人看见了笑我们君臣间不和睦。”这个故事，一方面反映出赵普的专横，就连皇上召见旧臣说话也要干涉；另一方面也说明宋太祖也在极力忍耐，想在外人面前维系君臣和睦的表象。但后来的堂帖（由宰相颁行的命令）之行，开始与诏令无二，甚至重于诏令后，宋太祖终于无法容忍其专政行为。

开宝五年九月，宋太祖闻枢密使李崇矩与赵普相厚善，将女儿嫁给赵普之子赵承宗，甚感忧虑。此后宰相、枢密使在长春殿面圣时，同止庐中，此后宋太祖即令分开。后有人乘机告发李崇矩受贿请托之事，虽然事后查出为诬告，但宋太祖还是借机罢免李崇矩枢密使之职，改为镇国军节度使。开宝六年三月，镇国节度使李崇矩又被借机降职为左卫大将军。四月，宋太祖下诏重选堂后官（相府属吏）：“堂后官十五人，从未替换，宜令吏部流内铨于前资见任令录、判司、簿尉内，拣择熟悉公事、有行业、无违阙者十五员，具姓名上奏，当议差补，仍三年与替换，若无违阙，其令录除升朝官，判司、簿尉除上县令。”此诏令实际上是要替换赵普的旧班子，削去其心腹爪牙，以加强对相府官属的控制。六月，因攻击赵普而被贬为商州司户参军的雷德骧，此时由于与知州不和，被抓住把柄，再次遭到处罚，流放灵武。其子雷有邻深知是宰相赵普在背后捣鬼，故想借机报复。后他得知相府属吏胡赞、李可度请托受贿、前摄上蔡主簿刘伟伪造摄牒，以及宗正丞赵孚前授西川官却称疾不赴任诸事后，一并上章告发，并称都是宰相赵普包庇的结果。宋太祖大怒，即下御史府按审，于是刘伟处死，胡赞以下多人都决杖除名，雷有邻被授予秘书省正字。这一事件，表现了宋太祖开始公开表示对赵普专权的忌疑了。后宋太祖始诏参知政事薛居正、吕馀庆升都堂，与赵普共同执印、押班、奏事，即与宰相同议政事，旨在分割赵普之权。

至此，赵普的相位已是岌岌可危，随即又遭到翰林学士卢多逊致命一击，而因此被罢免了宰相一职。

卢多逊是怀州河内人，举进士及第后任秘书郎、集贤校理，又迁左拾遗、集贤殿修撰，至建隆三年知制诰（指承命草拟诏令），开宝二年（969）直学士院，开宝四年冬擢任翰林学士，可见其博学多才，史书也称卢多逊“博涉经史，聪明强力，文辞敏给，好任数，有谋略，发多奇中”。由于宋太祖好读书，而每次从史馆取书阅读前，卢多逊便让馆吏预先通知自己，好取来天子所欲读之书，连夜阅览。次日，等到宋太祖问及书中之事，卢多逊应答无滞疑，同僚皆惊伏，而天子也对他日渐信任。卢多逊在知制诰时，就与赵普有隙。据说当年宋太祖改年号为乾德，说此年号自古未有，赵普从旁称美，但乾德三年时，卢多逊等指出此年号后蜀时已被使用，宋太祖大惊，急忙令人检查史书，果然如此，遂怒用毛笔涂抹赵普之脸，说：“汝怎得如他！”赵普不敢洗脸，直到明日上朝，宋太祖才让赵普洗去脸上墨迹。此事后，赵普便大恨卢多逊，而卢多逊为翰林学士之后，每次被天子召对时，也常议论赵普之事。宋太祖又向翰林学士李防打听赵普之事的真假，而李防便婉拒道：“臣职掌起草诏书之事，赵普之所为，非臣所知。”

赵普此时也深知自己的艰难处境，自己所遭受的很多阻力也大都与隐藏于幕后的赵光义有着或多或少的关系，故其决意开始反击。此时，宋太祖既对宰相赵普专权太过有所忌疑，又对皇弟赵光义的势力不断扩张颇不放心，对是否按旧盟传位于赵光义一事开始表现出犹豫。赵普一次探知到宋太祖心中的秘密后，便密奏反对赵光义嗣位。对于此事的记载，宋代史书中皆隐讳而少有论述者，仅《建隆遗事》中有如下记载：

宋太祖逝世前一日，遣中使急召前宰相赵普、卢多逊入宫，见于寝宫。宋太祖说：“吾知此疾必不起，要见卿等者无他事，为有数事未暇行之，卿等请笔砚来，依吾言语写之，身后切须行之，吾瞑目无恨也。”于是宋太祖口述，赵普依言而写，数事皆治国济民之道。赵普便流涕而言：“此则谨依圣训而行之。然还有一大事，未见陛下处置。”宋太祖问：“何事？”赵普说：“储嗣未定，陛下倘若有不讳（死亡的婉转说法），诸王中当立何人？”宋太祖说：“可立晋王。”赵普说：“陛下艰难创业，终致天下升平，自有圣子当受天命，未可议及昆弟也。臣等恐大势一去，终不可还，陛下宜熟虑之。”宋太祖说：“吾上不忍违背太后慈训，下为海内方小康，思得长君以抚之。吾意已决，愿公等善为我辅佐晋王。”遂拿出宫中珠宝赏赐赵普等人，令各自归家。翌日，宋太祖崩。晋王闻知赵普有此奏议，心中大恨。

后人对此记载颇为怀疑，因为宋太祖死于开宝九年，赵普在开宝六年已罢宰相，而卢多逊是在宋太宗即位后才拜相，此事不大符合逻辑。不过宋代的赵彦卫《云麓漫钞》曾就《建隆遗事》所载此事解释道：“嘱咐赵普之事，在此前三、二年，寝疾时，明日针灸乃痊，因赐器币。或移此事向后，非原本。”我们可以看到这正与此时赵普向天子密奏之事相符合，后来由于此事很可能被卢多逊所窥知揭露出来。所以后来卢多逊应该是向赵光义告发赵普的密奏内容，而赵光义又对宋太祖施加了压力。后宋太祖并无违背母志的决断，又忌疑赵普平日专权太过，故乘势于开宝六年八月罢赵普为河阳三城节度使、同平章事。宋太祖还考虑到赵普在朝中各方面的影响都是举足轻重的，如让其留在宰相职位上，其弟赵光义可能难以顺利继位。

赵普被罢相还不到一月，一直受赵普压制的赵光义即被封为晋王，位居宰相之上，完全确立了皇位继承人的地位；而在这一系列事件中为赵光义立下汗马功劳的卢多逊也升任参知政事，后得以重用。赵普被贬，对赵光义继位之事是影响重大的，史书记载，赵光义继位不久，就曾对左右侍臣说过："如若赵普还在中书当政，朕也不得此位。"可见赵普对于北宋的影响力。

斧声烛影，亦真亦假

开宝九年，年仅五十岁的宋太祖于十月猝然去世，赵光义顺利继承皇位，成为赵宋王朝第二任皇帝，并打破了历代王朝按嫡长制继承皇位的原则。由于官修的正史对宋太祖之死和赵光义的登基记载十分可疑，所以后世多认为这两者都源于赵光义蓄谋已久的一场阴谋。

关于宋太祖之死，《宋史·太祖本纪》中只有"帝崩于万岁殿，年五十"这样一句简短的记载。而当时的野史笔记则对此大加渲染，遂有"斧声烛影"的传说。

宋僧文莹所著《湘山野录》记载说：赵匡胤未得志时，在关河地区曾同一道士交游，此人姓名无定，而二人聚在一起，时常畅饮无度。一日道士醉酒之后，唱道，"金猴虎头四，真龙得真龙"，这句话正是赵匡胤将做皇帝的预言。赵匡胤登帝位，欲再找此人，曾下令在全国范围查找，可一直没有下落。至开宝九年此人又突然出没在嵩洛之地。宋太祖那时恰好巡幸附近，闻后不久便急见此人。只见那人与昔日那样醉坐于道边树荫之下，笑着招呼宋太祖说，"别来无恙啊！”宋太祖一时大喜，连忙命人引至后殿，像往常一样与其痛饮。后宋太祖对这道士说，“我一直想见到你，请教你一件事，就是我还能活多少年？”道士沉吟半晌，徐徐道来，“可观今年十月二十日夜间的天气。如晴空无云，则可活得长久；如不晴则宜当速预备后事。”后宋太祖于十月二十日夜间，早早地登上大清阁观察天气。起初看去，果然晴朗清冷，星斗明灿，宋太祖心中大喜。可不多一会儿，忽然阴风四起，天气骤变，顷刻间雪雹骤降。此时的宋太祖心里一沉，匆匆走下楼阁，即传旨召皇弟、开封尹赵光义入宫。后赵光义到后，宋太祖即命宦官退下，只留下两人单独设酒对饮。起初，宫人们远远看见红烛摇曳，赵光义还不时起身离席，似有不胜酒力的样子。待酒席散时，殿外积雪已数寸，宋太祖引柱斧图雪，并对赵光义说道，“好好去做，好好去做。”于是便回殿解衣就寝，不久后宫人们还听见鼾声如雷。而当天夜里，赵光义也留宿宫中。可将近五时，侍奉宋太祖的周围宫人突然听见其鼾声戛然而止，随即又大叫一声，便溘然长逝。后赵光义便接受遗诏，于柩前即帝位，是为太宗。

而司马光的《涑水见闻》又是另一种版本，记载道宋太祖死时天已四更，宋皇后闻后即派内侍王继恩召秦王德芳来。王继恩认为宋太祖传位于晋王之志素定，乃不召德芳，径直跑到开封府找晋王赵光义。等王继恩赶到开封府时，发现以精于医术而得到赵光义赏识的开封府吏程德玄正等候在门口，其称晚上有人三次叩门，说召晋王入见。开门视之则无人，自己担心晋王有病，所以一早赶来府上。王继恩也以太祖病重相告，于是两人一起叩门入府，赵光义听完王继恩的来意后，显出很是惊讶，犹豫不肯前往，对王继恩说：“我应当与家人商量一下。”赵光义入内后很久没有出来，这时王继恩催促说：“时间久了，恐怕要被别人抢到前面去了。”赵光义于是跟随王继恩，领着程德玄冒雪赶到宫内。行至宫门，王继恩请晋王在外面稍候片刻，由他本人先进宫内通报。程德玄则说：“直接进去就是，还等什么呢？”遂与赵光义一同进入寝殿。宋皇后闻知王继恩回来，忙问：“德芳来了吗？”王继恩却回答说：“晋王来了。”宋氏见赵光义入宫，十分惊恐，脱口叫道：“我母子性命，都托付给你了。”

赵光义也哭泣着说："共保富贵，勿忧也。"至十月二十一日，赵光义登上帝位。

上述记载各执一词，难辨真假。而大史学家李焘在撰写《长编》时，对各家说法进行了一一考辨。他认为《建隆遗事》里称赵普、卢多逊临终受命笔录遗嘱是子虚乌有的。因为赵普在开宝六年八月已经罢相，远在河阳。宋太祖死时，赵普是不可能在京，又怎么能同卢多逊并见宋太祖呢？经过认真的分析和比较，李焘认为《湘山野录》和《涑水见闻》的记载，如剔除好事者的饰说，大体是可相信的。他参照《国史・符瑞志》和杨亿的《谈苑》所记载的内容，认为《湘山野录》中所说的那个道士可能就是张守真。李焘不是一个人云亦云的文学家，同时，他还是一名颇有正统观念的史学家，在宋太祖之死和赵光义即位问题上，他不会有意给赵光义抹黑，因为他相信"金匮之盟"是确有其事的。但还是很多对此深感疑惑的。

首先，宋太祖临终交代后事和赵光义即位，应是朝廷的头等大事，为何官修的《国史》和《实录》竟对此事只字未提，由此可见这两件事情都是十分诡密和无可言传的。但按李焘所记，赵光义是宋太祖后事的当事人和见证人，其详情应该最为清楚。但为何在修《国史》和《实录》时不加以详细记述，不堂堂正正地将其兄的遗嘱载录于史呢？

首先据另外文献所见，赵光义在其他场合也从来没有向人谈起过领受遗嘱的事情，相反对此事一直讳莫如深，这又说明了什么呢？难道赵光义愿意为后人，为历史留下谜团，让人有意猜疑他的不轨行为吗？

其次，据李焘记载，宋太祖是自知身患重病即将离开人世才急忙召赵光义入宫受命的。如果患病时间较长，宋太祖则不仅要对传位问题，而且要对其他大事有一个详细的安排。为何要等到病危时才召晋王受命？另外，既是临终遗嘱，则显然病得不轻，但又为何在召晋王入见时还能饮酒、举斧？

当时，皇帝周围应该时时有人活动，无论出现什么情况都应该有人照看。特别对于一个病危的皇帝，手下应当亲侍左右，寸步不离才对。然为何自十月二十日夜晚赵光义入宫，直到宋太祖去世，这段时间他身边竟无一人？即使宋太祖向赵光义交代后事时，为何要让其他人退下，难道想让赵光义既做继位人又充当见证人，以致自毁遗嘱的权威性吗？

李焘认为宋太祖曾召赵光义入宫受命，宋皇后却在宋太祖临终前派王继思火速召德芳入宫，待赵光义与家人相商久不出门时，王继思竟称“事久，将为他人有矣”，而宋氏见赵光义入宫，又惊得说不出话来等这些细节，表明赵光义受嘱即位是毫无根据的。而特别令人怀疑的是，医官程德玄为何要在这天凌晨守在开封府门口，随同赵光义一同入宫呢？后来程德玄在赵光义手下异常得宠，又说明什么问题呢？

宋太祖对其弟的种种活动并非毫无察觉，对传位问题也并非没有考虑。从宋皇后急召德芳入宫这一点来看，我们可以隐约看出一些问题。开宝九年，皇子德昭已二十五岁，德芳也已十七岁。德昭、德芳之母均已早死。此时宫中主事为宋氏，而宋氏是见过一些大世面的人，她出身官宦之家，是左卫士将军的长女，其母为后汉永宁公主。一次宋氏随母入宫见过宋太祖后，深得宋太祖怜爱，至第二年，即开宝元年宋太祖就娶其为妻。后至开宝九年宋太祖去世时，宋氏才二十五岁。赵、宋两人尽管年龄差距不少，但彼此间感情比较融洽。她可能比较偏爱德芳，这或许对正在考虑继位接班人的宋太祖产生过影响，也可能是宋太祖一直是有意传位于赵德芳。故在宋太祖临终时，宋氏也就顺理成章地派王继思叫其入宫。

赵光义在宫中爪牙甚多，此事可能被赵光义知晓了，因此他加紧行动，根据宋人在宋太祖之死问题上的记载，如果将十九日晚上和二十日凌晨赵氏兄弟两人的活动联系起来，我们或许能猜测到赵光义的阴谋。

开宝九年十月十九日晚上，宋太祖召赵光义入宫饮酒。后赵光义见机会已到，便找来医官程德玄计议如何下手。两人饮酒时，赵光义便偷偷在酒中下毒，并预计毒性将于数小时后发作。后赵光义告辞离宫时，又密令王继思密切关注事态的发展，一有情况即向赵光义报告。同时又令程德玄等待在门口，以便随时调遣（可能考虑到药力不及，以便让程以诊病为由再下毒手）。而自己则守在家中等候消息，计划下一步的行动。当王继恩报告宋氏要他找德芳入宫的消息时，为何赵光义在府上停留了一段时间。因为赵光义并不知道是宋太祖的亲自授意，还是宋氏的自主决断。如果是宋太祖的临终遗嘱，是否还有他人在场，宋太祖是否发觉了这个阴谋，并向他人予以揭露？等等问题都需要赵光义同其谋士做出判断，采取对策。这样一来，就需要长时间的考虑。

尽管这些都是后人的一些推测，但有几点认识还是可以肯定的。一、宋太祖死得不明不白；二、宋太祖并没有明确指定赵光义为皇位继承人，他的帝位继承让人怀疑；三、医官程德玄在太宗朝的得宠，同他在继位问题上的表现是分不开的。

正史里，对“烛影斧声”一事历来讳莫如深，根本未对宋太祖之死做出任何解释。但是，赵光义却在自己即位问题上制造了许多舆论。例如在初修的《太祖实录》中，记载陈桥兵变时，约束军队，禁止剽掠，完全是宋太祖自行决定的。而在赵光义授意下重修的《太祖实录》里，则改成了赵光义叩马为谏，请求宋太祖对兵士严加约束。这样一来，宋太祖就成了赵光义的陪衬人物，从而突出了赵光义的仁义。书中还记载道，宋太祖曾对近臣称赞赵光义道：“晋王龙行虎步，且生时有异，必为太平天子。”这是明显暗示赵光义被宋太祖御定为了太平天子了（这倒恰好同赵光义的“太平兴国”年号相一致）。但人们不禁要问，既然宋太祖早已在昭宪皇太后临终之前便已确定，并由赵匡胤藏之金匮，又为何要用其他借口称其他日必当为太平天子？而赵光义即位后的种种表现，也同样令人生疑。在通常情况下，旧君去世，新君嗣位，改元之事一般放在次年，且要广泛征求意见，可赵光义显得急不可待，在开宝九年十二月二十二日就匆匆宣布大赦改元，连仅有的几天也等得不耐烦了。至道元年，宋太祖之妻宋氏病故，这位曾经允诺要“共保富贵”的新天子，却按捺不住心头的仇恨，公开表示了自己的不尊重态度。他自己不成服，也不让群臣临丧。后翰林学士王禹实在看不下去，曾同同僚议论道：“太祖皇后也曾母仪天下，应当按照惯例实行国葬。”赵光义听说后甚为不悦，指责他谤上不敬，一怒之下将他贬为滁州知州。凡此种种莫不说明赵光义气量狭小，心中有鬼，不敢以光明正大的态度面对前朝旧事。

同宋太祖有关的种种历史之谜，大都发生在宫廷。而普通百姓很难看到他们敬仰的神圣殿堂竟充斥着各种各样的阴谋。其实，一般人完全用不着为此大惊小怪，因为同外面的世界一样，森严的宫禁之地，照样上演着父子相残，兄弟相戮的流血政治戏剧。甚至，在这个号称庄严神圣的地方，比任何一个场所都杀得更厉害，相争得更明显。

继位之人，离奇死亡

宋太宗赵光义继位后，他凭借改变子承父业的惯例，而得以弟继兄位的有力凭证“金匮之盟”，此时却不时成为动摇其统治基础的潜在威胁。

赵德昭，字日新，母为贺皇后，乾德二年出阁。按规定，皇子出阁即封王，但宋太祖认为赵德昭年龄尚幼，欲让他循序渐进，便授予贵州防御使，开宝六年才授兴元尹、山南西道节度使、检校太傅、同平章事。后由于宋太祖的突然去世，使其终究未封王爵。在宋太宗即位之初，赵德昭被改任永兴军节度使、京兆尹兼侍中，第一次被封为武功郡王，并诏与齐王赵廷美一起班列宰相之上。太平兴国三年二月，年仅十四岁的赵德昭就娶了前宰相、太子太傅王溥之女，封韩国夫人。是年冬，又加检校太尉。

自宋太宗即位以来，赵德昭深知叔父赵光义的为人，所以一直低调行事，且喜怒不形于色，以免引起太多的猜忌。至太平兴国四年，宋太宗亲征河东并灭亡北汉后，不顾众臣反对，执意乘胜北上进攻辽国燕京，想借此收复燕云十六州，结果惨败而归。而那时的赵廷美、赵德昭皆随宋太宗出征，以防他们独自在京城，发生变故。收复北汉后，宋军本已疲惫不堪，补给也所剩不多，本是休整再谋打算的时候。可宋太宗坚持让军队继续北上，正是如此。后来的宋太宗所带领的主力宋军在燕京城西高粱河一战中，出师不利，很快就被辽军一举击溃。那时的宋太宗在此战中也惊吓不已，所以连夜乘驴车仓皇逃遁，而与三军将士失去联络。此战后，念着先帝宋太祖的军校们本想就此乘机拥立赵德昭，但即因得知宋太宗的下落而作罢。密谋虽未成真，但军中将士的倾向可见一斑。宋太宗知道此事后，发觉自己的皇位岌岌可危，而赵德昭的存在，就是一个最严重的威胁。所以他心中非常不悦，但又不敢公开发泄。因为宋军这次北伐先胜后败，使得欲建立盖过宋太祖之功业的宋太宗深感恼怒，所以隔了许多时日也不对平定北汉有功的将士颁赐奖赏，军中颇有不悦之言。八月，赵德昭因此事入宫来劝说宋太宗，不料宋太宗听后勃然大怒，训斥赵德昭道："待汝自为之，尚未晚也。"并暗示自己已知道众将士想立其为新主的事，让其好自为之，好生照看自己的家人。赵德昭一听，便明白自己已不为宋太宗所容，回去后就自刎而死。

对于赵德昭之死，宋太宗可说是喜悔交加，喜者自不用多言，悔的是逼死侄子的恶名毕竟不佳，况且赵德昭还名列"金匮之盟"，处理不当，极易酿成一场政治风波。宋太宗闻此事后，即刻前往抱着赵德昭的尸体痛哭道："痴儿，何至于此耶！"随即追赠赵德昭为中书令，追封魏王，后改为吴王、越王，宋徽宗时改封燕王。后世文献中一般称为燕王。赵德昭死后不久，即是年十月，宋太宗才为平定北汉之事进行了赏赐，进封齐王赵廷美为秦王。

赵德昭有子五人，名惟正、惟吉、惟固、惟忠、惟和。据载赵德昭次子赵惟吉很得宋太祖的喜爱。当赵惟吉出生后刚满月，宋太祖就把婴儿接到宫中，特地挑选了两个很有经验的妇女来照看。听闻赵惟吉半夜啼哭时，宋太祖必定会来抚抱，逗他玩。赵惟吉自幼聪明好学，三岁时，一次，宋太祖便为他制作弱弓轻箭，以金钱作为靶子，让小惟吉射箭游戏，结果十发八中，使在一旁观看的宋太祖十分高兴，认为其很有天赋。五岁时，赵惟吉就会读书诵诗。宋太祖与赵惟吉的关系一直很好，所以听闻太祖死后，年方六岁的赵惟吉，昼夜痛哭，不肯进食。后经宋皇后再三安慰，才肯进食。

一年后多，至太平兴国六年（981）三月，宋太祖次子赵德芳突然猝死，时年二十三岁。赵德芳于开宝九年（976）三月授予实权，授贵州防御使。宋太宗即位之初被授予兴元尹、山南西道节度使，后又任同平章事，至太平兴国三年冬加检校太尉。对于赵德芳的死因，宋代史书几乎没有做详细记载，都是一笔带过。如《宋史·宗室传》里，称赵德芳"寝疾薨"，即是卧病而亡，但又未载其得何病。此事的很大诱因，不仅与"金匮之盟"有关，可能也与"烛影斧声"之谜有关。

历史记载的"烛影斧声"有很多版本，其中一个版本记载道，宋皇后曾遣太监王继思去召皇子赵德芳，而王继思自作主张，径召晋王赵光义，故赵德芳的存在，也使宋太宗如鲠在喉。可以说，赵德芳死得颇为不明不白，但宋太宗的表面文章却做得十分到位，亲自前往灵堂吊唁，废罢上朝五天，追赠赵德芳为中书令、岐王，谥曰康惠；后又加赠太师，改封楚王、秦王。

赵德昭与赵德芳死后，唯一的威胁就只剩下了赵廷美。在宋太宗即位之初，赵廷美被授任开封尹兼中书令，封齐王，位在宰相之上，俨然享受着宋太宗即位前的待遇，静心等待着宋太宗遵依"金匮之盟"而传位给自己。但宋太宗决不同于豁达的宋太祖，至此赵廷美眼见德昭、德芳两个侄子如此死法，心中大为不安，而宋太宗对赵廷美的猜忌也日趋严重。赵德芳死后不久，宋太宗便准备对赵廷美下手，欲置赵廷美于死地。于是有宋太宗的心腹旧僚柴禹锡、赵镕、杨守一等人出面告发赵廷美"骄恣，将有阴谋窃发"。此时宰相卢多逊却与赵廷美相交密切，于是宋太宗决意重新起用赵普这位元老重臣，欲借助他的声望和影响，来帮助自己铲除赵廷美的势力。

卢多逊因早年与赵光义交结，攻罢宰相赵普，确立了赵光义的嗣君之位，而自己也如愿升任参知政事，待到宋太宗继位以后，更擢升宰相。宋太宗起先对卢多逊十分宠信，故卢多逊权重一时，甚至众臣上奏章，都必须先交到相府，由卢多逊审阅后，才呈送给天子。至太平兴国六年，首相薛居正已死，次相沈伦告病休养，仅卢多逊一相独当国政。宋太宗为人多疑忌，故对卢多逊的威福自用、专权太甚之作风渐感难以容忍。卢多逊也感受到了这种变化，便与赵廷美结盟，欲凭借“金匮之盟”以使赵廷美顺利继位，来保障自己的权位。而在宋太祖朝曾十分风光的赵普，此时日子却很不好过，颇受宋太宗的忌恨，并遭到老对头宰相卢多逊的多方压抑。为了避祸，赵普便主动提出解除节度使一职，留住京师。但卢多逊仍然不依不饶，每每向天子进言，说赵普当初反对宋太祖传位给弟弟。因身家性命岌岌可危而极想与天子修复关系以摆脱困境的赵普，对于宋太宗的主动笼络，自然是感激得涕泪横流，上言表态道：“臣愿备位中枢，以觉察奸变。”退下后又上密奏说：“臣忝为开国旧臣，为权幸所沮。”并打出“金匮之盟”这张王牌，改变初衷向宋太宗表示效忠，以求东山再起。于是宋太宗便开始重新起用赵普，并公开对赵普评价道：“人谁无过，朕不待五十，已尽知四十九年非矣。”当时，宋太宗和赵普讨论了传位给赵廷美的可行性一事，但遭到赵普的坚决反对，并说道：“先帝已误，陛下岂容再误邪？”而此言也让宋太宗了解了赵普的真正心意。此时的“金匮之盟”该是“大白于天下的时候”了。

如无“金匮之盟”，为何宋太宗要加害这三位亲人呢？我们可与猜想“金匮之盟”并不是赵普凭空虚构的，很可能是真伪相杂的。

历史上的赵普可能是以“金匮之盟”为筹码讨价还价，所以宋太宗于太平兴国六年九月复拜赵普为首相，封梁国公，主持政务。此时对于赵普复拜宰相的真实用意，赵廷美、卢多逊心中也很明白。此时的赵廷美也一直在培植自己的势力，就像宋太宗即位前担任开封府尹时那样，以便保证自己能按顺序继位，所以至此便主动表示已列班居于赵普之下，以示谦恭，想借机拉拢赵普。

至太平兴国七年三月，有人告发赵廷美欲趁宋太宗泛舟金明池之际作乱的假消息，于是赵廷美被罢去开封尹，授西京留守。后任命太常博士王遹判河南府事，开封府判官阎矩判西京留守事，以监视赵廷美。宋太宗又擢任柴禹锡为枢密副使，杨守一为枢密都承旨，赵镕为东上阎门使，作为他们告发赵廷美“阴谋”的奖赏。此时与赵廷美交通的左卫将军枢密承旨陈从龙、皇城使刘知信、弓箭库使惠延真、禁军将校皇甫继明等人也皆因此事遭贬官处罚。不久，赵普又揭发了卢多逊与赵廷美相互勾结，蓄意谋反的证据，卢多逊下狱服罪。

后宋太宗让百官判定卢多逊、赵廷美之罪，那些官员便秉承天子旨意，认为他俩罪当诛斩。而宋太宗又开始作势，表示愿意网开一面，免去其死罪。故卢多逊因此被削夺官爵，全家也被流放崖州（今属海南）。而赵廷美被勒归西京私第，其儿女不再称皇子、皇女。至此，赵廷美的秦王府官吏和卢多逊的亲信都或贬或诛，遭到了彻底的打击。后开封府李符又说赵廷美不宜居住京城附近，宋太宗便降赵廷美为涪陵县公，去房州（今湖北房县）安置，并派亲信官员就近监视。赵廷美在房州度过了自己的最后岁月，至雍熙元年正月，他终因忧虑惊恐成疾，病死他乡，年仅三十八岁。

宋太宗听闻此事后，一面追封赵廷美为涪王，谥曰悼；一面又私下对赵普说道：“赵廷美自小刚愎凶恶，但因为其为同胞兄弟，不忍置于法，故稍施薄责，准备日后再推恩复旧官爵，不想他就此去世，真是悲痛啊！”而次年，卢多逊也死于流放地，终年五十二岁。

对于赵廷美的贬死，宋代史书中皆归咎于赵普。纵观封建社会历史，官员们大多只是政策表面的执行者，真正的决策权还是在当政者手里。这里的赵普也就是台前执行者，负决策之责者还是宋太宗。“金匮之盟”虽因赵廷美之死而结束，其影响仍长久存在。其近者宋太宗为亲眼所见，其远者影响远及南宋前期。

赵普在帮助天子除去赵廷美后，宋太宗念其有忠效之功，对他比较尊宠，但终有猜忌，以防赵普专权。于是到太平兴国八年十月，完成了历史使命的赵普被免去了宰相职位，出任武胜节度使。

不知是天意，还是人为；善有善报，恶有恶报。宋太宗虽较顺利地解决了“金匮之盟”所带来的威胁，稳固了其权位，却不想其选择的继位者又相继出现了问题。

宋太宗的长子赵元佐从小聪颖，相貌也像其父亲，所以深得宋太宗的钟爱。赵廷美被贬，本是为赵元佐的顺利继位扫清障碍，可赵元佐并不领情。赵元佐也深知其中内幕，所以他多次为赵廷美求情，并因此遭到宋太宗的呵责。在赵廷美冤死后，赵元佐便发狂疾，变得神志不清。不久后的一日夜里，他乘着酒醉火烧自己的楚王宫。宋太宗闻后大怒，即贬赵元佐为庶人，幽居于南宫。之后，宋太宗随即属意于次子赵元僖，授任其为开封尹。赵元僖在任开封府尹五年多后，不料于淳化三年十一月因饮食中毒而猝死，终年二十七岁。后宋太宗十分悲痛，也无奈只得欲传位于第三子赵元侃，并授任开封尹。至道元年（995）八月，宋太宗终于下诏立赵元侃为皇太子，并改名赵恒。至道三年（997）三月，宋太宗死，曾拥立宋太宗继位的宦官王继恩看到皇太子颇为英明，怕自己权势难保，便与参知政事李昌龄等密谋，欲立已被废的楚王赵元佐。可宋太宗生前似乎已预料到皇位的嗣承不会太顺利，故预先拜“大事不糊涂”的吕端为宰相。至此，吕端看破王继恩的计谋，否决了李皇后“立嗣以长”为顺的说法。后在吕端的坚持下，赵恒得以顺利即位，是为宋真宗。宋初，北宋王朝的皇位继承危机，至此终于得以平息。

李昌龄画像

在北宋皇位的继位历史里，宋真宗之后六位皇帝皆为宋太宗的子孙。但宋太祖暴死，其两个儿子不明不白地去世，以及其后嗣渐渐流落民间，之后民间就流传了许多有关宋太祖的秘闻故事。如广为人知的“金匮之盟”与“烛影斧声”的历史之谜，一直引起世人的不平。

史载，在南宋初，社会上流传着这样一则颇为荒诞的说法。即北宋末年率领女真铁骑攻陷北宋京城开封的金军元帅斡离不，他故意掳掠钦、徽二帝北归，并将宋太宗的子孙几乎屠杀殆尽。而见过斡离不的宋人却惊异地发现，斡离不的容貌非常像宋太祖，于是便有斡离不为宋太祖转世的传说，以此来复仇。而颇为巧合的是，南宋第一位皇帝宋高宗赵构由于意外而丧失了生育能力，未有子嗣。故在皇位继承问题上，大臣们议论纷纷，于是“金匮之盟”的余波再次显现，迫使宋高宗选择宋太祖的后嗣，将宋太祖七世孙赵昚作为自己的皇位继承者，是为宋孝宗。此后，宋朝皇位又自宋太宗一系回到了宋太祖一系，给了宋人一个莫大的心理安慰。

CHAPTER

第十四章 五代十国的著名帝王 14

在后唐末至北宋初期间，中原大地有着一段“五代十国”的特殊时期。它经历了八十多年的历史，这之中也涌现了众多为人所熟知的帝王。如其中的两位后周帝皇，郭威与柴荣，他们都为后来的中原统一做出了卓越的贡献。还有著名的后蜀主孟昶、吴越王钱俶、南唐后主李煜，他们都让我们感叹着那段纷繁复杂的历史,因为一个帝王的面貌也反映着一个国家的面貌。

后周太祖的建国立业

后周太祖郭威（904—954），邢州尧山（今河北隆尧）人。其父亲曾为晋顺州刺史，后因兵乱而死，此时郭威年仅数龄，家境自然没落。而后郭威随母王氏逃难潞州时，其母又在路途中因病辞世，后因姨母韩氏提携抚育，始得成人。至十八岁时，闻当地的潞州节度使李继韬招募兵士，便去应招，后因身材魁梧，勇力过人，深得李继韬欣赏，便留其在身边做了一名"牙兵"（藩帅的亲兵）。郭威好斗，喜欢赌博，又好喝酒，也爱打抱不平。一天，郭威在街上闲逛时，见一个屠户欺行霸市，此时喝了点儿酒的郭威不服气地走到了这个屠户跟前，让他割肉，然后找碴骂他。屠户也知郭威不好惹，扯开衣服用手指着肚子说："有胆量你就照这儿捅一刀！"郭威二话没说，抄起刀子就捅进了他的肚子，结果屠户一命呜呼，郭威被抓进了监狱。李继韬知道此事后，深佩其勇气和胆量，便将他放了。

至 947 年，刘知远称帝，建立后汉时，郭威因战功卓越，擢升为枢密副使兼检校司徒，后又成为统率大军的将领，位至宰相。后汉高祖刘知远病逝时，郭威和苏逢吉同时受命，立其子刘承祐继位，即后汉隐帝。郭威被任命为枢密使，掌管全国兵权。当时河中节度使李守贞、永兴节度使赵思绾、凤翔节度使王景崇相继拥兵造反。朝廷屡次出兵讨伐，均无功而返。

后汉隐帝刘承祐（开国皇帝刘知远之子）即位之后，李守贞伙同赵思绾、王景崇，发起叛乱。刘承祐先派白文珂、郭从义、常思等人讨伐。白文珂、郭从义、常思等人击败李守贞后，李守贞退守河中城，闭门不战。白文珂、郭从义、常思等人围城，从春天一直围到夏天，始终没有攻破河中城。

至 948 年，汉隐帝刘承祐遂命郭威率兵出征。那时的赵匡胤也跟着郭威一路行军，在公元 948 年 8 月 20 日即到达了河中。后汉大军先是稍事休整，并没有劝李守贞投降，更没有故作姿态，去训斥甚至惩罚久攻不下的白文珂等人借以振奋军心。而只是带上一些人，轻装简骑地围着河中城转了几圈。之后，他下达了第一道命令——常思筑寨于河中城南，白文珂筑寨于河中城西，郭威自领中军筑寨于河中城东，留城北一地空缺，不设人马。同时征调周边五县百姓近三万人，在三寨和河中城之间筑起了连接不断的小型堡垒，来保护新建的营寨。

命令一出，全军哗然。面对质疑，郭威不动声色，他的沉默让所有人都闭上了嘴。一天夜里，久困城中决不露头的李守贞突然率军出击，没有准备的后汉军一片慌乱，只得放弃堡垒，向新筑的营寨撤退。等后汉军重新集结，列队出寨，准备痛击敌人时，敌人已经不见了。愤懑、激动、劳累，再加上这些日子以来不断积压的郁闷，让这些火气旺盛的大兵们再也控制不住了。

郭威的第二条命令。士兵们终于知道了那些征调来的农民工为什么没被遣散回家，这些人得重新劳动，把刚刚被毁的堡垒再筑起来，而他们也别想闲着，以前干什么，接着继续练。只不过他们很是奇怪，看起来这场战争的主角像是这些勤劳的农民工，而他们这些当兵的，只不过是这些农民工的保镖而已。

之后，只要堡垒出现，李守贞就会心急火燎，不计利害地率队出城，不管用什么样的代价，都一定要把堡垒毁了，然后他才能带着人马逃回城。如此周而复始，持续了整整一年。

郭威终于下达了第三条命令。郭威部全体士兵嗷嗷叫着冲向了河中城，就这样，三面强攻，北面放行，李守贞的士兵被这致命的一线生机，以及在拆墙游戏中玩得筋疲力尽的身体给彻底累垮了。河中城被一鼓而下，李守贞贯彻了自己决不投降的宗旨，城破后全家集体自焚。

后北伐契丹时，郭威又再次取得胜利，以功进封邺都留守、天雄军节度使，兼枢密使，河北诸州郡皆听郭威节制。

至 950 年，后汉隐帝开始计划大杀有功大将，郭威也未能幸免。起先，后汉隐帝与亲信李业密谋，诏令马军指挥使郭崇诛杀宣徽使王峻、郭威等。后又诏令镇宁军节度李弘义诛杀侍卫步军指挥使王殷，企图一举铲除前朝旧将势力。不料李弘义反以诏书密示于王殷。王殷即派人向郭威告急。郭威见事情紧急，即采用谋士魏仁浦之计，伪作诏书，宣称隐帝令郭威诛杀诸位将领。于是群情激愤，拥护郭威起兵讨伐。郭威起兵造反。七里坡之战，后汉政府军战败，汉隐帝被郭允明所杀。郭威带兵见太后，让太后临朝听政，并且假意拥立刘氏宗室武宁节度刘赟为帝，随后突然闻报契丹南下，于是率军北上抵御，途经澶州，士兵兵变黄袍加身，郭威返回汴梁，并逼太后任他为“监国”，夺得国政。公元 951 年正月丁卯日，郭威称帝，国号大周，定都汴京，改年号为“广顺”，史称后周。

立国后，周太祖革除唐末以来的积弊，重用有才德的文臣，改变后梁以来军人政权的丑恶形象。他也崇尚节俭，仁爱百姓。

后周时，朝廷大兴儒学。周太祖多次去曲阜拜谒孔庙、孔子墓，并下令修缮孔庙。后周太祖又造访孔子后裔，并提拔其为官，开始实行以儒教治天下的政策，为周王朝治国奠定了思想基础。

郭威在位期间，在改革累朝弊政的方面，也颇有成绩。他先免除了后汉所设额外苛敛以及中唐以来地方官进奉的“羡余物色”，又废止了后晋、后汉一些极残忍的刑法。后改革官职，规定诸州所差散从亲事官等，一齐遣散。在改革禁令方面，他将累朝极为严酷的盐、酒、皮革的禁令稍予放宽。在佛教方面，他废除了京城内无名额的僧尼寺院等。在农业方面，他为恢复农业生产而采取了各种改进措施。如授无主田土给数十万归中原的幽州饥民，放免其差税；以田分给现佃户充永业，使编户增加三万多；如主荒地听任农民耕垦为永业，提高农民生产的积极性。

郭威在位时，并不急于讨伐割据势力，而是希望通过改革先稳定内部。他所进行的改革是多方面的，而且也收到了显著的效果。综合起来，主要包括：提倡节约俭朴；整顿吏治纲纪；减轻压迫和剥削；招抚流民，组织生产；治理河患，灌溉良田；准备统一，开展统一战争。郭威的政治、经济改革和统一战争，收到了显著的效果。

周太祖称帝前虽权倾朝野，但生活俭朴，衣食住行都很节俭。在称帝后，他也奉行节约俭朴的原则。下诏禁止各地进奉美食及地方土特产品，珍宝就更不用说了。他对大臣们说：“朕出身微寒，尝尽人间疾苦，也经历了国与家的灾难，现在当了皇帝，怎么能养尊处优拖累天下百姓呢！”他不仅不让进奉宝物入宫，还让人将宫中的珠宝玉器、金银装饰的豪华床凳、金银做的饮食用具一共几十件，当众打碎在殿廷之上。郭威经常对侍臣说：“那些帝王，怎么能用这种东西！”他从小经历了很多苦难，对民间疾苦也深有体会，所以首先减轻了百姓的负担。这方面郭威主要做了两件事：一是罢除不合理的牛租，二是撤销营田务。在早年朱温征伐淮南时，朱温将缴获的上万头耕牛给百姓使用，然后向百姓收牛租，几十年之后，到后周时仍然在收租，当年的牛早就死了。郭威下令废除这项既过时又累民的税收。至于营田务，是唐末以后在中原地区设置的由户部直接管理农业生产的机构，所属的农民负担很重。郭威废除营田务后，将原来百姓使用的田地房屋和牛及其他农具都赐给他们永久使用。这项措施加上牛租的废除，极大地减轻了农民的负担，促进了生产的发展。其间，有人建议将一些好的营田卖掉，就能得到数十万缗钱来充实国库，郭威却说：“让百姓得利，就像国家得利一样，朕要这些钱干什么？”此外他还下诏，命令各地官吏不得以任何借口来加收百姓赋税，原来普遍存在的正税以外的杂税一律废除。郭威又下诏减轻了后汉残酷的法律，比如，后汉规定，盗窃一文钱的也要处死，不是重罪的人又经常株连亲族，后周则规定，不是反叛和杀害亲属之类大逆不道的重罪不再株连亲属。后汉时，酒和酒曲（造酒的原料）实行国家垄断专卖，凡是民间有人私自买卖的无论多少一律处死，后周则大大减轻了处罚，而且做了具体的规定：一两至一斤的杖刑八十，一斤以上到五斤的判徒刑三年，五斤以上的则处死。此外，在后汉时禁止民间收藏买卖牛皮，私自买卖一寸的就要处死，后周规定，有田四十顷的才收取一张牛皮的实物税，其余的民间可以随意买卖。郭威了解民间用牛皮的地方很多，所以为百姓生活着想，才有了此规定。

在选用治理国家的人才方面时，他谦逊地重用有才德的文臣，以行动来改变从后梁以来军人政权的丑恶形象。他曾多次对那些有才德的大臣们说：“朕生长于军旅之中，不懂得学问，也不精通治国安邦的大计，文武官员有利国利民良策的就直接上书言事，千万不要只写一些粉饰太平的无用话。”正是由于郭威重用了这些精于治理的官员，才使后周在很短的时间里就显露出国富民强的景象，这也为其养子周世宗继承他的事业而打下了坚实的基础。

周太祖的节俭和细心一向为人称赞，从他安排自己的后事中，就可以深感其仁德。954年正月的一日，那时的郭威深知自己时日不多，便嘱咐养子柴荣道：“我不行了，你赶快替我修建陵墓，不要让灵柩留在宫中太久。陵墓务必从简，别去惊动、扰害百姓，不要用许多工匠，不要派宫人守陵，也用不着在陵墓前立上石人石兽，只要用纸衣装殓，用瓦棺做椁就可以了。安葬后，可以招募陵墓附近的百姓三十户，蠲免他们的徭役，让他们守护陵墓。陵墓前替我立一块石碑，上面刻几句话，就说我平生习惯于节俭，遗诏命令用纸衣瓦棺。”又告诫柴荣说：“我从前西征时，见到唐朝帝王的十八座陵寝通通被人发掘、盗窃，这都是陵墓里藏着许多金银财宝的缘故，而汉文帝因为一贯节俭，简单地安葬在霸陵原上，陵墓到今天还完好无损。你到了每年的寒食节，可以派人来为我扫墓，如果不派人来，在京城里遥祭也可以。但是，你要叫人在河府（今河北省河间县）、魏府（今河北省大名市东南）各葬一副剑甲，在澶州（今河南省濮阳县）葬一件通天冠绛纱袍，在东京葬一件平天冠衮龙袍。这件事你切不可忘了。”接着，他大封

后周太祖墓简介石碑

群臣，命柴荣继位说："我看当世的文才，莫过于范质、王溥，如今他俩并列为宰相，你有了好辅弼，我死也瞑目了。"当晚（壬辰日），他就驾崩于汴京宫中的滋德殿。后为其修建寺庙，庙号为太祖。

郭威生于乱世，长于军伍，勇武有力，豪爽负气，略通兵法，善抚将士，以军功累迁至枢密使高位。终以军事实力为后盾，取后汉而代之，是五代时期军人专权的代表人物。在他的精心治理下，中国长期战乱的局面开始转向统一，开始显露出民富国强的迹象，为周世宗也为赵匡胤的事业打下了坚实基础。

后周世宗的统一之路

后周世宗柴荣（921 年 10 月 27 日—959 年 7 月 27 日），是五代时期后周的第二位皇帝，在位六年，邢州尧山柴家庄（今河北省邢台市隆尧县）人。柴荣祖父柴翁、父亲柴守礼都是当地有名的富豪。家道中落，年未童冠的柴荣前去投奔嫁给郭威的姑母，据说，他的姑母本为唐庄宗的嫔御，庄宗驾崩后，唐明宗遣其归家，行至河上遇大风雨，在旅店停留数日，偶遇郭威，看他体貌非凡，一见倾心。而郭威也闻柴氏贤惠，父母知志不可夺，于是二人在旅店中成婚。

柴荣生性谨厚，帮助郭威处理各种事务，深受郭威喜爱，被收为养子，当时郭威家境并不富裕，柴荣为补贴家用，外出经商，做茶货生意，往返江陵等地。其间学习骑射，练就一身武艺，又读了大量史书和黄老著作。及长，弃商随郭威从戎。

后汉建立，其养父郭威以佐命功授为枢密副使，柴荣被任命为左监门卫大将军。郭威任邺都（今河北大名东北）留守、枢密使、天雄节度使，柴荣被任为天雄牙内指挥使、领贵州刺史、检校右仆射。

后汉乾祐三年，郭威和柴荣留居京都开封的亲属全被隐帝诛杀，郭威起兵，以清君侧为名杀向开封，柴荣受命留守邺都，主持邺都事务。后周建立，柴荣旋以皇子的身份拜澶州（今河南濮阳）刺史、检校太保、封太原郡侯。柴荣在澶州任内，“为政清肃，盗不犯境……吏民赖之”。其后加封晋王并出任开封尹，判内外兵马事。

显德元年正月，周太祖郭威因病去世，晋王柴荣按遗命继承皇帝位，是为周世宗。此时，年富力强的周世宗柴荣，雄心勃勃，决心遵照养父的遗愿，干出一番大事业。据说他曾向左谏议大夫王朴发问：“朕当得几年？”精究术数的王朴答曰：“臣固陋，辄以所学推之，三十年后非所知也。”柴荣听后十分欣喜地说：“若如卿所言，朕当以十年开拓天下，十年养百姓，十年致太平足矣！”

显德元年二月，周世宗柴荣即位不久，潞州（今山西长治市）边关就传来敌情，北汉主刘崇趁后周国丧，已领兵准备造反。刘崇是后汉高祖刘知远的弟弟，后汉时，就一直坐镇河东，为太原留守。后郭威起兵攻灭后汉隐帝刘承祐后，曾一度假意立刘崇之子刘赟为帝，可后来又把他废为“湘阴公”，最后干脆斩杀了刘赟。郭威的所作所为，对刘崇来说可谓国仇家恨。后周建立后，刘崇公开反叛后周政权，与辽国联盟，长年与后周作对。郭威死前，他一直占据着河东一隅之地，并自立为北汉称帝，宣布继承后汉国统，并一直为复仇做着准备。郭威一死，刘崇认为机会已到，便即禀报辽国让其作为支援，协助攻打后周。此时辽国即派杨衮率一万多骑兵相助，而刘崇亲点三万兵马，先命张元徽率先锋军与两军会合，准备大规模南下。

周世宗闻此事后，即召大臣议欲亲征，后遭宰相冯道极力反对。两人展开了一场激烈对话后，周世宗不改亲征决定，执意要去平定叛乱。后其率军兼程速进，在高平之南与北汉军相遇。由于周世宗率领的是先行部队，人数不多，当面对刘崇的大军时，不免心生畏惧。很快其右军就被攻破，而其将领樊爱能与何徽部也不战遁溃。在危险时刻，赵匡胤临危不乱，想出一有勇有谋之计，并敢死出击。不久，周军就势气大振，而后北汉骁将张元徽被杀，刘崇军败北，契丹军退逃。

至五月，周世宗乘胜追击，将北汉都城太原包围，但由于粮饷不继，未能拿下太原。待六月，周世宗无奈下诏班师，车驾发离太原。过新郑亲拜嵩陵，祭奠而退。七月，拜范质为司守徒兼门下侍郎、平章事、宏文馆大学士；李谷为守司徒兼门下侍郎、平章事、监修国史；王溥为中书侍郎兼礼部尚书、平章事、集贤殿大学士。不由科进第的魏仁浦聘为枢密使、检校太保，面对议者曰："顾才何如耳！"百官上表请以九月二十四日诞圣日为"天清节"，从之。九月，右屯卫将军薛训，因"监雍兵仓，纵吏卒陪敛"被除名，流放沙门岛。州巡检供奉官、副都知竹奉璘于宁陵县，因"盗经商船不捕获"被斩。

周世宗回朝后，先将高平之战中的樊爱能、何徽等七十多名临阵脱逃的将士悉数斩杀，同时对作战有功的李重进、赵匡胤等将士给予重赏。不久，又册封卫国夫人符氏为皇后。

至十月，周世宗吸取高平之战周军将不用命、士不能战的教训，决心整顿军队。他就此说道："侍卫士兵，老少相半，强弱不分；况百户农夫，未能瞻一甲士。且兵在精不在众，宜一一点选。精锐者为上军，怯懦者任从安便，庶期不用，又不虚费。"后即命赵匡胤负责整顿禁军一事。赵匡胤不辱使命，广募天下壮士"选取优者为殿前诸班"，通过整顿，使禁卫军成为一支威震邻国无比强大的军队。后下令，赵匡胤因功升为殿前都虞候，张永德因功出任殿前都指挥使。

周世宗借整顿禁军之际，又大查军中的违法犯罪现象。不久后，仗势欺人、滥杀无辜的供奉官郝光庭被判弃市之罪。而后左羽林大将军孟汉卿，也因私收贿赂、强征税收的行为被查办，后令其自尽。

至十一月，黄河郓州界决口，使数州之地，洪流为患。周世宗闻后即派宰相李谷监筑河堤，征发丁六万人，终于在三十日后修复了决堤口。

显德二年一月，周世宗开始整治前朝弊端，即下诏道："在朝文班，各举堪为令录者一人。虽因族近亲，亦无妨嫌。授官之日，各署举主姓名，若在贪官浊不任，懦弱不理并量事轻重，连坐举主。"至三月又诏道，"应逃户庄田，并许人请射承佃，供纳租税。"

为稳固边疆，周世宗委派忠武节度使王彦超与彰信节度使韩通带领士兵，征发民夫疏通深州和冀州之间的胡卢河。并在李晏口夹胡卢河修建城垒，派重兵戍守。又派德州刺史张藏英招募边境骁勇之民组成一支精悍的边军，形成了一道坚固的防线，边民得以安居乐业。

为选拔人才，周世宗开始大兴科举，下诏曰："国家设贡举之司，求英俊之士，务询文行方中科名。比闻近年以来，多有滥进，或以年劳而得第，或因媒势以出身。今岁所放举人，试令看验，果见纰缪，须至去留。"后又亲自阅览新举进士的诗赋、论文与策文。

至四月，周世宗诏于京城四面别筑罗城，期以来春兴役。又令近臣二十余人，各撰《为君难为臣不易论》《平边策》各一首，柴荣亲览之。并采纳比部郎中王朴的"攻取之道，从易者始"的建议，后制定了"先南后北"的战略。至五月，又废童子、经明二科及条贯考试次第。五月，周世宗又派向训、王景率军西征后蜀，欲收复秦、凤、成、阶四州。六月，周世宗因不满佛教，即下诏："诸道府州县镇村坊应有敕额寺院，一切仍旧，其无敕额者并仰停废。今后不得创造寺院兰若，并禁私变僧尼。"至年末，后军就焚毁寺院三万零三百三十六所，并还俗僧尼多达六万一千二百人。

后周世宗

七月，因西征之师，军需供应不继，战事陷于僵局。周世宗后闻周将执意请求罢兵，即派赵匡胤作为特使前往秦州前线视察战局，判断局势，是否再战。赵匡胤判断可取后，周世宗提拔王景兼西南面行营都招讨使，向训兼西南面行营都监。九月，诏禁天下铜器，始议立监铸钱。规定除"县官法物，军器次寺观钟磬钹铎之类所留外，自余民间铜器、佛像，五十日内悉令输官，给其值。过期隐匿不输，五斤以上者处死，不及者论刑有差”。闰九月，大破西川军，秦、成、阶三州相继归附。至十一月，周军终攻克凤州，收复后蜀四州之地。十二月，命起居郎陶文举征残租于宋州。文举本酷吏也，宋民被其刑者凡数千，冤号之声闻于道路，有悼耄之辈，不胜其刑而死者数人，物议以为不允。

显德三年一月，周世宗先发十万京城禁军驻守于罗城，以备亲征南唐。他先派李谷、李重进、赵匡胤等战将率军出征。后发现李谷怯懦，而李重进战无不克，遂将李谷调开，任命李重进为淮南道行营指挥使。李重进不辱使命，大败唐军，并取滁、扬、秦、光、舒、蕲六州。后因雨季来临，加上准备不足，只得留李重进军围攻寿州，自己班师回京。五月，柴荣征集工匠在大梁城西汴水侧造战舰数百艘，命唐降卒教北人水战。

至十月，周军经过几个月的休整，周世宗第三次亲征南唐，这次的目标是全部夺取江淮地区。之前的寿州失陷和外围援军被歼，已使南唐仅有招架之功，而无还手之力，周军也因此一路势如破竹，连破江淮数城。至十一月四日，周世宗来到达镇，后渡过淮水到达濠州。六日，周世宗亲率部队攻打濠州东北的十八里滩，此时唐军在滩内设置栅栏，据以固守。周世宗后命士卒乘坐北方运来的骆驼涉水，又令赵匡胤率骑兵紧随其后。赵匡胤率军很快就策马渡过泗河，唐军水寨不久后被攻破。

濠州城外之敌被歼后，周军又开始水陆并进准备攻打泗州。至二十三日，周世宗又做监军，并命赵匡胤首攻城南。后赵匡胤率军焚其城门，又借敌舰为其所用，大破唐军水寨，最终迫使泗州守军投降。

至十二月六日，周世宗柴荣又亲率后周水军从淮水北岸挺进，准备迎击南唐的水兵精锐，同时命令赵匡胤领步骑兵沿淮河南岸推进，欲使三路军合围南唐水兵。两军交战时，赵匡胤又充当先锋，奋勇杀敌。不久后，南唐水兵根本不敌周军三面围攻之势，很快就溃败下来。此战，以周军大胜而终，缴获了南唐战舰三百余艘，俘虏唐军七千余人。此战使南唐在淮河上的战船尽失，其水军也几乎全军覆灭。濠州守将见水军已败，深知守城无望，便私自举城投降。这时，淮河上的唐军据点，就仅剩楚州了。

至显德四年一月，重修国法，大赦天下，诏天下见禁罪人，除大辟处，一律释放。四月，故彭城郡夫人刘氏册封为皇后。故皇弟、皇子均赠封，皇妹亦册封。五月，李重进、向训、张永德、赵匡胤等因功晋升官职。宰臣范质、李谷、王溥并爵邑，改功臣。枢密使魏仁浦加检校太傅进封开国公。八月，升王朴为枢密使，检校太保。前濮州刺史胡立自蜀回。十月，先期刺令光广造军士袍襦，不即办集，命斩之。至是以小过见诛，人皆冤之。诏悬制科凡三，其一曰贤良方正能直言极谏科，其二曰经学优深可谓师法科，其三曰详闲吏理达于教化科。不限资、见任职官，黄衣草泽并许应召。

令翰林学士李昉对被贡者进行复试。诏曰："比者以近年贡举，颇事有循，频诏有司精加试练，所冀去留无滥，优秀昭然。昨据贡院奏，今年新及第进士等，所试文字或有否臧，奚命辞臣再今考覆，庶泾、渭之不杂，免玉石之相参。"

四月，车驾发扬州还京。新太庙城，迁五庙神主入于其室。五月，下诏："侍卫诸军及诸道将士各赐等第优给。应行营将士殉于王事者，各与赠官；亲的子孙，并量才录用；伤夷残废，别赐救接。淮南诸州及徐、宿、宋、亳、陈、颍、许蔡等州，所欠去年秋夏税物，并于除放。"六月，命窦俨参定雅乐。有司奏御膳料，柴荣批曰："朕之常膳今后减半，余人依旧。"兵部尚书张昭等撰《周太祖实录》三十卷成。七月，颁行《大周刑统》。赐诸道节度使、刺史《均田图》。

十月，诏淮南诸州乡军，并放归农。均定河南六十州税赋。颁行《均田图》。诏曰："言念地征，罕臻艺极，须并行均定，所冀永适轻重……"让地方官吏均定田赋。并派官吏巡行诸州，丈量土地，以据田亩，定税负。十一月，诏翰林学士窦俨，集文学之士，撰集《大周通礼》《大周正乐》。十二月，楚州兵马都监武怀恩，因擅杀降卒弃市。楚州防御使张顺因贪污榷税钱五十万，官丝二千两赐死。诏重定诸道州府幕职令录佐官料钱，其州县官俸户宜停。

不到一月，至显德五年正月，柴荣亲攻楚州，遇到楚军防御使张彦卿的誓死奋击，周兵死伤甚重。后斩伪守将张彦卿等，六军大掠，城内军民死者万余人，庐舍焚之殆尽。二月，车驾发楚州南巡，破扬州，继续扩大战果。三月，幸泰州、广陵、迎銮江口，大败敌军。此时南唐江淮地区除庐、舒、蕲、黄四州外，全部为后周所取。后周世宗率水陆大军攻打这四州时，四州守军都深知城池已成孤城，只好举城投降。至此，后周已尽取江北之地，此时与南唐的分界线，已由原来的淮河为界，变成了现在的以长江为界。南唐主李璟迁陈觉奉表陈情，献贡品，被迫遣人献四州之地，划江为界，岁输贡物十万，以求息兵。柴荣悉平江北，得州十四，县六十。南唐去帝称号，只称“江南国主”。至次年五月，赵匡胤改任忠武军（治许州）节度使。

其间的七月，皇后符氏病死于滋德殿，终年二十六岁。至八月，端明殿学士王朴撰成新历上之，命曰《显德钦天历》，并开始行用。后王朴因功升任尚书户部侍郎，枢密副使。十月，葬宣懿皇后于懿陵。后赵匡胤晋升为匡国军节度使、兼殿前都指挥使，跻身于后周大将行列。至十一月，周世宗放华山隐者陈抟归山，并说道：“帝素闻抟有道术，征之赴阙，月余放还归隐。”十二月，故襄邑县令刘居方在任廉洁，死后赠右补阙，子刘士衡赐学究出身，以奖廉吏。

显德六年一月，柴荣下诏：“每年新及第进士及诸闻喜宴，宜令宣徽院指挥排比。”“礼部贡院今后及第举人，逐科等第定人数姓名，并所试文学奏文，候敕下发榜。”二月，发徐、宿、宋、单等州丁夫数万浚汴河。发滑、亳二州丁夫浚五丈河，东流于定陶，入济，以通青、郓水运之路。又疏蔡河，以通陈、颍水运之路。左补阙王德成因举官不当，左迁右赞善大夫。四月，柴荣亲率诸军北伐契丹。至宁州，刺史王洪以城降。之后，领兵水陆俱下，至益津关，契丹守将终廷晖以城降。至瓦桥关，守将姚内斌以城降。鄚州刺史刘楚信以州降。五月，瀛州刺史高彦晖以本城归顺。这次出师，仅四十二天，兵不血刃，连收三关三州，共十七县。柴荣正准备乘胜夺取幽州，遇疾而返。六月，柴荣因病班师回到汴京，解除张永德殿前都点检职务，升赵匡胤为检校太傅、殿前都点检。立魏王符彦卿之女为皇后（即小符后）。以皇长子柴宗训为特进左卫上将军，封梁王；以第二子柴宗让为左骁卫上将军，封燕国公。六月十九日，柴荣驾崩，终年三十九岁，其子柴宗训柩前即位，时年七岁。范质、王溥、魏仁浦并相，执掌朝政。十一月，葬柴荣于新郑陵上村，谥曰睿武孝文

后周世宗陵墓，庆陵

皇帝，陵曰庆陵，庙号世宗。以贞惠皇后刘氏附焉。

柴荣被史家称为“五代第一明君”，堪称照耀黑暗时代的一颗璀璨明星。他十五岁从军，二十四岁拜将，三十三岁称帝，不仅精明强干，而且节约简朴，赢得了广泛拥戴。

他在位时，采取了一系列的改革措施，利于休养生息。在文化上，延聘文学之士，实行考试制度；重视国家的藏书和文化建设。曾多次亲临史馆视察藏书情况，见藏书太少，便下诏采取激励政策，钦定凡献书之人，均给以优赐。聚而又校，选常参官三十人，对所藏图书进行校雠、刊正、抄写，并令在书卷末署校书名衔。为后周国家藏书奠定了基础。

柴荣办事谨慎，虚心求谏，他曾极为诚恳地专门下诏要求群臣尽量上书言事，还点名让二十多名翰林学士都写两篇文章，即《为君难为臣不易论》和《平边策》。这种命题向众多朝臣征求治国之策的做法在历史上是很少见的，而且他也决不是哗众取宠，只做做样子。在认真审读大臣的建议后，他欣然采纳了大臣王朴《平边策》中“先易后难”的主张，以此制定统一大计，并付诸行动。

柴荣凡事率先垂范，甚至事必躬亲。他先后五次亲自领兵出征，每次都亲力亲为，战斗在第一线。有一次，柴荣率军打算从水路进攻南唐，但有段河道无法疏通，将领禀告说河道一旦被掘通，河水必然倒灌，所以无法安全施工。柴荣便亲自前去察看，几天后传下手谕，竟然有详细的施工方法。工匠依法施行，果然安全地疏通了河道，大军得以出征。

柴荣死时年仅三十九岁，有人说他的早逝是因为做过一些不近人情的事，受到了上天的诅咒而折了寿。其实，事必躬亲的作风才是他耗尽心力的致命原因。

在位短短的六年间，他清吏治，选人才，均定田赋，整顿禁军，限制佛教，奖励农耕，恢复漕运，兴修水利，修订刑律和历法，还考正雅乐，纠正科举弊端，搜求佚书，雕刻古籍，大兴文教……做出了许许多多超越前人、启迪后世的非凡之举。人无论精力多么旺盛，毕竟还是肉体凡胎，经受不起年复一年的日夜操劳。在公元959年6月29日残阳如血的日落时分，因连年征战、积劳成疾的柴荣，带着他的抱负，带着他的遗憾，永远离开了人世。

在当时中原如此纷繁复杂的形势下，北宋仅用了二十年便完成统一。这固然离不开赵匡胤的英明决断，但更重要的是他接手的后周政权国力强大，统一之势已不可阻挡。如果不是英年早逝，柴荣不仅有可能更早地实现国家统一，而且极有可能收回燕云十六州。

以兵变方式夺取后周政权的赵匡胤，只不过延续了柴荣的统一进程，延续了后周经济和文化的发展。宋朝对待商业的态度、优遇文人的政策，均与这位商人出身、勤勉务实的君主有着直接关系。柴荣处理宗教问题的策略、发展商业和城市等方面的作为，不仅深深影响了宋一代，而且开启了中国走向商业文明和市民文化的先河。

柴荣虽然未能实现为君三十年、扫平天下的愿望，但他在位五年半的文治武功，已经决定了他必将成为结束中唐以来二百多年割据动荡的决定性人物。面对历史，人们往往更注重结果而忽视过程。神武雄略的一代英主周世宗柴荣做好了扫平天下、开创盛世的一切准备，却英年早逝、功败垂成。宋太祖赵匡胤延续了柴荣制定的策略一统天下，结束了兵祸连年、饥馑遍地的乱世，迎来了文化灿烂的赵宋之世。

后蜀孟昶的腐朽治国

孟昶（919—965），初名孟仁赞，字保元，祖籍邢州龙岗（今河北邢台沙河孟石岗），生于太原（今山西太原西南），五代十国时期后蜀末代皇帝。

孟昶，是后蜀高祖孟知祥第三子。母亲李氏，本是后唐庄宗李存勖的嫔妃，后又将其赐给了孟知祥。后唐天祐十六年(919)十一月十四日，李氏在太原(今山西太原西南)生下孟昶。而后孟知祥镇守蜀地时，孟昶与母亲李氏随孟知祥的正妻琼华长公主一同进入蜀地。孟知祥任两川节度使时，以孟昶为行军司马。

后唐清泰元年正月，孟知祥称帝，任孟昶为东川节度使、同中书门下平章事。同年七月，孟知祥病重，七月二十六日，立孟昶为皇太子，代理朝政。当晚，孟知祥去世，秘不发丧，枢密使王处回连夜到司空、同中书门下平章事赵季良处相对哭泣，赵季良严肃地说："现在藩镇掌握重兵，专门等待形势变化，应当迅速立嗣君才能断绝其非分妄想，哭无益啊。"王处回和赵季良决计立孟昶为帝，然后发丧。孟昶即位，不改元，仍称明德年号，至公元938年才改年号为广政。

孟昶继位后，沉迷于玩乐，不顾政事。他喜欢打球骑马，又好方士房中之术，多选良家女子充实后宫。后枢密副使韩保贞恳切劝谏，孟昶这才送出所选良家女，赐给韩保贞黄金数斤。一次，有人上书说台省官应当选择清官，孟昶闻后叹气说道："为什么不提具体的人选用呢？"左右要求责问上书的人，孟昶说："我看唐太宗初即位时，狱吏孙伏伽上书言事，都予采纳，为什么劝我拒谏呢？"

孟昶年少继位时，还不亲自处理政事，都是旧臣处理。其父孟知祥宽厚，多优待纵容，致使当时旧臣们养成了骄惰不驯的习性。待孟昶后，一些人更是不遵守法纪制度，大造房宅，夺人良田，挖人坟墓，如李仁罕、张业尤其骄横。待即位数月后，孟昶抓住时机，逮捕李仁罕将其杀掉，夷灭其族。后其亲属李肇自镇来朝时，本持杖入见，称有病不能拜。后听说李仁罕死讯，马上放下拐杖拜倒在地。

广政九年，忠臣赵季良去世，旧臣张业更加专权。张业是李仁罕的外甥，李仁罕被杀时，张业正掌管禁军，孟昶怕他造反，就任他为丞相，张业兼任判度支，在家里设置监狱，专用残酷的刑法对后蜀百姓横征暴敛，百姓对他非常痛恨。广政十一年（948），孟昶与匡圣指挥使安思谦使计将张业处死。后王处回、赵廷隐被相继罢相，从此故将旧臣都没有了。孟昶才开始亲政，在朝堂上设置投函，接受臣民投书来了解下情。

辽国灭后晋后，此时的后汉高祖刘知远起兵太原，而雄武军节度使何建以秦、成、阶三州归附后蜀。孟昶得到这三州后，士气大振，后即派孙汉韶攻下凤州，于是完全恢复了前蜀王衍时的疆域。不久，后汉将领赵思绾据永兴、王景崇据凤翔造反，都上表归附孟昶。孟昶于是派遣张虔钊出大散关，何建出陇右，李廷珪出子午谷，响应赵思绾等人的叛变。但孟昶的丞相母昭裔恳切进谏，认为不可，然而孟昶决心攻占关中，于是派安思谦向东增兵。然而不久后，后汉军就诛杀赵思绾、王景崇、张虔钊，后蜀军只得罢兵而还。大臣安思谦就是一个无耻小人，做错事后，常以多杀士卒来当替罪羊，影响恶劣。后孟昶与翰林使王藻准备处死安思谦时，边关传来急奏。当时王藻也是位庸臣，他收到此急奏后，不但不及时上报，还擅自拆封。孟昶得知此事后，勃然大怒。于是在欲杀安思谦的时候，恰巧王藻也在旁边，就把他俩一齐斩杀。

至广政十二年（949），孟昶又重新设置吏部三铨、礼部贡举。次年，孟昶加尊号为“睿文英武仁圣明孝皇帝”，并封长子孟玄喆为秦王，判六军事；次子孟玄珏为褒王；弟弟孟仁毅为夔王，孟仁贽为雅王，孟仁裕为彭王，孟仁操为嘉王。

955 年，后周世宗柴荣派兵从秦州出发讨伐后蜀。孟昶闻后，即派韩继勋为雄武军节度使。韩继勋走后，孟昶先是叹气道：“韩继勋哪里能挡得住周兵呀！”后又在朝廷宣布是否有自愿率军迎战周军的将领。不久后，客省使赵季札就率先请行，孟昶便派赵季札为秦州监军使。而后赵季札率兵行至德阳遭遇周兵后，竟然不顾战士，私自跑回来报告军情。而后孟昶问他何事，他又惶恐得说不出一句话。于是孟昶大怒把他杀掉，又派遣高彦俦、李廷珪出堂仓抗击周军。不久，高彦俦一军也被打败，只得退守青泥。这时，秦、成、阶、凤四州复被周军占领。孟昶收起了平时的骄傲姿态，只得分别派遣使者到南唐、北汉，希望其支援，明白唇亡齿寒的道理。

至957年，后周世宗以一些被俘虏的蜀军为条件，换取了在孟昶手里的周军俘将胡立。后来，孟昶只把周军俘虏送到京城并给予回信一封，并没有特地拜见周世宗。这也使得周世宗认为孟昶没有臣子的礼节，很恼怒，故没有回信。此后，孟昶迟迟不见回信，也开始胆小怕事起来，也为此闹出了一些笑话。至958年，后周攻打南唐并攻取了淮南十四州后，各国都开始害怕起来。当时的荆南高保融以书招呼孟昶归周，孟昶却以曾经写信给后周世宗没有得到答复而拒绝了此事。

这年，孟昶的七岁幼子，孟玄宝因病突然去世，孟昶闻后，异常悲伤，并苦于如何给他安葬后事。太常李昊闻后，便建议孟昶道："以前唐德宗的儿子李评，四岁夭折，追赠扬州大都督，封肃王，这是以往的事例。"孟昶于是追赠孟玄宝为青州大都督，追封遂王。

962年，孟昶立子秦王孟玄喆为皇太子。此前的后蜀君臣都以奢侈为乐，甚至溺器都用七宝装饰。但至北宋兴起，攻占荆、潭后，孟昶便感事态严重，即派大程官孙遇用蜡丸书从小道到北汉，相约共同出兵阻挠北宋的统一活动。但不幸此事暴露，宋太祖便以此为借口征讨后蜀。宋朝在派王全斌、崔彦进等出凤州，刘光义、曹彬等出归州的同时，又诏八作司度右掖门南、临汴水为孟昶建造房屋五百余间，供帐杂物齐备，以等待孟昶投降后用。

三国时期军事家诸葛亮

后蜀闻后，孟昶派王昭远、赵彦韬等抵抗。在王昭远率后蜀军离开成都前，孟昶曾为其践行设宴。王昭远在宴会上，喝醉酒后，先是自比诸葛亮，又对孟昶的侍官李昊说："我这次进军，哪里是宋军少？要是我们带领这二三万凶猛宋军，夺取中原也是易如反掌啊！"孟昶听闻此事后，深感失望，又派儿子孟玄喆率精兵数万守剑门。但其子孟玄喆根本无心打仗，行军时竟用车携带爱姬，并带着乐器和几十个演戏的人随军出发。后蜀人民看见后先是偷偷讥笑，又转念一想，后蜀军由此皇子指挥，根本没有胜算。

由于后蜀的军队军心涣散，王全斌很快就率宋军连续占领了多座城池，后来到了三泉，遭遇王昭远部队。但此时的王昭远也暴露了他的恐惧之心，他根本无心抵抗，蜀军在他的消极指挥下，很快就败退下来。后王昭远忙于逃命，焚毁了吉柏江浮桥，退守至剑门关。

宋军面对坚守难攻的剑门天险，一时间苦恼不已，后一蜀军俘虏说道："宋军可从来苏小路悄悄绕过剑门关，绕至剑门南边的清强店，从后方偷袭剑门关守卫，再与大路军形成前后围攻之势。"王全斌听后，即派偏将史延德分兵走来苏小路，北击剑门，后与王全斌夹攻剑门关守军。此战中，蜀军的主将王昭远、赵彦韬都被俘虏。而后慢慢率军赶来的孟玄喆，听到王昭远等战败的消息，根本无心迎战，急忙逃回了成都。

这时，东面的宋军主帅刘光义正攻打夔州。不久后，后蜀攻破夔州时，高彦俦不顾判官罗济的劝说，执意要抗争到死，并悲愤地说道："我以前不能守住秦川，今又撤退，虽然君主不杀我，我有何面目见蜀人呢！"后终因誓死不降，自焚而死。

乾德三年正月，当宋军的两路军率大军共临于成都城下时，后蜀已无还手之力。因为此时的蜀兵大多都已溃逃，将帅也多数被俘虏。孟昶先是绝望地问计于左右将帅，后老将石頵认为宋军远来，势不能久，应当聚兵坚守等待东兵疲惫。孟昶闻后，叹气道："我和先帝用温衣美食优待了百官四十年，而如今的百官们，却都是贪生怕死之辈，谁能为我向城下放一箭呢？虽然想坚守，谁能为我去守呢？"于是即命李昊写表向北宋投降。

后蜀被北宋灭亡后，其主孟昶不久便被送往北宋京师汴梁（今河南开封），后授任检校太师兼中书令，封秦国公。但其在被封秦国公的第七天便去世，时年四十七岁，后追封为楚王。

一心向佛的吴越王钱俶

吴越忠懿王钱俶（929—988），初名弘俶，小字虎子，改字文德，钱镠孙，钱元瓘第九子，是五代十国时期吴越的最后一位国王。后晋开元中，本为台州刺史，胡进忠立他为吴越国王。后宋太祖平定江南时，他出兵策应有功，授天下兵马大元帅。后入朝，仍为吴越国王。太平兴国三年，献所据两浙十三州之地归宋。

后汉天福十二年十二月三十，将领胡进思趁吴越王钱弘倧夜宴将吏，发动政变。后钱弘倧被软禁，钱俶被胡进思拥立为吴越新主。

钱俶继承吴越国王位后，继承了祖先留下的繁荣，也继承了祖先留下的遗训，对中原诸王朝贡奉之勤，海内罕有其匹。

钱俶是一位极其信佛之人，为吴越国王时，在境内广种福田，建造佛塔无数，著名的六和塔、保俶塔皆为其例。在其二十岁继承王位时，即令奉天台德韶大师为国师，并从道潜律师受菩萨戒，号慈化定慧禅师。后周显德二年（955），以慕阿育王造塔一事，铸八万四千小宝塔，中纳宝箧印心咒，广行颁施，世称钱俶塔，甚而远传至日本。宋建隆元年，复兴杭州灵隐寺，请智觉延寿大师为中兴第一世。又迎请螺溪义寂大师讲“法华经”，特赐“净光大师”号。

杭州灵隐寺

他还复遣使赴日本、高丽求取天台论疏，致令天台教观盛然而起。且于杭州建普门寺，于钱塘建兜率院等。传说雷峰塔其实是钱俶为庆祝宠妃黄氏得子而建。

974 年，赵匡胤讨伐南唐，矛头直逼江南。钱俶拒绝了南唐后主李煜的求援建议，出兵助宋灭南唐。南唐亡国后，吴越国唇亡齿寒。至太平兴国三年（978）一月，钱俶祭别钱镠陵庙，失声痛哭："刑儿不孝，不能守祭祀，又不能死社稷。"悲伤得几乎不能站立。

宋太宗太平兴国二年（977 年），钱俶奉旨入汴梁，被扣留，不得已自献封疆于宋。988 年六十大寿，宋太宗遣使祝贺，当夜钱俶突然暴毙，故有人怀疑其实是被毒杀。钱俶曾封为"淮海国王"，八年改为"南汉国王"。端拱元年（988）更封"邓王"，是年八月薨，后追封"秦国王"，谥号"忠懿王"。

不善治国的词王李煜

李煜（937—978），彭城（今江苏徐州）人，南唐中主李璟第六子。初名从嘉，字重光，号钟隐、莲峰居士，世称南唐后主、李后主，是南唐最后一位国君。

李煜精书法，工绘画，通音律，诗文均有一定造诣，尤以词的成就最高。李煜的词，继承了晚唐以来温庭筠、韦庄等花间派词人的传统，又受李璟、冯延巳等的影响，形成了其语言明快，形象生动，用情真挚，风格鲜明等风格。尤其是在其亡国后，词作更是题材广阔，含意深沉，在晚唐五代词中独树一帜，对后世词坛影响深远。

李煜继位后，寄希望于向宋纳贡以保全基业，在位期间，殷勤侍奉宋朝，除了岁贡外，每逢宋廷用兵或有重大活动，也进礼以示支持和祝贺，并多次派遣使者陈说臣服之意。

李煜即位之初，由于淮南战败和中主的去世，南唐朝野充斥着一种悲观颓丧的气氛，为重振人心、确立威信，李煜重用旧臣，稳定高层重心。何敬洙军功累累，被授予“右卫上将军”之衔，封芮国公，及其去世，李煜下令废朝三日，以示哀悼。对于在淮南战事中弃扬州化装逃跑的冯延鲁，李煜也重新给予礼遇。同时，起用在杨吴时代就投奔江南的韩熙载、闽将林仁肇、皇甫赟之子皇甫继勋等人。

科举方面，李煜重视选拔人才的公正和公平。乾德二年，李煜命吏部侍郎韩熙载主持贡举，录取进士王崇古等九人；又命徐铉复试，并亲自命题考核。开宝五年二月，内史舍人张佖主持礼部贡举，录取进士杨遂等三人；清耀殿学士张洎称张佖遗漏了很多人才，李煜便命张洎对落第之人进行复考，又录取了王伦等五人。直至南唐亡国的开宝八年二月，李煜还举行了南唐最后一次科举考试，录取进士张确等三十人。

显德六年（959），太子李弘冀病逝，大臣钟谟以李煜酷信佛教，懦弱少德为由，希望则令纪国公李从善为太子。李璟闻后大怒，将钟谟贬官并流放至饶州。后封李煜为吴王，以尚书令参与政事，入住东宫。北宋建隆二年，李璟迁都洪州（今南昌），立李煜为太子监国，留守金陵（今南京）。

至建隆二年六月，李璟病逝，李煜在金陵登基，继承王位，尊母亲钟氏为圣尊后，立妃周氏为皇后（大周后），封诸弟为王。并派中书侍郎冯延鲁入宋进贡，上表（《即位上宋太祖表》）陈述南唐变故。后宋太祖回赐诏书，派人前往南唐吊祭、恭贺李煜袭位。九月，宋昭宪太后病逝，李煜遣户部侍郎韩熙载、太府卿田霖入朝纳贡。十二月，李煜设置龙翔军，教练水军。

建隆三年三月，泉州清源军节度使留从效病发身亡，后李煜降诏追赠留从效为太尉、灵州大都督；至四月，泉州部将陈洪进以留从效之子留绍镃为联盟人质，欲勾结吴越，并解送其家族至金陵，推举张汉思为清源留后。六月，李煜遣客省使翟如璧入贡北宋，宋太祖释放南唐降卒千人。十一月，遣水部郎中顾彝入汴京进贡。

乾德元年四月，泉州副使陈洪进废张汉思，自称留后，李煜就以陈洪进为节度使，以维持泉州对南唐的隶属关系。七月，李煜奉诏入京面见宋太祖。十二月，李煜上表宋廷，请求罢除诏书的不名之礼（李煜继位后，尊奉宋廷，故宋对南唐的诏书不直呼李煜的名讳），改为直呼姓名，未得许可。

乾德二年，任韩熙载为中书侍郎、勤政殿学士，主持贡举；又命徐铉主持复试。九月，封长子李仲寓为清源公，次子李仲宣为宣城公。十月，仲宣卒，皇后（大周后）感伤而逝，李煜撰《昭惠周后诔》。十一月，太祖遣作坊副使魏丕吊祭，李煜亦遣使入宋，献银二万两、金银龙凤茶酒器数百件。

乾德三年九月，母亲钟氏去世。至十月，宋太祖闻后遣染院使李光图前来吊祭。乾德四年（966 年）八月，李煜遣龚慎仪持诏书出使南汉，相约臣服宋朝，龚慎仪至南汉，被扣留。乾德五年春，李煜命两省侍郎、给事中、中书舍人、集贤勤政殿学士值班光政殿，咨问国事，每至深夜开宝元年，境内大旱，宋太祖赐米麦十万石。十一月，立周氏为皇后（小周后）。

开宝四年十月，宋太祖灭南汉，屯兵汉阳，李煜非常恐惧，去除唐号，改称“江南国主”，并遣其弟郑王李从善朝贡，李煜再次上表奏请罢除诏书不直呼姓名的礼遇。这次宋太祖终于同意，但扣留李从善。同年，南唐商人向李煜告密，说宋军正于荆南建造战舰千艘，是日后攻打南唐之用，请求南唐立刻派人秘密焚烧北宋战船。但李煜惧怕惹祸，没敢行动。此时的李煜深感国家形势紧迫与自己的无能无力，为缓解自己的忧愁，他只有每天与臣下设宴酣饮，借酒消愁。

开宝五年正月，李煜不再借酒消愁，还想做一番努力。他准备将南唐的各种礼仪与官职降低标准，来表明自己称臣的决心。他先是下令贬损仪制，即下“诏”改称“教”。又改中书、门下省为左、右内史府；尚书省改为司会府；御史台改为司宪府；翰林改为文馆；枢密院改为光政院。再降诸“王”为“公”，避讳宋朝，以示尊崇。

元宗年间，李煜虽臣服后周，但金陵台仍设帝皇之意的器物。每当宋朝使者来时，他便叫人撤去这些器物，待其走后再复原。至乾德年间，宋朝使者到来时，李煜就至此撤去这些器物，不再复原和使用，以表明其称臣之心。后宋太祖晋封李从善为泰宁军节度使，并在汴阳坊赏赐宅院，已做出了暗示李煜入京降宋。李煜先是遣户部尚书冯延鲁为李从善所受封赐道谢，冯延鲁入汴京，因病未能朝见宋太祖而返。

开宝六年夏，宋太祖遣翰林院学士卢多逊出使南唐，后李煜恭送其回宋时，让其传递一封表明愿接受北宋册封爵位的上表书，但迟迟没有回复。十月，南唐的内史舍人潘佑感于国运衰弱，上书极言劝谏李平为尚书令，徐铉、张洎进言“李平妖言惑众，煽动潘佑犯上”，李煜遣人收捕，潘佑在家中自杀，李平也自缢于狱中。

开宝七年，李煜上表求放李从善归国，宋太祖不许。秋，宋太祖先后派梁迥、李穆出使南唐，以祭天为由，诏李煜入京，李煜托病不从，回复“臣侍奉大朝，希望得以保全宗庙，想不到竟会这样，事既至此，唯死而已”。宋太祖闻信，自知劝降无望，便即遣颍州团练使曹翰兵出江陵，又命宣徽南院使曹彬等随后出师，水陆并进征讨南唐。而此时的李煜已做好了筑城聚粮，大举备战的准备。

至十月，宋军攻下池州后，李煜下令全国戒严，并停止沿用北宋年号，改为干支纪年。而此时的吴越却乘机进犯常州、润州。李煜疑惑不解便遣使质问，并说以唇亡齿寒之理。可吴越王不答，还将书信转送至宋廷，以表忠心。不久后，北宋军又相继攻陷芜湖和雄远军，并沿采石矶搭建浮桥，渡江南进。李煜这时还不肯放弃，一面应战，一面招募兵卒。他先委任皇甫继勋统领兵马，全力御敌。可南唐与北宋军的强弱悬殊实在太大，南唐军一直处于兵败如山倒之势，很快宋军就要打到金陵城下了。而身为内殿传诏的徐元瑀、刁衎竟然阻隔战败消息，宋军屯兵与金陵城南十里时，李煜竟然尚不知情。

开宝八年二月，宋师开始攻克金陵关城。至三月，吴越军又进逼常州，后诛杀皇甫继勋，而权知州事禹万诚献城投降。至六月，宋与吴越会师，进发润州，来到其城下后，留后刘澄投降。而此时南唐军的最后希望，却因老天不助，而最终溃败。当时，洪州节度使朱令赟率兵十五万前往救援，行至皖口，遭遇了宋军。

李煜陵墓，位于河南洛阳邙山

朱令赟先是下令焚烧宋船，南唐军本是大好形势一片。不料之后北风突然变向，反而烧到了自身的船只。唐军也因此乱作一团，不战而败，后朱令赟与战櫂都虞候王晖皆被擒。此时南唐已无外援，北宋军队已尽围金陵。南唐军民起初誓死不降，而宋军也一直昼夜攻城。不久，金陵城里就因为米粮匮乏，死者不可胜数。后李煜两次派遣徐铉出使北宋，进奉大批钱物，求宋援兵，宋太祖以“卧榻之侧，岂容他人鼾睡”为由拒绝了其要求。至十二月，金陵终于失守，此时南唐的守将呙彦、马承信、马承俊等都力战而死，右内史侍郎陈乔自缢。李煜只好奉表投降，至此南唐灭亡。

开宝九年正月，李煜被俘送到京师，宋太祖封为违命侯，拜左千牛卫将军。同年，宋太祖病逝，宋太宗即位后，又改封李煜为陇西公。

太平兴国三年七夕，正值李煜生日，李煜猝死于自己的宴会上，时年四十二岁整。后北宋赠为太师，追封吴王，葬于洛阳北邙山。